소송

소송

프란츠 카프카 | 김현성 옮김

문예출판사

Der Prozeß

Franz Kafka

차례

1. 체포 · 그루바흐 부인과의 대화 · 뷔르스트너 양

누군가 요제프 K를 모함한 것이 틀림없다. 아무 잘못한 일도 없는데 어느 날 아침 그는 체포되었기 때문이다. 하숙집 주인 그루바흐 부인의 하녀는 매일 아침 8시에 식사를 가져오는데 이날 아침에는 얼굴도 보이지 않았다. 이제까지 이런 일은 한 번도 없었다. K는 좀 더 기다려 보기로 하고, 베개에 머리를 묻고 맞은편 집에 사는 노파를 쳐다보았다. 노파는 전과는 달리 호기심에 가득 찬 시선으로 그를 관찰하고 있었다. 어쩐지 언짢아졌다. K는 배가 고프기도 해서 벨을 눌렀다. 곧 노크 소리가 나더니 이 집에서는 이제까지 한 번도 본 적이 없는 남자가 들어왔다. 그는 말랐지만 단단한 체격이었고, 몸에 꼭 맞는 검은 옷을 입고 있었다. 그 옷은 여행복처럼 주름이 잡히고 호주머니와 고리, 단추가 여러 개 달려 있고 허리띠까지 있는 것으로 보아 어떤 때 입는 옷인지는 확실하지 않아도 아무튼 매우 실용적일 것 같았다.

"누구신지요?"

K는 이렇게 묻고 침대에서 몸을 반쯤 일으켰다. 그러나 남자는 자신의 출현을 아무 말 말고 맞이하라는 듯이 K의 질문은 묵살해버리고 오히려 제 쪽에서 되물었다.

"벨을 울렸소?"

"안나가 아침 식사를 가져올 텐데."

K는 이렇게 말하고 잠시 아무 말없이 이 사람이 도대체 누구인지 알아내려는 듯이 남자를 주의 깊게 살펴보았다. 그러나 남자는 K의 시선을 피하며, 문 쪽으로 몸을 돌려 문을 조금 열더니 문 뒤에 서 있을 누군가에게 말했다.

"안나가 아침 식사를 가져와야 한대."

그러자 옆방에서 나직한 웃음소리가 들렸다.

그 소리만 듣고는 몇 사람이 있는지 확실하게 알 수 없었다. 낯선 남자는 그 웃음 소리를 듣고 자기가 모르던 것을 알아낸 것도 아닌데, K에게 마치 전달이라도 하듯이 말했다.

"그건 안 되겠는데요."

"이상한데."

K는 침대에서 내려와 얼른 바지를 입었다.

"옆방에 어떤 사람들이 있는지, 그루바흐 부인은 이런 소란에 대해 내게 어떻게 책임을 지려는지 알아봐야겠소."

이런 말은 내놓고 할 필요도 없고, 또 이런 말이 오히려 남자의 감시권을 어느 정도 인정하는 게 된다는 생각이 들었지만, 이제 그런 건 아무래도 괜찮았다. 낯선 남자도 똑같이 생각하는지 이렇게 말했다.

"여기 있는 편이 낫지 않겠소?"

"있고 싶지도 않고, 당신이 신분을 밝히지 않는 한 당신과 이야기하고 싶지도 않소."

"호의로 한 말이오."

낯선 남자는 이렇게 말하며 이번에는 자진해서 문을 열었다.

K는 생각보다는 천천히 옆방으로 들어가 살펴보았다. 방 안은 전날 저녁과 거의 다름이 없었다. 그곳은 그루바흐 부인의 거실인데, 가구와 담요, 꽃병과 사진 따위가 가득 찬 이 방이 오늘은 평소보다 빈 공간이 많아 보였다. K는 그 사실을 금방 알아차리지 못했는데, 그것은 웬 남자가 방 안에 있다는 중요한 변화 때문이기도 했다. 남자는 열린 창문 옆에 앉아 책을 읽다가 얼굴을 들었다.

"당신은 당신 방에 있어야만 하오. 프란츠가 그렇게 말하지 않던가요?"

"그래서 어떻게 하겠다는 겁니까?"

K는 이제 방금 만난 사람과 문간에 서 있는 프란츠라는 남자를 번갈아 쳐다보았다.

열린 창문으로 맞은편 집 노파의 얼굴이 또 보였다. 노인다운 호기심으로 가득 찬 노파는 사태를 좀 더 잘 살펴보려는 듯이 이제는 마주 보이는 창가로 옮겨 와 있었다.

"그루바흐 부인을 좀……."

K는 멀찍이 떨어져 서 있는 두 남자를 뿌리치려는 듯한 동작을 취하며 앞으로 나가려고 했다.

"안 돼!"

창가에 있던 남자가 외치며 책을 책상 위에 던지더니 자리에서 일어섰다.

"가면 안 됩니다. 당신은 체포된 거요."

"아무래도 그런 것 같군요. 그런데 이유가 뭡니까?"

"당신한테 그런 말을 하라는 지시는 없었소. 방으로 들어가서 기다리시오. 벌써 소송 절차가 시작되었으니 적당한 때가 되면 다 알게 될 거요. 당신한테 이렇게 친절하게 말하는 것도 명령의 범위를 벗어난 거요. 하지만 프란츠 외에는 듣는 사람이 없기 때문이고, 이 친구도 규칙을 어기면서까지 당신한테 친절을 다하고 있는 거요. 우리 같은 사람을 감시자로 배정받은 것처럼 당신이 앞으로도 이렇게 운이 좋다면 안심해도 될 거요."

K는 앉으려고 했으나 아무리 둘러보아도 창문 옆에 있는 의자 외에는 앉을 곳이 없었다.

"모든 게 사실이라는 걸 알게 될 거요."

프란츠가 이렇게 말하면서 다른 남자와 함께 K에게 다가왔다. K보다 훨씬 키가 큰 다른 남자는 그의 어깨를 여러 번 두드렸다. 두 남자는 K의 잠옷을 이리저리 살펴보더니 이제부터는 훨씬 나쁜 셔츠를 입게 될 테니 이 셔츠는 다른 내의들과 같이 보관해두었다가 사건이 잘 해결되면 돌려주겠다고 말했다.

"이런 물건들은 창고에 넣어두는 것보다는 우리한테 맡기는 게 나을 거요."

그들은 말했다.

"창고에서는 가끔 횡령당하는 수도 있고 게다가 일정 기간이 지나면 소송이 끝나건 말건 모조리 팔아버리지요. 이런 소송은 한없이 오래 걸리는데 요즘은 특히 더 심하오! 물론 나중에는 판매 대금을 받겠지만 부르는 대로 결정되는 게 아니라 뇌물이 얼마냐에 따라 결정되기 때문에 몇 푼 되지도 않고, 여러 해 동안 이 사람 저 사람 손으로 옮겨 다니는 동안에 점점 더 줄어들게 마련이오."

K는 이런 이야기에는 조금도 귀를 기울이지 않았다. 아직까지는 자신의 물건에 대한 소유권을 갖고 있겠지만 그것은 별로 중요한 일

이 아니고, 우선 자신이 처해 있는 상황을 분명하게 아는 것이 훨씬 더 중요하다고 생각했기 때문이다. 그러나 이 사람들 앞에서는 곰곰이 생각할 여유가 없었다. 두 번째 감시인(사실 이 사람들은 단지 감시인에 지나지 않을 것이다)의 뚱뚱한 배가 그에게 자꾸 부딪힐 때는 꽤 친절하게 느껴지기도 했지만, 눈을 들어 보면 그 뚱뚱한 몸에 전혀 어울리지 않게 억세고 비뚤어진 코를 가진 깡마르고 냉정한 얼굴이 K의 머리 너머로 다른 감시인과 이야기를 주고받는 걸 볼 수 있었다. 도대체 뭐 하는 자들일까? 무슨 이야기를 하고 있는 걸까? 어느 기관에서 나왔을까? K는 법치국가에 살고 있으며, 온 나라에 평화가 깃들어 있고, 모든 법률이 엄연히 존재하고 있는데, 감히 누가 함부로 그의 집에 들어와 그를 덮친단 말인가?

K는 항상 만사를 가능한 한 쉽게 생각하고, 아무리 최악의 일이라도 그것이 정말로 시작된 다음에나 믿고, 위기가 닥쳐온다 해도 장래에 대해 미리 걱정하는 성격은 아니었다. 그러나 지금 이 경우에 그런 태도는 옳지 못한 것 같았다. 사실 이 모든 일을 장난이라고 생각할 수도 있었다. 이유는 알 수 없지만, 어쩌면 오늘이 그의 서른 번째 생일이기 때문에 은행 동료들이 꾸민 짓궂은 장난일 수도 있었다. 그런 일은 얼마든지 있을 수 있었다. 감시인들의 눈앞에서 어떻게든 웃어 보이기만 하면 저들도 같이 웃을지 모른다. 저들은 혹시 이리저리 뛰어다니는 심부름꾼인지도 모른다. 그러고 보니 그들과 비슷한 점도 없지 않았다. 그런데도 K는 프란츠를 처음 본 순간부터 이들에 비해서 자신이 가지고 있을지도 모르는 최소한의 이점까지도 포기하지 않겠다고 결심했다. K는 장난도 이해할 줄 모르는 사람이라고 남들이 쑤군거릴 것에 대해서는 조금도 걱정하지 않았다. 그는 과거의 경험에서 무엇을 배우는 습성은 갖고 있지 않았으나 비록 그리 대수로

운 일은 아니었지만 신중한 친구들과 달리, 결과를 예측하지 못하고 경솔하게 행동했다가 낭패를 보았던 일들을 떠올렸다. 그런 일은 다시는 있어서는 안 되고, 적어도 이번만은 그래서는 안 될 것이다. 그는 지금 이것이 희극이라면 같이 연기해보기로 했다.

그는 아직 자유로운 몸이었다.

"실례합니다."

그는 두 감시인 사이를 지나서 자기 방으로 급히 들어갔다.

"분별력은 있는 것 같군."

이런 소리가 뒤에서 들렸다. 방에 들어간 그는 곧 책상 서랍을 열었다. 모든 것이 깔끔하게 정돈되어 있었지만 흥분한 탓인지 찾고 있는 신분증만은 금방 눈에 띄지 않았다. 결국 자전거 통행증을 찾아내서 그거라도 들고 감시인들한테 갈까 하고 생각했으나, 그다지 도움이 될 것 같지 않았다. 좀 더 찾아본 끝에 그는 마침내 출생 증명서를 발견했다. 그가 다시 옆방으로 돌아갔을 때 맞은편 문이 열리면서 그루바흐 부인이 들어서려고 했다. 그러나 부인은 얼굴을 들이밀다가 K를 보자 당황하며 죄송하다는 말만 남기고는 매우 조심스럽게 문을 닫았다.

K는 "들어오세요" 하고 말하려다 말고, 서류를 들고 방 한가운데 서서 닫힌 문을 쳐다보았다. 문은 다시 열리지 않았다. 그러다가 그는 감시인들이 부르는 소리에 흠칫 놀랐다. 그들은 열린 창문 옆에 있는 책상에 앉아 있었는데, 이제 보니 K의 아침 식사를 그들이 먹고 있었다.

"부인은 왜 안 들어옵니까?"

K가 물었다.

"들어와선 안 됩니다. 당신이 체포되었기 때문이오."

키가 큰 감시인이 말했다.

"도대체 내가 어째서 체포된 겁니까? 더구나 이런 식으로 말입니다."

"아, 또 시작하는군."

그 감시인은 버터 바른 빵을 꿀종지에 담갔다.

"우린 그런 질문에는 대답하지 않소."

"대답해야만 해요. 여기 내 신분 증명서가 있어요. 이제 당신들 것을 보여주시오. 그리고 무엇보다도 체포 영장을 봅시다."

"아이고, 맙소사! 당신은 상황을 제대로 이해하지 못하고, 지금 누구보다도 당신에게 가장 가까운 사람이라고 할 수 있는 우리를 쓸데없이 화나게 할 셈이로군!"

"그래요, 이 말을 믿어야 해요."

프란츠는 손에 들고 있던 커피잔을 입으로 가져갈 생각은 않고, 알 수 없지만 뭔가 의미심장한 시선으로 오랫동안 K를 빤히 쳐다보았다.

K는 그럴 생각은 아니었지만 프란츠와 눈싸움을 하다가 서류를 탁 치며 말했다.

"이게 내 신분증명서요."

"그게 우리와 무슨 상관이 있단 말이오?"

키가 큰 감시인이 곧장 소리쳤다.

"어린애보다도 더 버릇없이 구는군. 도대체 어쩌자는 거요? 감시인인 우리와 신분증명서니 체포영장이니 하면서 다투면 이 중대하고 끔찍한 소송이 금방 해결될 것 같소? 우린 말단 직원이라 신분증명서 따위는 알 바 없소. 당신을 매일 열 시간씩 감시하고 그 보수를 받는 것 이외에는 당신과 아무 관계도 없단 말이오. 이게 우리 신분에 관한 전부지만, 우리가 일하는 상급 기관에서는 체포할 때, 미리 체포해야 할 이유나 체포하는 사람의 신상을 상세하게 조사한다는 것은 잘 알고 있소. 그 점엔 착오가 있을 수 없지. 우리 기관은 내가 아는 한, 물론 나는 말단에서 일하는 사람밖에 모르지만, 우리가 어떤 죄를 찾아내는 게 아니라, 법률에 적혀 있듯이, 죄가 우리 기관을 끌어당기는 것이고, 그러면 우리 기관은 그곳으로 감시인들을 보내는 거요. 그게 법률이오. 뭐 잘못된 점이 있소?"

"그런 법률은 난 모르겠소."

"그러니까 더 나쁜 거요."

"그런 법률은 당신들 머릿속에나 있을 따름이오."

K는 어떻게 해서든지 감시인들의 생각 속으로 들어가서 그들의 생각을 자기에게 유리한 방향으로 돌리거나 아니면 자신이 그들의 생각과 같아져야겠다고 생각했다. 그러나 감시인은 그저 거절하는 투였다.

"당신도 차차 알게 될 거요."

프란츠가 끼어들었다.

"이봐, 빌렘, 저자가 법률을 모른다는 걸 인정하면서도 자기는 무죄라고 주장하는군."

"자네 말이 맞아. 저자가 말을 알아듣지 못해."

다른 쪽이 말했다.

K는 더는 아무 말도 하지 않았다. 그들 자신이 인정한 대로 이런 말단 직원들의 이야기로 혼란을 일으킬 필요가 있을까 하고 생각했다. 이들은 자신들도 잘 모르는 말을 떠들어대고 있다. 이들의 확신은 어리석음에서 나온다. 나와 수준이 같은 사람과 한두 마디만 이야기하면 이런 자들과 오랫동안 지껄이는 것보다 훨씬 더 사태가 명백해질

것이다. K는 방 안의 빈자리를 찾아 이리저리 걸어 다녔다. 맞은편에 살고 있는 노파가 훨씬 더 늙은 영감을 창가로 끌고 와서 끌어안듯 하고 있는 것이 보였다. K는 더는 이렇게 구경거리가 될 수는 없다고 생각했다.

"당신들의 상관한테 데려다주시오."

"상관이 요구하면 모르지만 그 전엔 안 됩니다."

빌렘이라는 자가 말했다.

"그리고 한 가지 충고하겠는데, 방으로 돌아가서 얌전하게 당신에게 지시가 있을 때까지 기다리는 게 좋을 거요. 쓸데없는 생각으로 어수선하게 굴지 말고 마음을 가라앉혀요. 곧 굉장한 지시가 내려올 테니까. 우리는 이렇게 친절하게 대했는데도 당신은 우리한테 그러지 않았소. 우리는 보잘것없는 말단 직원이지만 적어도 지금의 당신에 비해서는 자유로운 인간이라는 걸 당신은 잊고 있소. 이건 결코 한낱 우월감에서 하는 말이 아니오. 그래도 당신이 돈을 준다면 저 찻집에서 간단한 아침 식사쯤은 사다줄 용의가 있소."

그들의 제안에 대답도 하지 않고 K는 잠시 그냥 서 있었다. 옆방의 문이나 심지어 복도로 나가는 문을 연다고 해도 이 두 사람이 가로막지는 않을 것이고, 어쩌면 극단적으로 행동하는 것이 모든 일을 가장 간단하게 해결하는 방법일지도 모른다는 생각이 들었다. 그러나 두 사람이 한꺼번에 덤벼들어 그를 내던질지도 모른다. 그러면 어떤 점에서 아직은 유지하고 있는 그들보다 우월한 위치를 모두 잃게 될지도 모른다. 그래서 그는 일이 자연스럽게 진행되어 안전하게 해결될 쪽을 택해 자기 방으로 돌아갔다. 그의 편에서나 감시인 편에서나 아무 말이 없었다.

그는 침대에 몸을 던지고 개수대에서 깨끗한 사과 하나를 집어 들었다. 전날 저녁에 오늘 아침 식사로 먹으려고 놓아둔 것이다. 지금으로서는 이 사과 한 개가 유일한 아침 식사였는데, 한 입 크게 베어 맛을 보니, 감시인들이 선심 써서 사다주겠다고 한 저 더러운 찻집의 아침 식사보다는 훨씬 나은 듯했다. 기분이 좀 좋아지고 안도감도 들었다. 오늘 오전에는 은행 일을 쉴 수밖에 없는데, 그는 은행에서 비교적 높은 직책을 맡고 있으니 쉽게 용서받을 것이다. 결근 사유를 사실대로 말해야 할까? 그는 그렇게 하리라고 생각했다. 그의 말을 믿어주지 않는다면, 이 경우에는 그럴 만도 하겠지만 그루바흐 부인이나 맞은편에 사는 두 노인을 증인으로 삼을 수 있을 것이다. 두 노인은 지금 맞은편 창으로 자리를 옮기고 있으리라. K는 감시인들이 그가 자살할지도 모르는데 방 안에 몰아넣고 혼자 내버려두는 게 이상했다. 적어도 감시인들의 사고방식으로 생각해보면 그렇지 않은가. 동시에 그는 이번에는 자신의 사고방식으로 생각해보아, 지금 자기가 자살할 어떤 이유가 있는지 자문해보았다. 두 감시인이 옆방에 앉아 있고 자신의 아침 식사를 먹어치웠다고 해서 자살할 수 있을까? 자살은 무의미한 짓이어서 설령 자살을 생각했더라도 그 무의미함 때문에 실행할 수 없을 것이다. 감시인들의 머리가 그렇게 모자라지 않다면 그들도 K와 같은 생각으로 그를 혼자 내버려두는 것이 전혀 위험하지 않다고 생각했을 것이다. 그들은 지금 보려고만 한다면, 그가 작은 찬장으로 가서 고급 브랜디를 꺼내서 우선 아침 식사 대신 한 잔 마시고, 용기를 돋우기 위해 다시 한 잔 마시는 모습을 들여다볼 수 있을 것이다. 물론 두 번째 잔은 있을 법하지 않은 경우를 대비해서 마시는 것이었다.

그때 옆방에서 부르는 소리에 흠칫 놀라 그는 이를 잔에 부딪혔다.

"감독님이 부르십니다!"

그를 놀라게 한 것은 단지 그 외침뿐이었다. 짧고 끊는 듯한 그 군대식 외침은 조금도 프란츠의 목소리라고 생각되지 않았다. 아무튼 명령 자체는 매우 반가웠다.

"드디어!"

소리쳐 대답하고 그는 찬장을 닫고 얼른 옆방으로 달려갔다. 거기 서 있던 두 감시인은 어림도 없다는 듯이 그를 다시 방으로 밀어 넣었다.

"왜 이러는 거요?"

그들이 소리쳤다.

"잠옷 바람으로 감독님 앞에 나서겠다는 거요? 그러다간 호되게 얻어맞을걸, 우리까지!"

"날 좀 내버려둬요, 빌어먹을!"

옷장 있는 데까지 떠밀려온 K가 소리쳤다.

"자고 있는데 달려 들어와서는 예복을 차리길 바라는 거요?"

"쓸데없는 소리 집어치워요!"

감시인들이 말했다.

그러나 K가 소리치자 그들은 조용해졌고 거의 슬픈 표정까지 지었다. 그 바람에 K는 오히려 당황했고 한편으론 제정신이 들었다.

"가소로운 허식이야!"

K는 투덜거렸지만, 어느덧 의자에서 상의를 집어 들고는 감시인 들의 의견을 묻듯이 잠시 두 손에 들고 있었다. 그들은 머리를 흔들었다.

"검은색 상의를 입어야 합니다."

그들이 말했다.

K는 옷을 방바닥에 내던지며, 무슨 생각에서였는지 이렇게 말

했다.

"아직 본심리(本審理)가 아니잖소?"

감시인들은 약간 웃었지만 주장을 굽히지는 않았다.

"검은색 상의가 아니면 안 돼요."

"그렇게 해서 일이 빨리 끝난다면 그러죠."

K는 옷장을 열고 한참 동안 이것저것 뒤적이다가 가장 좋은 검은색 양복을 골랐다. 허리 바느질이 잘 되어서 친지들 사이에서 화제가 되었던 양복이다. 그리고 셔츠도 새것을 꺼내어 단정히 입었다. 감시인들이 목욕을 하라고 말하는 것을 잊은 탓에 그런대로 일이 빨리 진행되었다고 그는 내심 다행스럽게 생각했다. 지금이라도 저들이 그 생각을 떠올리지 않을까 해서 눈치를 살펴보았으나, 결국 생각이 나지 않는 모양이었다. 그러나 빌렘은 K가 옷을 갈아입는 중이라고 보고하도록 프란츠를 감독에게 보내는 것은 잊지 않았다.

옷을 다 갈아입고 나서 K는 빌렘 바로 앞에 서서 아무도 없는 옆방을 지나 다음 방으로 가야 했다. 두 짝으로 되어 있는 문은 이미 활짝 열려 있었다. 그 방에는 K도 잘 알고 있듯이 얼마 전부터 타이피스트인 뷔르스트너 양이 살고 있었으나, 그녀는 언제나 아침 일찍 직장에 나가서 저녁 늦게야 돌아오기 때문에 K하고는 인사만 할 뿐 별로 이야기를 주고받은 일이 없었다. 침대 옆에 있던 자그마한 책상은 이제 방 한가운데로 옮겨져 심리용 책상으로 마련된 모양이었고, 그 앞에는 감독이 앉아 있었다. 그는 다리를 포개고 앉아 한쪽 팔을 의자 등받이에 올려놓고 있었다.

방 한쪽 구석에는 청년 셋이 서서 벽에 걸린 패널에 붙여 놓은 뷔르스트너 양의 사진을 쳐다보고 있었다. 열린 창문 손잡이에는 하얀 블라우스가 걸려 있었다. 맞은편 창문에는 두 노인이 아직도 있었을 뿐만 아니라, 구경꾼이 하나 더 늘어나 있었다. 노인들 뒤에 키가 훨씬 더 큰 사내가 가슴을 열어 헤친 셔츠 바람으로 서서 불그스레하고 뾰족한 수염을 손가락으로 눌렀다 비틀었다 하고 있었다.

"요제프 K요?"

감독이 물었는데 그것은 단지 K의 산만한 시선을 자기한테로 돌리려고 그러는 것이었다.

K는 고개를 끄덕였다.

"오늘 아침 일 때문에 매우 놀랐죠?"

감독은 책상 위에 놓인 양초, 성냥갑, 책, 바늘쌈지 따위를 심문에 필요한 물건이라도 되는 듯이 두 손으로 늘어놓았다.

"정말 놀랐습니다."

K는 마침내 말이 통하는 사람과 마주 서서 자기 일에 대해 이야기할 수 있게 된 것을 기쁘게 생각하며 말했다.

"사실 놀라기는 했지만 그렇게 크게 놀라지는 않았습니다."

"크게 놀라지는 않았다고요?"

감독은 이렇게 묻고는 양초를 책상 한가운데에 세우고 그 주위에 다른 물건들을 모아놓았다.

"내 말을 오해하시는 것 같군요."

K는 당황하며 자신의 말을 해명하려고 했다.

"내 말은……."

여기서 그는 말을 끊고 의자를 찾으려고 주위를 돌아보았다.

"앉아도 됩니까?"

"그건 관례상 안 되오."

"내 말은……."

K가 더는 시간을 끌지 않고 말했다.

"물론 매우 놀랐습니다만, 30년 동안 살다 보면, 그리고 나처럼 혼자서 고생하며 살다 보면 충격에 단련돼서 웬만한 일에는 그리 놀라지 않게 됩니다. 특히 오늘 같은 사건에는 더 그렇습니다."

"왜 오늘 같은 사건에는 더욱 그런가요?"

"이 일을 장난으로 생각한다는 건 아닙니다. 장난치고는 계획된 일의 규모가 너무 크니까요. 이 하숙집에 사는 사람들 모두와 당신들까지도 관련된 걸 보면 장난의 범위를 넘어섰죠. 그래서 이게 장난이라고 말할 생각은 없습니다."

"아주 옳은 말이오."

감독은 성냥갑에 든 성냥을 세면서 말했다.

"그러나 한편……."

K는 말을 계속하면서 모든 사람을 둘러보았는데, 사진을 쳐다보고 있는 세 청년도 자기를 돌아봐주었으면 하고 바랐다.

"그러나 한편 이 사건은 그리 대수롭지 않을 수도 있습니다. 내가 고발당하기는 했지만 그럴 만한 죄가 하나도 없기 때문입니다. 그러나 그것도 부차적인 일이고, 문제는 누가 날 고발했는가입니다. 어느 기관에서 소송 절차를 밟고 있습니까? 당신들은 관리인가요? 한 분도 정복을 입고 있지 않은데, 당신들의 복장은……."

여기서 그는 프란츠를 돌아보았다.

"정복이라기보다는, 오히려 여행복 같습니다. 이러한 의문들에 대해서 명백한 답변을 주기 바랍니다. 그리고 이게 분명해지면 서로가 아주 기분 좋게 헤어질 수 있으리라고 확신합니다."

감독은 성냥갑을 책상 위에 탁 내려놓았다.

"당신은 큰 착각을 하고 있소. 여기 있는 이 사람들이나 나는 당신 사건에 대해서는 완전히 제삼자에 불과해요. 사실 우린 당신 사건에 대해서 거의 아무것도 모릅니다. 우리가 규칙대로 정복을 입을 수도 있겠지만, 그렇다고 해서 당신의 사건이 불리해질 건 조금도 없소. 나는 당신이 고발되었다고 말할 수 없는데, 사실 당신이 고발되었는지 아닌지 또 당신이 맞는지 아닌지조차 모르기 때문이오. 당신이 체포된 것만이 사실이며 그 이상은 모릅니다. 혹시 감시인들이 무슨 허튼소리를 지껄였는지 모르지만, 그랬다면 그건 허튼소리에 불과하오. 그러니까 당신 질문에 대답할 수는 없지만, 우리들에 대해서나 앞으로 일어날 일에 대해서는 너무 생각하지 말고, 당신 자신에 대해서나 생각하는 게 좋을 거라고 충고하겠소. 당신이 결백하다는 생각에서 이런 소란을 부리지 말아요. 그러면 별로 나쁘지 않은 인상마저 망치게 되니까. 그리고 무엇보다도 말을 좀 삼가시오. 당신이 지금까지 한 말은 한두 마디만 들어도 당신 태도로 다 알 수 있는 것들이고, 게다가 당신한테 특별히 이로울 게 하나도 없는 말들이오.”

K는 감독을 빤히 쳐다보았다. 자기보다 어려 보이는 이 사람한테서 이런 건방진 설교를 들어야 할까? 솔직히 말했다고 해서 훈계를 받아야 한단 말인가? 체포 이유나 명령을 내린 사람에 대해서는 아무 말도 없지 않은가? 그는 흥분되어서 이리저리 걸어 다녔는데 아무도 막지 않았다. 그는 와이셔츠의 커프스를 밀어 넣기도 하고, 가슴을 만지기도 하고, 머리카락을 매만지기도 하면서 세 청년들 앞을 지나며 말했다.

“참 어이없는 일입니다.”

이 말을 듣자 세 청년은 돌아보며 호의적이고 진지한 표정으로 그를 응시했다. K는 결국 감독이 앉아 있는 책상 앞에서 다시 발걸음을 멈췄다.

“하스테러 검사(檢事)는 나와 친한 친구인데요, 전화를 걸어도 괜찮겠습니까?”

"좋소. 그러나 전화를 거는 게 무슨 의미가 있는지 알 수 없군요. 그저 개인적인 일로 그와 얘기한다면 모르지만."

"무슨 의미가 있느냐고요?"

K는 화가 나서라기보다 당황해서 소리쳤다.

"대체 당신은 누구요? 당신은 지금 이렇게 무의미한 짓을 하면서 의미를 찾는 건가요? 이거야 정말 복장이 터질 노릇 아닌가요? 이 사람들이 먼저 나를 습격하더니, 이제는 여기저기 서 있고 앉아 있고 하면서 당신 앞에서 나를 시험받게 하지 않습니까? 당신들 말대로 내가 체포된 거라면 검사한테 전화 거는 게 무슨 의미가 있느냔 말이죠? 좋아요, 전화는 걸지 않겠어요."

"그러지 말고."

감독은 전화가 있는 복도 쪽으로 손을 내밀며 말했다.

"어서 거시오."

"아니요. 이젠 걸고 싶지 않습니다."

K는 창가로 갔다. 맞은편의 구경꾼들은 아직도 창가에 있었지만 K가 창문 앞으로 오니까 조용히 구경하던 분위기를 방해받은 듯했다. 두 노인이 몸을 일으키려 했고, 뒤에 있는 사내가 그들을 진정시키는 모양이었다.

"저쪽에도 저렇게 구경꾼들이 있습니다."

K는 큰 소리로 감독에게 외치며 손가락으로 밖을 가리켰다. 그러고 나서 맞은편을 향해 외쳤다.

"거기서 비켜요!"

세 사람은 곧 두서너 걸음 뒤로 물러섰다. 두 노인은 사내 뒤로 돌아갔으나 사내는 넓적한 몸으로 두 노인을 가리고, 멀어서 들리지는 않았지만 입을 움직이는 것으로 보아 무슨 말을 하고 있는 것 같았다. 그러나 그들은 그 자리에서 아주 물러선 것은 아니고 몰래 다시 창문 옆으로 다가설 기회를 노리는 것 같았다.

"뻔뻔스럽고 염치없는 인간들!"

방 안으로 돌아서며 K가 말했다. 곁눈으로 얼핏 보니 감독도 그의 말에 공감하는 모양이었다. 어쩌면 그의 말에 전혀 귀 기울이지 않았는지도 몰랐다. 왜냐하면 그는 한쪽 손을 책상 위에 쭉 펼치고 손가락 길이를 서로 비교해 보는 것 같았기 때문이다. 두 감시인은 장식천을 덮어 놓은 트렁크 위에 앉아서 무릎을 문지르고 있었다. 세 청년은 손을 허리에 대고 멍하니 주위를 둘러보고 있었다. 텅 빈 사무실처럼 조용했다.

"그럼, 여러분!"

K가 외쳤다. 한순간 자기가 이 모든 사람을 책임지고 있는 것 같은 생각이 들었다.

"당신들의 태도로 보아 나에 대한 용건은 끝난 것 같군요. 당신들의 행동이 옳은지 그른지는 그만 따지고, 서로 악수나 하고 일을 원만히 매듭짓는 게 좋으리라고 생각합니다. 당신들도 나와 의견이 같다면 어서……."

이렇게 말하고 그는 감독의 책상으로 다가가서 손을 내밀었다. 감독은 눈을 들고 입술을 깨물며 K가 내민 손을 쳐다보았다. 여전히 K는 감독이 응해주리라고 생각하고 있었다. 그러나 감독은 자리에서 일어나 뷔르스트너 양의 침대 위에 놓여 있던 딱딱하고 둥근 모자를 들어 마치 새 모자를 써 보기나 하듯이 두 손으로 조심스럽게 쓰고, K에게 말했다.

"당신은 만사를 참 간단하게도 생각하는군요! 일을 원만하게 매듭

짓자고? 아니, 아니, 정말 그렇겐 안 됩니다. 그렇다고 해서 당신이 절
망해야 한다는 말은 아니오. 아니, 왜 그래야 하겠소? 당신은 단지 체
포된 것뿐이지 그 이상은 아무것도 아니오. 그 사실을 당신한테 알려
야만 했기 때문에 그렇게 한 것뿐이고, 당신이 그것을 어떻게 받아들
이는지도 보았소. 오늘은 이만하면 충분하니까 헤어지기로 합시다,
물론 잠시 동안이지만. 당신은 분명히 지금 은행에 가고 싶겠죠?"

"은행이요? 나는 체포된 거라고 생각하고 있었는데요."

K가 약간 거만하게 물었다. 그가 청한 악수를 받아들이지는 않았
지만 감독이 자리에서 일어선 다음부터는 이 사람들의 구속에서 점
점 벗어나고 있다고 생각되었기 때문이다. 그는 그들을 놀려주고 싶
었다. 그들이 갈 때 현관까지 따라가서 자신을 잡아갈 테면 잡아가 보
라고 말할 심산이었다. 그래서 그는 다시 한번 말했다.

"체포되었는데 어떻게 은행엘 갑니까?"

"아, 그것 말이오?"

이미 문 옆에 가 있던 감독이 말했다.

"내 말을 잘못 알아들었군. 당신은 물론 체포되었소. 그러나 그렇
다고 해서 직장에 나가는 것까지 방해하지는 않습니다. 평소대로 살
아가도 됩니다."

"그럼 체포된 게 그리 나쁘지는 않군요."

K는 감독에게 가까이 다가서며 말했다.

"나쁘지 않다고 말하지는 않았소."

"그렇다면 체포 사실을 꼭 알릴 필요가 있었던 것 같지도 않군요."

K는 좀 더 가까이 다가갔다. 다른 사람들도 가까이 와서 이제 모두
들 방문 앞에 바싹 모여 있었다.

"그건 내 의무였소."

"어리석은 의무군요."

K가 물러서지 않고 말했다.

"그럴지도 모르지. 그러나 이런 이야기로 시간을 낭비하고 싶지는 않소. 난 당신이 은행에 갈 거라고 생각했었소. 당신이 말마다 신경을 쓰고 있기에 말해주겠는데, 은행에 가라고 강요하는 건 아니고, 다만 당신이 은행에 가고 싶어 할 거라고 생각했다는 것뿐이오. 그리고 당신이 마음을 진정하고 은행에 나가서도 눈에 띄지 않도록 하려고 당신 동료 세 사람을 여기 데리고 왔소."

"뭐라고요?"

K는 놀라서 세 청년을 쳐다보았다. 아무 특징도 없고 창백한 얼굴로 사진만 보고 있던 세 청년은 정말로 그의 은행 직원들이었다. 동료라고 하는 것은 너무 지나친 말이어서, 뭐든지 다 아는 체하는 감독의 실수를 드러냈는데, 아무튼 그들이 은행의 말단 직원인 것만은 틀림없었다. K는 어째서 그들을 알아보지 못했을까? 감독이나 감시인들한테 얼마나 정신이 팔려 있었으면 그들을 알아보지 못했겠는가! 동작이 딱딱하고 양손을 건들거리는 라벤슈타이너, 금발에 눈이 움푹 들어간 쿨리히, 만성적인 근육 경련 때문에 늘 불쾌하게 웃는 것 같은 카미너.

"안녕하세요."

K는 잠시 뒤 인사를 건네고 깍듯이 머리를 숙이는 그 세 사람에게 손을 내밀었다.

"난 당신들을 전혀 못 알아봤어요. 그럼 직장으로 출근해볼까요?"

세 사람은 그동안 쭉 그 말만 기다리고 있었다는 듯이 웃으면서 머리를 끄덕였다.

그러나 K가 모자를 방에 놓고 안 가지고 온 것을 깨닫자 세 사람이 모두 모자를 가지러 뛰어갔는데, 그들이 당황하고 있다는 사실을 보여주었다. K는 묵묵히 서서 열린 문으로 그들의 뒷모습을 보고 있었다. 맨 뒤에 가는 사람은 당연히 태평한 성격의 라벤슈타이너였는데 그는 우아하게 빨리 걷는 시늉만 하고 있었다. 카미너가 모자를 건네주었는데, K는 은행에서도 번번이 그렇게 생각했듯이 카미너가 일부러 그렇게 웃는 것은 아니라고, 카미너는 결코 일부러 그렇게 웃을 수가 없다고 자신에게 다짐했다.

그루바흐 부인이 그들에게 현관문을 열어주었는데, 그녀는 그다지 죄책감을 느끼는 것 같지 않았다. K는 전에도 자주 그랬듯이 그녀의 뚱뚱한 몸을 너무 깊이 졸라맨 앞치마끈을 내려다보았다. 밖에 나오자 K는 시계를 손에 들고 이미 반 시간이나 늦었으니 더 늦지 않게 차를 타기로 생각했다. 카미너는 택시를 잡으러 모퉁이까지 뛰어갔고, 다른 두 사람은 K의 기분을 돌리려고 애를 쓰다가 갑자기 쿨리히가 맞은편 집의 대문을 가리켰다. 거기에는 그 노란 콧수염을 한 키 큰 남자가 나오다가 모습을 완전히 드러낸 것에 조금 당황하면서 벽 쪽으로 물러나 이제는 벽에 몸을 기대고 있었다. 두 노인은 아직 층계를 내려오는 중일 게다. 자기가 이미 보았고 게다가 나타나리라 예측하고 있던 그 남자를 쿨리히가 가리켰기 때문에 K는 화가 났다.

"그쪽을 보지 말아요."

그는 쏘아붙였지만 성인 남자에게 그런 식으로 말하는 게 얼마나 귀에 거슬리는지를 깨닫지 못했다. 그러나 변명할 필요는 없었다. 자동차가 왔기 때문이다.

그들은 차를 타고 떠났다. 그때 K는 감독이나 감시인들이 떠나는 모습을 보지 못한 것을 깨달았다. 감독한테 정신이 팔려서 세 은행원을 알아보지 못하더니 이번에는 또 은행원들에게 정신이 팔려서 감독을 잊어버린 것이다. 이런 행동은 그가 침착하지 못하다는 증거이므로 앞으로는 좀 더 정확하게 관찰해야겠다고 다짐했다. 그러나 그는 무의식중에 자동차 의자 뒤로 목을 빼고 혹시 감독과 감시인들이 보이지 않나 내다보았다.

그러나 곧 그들을 찾아볼 노력을 포기하고 몸을 돌려 구석에 편안히 기대앉았다. 지금으로서는 이야기를 건넬 필요도 없었으며 세 은행원도 피로해 보였다. 라벤슈타이너는 오른쪽에서 쿨리히는 왼쪽에서 창밖을 내다보고 있었고, 카미너만이 비죽비죽 웃으며 그를 쳐다보고 있었는데, 그런 웃음을 두고 놀리는 건 인정상 있을 수 없는 일이었다.

*

올봄에 K는 일이 끝나면, 대개 9시까지 사무실에 있었지만 혼자서 혹은 은행원들과 함께 잠시 산책을 한 뒤에 맥줏집에 들어가서 주로 나이 든 사람들이 모여 앉는 단골 탁자에 앉아 보통 11시까지 시간을 보내곤 했다. 그러나 이 같은 저녁 생활에 예외가 없는 것은 아니었다. 예를 들어 K의 역량과 성실성을 높이 사고 있는 지점장과 함께 드라이브를 하거나 또는 지점장의 저택으로 만찬에 초대받는 일도 있었다. 그 밖에 K는 일주일에 한 번씩 엘자라는 여자를 만나러 갔는데, 그녀는 밤새도록 문을 여는 술집에서 아침 늦게까지 일하는 까닭에 낮에 찾아가면 늘 침대에 누워서 그를 맞이했다.

그러나 이날 밤, 낮 시간은 일에 쫓기고 또 정중하고 다정한 생일 축하 인사를 받는 가운데 금방 지나갔지만 K는 곧장 집으로 돌아가려고 했다. 낮에 일을 잠깐 쉴 때마다 그는 그 일에 대해서 생각했다.

어째서 그런 생각이 드는지는 알 수 없지만, 오늘 아침 사건 때문에 그루바흐 부인의 집 전체가 일대 혼란을 겪었고, 질서를 회복하려면 자신이 꼭 필요할 것같이 생각되었다. 그러나 질서가 회복되면 그 사건의 흔적은 모두 사라지고 모든 게 전과 다름없게 될 것이다.

특히 그 세 은행원에 대해서는 조금도 겁낼 필요가 없었다. 그들은 은행의 수많은 직원 가운데 뒤섞이자 눈에 띄지 않았고, 그들에게서 아무런 변화도 알아차릴 수 없었다. K는 그들의 태도를 살펴보려고 여러 번 한 사람씩, 혹은 세 사람을 함께 자기 사무실로 불러보았는데, 매번 안심하고 그들을 돌려보낼 수 있었다.

밤 9시 반에 그가 살고 있는 집 앞에 왔을 때 현관 앞에서 그는 한 젊은이와 마주쳤다. 젊은이는 거기 버티고 서서 파이프 담배를 피우고 있었다.

"누구시죠?"

K는 곧 이렇게 묻고 얼굴을 그 젊은이에게 바싹 가져갔으나 어두컴컴해서 잘 보이지 않았다.

"관리인의 아들입니다, 선생님."

젊은이는 파이프를 입에서 떼고 옆으로 비켜섰다.

"관리인 아들이라고?"

K는 이렇게 되묻고 초조하게 지팡이로 땅바닥을 두들겼다.

"선생님, 무슨 일이 있으세요? 아버지를 불러올까요?"

"아니, 됐어."

K의 목소리에는 젊은이가 무슨 나쁜 짓을 했지만 용서해준다는 듯한 어감이 들어 있었다.

"괜찮아."

그는 걸음을 옮겼으나, 층계를 오르기 전에 다시 한번 돌아보았다.

곧장 자신의 방으로 갈 수도 있었지만, 그루바흐 부인과 이야기하고 싶었기 때문에 부인의 방문을 두드렸다. 그녀는 책상 옆에서 양말을 꿰매고 있었다. 책상 위에는 한 무더기의 낡은 양말이 쌓여 있었다. K는 이렇게 늦은 시각에 찾아와서 죄송하다고 허둥거리며 사과했지만, 그루바흐 부인은 매우 다정한 표정으로 그런 사과는 필요 없다고, 당신이라면 언제든지 말동무가 될 수 있고, 우리 집에서 당신을 제일 훌륭하고 소중한 하숙인으로 생각하는 걸 잘 알지 않느냐고 말했다. K는 방 안을 둘러보았으나 완전히 원래의 상태로 돌아와 있었다. 아침에 창문 옆의 조그만 책상 위에 놓여 있던 아침 식사 그릇들도 이미 치워져 있었다. '여자의 손이란 조용히 여러 가지 일을 해치우는구나' 하고 K는 생각했다. 자기 같으면 그릇들을 그 자리에서 부숴버리지 밖으로 가져가지는 못했을 것이다. 그는 고마워하며 그루바흐 부인을 바라보며 물었다.

"왜 이렇게 늦게까지 일을 하세요?"

두 사람은 이제 함께 책상 옆에 앉아 있었고, K는 이따금 양말 속에 손을 집어넣었다.

"일이 많아서요. 낮에는 하숙하는 손님들 시중을 들어야 하니까, 내 일은 아무래도 밤에 하는 수밖에 없어요."

"오늘은 저 때문에 많이 힘드셨죠?"

"어째서요?"

그녀는 진지한 표정이 되어 일감을 내려놓았다.

"오늘 아침 여기 왔던 사람들 말입니다."

"아, 그 일이요, 그리 힘든 일도 아니었는데요."

부인은 침착하게 말했다.

K는 말없이 다시 양말을 꿰매는 부인의 모습을 바라보았다. 내가

그 일을 이야기하는 것에 부인은 놀라고, 내가 그런 말을 하는 건 적절하지 않다고 여기는 모양이라고 그는 생각했다. 그러니까 더욱 얘기할 필요가 있었다. 나이가 지긋한 부인하고나 그 이야기를 할 수 있다.

"아니요, 정말 수고를 끼쳤습니다. 하지만 그런 일은 다시 없을 겁니다."

"그럼요. 그런 일은 다시 일어날 수 없어요."

다짐하듯이 말하고 부인은 그에게 쓸쓸한 웃음을 지었다.

"정말 그렇게 생각하세요?"

K가 물었다.

"그렇고말고요."

그녀는 낮은 목소리로 말했다.

"하지만 무엇보다도 그 일을 너무 어렵게 생각해서는 안 돼요. 세상에는 별일이 다 일어나니까요! K씨, 내게 터놓고 말씀하시니까 나도 숨김없이 말씀드리겠는데, 나는 문 뒤에서 조금 엿듣기도 했고, 두 감시인이 나한테 약간 비친 말도 있어요. 당신의 행복에 관계되는 일이니 정말로 나도 몹시 걱정이 돼요. 단지 하숙집 주인에 지나지 않는 나로서는 어쩌면 너무 지나친 관심일지도 모르죠. 그런데 감시인한테서 설핏 들었다고는 했지만, 특별히 나쁜 일이었다고 말할 수는 없어요. 그렇지 않아요. 당신은 체포되었는데 도둑질한 사람이 체포된다면 나쁘지만, 당신의 경우는 무슨 유식한 일 때문인 것 같아요. 바보 같은 표현이라면 용서하세요. 난 이해하지 못하지만 이해할 필요도 없는 뭔가 유식한 일인 것 같아요."

"하신 말씀은 전혀 바보 같은 이야기가 아닙니다. 그루바흐 부인. 적어도 부분적으로는 나 역시 당신과 같은 생각입니다. 다만 이 문제를 당신보다 예리하게 판단하기 때문에 나는 이 일을 유식한 일이라고 생각하지 않고, 아주 무의미한 일이라고 생각합니다. 나는 불시에 습격을 당한 거죠. 그뿐입니다. 만일 내가 잠이 깨자마자 안나가 나타나지 않은 데에 어리둥절해 하지 말고 얼른 일어나서 방해하는 사람 따위도 개의치 않고 당신에게로 가서, 예외적이긴 하지만 부엌에서 아침을 먹고, 당신에게 내 방에서 옷을 가져오게 했더라면, 한마디로 말해서, 이성적으로 행동했더라면 그 이상 아무 일도 일어나지 않았을 것이고, 일어나려고 했던 일들도 모두 막을 수 있었을 겁니다. 하지만 마음의 준비가 전혀 되어 있지 않았어요. 예를 들어 은행에서라면 마음의 준비가 되어 있어서 이런 일이 일어날 수가 없습니다. 내 밑에서 심부름하는 사환이 있고, 또 외부 전화와 구내 전화가 책상 위에 놓여 있고, 손님들이나 은행원들이 계속 드나들고 있으니까요. 게다가 무엇보다도 은행에서는 언제나 일에 얽매여서 머리가 긴장 상태이기 때문에 이런 일이 일어나면 오히려 재미있겠지요. 어쨌든 끝난 일이니까 나도 사실 더는 그 문제에 대해서 말하고 싶지 않습니다. 다만 당신 같은 분별 있는 사람의 판단을 들어보려고 했던 겁니다. 우리의 의견이 일치해서 기쁩니다. 그럼, 나와 악수해주세요. 악수를 해서 의견의 일치를 더 견고하게 다집시다.”

'부인이 나와 악수를 해줄까? 감독은 나와 악수를 하지 않았지' 하고 생각한 K는 부인을 전과는 달리 탐색하듯 바라보았다. 그가 자리에서 일어났기 때문에 부인도 일어섰지만 부인은 K가 한 말을 전부 이해하지는 못했기 때문에 약간 당황하고 있었다. 당황했기 때문에 부인은 생각지도 않았고, 그 순간에 어울리지도 않는 말을 했다.

“그토록 어렵게 생각하지 마세요, K씨.”

울음 섞인 목소리로 부인은 말하고 악수 같은 것은 잊어버리고 말왔다.

"어렵게 생각하지 않습니다."

K는 갑자기 피로를 느꼈는데, 부인의 동의 같은 것은 아무 의미도 없다는 것을 깨달았다.

문을 나서려다 그는 다시 물었다.

"뷔르스트너 양은 집에 있나요?"

"없어요."

부인은 무뚝뚝하게 대답하더니 이윽고 무슨 말인지 이해했다는 듯이 웃었다.

"뷔르스트너 양은 극장에 갔어요. 무슨 볼일이 있으세요? 내가 전해드릴까요?"

"아니요. 그저 잠깐 이야기나 좀 할까 해서요."

"안됐지만 언제 돌아올지 몰라요. 극장에 가면 언제나 늦게 돌아오니까요."

"아무래도 괜찮습니다."

K는 머리를 숙였다가 나가려고 문 쪽으로 돌아섰다.

"뷔르스트너 양의 방을 오늘 아침에 좀 사용했기 때문에 사과하려 했죠."

"그럴 필요 없어요, K씨. 당신은 너무 신경을 쓰는군요. 뷔르스트너 양은 아무것도 모른답니다. 아침 일찍 나가서 돌아오지 않았고, 방은 벌써 말끔히 다 정돈해놨어요. 직접 보세요."

그리고 부인은 뷔르스트너 양의 방문을 열었다.

"감사합니다. 그러리라는 걸 알아요."

K는 열린 문까지 걸어갔다.

달빛이 어두운 방 안을 고요히 비추고 있었다. 보이는 바로는 모든 것이 정말 제대로 정돈되어 있었고, 블라우스도 창문 손잡이에 걸려 있지 않았다. 침대 위의 베개가 눈에 띄게 불쑥 튀어나와 한쪽으로 달빛을 받고 있었다.

"뷔르스트너 양은 자주 밤늦게 돌아오더군요."

K는 그 책임이 그루바흐 부인에게 있기라도 한 것처럼 부인을 쳐다보았다.

"젊은 사람들은 그렇죠!"

그루바흐 부인이 마치 변명이라도 하듯이 말했다.

"사실 그렇죠. 하지만 너무 지나칠 수도 있어요."

"그렇죠. 아주 옳은 말씀이에요, K씨. 뷔르스트너 양의 경우에도 아마 그럴 거예요. 뷔르스트너 양을 흠잡으려는 건 아니에요. 착하고 귀여운 여자고, 친절하고 단정하고 정확하고 부지런한 점에 무척 감탄하고 있지만, 한 가지 사실은 좀 더 자존심을 갖고 얌전하게 행동해야 한다는 거예요. 이번 달에도 벌써 두 번이나 변두리 거리에서 매번 다른 남자와 같이 돌아다니는 걸 보았답니다. K씨, 맹세코 당신에게만 하는 말이지만, 난 참 불쾌했어요. 하지만 언젠가 그녀한테 직접 이런 얘기를 하지 않을 수 없을 거예요. 게다가 의심 가는 일이 그것뿐이 아니에요."

"당신은 아주 잘못 생각하고 있습니다."

화가 나서 억제하지 못하고 K가 말했다.

"게다가 당신은 내가 뷔르스트너 양에 대해서 말한 것까지도 분명히 오해하셨군요. 난 그런 뜻으로 말한 게 아닙니다. 솔직히 말씀드립니다만, 뷔르스트너 양에게 아무 말도 해서는 안 됩니다. 당신은 완전히 잘못 생각하고 있어요. 난 그녀를 잘 알고 있습니다. 당신이 하신 말씀은 전부 틀렸어요. 그런데 어쩌면 내가 너무 지나친 말을 하고 있는지도 모르겠군요. 당신을 막을 생각은 없으니까 뷔르스트너 양에게 말씀하시려거든 하세요. 안녕히 주무세요."

"K씨!"

그루바흐 부인은 애원하듯이 말하고 그가 벌써 연 문까지 급히 쫓아갔다.

"사실 난 아직 그녀에게 말할 생각은 전혀 없어요. 물론 그전에 그녀를 좀 더 잘 살펴보겠어요. 내가 알고 있는 걸 당신에게만 털어놓은 것뿐이에요. 사실 하숙집을 깨끗이 관리하려는 주인이라면 누구나 다 그러지 않을까요. 나도 그러려고 애쓰는 것이지 다른 뜻은 없어요."

"깨끗이 한다고요!"

K는 문틈으로 소리쳤다.

"하숙집을 깨끗하게 하고 싶으시면 우선 나부터 내보내야 할 겁니다."

그리고 그는 문을 꽝 닫고는 부인이 조용히 노크하는 소리를 무시해버렸다.

그러나 자고 싶은 생각이 전혀 없었기 때문에 그냥 일어나 앉아서 이 기회에 뷔르스트너 양이 언제 돌아오는지 확인해봐야겠다고 결심했다. 그러면 적당한 시간은 아니지만 그녀와 한두 마디 이야기를 나눌 수도 있을 것이다. 창가에 누워서 피로한 눈을 감고 그는 그루바흐 부인을 혼내주고, 뷔르스트너 양을 설득해서 같이 이 집을 나가버릴까 하는 생각을 잠깐 해보았다. 그러나 곧 그런 일은 너무 지나친 짓이라 여기고, 자신이 오늘 아침 사건 때문에 집을 옮길 생각이 든게 아닌가 하는 의심도 들었다. 이보다 더 무의미하고 특히 무익하고 경멸받을 짓은 없을 것이다.

인적이 없는 거리를 내다보는 데 싫증이 나서, 누가 집 안에 들어오면 곧 볼 수 있도록 응접실로 나가는 문을 조금 열고 소파에 누웠다. 거의 11시까지 담배를 피우며 소파에 누운 채로 있었다. 그러고 나서 더는 기다릴 수가 없어서 잠시 응접실로 나갔다. 그렇게 하면 뷔르스트너 양을 빨리 돌아오게 할 수 있기라도 한 것처럼. 그는 그녀가 특별히 보고 싶은 것도 아니고, 그녀가 어떻게 생겼는지도 정확하게 기억할 수 없었다. 그러나 지금 그녀와 이야기하고 싶었고, 그녀가 늦게 와서, 오늘 하루가 시작도 그렇더니 또 불안과 혼란으로 끝난다는 게 화가 났다. 저녁 식사도 못하고, 엘자를 만나러 가려던 생각을 포기한 것도 뷔르스트너 양 탓이었다. 물론 지금이라도 엘자가 일하는 술집에 가면 이 두 가지 일을 다 만회할 수 있었다. 그러나 그것도 뷔르스트너 양과 이야기를 한 다음에 해야겠다고 생각했다.

11시 반이 지났을 때 층계에서 발소리가 들렸다. 생각에 잠겨 마치 자기 방에 있는 것처럼 응접실에서 쿵쿵거리며 왔다 갔다 하고 있던 K는 자기 방문 뒤로 도망갔다. 들어온 사람은 뷔르스트너 양이었다. 문을 잠그면서 그녀는 몸을 떨며 좁은 어깨에 두른 비단 숄을 추슬렀다. 이때를 놓치면 그녀는 자기 방으로 들어가버릴 테고, 그렇게 되면 한밤중에 그녀의 방에 들어갈 수도 없는 일이니 지금 그녀를 불러 세워야 했지만, 불행히도 자신의 방에 전깃불을 켜두지 않았기 때문에 어두운 방에서 불쑥 나가면 습격이라도 하는 것 같아 틀림없이 그녀가 몹시 놀랄 터였다. 어찌할 바를 모르겠고 더는 지체할 수도 없어서, 그는 문틈으로 나지막하게 그녀를 불렀다.

"뷔르스트너 양."

부르는 것이 아니라 애원하는 듯한 어조였다.

"누구세요?"

뷔르스트너 양은 눈을 크게 뜨고 주위를 둘러보았다.

"접니다."

K는 앞으로 나섰다.

"아, K씨군요!"

뷔르스트너 양이 웃으며 말했다.

"안녕하세요."

그녀는 K에게 손을 내밀었다.

"잠깐 이야기하고 싶은데, 지금 괜찮겠습니까?"

"지금이요?"

뷔르스트너 양이 물었다.

"꼭 지금 해야겠어요? 좀 이상하지 않아요?"

"9시부터 기다렸습니다."

"그래요? 난 극장에 갔었어요. 당신이 기다리는 줄은 몰랐어요."

"말씀드리고 싶은 일은 오늘 일어났습니다."

"그래요? 그렇다면 내가 쓰러질 정도로 피곤하다는 것 외에 달리 거절할 이유가 없으니, 내 방에 잠깐 들어오세요. 여기서는 이야기할 수 없어요. 그랬다가는 사람들을 모두 깨우게 될 테고, 그러면 다른 사람들보다 우리가 더 난처하게 될 테니까요. 내 방에 불을 켤 테니까 여기서 기다렸다가 여기 불은 꺼주세요."

K는 뷔르스트너 양이 시키는 대로 하고 그녀가 자기 방에서 다시 한번 낮은 소리로 들어오라고 재촉할 때까지 기다리고 있었다.

"앉으세요."

그녀는 안락의자를 가리켰다. 피곤하다고 말했으면서도 그녀는 침대 가장자리 기둥에 기대고 서 있었다. 꽃으로 장식한 작은 모자도 벗지 않았다.

"그런데 무슨 말씀이죠? 정말 궁금하군요."

그녀는 가볍게 다리를 포갰다.

"아마 당신은," 하고 K가 말을 시작했다.

"지금 이야기해야 할 정도로 급한 일은 아니라고 생각할지 모르겠습니다만……."

"서론은 그만두세요."

"그렇다면 마음이 좀 편해집니다. 어느 정도 내 탓으로 당신 방이 오늘 아침에 조금 어질러졌습니다. 처음 보는 사람들이 그랬는데, 나는 그럴 생각이 전혀 없었습니다만 방금 말했듯이 나 때문이죠. 그래서 사과하려고요."

"내 방이요?"

뷔르스트너 양은 방 안을 둘러보지는 않고 의아스러운 듯이 K를 바라보았다.

"그렇습니다."

그리고 두 사람은 이때 처음으로 서로의 눈을 마주 보았다.

"그런 일이 일어난 이유는 전혀 말할 가치가 없습니다."

"하지만 그게 바로 듣고 싶은 일인데요."

"아닙니다."

"그럼, 비밀이라면 캐묻지 않겠어요. 재미없는 이야기라고 고집하시니까 반박하지도 않겠어요. 별로 방 안이 어질러진 흔적도 없으니까 당신이 바라는 대로 기꺼이 용서해드리겠어요."

그녀는 손바닥을 허리에 대고 방 안을 한 바퀴 돌았다. 사진을 붙인 패널 앞에서 그녀는 걸음을 멈췄다. 그리고 이렇게 외쳤다.

"이것 좀 봐요! 정말 내 사진이 뒤죽박죽됐군요. 이럴 수가 있나. 그러고 보니 정말 누군가가 무례하게 내 방에 들어왔었군요."

K는 머리를 끄덕이며 어리석고 쓸데없이 사진을 건드린 은행원 카미너를 마음속으로 원망했다.

"참 이상해요. 내가 없는 동안에 내 방에 들어와서는 안 된다는 것은 당신 자신도 알 텐데, 내가 꼭 말해야 하다니."

"내가 설명했잖습니까, 뷔르스트너 양."

이렇게 말하고 K도 사진이 있는 곳으로 갔다.

"당신 사진에 손을 댄 건 내가 아닙니다. 믿어주지 않으니까 솔직히 말씀드립니다만, 심리위원회에서 은행원 세 명을 데리고 왔었어요. 그 가운데 한 사람이 사진을 만졌을 겁니다. 기회를 봐서 그 친구를 은행에서 내보내겠어요. 그래요, 여기서 심리가 있었습니다."

뷔르스트너 양이 의아한 눈길로 쳐다보았기 때문에 K는 마지막 말을 덧붙였다.

"당신 때문에요?"

뷔르스트너 양이 물었다.

"네."

"그럴 리가 없어요!"

그녀는 이렇게 외치고 큰 소리로 웃었다.

"정말이에요. 그럼 내가 무죄라고 생각합니까?"

"글쎄요, 무죄라…… 중대한지도 모르는 일을 간단히 말할 수는 없겠지요. 또 난 당신을 잘 모르지만, 당장 심리위원회에 회부되는 것만 보아도 중죄인이 틀림없겠지요. 그러나 지금은 자유로운 몸이니까, 적어도 당신의 태연한 태도를 보면 감옥에서 도망친 건 아니라는 걸 알 수 있어요. 그런 죄를 저지르지는 않았겠지요."

"그래요. 그러나 심리위원회는 내가 무죄라거나 또는 생각했던 것만큼 죄가 무겁지는 않다는 걸 깨달았는지도 모릅니다."

"맞아요. 그런지도 몰라요."

뷔르스트너 양은 매우 조심스럽게 말했다.

"들어보세요. 당신은 재판 사건에 대해서는 잘 모르시겠죠?"

"네, 잘 몰라요. 그래서 자주 유감스럽게 생각했었답니다. 난 뭐든지 다 알고 싶고, 특히 재판에 대해서는 굉장히 흥미를 갖고 있으니까요. 재판은 독특한 매력이 있죠, 네? 하지만 앞으로 이 분야에 대한 지식이 확실히 넓어질 거예요. 다음 달부터 어떤 변호사 사무실에 사무원으로 들어가게 됐거든요."

"그것 참 잘 됐군요. 그렇게 되면 내 소송 건을 약간 도와주실 수 있겠어요."

"그럴지도 모르죠. 왜 안 되겠어요? 내가 아는 대로 기꺼이 도와드릴게요."

"진심으로 하는 말입니다. 적어도 당신처럼 절반쯤 진담으로 하는 말입니다. 변호사를 끌어들이기에는 너무 사소한 문제지만 조언자는 정말 필요할 겁니다."

"네, 하지만 내가 조언자가 되어야 한다면 어떤 문제인지는 알아야 하지 않을까요."

"바로 그게 문제입니다. 그걸 나 자신도 모르니까요."

"그럼 날 놀리셨군요."

뷔르스트너 양은 매우 실망한 듯이 말했다.

"하필이면 이런 밤중에 그런 말을 하러 올 필요는 없었잖아요!"

그녀는 그때까지 둘이 나란히 서 있던 사진 앞에서 물러섰다.

"아닙니다. 뷔르스트너 양. 농담이 아닙니다. 내 말을 못 믿는군요! 내가 알고 있는 건 이미 말씀드렸습니다. 아니 그 이상으로 말입니다. 여기 온 사람들은 심리위원회 사람들이 아니었어요. 뭐라 해야 할지 몰라서 그냥 그렇게 부른 거예요. 심리 같은 건 전혀 없었고, 난 그저 체포된 것뿐입니다. 하지만 아무튼 무슨 위원회였어요."

뷔르스트너 양은 안락의자에 앉더니 또 웃음을 터뜨렸다.

"도대체 어떻게 체포되었죠?"

"무시무시했습니다."

말은 그렇게 했으나 K는 지금 그 일에 대해서는 전혀 생각하지 않고, 뷔르스트너 양의 모습에 넋을 빼앗기고 있었다. 그녀는 안락의자의 쿠션에 한쪽 팔꿈치를 올려놓고 손으로 얼굴을 괴고 다른 손으로는 천천히 허리를 어루만지고 있었다.

"그건 너무 막연하군요."

"뭐가 막연하단 말입니까?"

K가 물었으나 곧 생각이 나서 다시 물었다.

"실제 어땠는지 보여드릴까요?"

그는 움직이려 했으나 나가려는 것은 아니었다.

"이젠 피곤해요."

"너무 늦게 돌아와서 그렇죠."

"결국은 핀잔을 듣게 됐군요. 하지만 그것도 내 잘못이에요. 애당초 당신을 방에 들이지 말았어야 했으니까요. 그리고 보니 오실 필요도 전혀 없었어요."

"필요가 있었어요. 이제 곧 알게 될 겁니다. 침대 옆의 작은 책상을 이리 옮겨도 괜찮을까요?"

"무슨 생각을 하는 거예요? 물론 그건 곤란해요!"

"그럼 당신에게 설명할 수가 없어요."

K는 그녀의 말에 굉장한 손해라도 본 것처럼 흥분해서 말했다.

"좋아요. 설명하는 데 필요하다면 책상을 조용히 옮기세요."

그러고 나서 뷔르스트너 양은 조금 뒤에 다시 더 작은 소리로 덧붙였다.

"너무 피곤해서 필요 이상으로 허락하는 거예요."

K는 책상을 방 한가운데 놓고 그 뒤에 앉았다.

"인물 배치를 정확하게 상상하셔야 해요. 아주 재미있습니다. 내가 감독이라 하고, 저기 트렁크에 두 감시인이 앉아 있고, 사진 앞에는 세 청년이 서 있습니다. 이건 그냥 하는 말인데, 창문 손잡이에는 하얀 블라우스가 걸려 있습니다. 이제 심문이 시작됩니다. 아 참, 나 자신을 잊어버리고 말았군요. 가장 중요한 인물인 나는 이 책상 앞에 서 있습니다. 감독은 다리를 포개고 팔은 의자 뒤로 늘어뜨리고 아주 편안하게 앉아 있습니다. 비할 데 없이 무례한 놈이죠. 그리고 이제 정말 심문이 시작됩니다. 감독은 마치 정신을 차리게 하려는 듯이 고함을 질렀습니다. 제대로 알 수 있게 하려면, 미안합니다만 나도 여기서 고함을 질러야겠습니다. 그런데 그가 그렇게 소리를 지르며 부르는 건 내 이름입니다."

웃으면서 귀를 기울이고 있던 뷔르스트너 양은 K가 소리치는 것을 막기 위해 집게손가락을 입에 댔지만 그때는 이미 늦었다. K는 자기가 하는 역할에 열중해서 천천히 외쳤다.

"요제프 K!"

그가 예고한 것만큼 큰 소리는 아니었다. 다만 터져 나올 때는 갑작스러웠지만 서서히 온 방 안에 울려 퍼지는 것 같았다.

그때 옆방 문을 서너 번 두드리는 소리가 들렸다. 힘차고 짧막하고 규칙적인 노크였다. 뷔르스트너 양은 파랗게 질려서 가슴에 손을 댔다. K는 오늘 아침의 사건과 그 장면을 보여줄 상대인 뷔르스트너 양 외에는 잠시 동안 아무것도 생각하지 못했기 때문에 더욱 놀랐다. 마음이 진정되자마자 그는 뷔르스트너 양에게 달려가서 그녀의 손을 잡았다.

"걱정하지 마세요."

그가 속삭였다.

"내가 다 알아서 하겠습니다. 하지만 누굴까요? 옆방은 거실이고 거기선 아무도 자지 않는데요."

"아니에요."

뷔르스트너 양이 K의 귀에 대고 속삭였다.

"어제부터 거기서 그루바흐 부인의 조카인 대위가 자고 있어요. 마침 다른 빈방이 없으니까요. 나도 그걸 잊었군요. 왜 그렇게 소리를 지르세요! 내가 곤란하게 됐잖아요."

"곤란할 이유가 전혀 없어요."

K는 이렇게 말하고 쿠션에 몸을 기대고 있는 그녀의 이마에 키스를 했다.

"안 돼요, 안 돼."

그녀는 급히 몸을 다시 일으켰다.

"나가요, 나가. 왜 이러는 거예요. 저 사람이 문 뒤에서 엿듣고 있어요. 다 듣고 있다고요. 왜 날 이렇게 괴롭히세요!"

"안 갑니다. 당신이 좀 더 진정하기 전에는 안 가겠어요. 방 저쪽 구석으로 갑시다. 저기 있으면 우리 소리가 들리지 않을 테니까."

그녀는 그가 이끄는 대로 끌려갔다. K가 말했다.

"당신에게는 물론 곤란하겠지만 절대로 위험한 일은 아니라는 걸 모르는군요. 이런 문제는 그루바흐 부인이 결정권을 갖고 있고, 더구나 대위가 그녀의 조카니까 하는 말인데, 부인은 날 매우 존중하고 내 말이라면 뭐든지 무조건 믿습니다. 게다가 그녀는 내게 신세를 지고 있습니다. 상당한 돈을 나한테서 빌려갔으니까요. 우리가 지금 한 방에 있는 것에 대해 당신이 어떻게 해명하라고 하든 조금이라도 이치에 맞기만 하면 다 그렇게 하겠습니다. 그리고 그루바흐 부인이 다른 사람들에게도 그렇게 설명하게 할 뿐만 아니라, 그걸 정말로 제대로 믿게 할 수 있어요. 약속해요. 그 점에 대해서는 아무 걱정 말고 뭐든지 내게 시키세요. 내가 당신한테 달려들었다고 소문내고 싶으면 내가 그루바흐 부인에게 그렇게 말하겠어요. 그걸 믿어도 그루바흐 부인은 나에 대한 신뢰감을 버리지 않을 겁니다. 그만큼 부인은 날 좋아하니까요."

뷔르스트너 양은 약간 위축되어 말없이 방바닥만 바라보고 있었다.

"내가 당신한테 달려들었다고 한들 그루바흐 부인이 왜 믿지 않겠어요."

K가 덧붙였다.

눈앞에 그녀의 머리카락이 보였다. 불그스레한 머리칼에 가르마를 타고 약간 부풀려서 꼭 동여매고 있었다. K는 그녀가 자신을 쳐다보리라고 생각했으나 그녀는 자세를 바꾸지 않고 말했다.

"미안해요. 갑자기 노크 소리가 들려서 너무 놀랐어요. 대위가 있으니까 일어날 결과 때문에 그런 건 아니에요. 당신이 소리를 지른 다음 아주 조용했는데 갑자기 노크 소리가 들리기에 깜짝 놀랐지 뭐예요. 나는 문 가까이에 앉아 있어서 바로 옆에서 노크하는 것처럼 들렸어요. 당신의 제안은 고맙지만 받아들이지 않겠어요. 내 방에서 일어난 일은 모두 내가 책임질 수 있어요. 누구한테든 말이에요. 물론 당신이 선의에서 그런다는 건 분명히 알겠지만, 당신의 제안에는 나에 대한 모욕이 들어 있는 걸 당신이 느끼지 못한다니 참 이상해요. 하지만 이젠 가보세요. 날 혼자 있게 해주세요. 전보다도 더 지금 혼자 있고 싶으니까요. 몇 분 동안만이라고 하시더니 어느덧 30분이 넘었어요."

K는 그녀의 손을 쥐고 손목을 붙잡았다.

"내게 화를 내진 않겠지요?"

그녀는 그의 손을 뿌리치며 대답했다.

"아니, 아니에요. 난 아무한테도 결코 화내지 않아요."

그는 다시 그녀의 손목을 붙잡았다. 그녀는 이번엔 뿌리치지 않고 그 상태로 그를 방문까지 데리고 갔다. 그는 나갈 작정이었다. 그러나 문 앞에 왔을 때 그는 이런 데 문이 있으리라고는 생각지도 못했다는 듯이 갑자기 걸음을 멈췄다. 뷔르스트너 양은 그 순간을 이용해서 K의 손을 뿌리치고 문을 열더니 복도로 살금살금 나가서 그에게 나직한 목소리로 말했다.

"자, 이리 좀 와서 보세요."

그녀는 대위의 방문을 가리켰는데, 문 밑으로 불빛이 새어 나오고 있었다.

"저 사람은 불을 켜고 우리 얘기를 재미있게 엿듣고 있어요."

"어디 봅시다."

K는 이렇게 말하고 달려가서 그녀의 입과 얼굴에 마구 키스했다. 마치 목마른 짐승이 마침내 찾아낸 샘물에 혀를 내밀고 덤벼드는 것 같았다. 나중에는 그녀의 목에 키스하고 한참 동안 입술을 대고 있었다. 대위의 방에서 기척이 들리자 그는 얼굴을 들었다.

"이제 가겠어요."

그는 뷔르스트너 양의 성(姓)이 아닌 이름을 부르고 싶었으나 알 수가 없었다. 그녀는 힘없이 고개를 끄덕이고, 이미 몸을 반쯤 돌린 채 정신이 없는 듯이, 그가 손에 키스하는 대로 내버려두었다. 그러고는 머리를 숙이고 자기 방으로 들어갔다. 잠시 후에 K는 침대에 누워 금방 잠이 들었다. 잠들기 전에 잠시 동안 자신의 행동을 돌이켜보니 만족스러웠다. 그러나 왜 좀 더 만족스럽지 않은지 의아했다. 대위 때문에 뷔르스트너 양이 진심으로 걱정됐다.

2. 첫 심리

K는 전화로 다음 일요일에 그의 사건에 관해 간단한 심리가 있으리라는 통지를 받았다. 그리고 이러한 심리는 규칙적으로 매주 있는 것은 아니지만 연이어서 자주 하게 될 것이라고 알려주었다. 누구나 소송을 빨리 끝내고 싶어 하지만, 다른 한편으로는 심리를 모든 점에서 철저하게 행해야 하므로 그럴 수만도 없다. 하지만 그에 따르는 긴장을 생각하면 결코 너무 오래 끌어서도 안 된다고 했다. 그렇기 때문에 심리를 빠른 시일 안에 재개하되 시간은 짧게 끝낼 수 있는 방법을 택했고, 심리일을 일요일로 정한 것은 K의 직장 일에 방해가 되지 않게 하기 위해서라고 했다. K도 동의하리라고 생각하지만 만일 다른 날을 원한다면 할 수 있는 데까지 그렇게 해주겠다, 심리는 예를 들어 밤에도 할 수 있지만 밤에는 K의 정신이 맑지 못할 것이니, 아무튼 K 쪽에서 이의가 없는 한 일요일로 정해 두겠고, 더 말할 것도 없이 그는 반드시 출두해야 하며, 이 점은 다짐할 필요도 없다고 했다. 출두해야 할 집의 주소를 알려주었는데, 그 집은 K가 아직 한 번도 가본

적이 없는 멀리 떨어진 교외에 있었다.

이 통지를 받고 K는 아무 대답도 하지 않고 수화기를 내려놓았다. 그는 곧 일요일에 출두하기로 결심했다. 소송이 시작되었고, 어차피 그에 대응해야 할 테니 이번 심리를 처음이자 마지막 심리로 만들어야 한다. 여전히 생각에 잠겨서 전화기 옆에 서 있는데 뒤에서 부지점장의 목소리가 들렸다. 전화를 걸려고 하는데 K가 가로막고 있었던 것이다.

"나쁜 소식입니까?"

부지점장이 가볍게 물었는데, 무엇을 알아내려는 게 아니라 K가 전화기에서 물러나게 하기 위해서였다.

"아니, 아니에요."

K는 얼른 대답하고 옆으로 비켜섰지만 그 자리를 떠나지는 않았다. 부지점장이 수화기를 들고 전화가 연결되기를 기다리며 수화기 너머로 물었다.

"한 가지 물어볼 게 있는데, K씨. 일요일 아침에 내 요트에서 열 파티에 참석하지 않겠소? 꽤 많은 사람들이 모일 텐데, 물론 당신이 아는 사람들도 있을 거요. 그중엔 하스테러 검사도 있고요. 오겠소? 꼭 오세요."

K는 부지점장의 이야기에 주의를 기울이려고 했다. 그것은 그에게 중요한 일이었다. 왜냐하면 그는 부지점장과 결코 좋은 사이가 아니어서 그가 이렇게 초대하는 것은 그 편에서 화해를 청한다는 뜻이며, K가 은행에서 얼마나 중요한 위치에 서게 되었는지, 그리고 은행에서 두 번째로 높은 사람이 K의 우정이나 혹은 최소한 공평한 태도를 얼마나 중요하게 생각하는지를 나타내기 때문이었다. 이 초대는 비록 전화가 연결되기를 기다리는 동안 수화기 너머로 말한 것이기

는 하지만 부지점장이 자기 자존심을 꺾고 청한 것이었다. 그러나 K는 다른 기회에 다시 겸손하게 나오게 할 수밖에 없었다.

"감사합니다! 그러나 유감스럽게도 일요일에는 시간이 없는데요. 선약이 있어서."

K는 말했다.

"섭섭하군요."

부지점장은 돌아서서 때마침 연결된 통화를 시작했다. 통화는 금방 끝나지 않았지만 K는 딴 데 정신이 팔려 계속 전화기 옆에 서 있었다. 부지점장이 수화기를 내려놓았을 때에야 K는 깜짝 놀라, 아직도 공연히 거기 서 있었던 것에 대해 변명하려고 말했다.

"조금 전의 전화는 어디로 오라는 이야기였는데, 상대방이 잊어버리고 시간을 말해주지 않았어요."

"다시 전화해서 물어보시죠."

부지점장이 말했다.

"별로 중요한 일은 아닙니다."

그는 이렇게 말했으나, 앞서의 궁색한 변명이 이 말로 더욱 엉망이 되고 말았다. 부지점장은 걸어가면서 계속 다른 이야기를 했다. K는 대꾸를 하지 않을 수 없었지만, 법원은 평일에 대개 오전 9시에 일을 시작하니까 일요일에도 그 시각에 가는 게 좋으리라는 생각을 줄곧 하고 있었다.

일요일은 날씨가 흐렸다. K는 전날 밤 술집에서 늘 어울리는 사람들과 늦게까지 떠들었기 때문에 몹시 피곤해서 하마터면 늦잠을 잘 뻔했다. 지난 일주일 동안 곰곰이 생각했던 여러 가지 계획을 차분히 정리할 시간도 없이, 옷을 갈아입고 아침 식사도 하지 않은 채 지정된 장소로 달려갔다. 주위를 살필 여유도 없었는데 이상하게도 그는 자기 사건에 연루된 은행원인 라벤슈타이너, 쿨리히, 카미너와 마주쳤다. 라벤슈타이너와 쿨리히는 전차를 타고 K의 앞을 가로질러 갔고, 카미너는 어느 카페의 테라스에 앉아 있다가 K가 지나가는 것을 보고 신기한 듯이 난간 위로 몸을 굽혔다. 세 사람은 모두 그를 유심히 바라보며 자신들의 상관이 급히 걸어가는 것을 의아해했다.

K가 차를 타지 않은 것은 어떤 고집에서였다. 자신의 사건에 다른 사람의 도움은 아무리 작은 것이라도 받고 싶지 않았고, 아무에게도 도움을 청하지 않음으로써 완전히 자신의 힘으로 해낼 작정이었다. 그러나 또한 정각에 출두해서 심리위원들에게 굽실거릴 생각도 전혀 없었다. 아무튼 지금 그는 일정한 시각을 지시받은 것은 아니었지만 될 수 있는 대로 9시에 닿으려고 급히 달려가고 있었다.

그 자신도 정확하게 상상할 수는 없지만 그 집에 붙은 어떤 표지나, 혹은 현관 앞에서 사람들이 특이하게 북적대는 것으로 멀리에서도 곧 그 집을 알아볼 수 있으리라고 생각했다. 그러나 그 집이 있다는 율리우스가(街) 입구에서 잠시 서서 보니, 거리 양편에 거의 똑같은 모양의 집들이 늘어서 있었다. 가난한 사람들이 사는 여러 층의 회색 셋집들이었다. 일요일인 까닭에 사람들이 대부분 창가에 서 있었다. 셔츠 바람의 남자들이 창문에 기대어 담배를 피우기도 하고, 어린아이들을 조심스럽고 정답게 안아 창문턱에 떠받치고 있기도 했다. 어떤 창문에는 이불이 널려 있고, 그 위로 흐트러진 여자의 머리가 잠깐 나타나기도 했다. 길 건너를 향해 서로 부르는 소리가 들리기도 했는데, 그렇게 불러대다가 바로 K의 머리 위에서 커다란 웃음소리가 터졌다. 긴 거리에는 일정한 간격으로 식료품 가게들이 자리 잡고 있었는데 도로보다 낮은 곳에 있어서 서너 계단 내려가야 했다. 여자들이 그런 가게에 드나들기도 하고 계단에 앉아서 잡담하기도 했다. 창문을 향해 과일을 사라고 외치는 과일장수와 K는 서로 딴 데 정신이 팔려 하마터면 K는 과일장수의 손수레에 부딪혀 넘어질 뻔했다. 그때 좀 나아 보이는 구역에서 낡아빠진 축음기 소리가 시끄럽게 들려오기 시작했다.

K는 한가한 것처럼, 또는 예심판사가 어느 창문에서든 보고 자기가 나타난 것을 알아차리라는 듯이 천천히 거리 안쪽으로 더 들어갔다. 9시가 조금 지나 있었다. 그가 찾는 건물은 상당히 안쪽에 있었는데 흔치 않게 정면이 길게 뻗어 있고, 특히 입구가 높고 널찍했다. 넓은 안뜰을 둘러싸고 있는 여러 창고에 화물자동차가 드나들게 하기 위해서인 것 같았다. 창고들은 지금은 닫혀 있었는데 거기에 적혀 있는 회사 이름들 몇몇은 은행 업무 관계로 K도 알고 있었다. 평소의 습관과는 달리 이 모든 광경을 좀 더 자세히 머리에 새겨두려고 K는 안뜰 입구에 잠시 서 있었다. 가까이 있는 상자 위에 한 남자가 맨발로 앉아서 신문을 읽고 있었다. 두 사내아이가 손수레를 타고 흔들고 있었다. 펌프 앞에는 가냘픈 어린 소녀가 잠옷 바람으로 서서 주전자에 물이 채워지는 동안 K를 바라보고 있었다. 안뜰 한쪽 구석에는 두 개의 창문 사이로 잡아맨 줄에 빨래가 벌써 널려 있었다. 어떤 남자가 그 밑에 서서 몇 마디 소리를 지르며 일을 시키고 있었다.

K는 심리실로 가려고 층계 쪽을 향했으나 다시 걸음을 멈췄다. 이 층계 외에도 다른 층계가 셋이나 있었고, 게다가 안뜰 저쪽 끝에 좁은 길을 지나면 또 다른 뜰이 있는 것 같았기 때문이다. 심리실의 위치를 좀 더 자세히 알려주지 않은 것에 화가 났다. 자신에 대한 이토록 태만하고 소홀한 태도를 단단히 한번 따져볼 생각이었다. 그러나 결국 그는 계단을 올라갔다. 죄가 법률을 끌어당긴다는 감시인 빌렘의 말을 떠올리고 그 말을 되새겨보았다. 그렇다면 K가 우연히 택한 계단

위에 심리실이 있어야만 할 것이다.

올라가면서 그는 계단에서 놀고 있던 아이들을 방해하게 됐다. 아이들 사이를 헤치고 걸어가자 아이들이 화가 난 눈초리로 그를 쳐다보았다.

'다음에 또 오게 되면, 호감을 사도록 과자를 들고 오거나 후려갈길 지팡이를 들고 와야겠다.'

그는 마음속으로 생각했다. 2층에 올라서기 직전에 그는 아이들의 구슬치기가 끝날 때까지 잠시 기다려야 했다. 그러는 동안에 부랑아같이 험상궂은 얼굴을 한 두 아이가 그의 바지를 붙잡았다. 뿌리쳤다가는 그들이 다칠지도 몰랐고 그랬다가 그들이 비명이라도 지를까봐 걱정이 됐다.

2층에 올라가서 그는 본격적으로 심리실을 찾기 시작했다. 심리위원회가 어디냐고 물을 수는 없었기 때문에 그는 그루바흐 부인의 조카인 대위의 이름을 언뜻 떠올리고 그 이름을 빌려서 여기 란츠라는 목수가 살고 있느냐고 물으면서 방마다 들여다보기로 했다. 그런데 그렇게 할 필요도 없다는 게 곧 판명됐다. 왜냐하면 거의 모든 문이 다 열려 있고, 아이들이 들락거리고 있었기 때문이다. 모두 똑같이 창문이 하나밖에 없는 작은 방인 데다가 취사까지 그 안에서 하고 있었다. 한쪽 팔에는 젖먹이를 안고 다른 쪽 손으로 음식을 만들고 있는 여자들도 많았다. 아직 어린 티를 벗지 못한 여자애들이 앞치마만 입은 채 바삐 이리저리 뛰어다니고 있었다. 어느 방이나 침대에는 아직도 이부자리가 깔려 있고, 환자나 아직도 자고 있는 사람이 누워 있기도 하고, 혹은 옷을 입은 채 드러누워 있는 사람도 있었다. 문이 닫혀 있는 방에 오면 K는 노크를 하고 여기 란츠라는 목수가 살고 있지 않으냐고 물었다. 대개 여자가 문을 열었는데, 그의 말을 듣고는 방 안으로 얼굴을 돌리고, 침대에서 몸을 일으키는 사람에게 말했다.

"이분이 목수 란츠라는 사람이 여기 사느냐고 묻는데요."

"목수 란츠?"

침대에 있는 사람이 되물었다.

여기가 심리 법정이 아닌 것이 틀림없으니 K의 용무는 끝났는데도 그는 대답했다.

"네."

많은 사람들이 K가 목수 란츠를 꼭 만나야 하는 것으로 여겨 한참 동안 곰곰이 생각하다가 란츠가 아닌 다른 목수를 대거나, 란츠라는 이름과 비슷하지도 않은 이름을 대기도 하고, 옆방 사람에게 물어보기도 하고, 그런 사람이 세 들어 살고 있는 것 같다느니, 자기들보다 더 잘 아는 사람이 있으니 그 사람한테 물어보자느니 하면서 멀리 떨어져 있는 방까지 끌고 가기도 했다. 결국 K는 자신이 직접 물어볼 필요도 없이 이런 식으로 각층으로 끌려다니게 되었다. K는 처음에는 매우 쓸모 있게 생각되었던 자신의 계획을 후회했다. 6층으로 올라가려다가 그는 찾는 일을 그만두기로 결심하고, 그를 계속 데리고 가려던 친절한 젊은 노동자와 헤어져서 아래층으로 내려왔다. 그러나 이렇게 온통 찾아 돌아다니고도 아무 성과가 없는 데에 화가 나서 다시 6층으로 올라가서 첫 번째 방문을 두드렸다. 그 작은 방에서 처음으로 눈에 띈 것은 커다란 벽시계였는데, 벌써 10시를 가리키고 있었다.

"여기 목수 란츠라는 사람이 살고 있습니까?"

"들어가세요."

반짝이는 까만 눈의 젊은 여자가 말했다.

마침 큰 대야에서 아이 옷을 빨고 있던 그녀는 젖은 손으로 열려 있는 옆방 문을 가리켰다.

K는 어떤 집회에 들어온 것 같다고 생각했다. 창문이 두 개 있고, 중간 크기인 그 방에는 가지각색의 사람들이 가득 모여 있었다. 아무도 들어오는 그를 거들떠보지 않았다. 천장 바로 아래에 빙 둘러 있는 회랑에도 사람들이 가득 차 있었는데 사람들은 머리와 등을 천장에 대고 몸을 굽히고 겨우 서 있었다. 공기가 너무 탁해서 K는 다시 밖으로 나와서 자기 말을 오해한 듯한 그 젊은 여자에게 말했다.

"란츠라는 목수를 찾는다고 말했는데요?"

"그러게요. 어서 들어가 보세요."

만일 그녀가 그의 옆으로 다가와서 문 손잡이를 쥐고 "당신이 들어가고 나면 문을 닫아야겠어요. 이제 더는 아무도 들여보낼 수 없어요"라고 말하지 않았더라면 K는 아마 그녀의 말을 따르지 않았을 것이다.

"그러는 게 좋겠어요. 벌써 초만원이니까요."

그렇게 말하고 그는 다시 안으로 들어갔다.

바로 문 옆에서 이야기를 하고 있는 두 남자 사이를 지나가려는데 한 사람은 두 손을 앞으로 내밀고 돈을 세는 시늉을 하고, 또 한 사람은 그의 눈을 뚫어지게 쳐다보았다. 그때 누군가의 손이 K를 붙잡았다. 뺨이 붉은 어린 소년이었다.

"이리 오세요, 이리."

소년이 말했다.

K는 소년이 이끄는 대로 따라갔다. 북적거리는 혼잡 가운데에도 좁은 통로가 트여 있었는데, 이 통로가 사람들을 두 패로 가르는 것 같았다. 양편의 맨 앞줄에 있는 사람들이 K는 돌아보지도 않고 등을 돌린 채 서서 자기편 사람들만 쳐다보며 손짓하고 이야기하는 것을

보아도 알 수 있었다. 그들은 대부분 길게 축 늘어진 낡은 검은 예복을 입고 있었다. 그 옷차림은 K를 어리둥절하게 했다. 그것만 아니라면 어느 모로 보나 어느 정당의 지구당 모임 같아 보였다.

K는 방의 반대편 끝으로 끌려갔는데, 거기에는 굉장히 낮은 연단이 놓여 있었고, 그 위에는 마찬가지로 사람들이 들끓는 가운데 작은 책상이 하나 가로놓여 있었다. 책상 너머 연단 가장자리에는 키가 작고 뚱뚱한 남자가 씨근거리며 앉아 있었다. 그는 마침 뒤에 서 있는 남자(이 남자는 팔꿈치를 의자 등에 걸치고 다리를 꼬고 있었다)와 큰 소리로 웃으며 이야기를 하고 있었다. 이따금 허공에 대고 팔을 휘젓는 품이 누구의 흉내를 내는 것 같았다. K를 데리고 간 소년은 보고하는 데 무척 애를 먹었다. 발돋움을 하고 서서 두 번이나 무슨 말을 하려고 했으나 책상에 앉아 있는 사람은 알아차리지 못했다. 연단 위에 있는 사람 중 한 사람이 소년을 가리키자, 그제야 돌아보고 몸을 아래로 굽혀, 소년이 낮은 소리로 보고하는 것을 들었다. 그는 시계를 꺼내 들여다보고 K를 힐끗 쳐다보았다.

"당신은 한 시간 오 분이나 늦었소."

K는 뭐라고 대답하려 했으나 그럴 틈이 없었다. 그 남자가 그렇게 말하자마자 방 오른편에 있던 사람들이 온통 웅성거렸기 때문이다.

"한 시간 오 분 전에 왔어야 했다고."

그 남자는 더 큰 소리로 다시 한번 소리치고 또 방 안을 내려다보았다. 그러자 곧 불평하는 소리도 더 커졌다. 그 남자가 더 아무 말도 하지 않자 웅성거림도 차츰 가라앉았다. 방 안은 이제 K가 들어왔을 때보다 훨씬 조용해졌다. 회랑에 있는 사람들만이 제멋대로 떠들고 있었다. 어두컴컴하고 연기와 먼지가 많았기 때문에 그 위쪽을 확실히 분간할 수는 없었지만 그들은 밑에 있는 사람들보다 차림새가 더

허술했다. 많은 사람들이 방석을 갖고 와서 머리가 쏠리지 않게 머리와 천장 사이에 방석을 끼워놓고 있었다.

K는 무슨 말을 하느니보다는 좀 더 지켜보기로 마음먹었다. 그래서 저들이 주장하는 대로 자신이 늦게 왔다 하더라도 그에 대한 변명은 단념하고 이렇게만 말했다.

"늦었는지도 모르겠습니다만, 아무튼 지금 여기 와 있습니다."

그러자 이번에도 오른편에 있는 사람들이 손뼉을 쳤다. 다루기 쉬운 사람들이라고 K는 생각했으나, 왼편에 있는 사람들이 잠자코 있는 게 마음에 걸렸다. 왼편은 바로 그의 등 뒤였는데, 거기서는 아주 드문드문 박수 소리가 들렸을 뿐이다. 모든 사람을 한꺼번에, 그렇게까지는 안 되더라도 적어도 잠깐만이라도 왼편에 있는 사람들까지 자기편을 들게 하려면 무슨 말을 하는 게 좋을까 하고 그는 생각해보았다.

"그래. 그러나 난 이제 당신을 심리할 의무가 없소."

또 불평하는 소리가 들렸으나 이번에는 오해를 한 모양이었다. 왜냐하면 그 남자가 떠드는 사람들을 손으로 제지하고 말을 계속했기 때문이다.

"그러나 오늘은 예외로 심리를 하겠소. 두 번 다시 이렇게 늦어서는 안 되오. 자, 이리 나오시오!"

누군가가 연단에서 뛰어내려와 자리가 났기 때문에 K는 그 자리로 올라갔다. 그는 책상 옆에 바짝 다가섰지만 뒤편에 사람들이 너무 많았기 때문에 예심판사와 책상은 물론이고 어쩌면 예심판사까지 연단 밑으로 밀어 떨어뜨릴 지경이어서 힘껏 버텨야만 했다.

예심판사는 그런 것엔 조금도 개의치 않고 의자에 아주 편안히 앉아서 등 뒤에 있는 남자에게 이야기를 끝맺는 말을 한마디하고 나서 책상 위에 놓인 유일한 물건인 조서를 집어 들었다. 조서는 학생들이 쓰는 공책 같았는데, 낡은 데다 너무 많이 뒤적거린 탓에 완전히 너덜너덜해져 있었다.

"그런데……."

예심 판사는 조서를 들추며 확인하는 듯이 K에게 말했다.

"당신은 페인트공이죠?"

"아니요. 어느 은행의 업무주임입니다."

이렇게 대답하자 밑에 있던 오른편 패거리가 웃음을 터뜨렸다. 너무나 신나게 웃는 바람에 K도 따라 웃지 않을 수 없었다. 사람들은 양손을 무릎 위에 대고, 마치 갑자스레 심한 기침이 터져 걷잡을 수 없는 것처럼 몸을 흔들어댔다. 회랑에서도 웃는 사람이 몇 있었다. 몹시 화가 난 예심판사는 밑에 있는 사람들에게는 그럴 힘이 없었던지 회랑 쪽에다 어떻게 해보려고 벌떡 일어나서 노려보았다. 그때까지는 눈에 띄지 않던 검은 눈썹이 커다랗고 부숭부숭하게 드러났다.

그러나 왼편 사람들은 여전히 조용했다. 그들은 열을 지어 서서 얼굴을 연단 쪽으로 향하고 단상에서 주고받는 이야기나 다른 편 사람들이 떠드는 소리를 묵묵히 듣고 있었다. 더욱이 자기들 대열에서 몇 사람이 빠져나가 오른편 사람들과 여기저기서 같이 행동하는 것까지도 꾹 참고 있었다. 게다가 왼편 사람들은 수가 적어서 아마도 오른편 사람들보다 중요하지 않을 수도 있었지만, 태도가 차분해서 더 중요한 사람들로 여겨졌다. K는 이제 이야기를 시작하면서 자신이 왼쪽 사람들 입장에서 말하는 것이라고 확신했다.

"예심판사님, 저더러 페인트공이 아니냐고 물으신 것은 사실, 묻는 게 아니라 꾸짖는 어조였지만 제게 벌어지고 있는 이 소송 절차의 전체적인 성격을 잘 나타내고 있습니다. 판사님께서는 결코 소송 절차가 아니라고 반박하실지 모르겠습니다만, 그렇다면 아주 옳은 말씀입니다. 왜냐하면 제가 인정할 때만 이것을 소송이라고 할 수 있기 때문입니다. 하지만 지금 이 순간에는, 말하자면 동정하는 의미에서 이것을 소송이라고 인정해두기로 하겠습니다. 아무튼 이 상황에 주의를 기울이려면 동정하는 마음으로밖에 할 수가 없으니까요. 저는 이것이 부당한 절차라고 말하지는 않습니다만, 당신 자신이 제대로 인식할 수 있게 하려면 그렇게 불렀으면 좋겠습니다."

K는 말을 멈추고 방 안을 내려다보았다. 그가 한 말은 날카로웠다. 그가 의도했던 것보다 더 날카로웠지만 사실 옳은 말이었다. 여기저기서 박수가 일어날 만도 했지만 모두들 아주 조용했다. 사람들은 분명히 긴장해서 다음 말을 기다리고 있었다. 어쩌면 그러한 고요 가운데는 모든 일을 끝장낼 폭발이 준비되어 있는지도 몰랐다. 그때 방 저쪽 끝의 문이 열리고, 빨래를 끝마쳤는지 그 젊은 여자가 들어왔다. 그녀는 매우 조심스러운 태도로 들어왔지만 사람들의 시선을 끌어 분위기를 흐트러뜨렸다. 그러나 예심판사만은 그를 기쁘게 했다. 판사는 K의 말에 곧 정곡을 찔린 듯했기 때문이다. 판사는 K의 말에 놀라서 그때까지 회랑을 향해 일어선 채로 듣고 있었는데, 이제 말이 중단된 틈을 타서 남의 눈에 띄지 않으려는 듯이 천천히 자리에 앉았다. 그리고 표정을 감추기 위해서인 듯 다시 조서를 집어 들었다.

"그런 건 아무 소용이 없습니다."

K는 말을 계속했다.

"예심판사님, 당신의 그 조서도 제가 한 말을 확인해줍니다."

낯선 사람들이 모인 가운데 자신의 이야기만이 침착하게 울리는 것에 만족하여 K는 예심판사의 손에서 조서를 잡아채서, 마치 더러운 것이라도 만지듯이 손가락 끝으로 중간의 한 장을 집어 들었기 때문에 글씨가 잔뜩 적혀 있고 가장자리가 누렇게 변하고 얼룩진 종이들이 양쪽으로 축 늘어졌다.

"이것이 판사님의 소송 기록입니다."

그는 조서를 다시 책상 위에 떨어뜨렸다.

"예심판사님, 어서 계속해서 읽으세요. 저는 이 회계장부 같은 건 조금도 두렵지 않습니다. 저는 다만 두 손가락으로 집어 들었을 뿐 무엇이 적혀 있는지도 모르니까요."

예심판사는 책상 위에 떨어진 조서를 집어 들어 약간 정돈한 다음 다시 읽기 시작했는데, 심한 굴종의 표시이거나 아니면 적어도 그렇게 해석해야 할 태도였다.

맨 앞줄에 있는 사람들이 매우 긴장된 표정으로 K를 쳐다보고 있었기 때문에 그는 잠시 그들을 내려다보았다. 모두가 상당히 나이 든 사람들로, 그중 몇몇은 수염까지 희끗희끗했다. 어쩌면 저들이야말로 이 회중 전체에 영향을 줄 수 있는 결정권을 가진 사람들이 아닐까? 이 회중은 K가 말하기 시작한 후로 전혀 동요하고 있지 않은 데다가 예심판사의 비굴한 태도를 보고도 동요하지 않고 있다.

"제게 일어난 일은……."

K는 전보다 약간 낮은 목소리로 말을 계속했으나 맨 앞줄에 있는 사람들의 얼굴을 자꾸 살피느라고 말이 약간 산만해졌다.

"제게 일어난 일은 어디까지나 개인적인 사건에 불과하며, 제가 그리 심각하게 생각하지 않기 때문에 그것 자체로서는 그다지 중대하지는 않지만, 수많은 사람에게 소송이 어떻게 진행되고 있는지를 보여주는 한 본보기입니다. 저는 그 많은 사람을 위해서 이 자리에 서 있는 것이지, 저 개인을 위해서가 아닙니다."

그는 자신도 모르게 언성을 높였다. 어디서 누군가가 손을 높이 치켜들고 손뼉 치며 외쳤다.

"브라보! 그렇고말고! 브라보! 브라보!"

맨 앞줄에 있는 사람들 몇몇이 수염을 만졌으나 뒤를 돌아보는 사람은 하나도 없었다. K 역시 그 소리를 대수롭게 여기지는 않았으나 그래도 용기를 얻었다. 그는 지금 이 자리에 모인 사람들이 모두 박수 쳐주기를 바라는 게 아니라, 이 문제에 대해서 사람들이 진지하게 생각하고 이따금 자신의 연설에 찬성해주기만 하면 됐다.

K는 그와 같은 생각에서 말했다.

"저는 말솜씨를 자랑하려는 게 아닙니다. 그리고 그럴 수도 없습니다. 아마 판사님이 훨씬 더 말솜씨가 좋으실 겁니다. 그게 직업이니까요. 제가 바라는 것은 어떤 공공연한 부정을 널리 알리려는 것뿐입니다. 좀 들어보세요. 저는 약 열흘 전에 체포되었습니다. 체포라는 사실 자체가 우스꽝스럽습니다만, 지금 이 자리에서 그것을 말하려는 것은 아닙니다. 저는 아침에 누워 있다가 습격을 당했습니다. 아마 이것은 판사님이 하신 말씀으로 보아 부인할 수 없습니다만, 저와 마찬가지로 아무 죄도 없는 페인트공을 체포하라는 명령이 내려진 것 같은데 사람들이 나를 선택한 겁니다. 제 옆방은 뻔뻔스러운 두 감시인에게 점령당했습니다. 설사 제가 위험한 강도였더라도 그보다 더 철저하게 감시할 수는 없었을 겁니다. 뿐만 아니라 이 감시인들은 무례한 불량배들로서, 쓸데없는 수작을 잔뜩 지껄이고, 뇌물을 먹으려 했고, 온갖 구실을 붙여 내의며 양복을 빼앗으려 했습니다. 그리고 제 눈앞에서 제 아침 식사를 다 먹어치우고는 제게 아침을 사다 주겠노라고 하면서 돈을 요구했습니다. 그뿐이 아닙니다. 저는 또 다른 방에 있는 감독 앞으로 끌려갔습니다. 그곳은 제가 매우 존경하는 어느 아가씨의 방입니다. 저는 아무 잘못도 없는데 저 때문에 감시인들과 감독이 그 방에 들어가는 바람에 그 방이 어지럽혀지는 걸 봐야만 했습니다. 자신을 억제하기가 쉽지 않았지만 감독에게 아주 침착한 태도로, 그가 만일 여기 있으면 그 사실을 확인해줄 겁니다, 왜 제가 체포되었느냐고 물었습니다. 그 감독이 방금 말씀드린 그 아가씨의 의자에 미련하기 짝이 없는 거만한 태도로 앉아 있던 모습이 아직도 눈에 선합니다만, 그가 뭐라고 대답했는지 아십니까? 여러분, 그는 결국 아무 대답도 없었습니다. 어쩌면 사실 그는 아무것도 몰랐겠지요. 그는 저를 체포하고 그걸로 만족했던 겁니다. 그는 그 밖에 다른 짓도 했습니다. 그 아가씨의 방에 제 은행 말단 직원 세 명을 데리고 왔는데, 그 친구들이 그 아가씨의 사진이나 소지품을 만지고 헝클어놓기도 했습니다. 이 은행원들을 데리고 온 건 물론 다른 목적이 있어서겠지요. 즉 하숙집 주인이나 하녀에게 제가 체포되었다는 이야기를 사방에 퍼뜨리게 해서 저의 사회적 체면을 손상시키고 특히 은행에서 제 지위가 흔들리게 하려는 것이었습니다. 그러나 아무 소용이 없었습니다. 제 집주인은 매우 순박한 사람이며, 존경하는 의미에서 여기서 그녀의 이름을 대자면 그루바흐 부인인데, 분별력이 있어서 이러한 체포는 버릇없는 아이들이 길가에서 저지르는 장난에 지나지 않는다는 걸 잘 알고 있습니다. 다시 한번 말씀드립니다만, 이 모든 일은 제게 불쾌감과 일시적인 분노를 느끼게 했지만 또한 더 나쁜 결과를 가져올 수도 있지 않았을까요?"

K는 여기서 이야기를 끊고 묵묵히 앉아 있는 예심판사를 바라보았는데, 판사는 군중 속의 누군가에게 얼핏 눈짓을 하는 것 같았다. K는 미소를 지으며 말했다.

"바로 지금 제 옆에서 예심판사님은 여러분 중의 누군가에게 눈짓했습니다. 그리고 보니 여러분 가운데 위에서부터 지휘를 받는 분이 있는 것 같습니다. 지금 이 신호가 야유를 하라는 것인지 박수를 치라는 것인지는 알 수 없습니다만, 그걸 사전에 내가 알아차리고 아주 잘 알고 있는 이상, 그게 무엇을 의미하는지 알아볼 생각은 조금도 없습니다. 그런 일은 아무래도 좋으니, 저는 판사님께 드러내놓고 말씀드리거니와, 저 아래에 있는 판사님이 매수한 부하들에게 비밀 신호는 그만두고 큰 소리로 '자, 야유해라'라든지, '자, 박수를 쳐라' 하는 식으로 직접 명령을 내리는 게 좋겠습니다."

예심판사는 당황했는지 아니면 초조해졌는지 의자에서 몸을 이리저리 틀었다. 판사 뒤에 서서 같이 이야기했던 남자가 단순히 격려를 하려는 것인지 아니면 특별한 조언을 해주기 위해서인지 다시 판사에게로 몸을 굽혔다. 밑에 있는 사람들은 낮은 소리이기는 하지만 활기차게 이야기를 나누고 있었다. 이제까지는 상반된 의견을 갖고 있는 것같이 보였던 두 패가 뒤섞여서, 어떤 사람들은 K를 손가락질하고 또 어떤 사람들은 예심판사를 가리키기도 했다. 방 안에 자욱한 연기가 몹시 탁했고, 그 때문에 멀리 있는 사람들은 잘 보이지도 않았다. 특히 회랑에 있는 사람들은 더욱 보이지 않았는지, 소심하게 예심판사를 곁눈질하며 상황을 좀 더 자세히 알기 위해서 다른 사람들에게 낮은 소리로 물어봐야 했다. 대답하는 사람들도 손으로 입을 가리고 역시 낮은 소리로 대답했다.

"곧 끝납니다."

K는 종이 없었기 때문에 주먹으로 책상을 치면서 말했다. 이 소리에 놀라서 예심판사와 머리를 맞대고 귓속말을 하던 남자가 얼른 머리를 뗐다.

"모든 일이 저와는 아무 관계가 없으므로 저는 냉정하게 판단을 내릴 수 있습니다. 소위 이 법정이 여러분에게 관계 있는 곳이라면 여러

분은 제 말을 경청해서 큰 도움을 받을 수 있을 겁니다. 제가 말씀드린 것에 관한 토론은 나중으로 미뤄주시기 바랍니다. 저는 시간이 없고 곧 돌아가야 하니까요."

장내는 곧 조용해졌다. K가 이미 이 집회를 이끌어나가고 있는 것이었다. 처음처럼 혼란스럽게 외치는 사람도 없고 박수를 치는 사람도 없었지만, 어느덧 납득을 했거나 거의 그 단계에 와 있는 것처럼 보였다.

"의심할 바도 없이."

K는 매우 나직한 목소리로 말했다.

회중 전체가 긴장을 해서 귀를 기울이고 있는 것이 기뻤고, 이러한 고요 속에는 열광적인 박수보다 더 자극적인 어떤 흥분이 흐르고 있기 때문이었다.

"의심의 여지 없이 이 법정에서 행해지는 모든 언행의 배후에는, 제 경우로 말한다면 체포부터 오늘의 심리에 이르기까지 배후에는 어떤 커다란 조직체가 있습니다. 이 조직체는 부패한 감시인이나 어리석은 감독, 그리고 좋게 말해서 겸손한 예심판사를 고용하고 있을 뿐만 아니라, 나아가서는 상급 재판관이나 최고 재판관들과 아울러 수많은 조수, 서기, 헌병, 그리고 그 밖의 고용인들, 게다가 서슴지 않고 말한다면 사형집행인들까지도 거느리고 있습니다. 여러분, 이 커다란 조직체의 의미는 무엇일까요? 무고한 사람들을 체포하고, 그들에 대해서 무의미하고, 제 경우와 마찬가지로 대개는 아무 소용도 없는 소송 절차를 행하고 있습니다. 이처럼 모든 게 아무 의미도 없으니 관리들이 극도로 부패하는 걸 어떻게 막을 수 있겠습니까? 그것은 불가능하며 최고재판관도 혼자서는 어쩔 수 없는 일입니다. 그렇기 때문에 감시인들은 체포된 사람들한테서 옷을 빼앗으려 하고, 감독은 남의 집을 침입하고, 무고한 사람들이 심문을 당하는 정도가 아니라 이렇게 많은 군중 앞에서 모욕당해야 합니다. 감시인들은 체포된 사람들의 소지품을 보관할 창고에 대해서만 이야기하고 있었는데, 그 창고를 한번 봤으면 좋겠군요. 그 속에서는 체포당한 사람들이 애써 모은 재산이 썩고 있을 겁니다. 도둑이나 다름없는 관리인들에게 도난당하지 않았다면 말이죠."

방 한쪽 구석에서 울린 비명에 K는 말을 멈추고 그쪽을 바라보려고 눈 위에 손을 댔다. 흐릿한 햇빛을 받은 자욱한 연기가 부옇게 빛나 눈이 부셨기 때문이다. 소란을 피운 사람은 빨래를 하던 여자였는데, 그녀가 들어설 때부터 K는 그녀가 근본적으로 방해가 되리라고 생각했었다. 지금 그녀가 잘못을 했는지 아닌지는 알 수 없었다. K에게는 어떤 남자가 그녀를 문 옆 한쪽 구석으로 끌고 가서 껴안고 있는 것만 보였다. 그러나 소리를 지른 것은 여자가 아니라 남자였다. 그는 입을 크게 벌리고 천장을 처다보고 있었다. 두 사람 주위에는 사람들이 빙 둘러서 있고, 근처의 회랑에 있는 사람들은 K가 조성한 진지한 분위기가 이런 식으로 깨어진 것이 기쁜 모양이었다. K는 그 모습을 보자마자 얼른 그리로 뛰어가려 했다. 그리고 모든 사람이 그곳의 질서를 바로잡고, 적어도 그 두 사람을 방에서 쫓아내는 것을 바란다고 생각했으나, 맨 앞줄 사람들이 그대로 버티고 서서 꼼짝도 하지 않아 K는 지나갈 수가 없었다. 오히려 그들은 그를 가로막았다. 노인들은 팔을 앞으로 내밀었고, 누군가의 손이, 돌아볼 사이도 없이 뒤에서 그의 목덜미를 거머잡았다. K는 그 두 사람에 대한 생각은 잊어버리고, 자신의 자유가 구속당하고 이제 자신이 정말로 체포당한다는 생각에서 무작정 연단에서 뛰어내렸다. 이제 그는 군중과 바싹 얼굴을 마주 대고 서 있었다. 이 사람들을 제대로 판단했던 것일까? 자신의 연설 효과를 과신했던 게 아닐까? 그가 말하는 동안 사람들은 적당히 꾸미고 있다가 그가 결론을 맺으려는 지금에 와서 가장(假裝)에 싫증이 난 것일까? 그를 둘러싸고 있는 사람들은 도대체 어떤 낯짝들인가? 조그맣고 까만 눈들이 여기저기서 K를 흘겨보고, 주정꾼처럼 양 볼은 축 늘어져 있으며, 긴 수염은 뻣뻣하고 드문드문해서 손으로 수염을 잡으면 수염 같지 않고 손톱이 잔뜩 붙은 것처럼 보였다. 그런데 이것은 정말 K가 발견한 것인데 수염 밑에는 웃옷 칼라에 다양한 크기의 색색 가지 배지가 빛나고 있었다. 보이는 사람들은 모두 배지를 달고 있었다. 좌우 양패로 나누어진 듯하던 그 사람들은 모두 한패거리였다. 그리고 그가 갑자기 돌아다보니 양손을 무릎 위에 놓고 조용히 밑을 바라보고 있는 예심판사의 칼라에도 똑같은 배지가 있었다.

"그렇구나."

K는 이렇게 외치며 두 손을 높이 들었다. 갑자기 깨달은 것이다.

"이제 보니 사실은 당신들 모두 관리들이로군. 당신들이 바로 내가 공격한 부패한 무리였어. 당신들은 청중과 첩자로 여기 모여들어서는 두 패로 갈린 척하며 한패는 나를 떠보려고 박수를 쳤어. 죄 없는 사람을 어떻게 끌어들일 것인가를 연구하려 했던 거야! 그렇다면 당신들이 여기 온 것이 헛수고가 아니었기를 바랍니다. 내가 당신들한테 무고한 사람을 변호해주기를 기대하는 걸 보고 재미가 있었거나 아니면……. 저리 가요, 이러면 갈겨버릴 테니."

한 노인이 K에게 바싹 다가와서 부들부들 떠는 것을 보고 K는 소리쳤다.

"아니면, 당신들은 정말 무엇인가를 배웠을 거요. 그럼 당신들이 하는 영업이 잘 되기를 빌겠소."

K는 책상 한쪽 옆에 있던 모자를 재빨리 집어 들고, 모든 사람이 완전히 깜짝 놀라서 조용한 가운데 얼른 출구 쪽으로 뛰어갔다. 그런데 예심판사가 K보다 한발 앞서 달려와 문 옆에서 기다리고 있었다.

"잠깐!"

예심판사가 말했다.

K는 멈춰 섰으나 예심판사를 쳐다보지 않고 벌써 손잡이를 움켜잡은 문을 쳐다보았다.

"당신에게 밝혀두겠는데 당신은 오늘, 아직 모르는 것 같은데, 심문이 어떤 경우에든 체포된 자에게 베푸는 특전을 포기해버렸소."

K는 문을 보며 웃었다.

"이 거지 같은 놈들! 심문 따위는 당신들이나 하시오."

그리고 그는 문을 열고 층계를 쏜살같이 뛰어 내려갔다. 뒤에서는 회중이 다시 웅성거리는 소리가 들렸다. 아마도 이 사건을 연구라도 하듯이 토론을 시작하는 모양이었다.

3. 텅 빈 법정에서 · 대학생 · 재판소 사무국

K는 다음 일주일 동안 새로운 출두 통지가 오기를 매일같이 기다렸다. 심문을 거부한다는 그의 말을 그들이 그대로 받아들였다고 생각할 수는 없었다. 기다리던 통지가 정말 토요일 저녁까지도 오지 않았기 때문에, 같은 시간에 그 집으로 오라는 무언의 소환을 받은 것으로 생각했다. 그래서 그는 일요일에 다시 거기로 찾아가서 이번에는 곧장 층계를 올라가 복도를 지나갔다. 그를 기억하는 몇몇 사람들이 자신들의 집 문 앞에서 인사를 했지만, 이제는 누구한테도 물어볼 필요 없이, 곧장 그 문 앞에 이르렀다. 노크를 하자 곧 문이 열렸다. 전에 보았던 여자가 문 옆에 서 있었지만 그는 그녀를 거들떠보지도 않고 곧장 옆방으로 들어가려고 했다.

"오늘은 법정이 열리지 않는데요."

"왜 안 열리죠?"

K는 그 말을 믿으려 하지 않고 이렇게 물었다.

그녀는 옆방의 문을 열어 확인시켜주었다. 방 안은 정말로 텅 비어 있었는데, 그렇게 비어 있으니까 지난 일요일보다 훨씬 더 초라해 보였다. 연단 위에는 책상도 그대로 제자리에 있었고, 그 위에는 책이 몇 권 놓여 있었다.

"저 책을 좀 봐도 됩니까?"

K가 물었다. 특별히 흥미가 있어서가 아니라 여기까지 왔다가 그냥 돌아가고 싶지 않기 때문이었다.

"안 돼요."

그녀가 문을 닫으려 했다.

"그건 안 돼요. 예심판사님 책이니까요."

"아, 그래요?"

K는 고개를 끄덕였다.

"틀림없이 법률책일 테죠. 그리고 이 사법 제도에서는 죄 없는 사람이 알지도 못하는 사이에 유죄 판결을 받게 되고요."

"그럴지도 모르죠."

여자는 그의 말을 제대로 이해하지 못했지만 이렇게 말했다.

"그럼 나는 돌아가야겠군요."

"예심판사님한테 무슨 전할 말씀이 있나요?"

"그를 아세요?"

"물론이죠. 남편이 정리(廷吏)인데요."

그때 비로소 K는 지난번에 왔을 때에는 빨래통 하나밖에 없던 그 방이 지금은 말끔하게 정돈된 거실로 변해 있는 것을 깨달았다. 그녀는 그가 놀라는 것을 보고 말했다.

"네, 우린 이 방을 공짜로 빌려 쓰지만 재판이 있는 날이면 비워야 해요. 남편의 지위 때문에 불편한 점이 한두 가지가 아니에요."

"방 때문에 놀란 게 아닙니다."

K는 못마땅한 표정으로 그녀를 바라보았다.

"당신이 결혼했다는 사실에 더 놀랐습니다."

"지난번 재판 때 내가 당신의 연설을 방해한 일 때문에 빈정거리는 거예요?"

"물론이죠. 이젠 다 지나간 일이고 거의 잊어버렸지만 그땐 정말 화가 났습니다. 그런데 이제 와서는 스스로 결혼한 부인이라고 말하는군요."

"당신의 연설이 중단된 건 당신에게 불리한 일이 아니었어요. 그 후에 모두 당신에 대해서 아주 나쁜 판단을 내렸답니다."

"그랬을지도 모르죠."

K는 말머리를 돌렸다.

"하지만 그렇다고 해서 당신의 행동이 용서되는 건 아닙니다."

"나를 아는 사람들은 모두 나를 용서해줬어요. 그때 나를 껴안은 사람은 오래전부터 나를 따라다녔어요. 나는 대체로 남자들에게 그다지 매력적인 편은 아닌데, 그 사람은 나를 그렇게 생각하나 봐요. 이건 어떻게 막을 수가 없어서 내 남편도 벌써 알고 있어요. 그러나 남편이 직장을 유지하려면 참을 수밖에 없어요. 그 남자는 대학생인데 앞으로 상당한 권력을 갖게 될 테니까요. 그는 계속 나를 따라다니고, 오늘도 당신이 오기 조금 전에 돌아갔답니다."

"다른 것도 다 그러니 놀랄 일도 아니오."

"당신은 틀림없이 여기서 뭘 좀 개선해보려는 거죠?"

그녀는 마치 자신이나 K에게 어떤 해로운 말이라도 하듯이 조심스럽게 천천히 말했다.

"전에 당신의 연설을 듣고 이미 그걸 알아챘어요. 개인적으로는 당신의 말씀이 무척 마음에 들었어요. 물론 조금밖에 듣지 못했지만.

앞부분은 못 들었고, 끝부분에서는 그 학생과 함께 마루에 누워 있었으니까요."

그러고 나서 잠시 사이를 두었다가,

"여긴 참 끔찍해요."

그녀는 K의 손을 잡으며 말했다.

"당신이 개선할 수 있을 거라고 생각하세요?"

K는 웃음 지으며 부드러운 그녀의 두 손에 들어 있는 자신의 손을 약간 움직였다.

"사실 당신 말처럼 나는 뭘 개선할 입장에 있지 않을 뿐 아니라, 당신이 그런 말을 예를 들어 예심판사에게라도 하면 당신은 웃음거리가 되거나 처벌을 받을 겁니다. 사실 나는 자진해서 이런 일에 끼어든 것도 아니고, 잠을 설치면서까지 이 사법제도를 개선할 필요에 고심하는 것도 아닙니다. 그런데 보시다시피 나는 체포되었기 때문에, 남들은 내가 체포되었다고 말합니다만, 이곳에 뛰어들지 않을 수 없게 되었습니다. 나 자신을 지키기 위해서지요. 그러나 그러는 중에 혹시 당신한테도 도움이 될 수 있는 일이 있다면 물론 기꺼이 돕겠습니다. 그저 이웃에 대한 사랑 때문만이 아니라 당신도 나를 도와줄 수 있기 때문이지요."

"도대체 내가 어떻게 도와드릴 수 있죠?"

"예를 들면, 저 책상 위에 있는 책을 보여주면 되죠."

"그러죠."

그녀는 서둘러 K를 끌고 갔다. 모두 낡고 헤진 책들이었다. 표지는 한가운데가 거의 다 찢어져 너덜너덜해진 실밥에 간신히 매달려 있었다.

"여기 있는 건 모두 너무 더럽군."

K가 머리를 흔들며 말했다.

여자는 K가 책을 집어 들기 전에 앞치마로 표면의 먼지를 대강 닦았다. K가 맨 위의 책을 펼치자 추잡한 그림이 나왔다. 한 쌍의 남녀가 발가벗고 소파에 앉아 있었다. 화가의 음탕한 의도가 뚜렷하게 드러났지만 솜씨가 너무나 서툴러서 남자와 여자의 몸뚱이만 너무 두드러져 보이는 데다, 너무 딱딱한 자세로 앉아 있고, 원근법이 맞지 않아 서로 힘들게 바라보고 있는 모습이었다. K는 그 책을 더는 펼치지 않고 다른 책의 표지를 펼쳤더니 〈그레테가 남편 한스에게 당하지 않을 수 없었던 고통〉이라는 제목의 소설이었다.

"이게 여기서 연구되고 있는 법률책이로군. 이런 인간들한테 내가 재판을 받다니."

"당신을 도와드리겠어요. 어때요?"

"정말 날 도와줄 수 있을까요? 당신 자신이 위험에 빠지지 않고? 남편이 윗사람들에게 쩔쩔맨다고 아까 말했잖아요."

"그래도 당신을 도와드리겠어요. 이리 오세요. 의논을 해야 해요. 내가 위험해지리라는 말은 더는 하지 마세요. 위험이란 내가 두려워하고 싶을 때만 두려운 거니까. 자, 어서 이리 오세요."

그녀는 연단을 가리키며 자기와 같이 계단에 앉기를 권했다.

"까만 눈이 참 아름답군요."

같이 자리에 앉자 그녀는 밑에서 K의 얼굴을 쳐다보며 말했다.

"사람들은 내 눈이 아름답다고들 하지만 당신 눈이 훨씬 더 아름다워요. 그리고 전에 당신이 여기 처음 들어왔을 때 곧 눈에 띄었어요. 내가 나중에 여기 집회실로 들어온 것도 당신 때문이에요. 평소에는 그러지 않죠. 어떤 면에서는 내게 금지되어 있는 일이기도 해요."

'결국 그렇군.'

K는 생각했다. 이 여자는 내게 몸을 내맡기고 있다. 여기 있는 모든 사람과 다름없이 이 여자도 타락한 것이다. 분명히 재판소 관리들에게 싫증이 나서, 아무나 낯선 사람이 오면 눈이 아름답다느니 뭐니 하며 아양을 떠는 것이다. K는 아무 말없이 일어섰다. 자기 생각을 분명히 말해서 그녀에게 자신의 태도를 밝히려고 했다.

"당신이 나를 도울 수는 없다고 생각합니다. 나를 정말 도와주려면 높은 관리들과 친분이 있어야 해요. 그런데 당신은 여기 우글거리는 수많은 말단 직원밖에 모릅니다. 사실 당신은 그런 사람들을 아주 잘 아니까 그들을 통해 많은 걸 성취할 수도 있겠죠. 그 점을 의심하지는 않습니다. 그러나 그들을 통해 아무리 대단한 것을 성취한다 해도 소송의 최종결과에 비해서는 완전히 하찮은 일에 불과하겠죠. 그리고 그 때문에 당신은 친구들만 잃게 될 거예요. 나는 그런 걸 바라지 않습니다. 이제까지 가져온 그들과의 관계를 그냥 계속하세요. 말하자면 그게 당신에게는 꼭 필요한 것 같습니다. 이런 말을 하니까 마음이 아픕니다. 왜냐하면 당신의 칭찬에 보답하자면, 당신도 내 맘에 들기 때문이에요. 특히 지금처럼 날 슬프게 쳐다볼 때는 더욱 그렇습니다. 하지만 당신은 슬퍼할 이유가 전혀 없습니다. 당신은 내가 맞서 싸워야 할 저 무리에 속해 있고, 그들 속에서 아주 편안하게 지내고 있습니다. 그리고 그 대학생을 사랑하지 않습니까? 혹시 사랑하지는 않는다 해도 적어도 남편보다는 그를 더 좋아하죠. 당신이 하는 말을 듣고 곧 알 수 있었습니다."

"아니에요!"

그녀는 소리쳤다. 그녀는 그대로 앉아서 K의 손을 붙잡았는데, 그는 손을 빼낼 여유가 없었다.

"지금 가면 안 돼요. 나에 대한 그릇된 판단을 내린 채로 가면 안 돼요! 정말 지금 가시겠어요? 잠시 동안만 더 있어 달라는 내 부탁을 들어주지 못할 만큼 정말 내가 그렇게 하찮은 여자인가요?"

"그건 오해입니다."

K는 다시 앉았다.

"내가 여기 있는 게 소원이라면 얼마든지 있겠습니다. 사실 시간도 있어요. 오늘 심문이 있을 것 같아서 왔으니까요. 내가 아까 한 말은 내 소송 문제로 당신은 날 위해서 아무 일도 하지 말아 달라는 겁니다. 그러나 당신의 도움을 거절한다고 기분 나쁘게 생각하지 마세요. 난 소송 결과 같은 것은 아무래도 좋고, 유죄 판결이 내려져도 웃어버릴 테니까요. 아무튼 이건 소송이 정말로 종결될 것을 전제하고 하는 말이지만, 사실 매우 의심스러운 일입니다. 오히려 나는 관리들의 태만 때문인지, 건망증 때문인지 심지어 두려움 때문인지는 몰라도 소송 절차가 이미 중단됐거나 머지않아 곧 중단되리라고 생각합니다. 물론 상당한 뇌물을 기대하고 저들이 소송을 형식적으로 계속할 수도 있습니다만, 지금 미리 말하지만 아무 소용이 없습니다. 나는 누구한테도 뇌물을 주지 않으니까요. 당신이 예심판사나 또는 중요한 소문을 잘 퍼뜨리고 다니는 사람에게, 그들이 알고 있는 어떤 술책을 쓰더라도 난 절대로 뇌물은 바치지 않는다고 전해준다면, 그게 날 도와주는 일이 될 수도 있겠지요. 절대로 가망이 없는 일이라고 그들에게 분명히 말해도 좋습니다. 게다가 그들은 스스로 이미 깨달았을 테고, 그렇지 않더라도 지금이라도 알든 말든 내겐 아무 상관이 없습니다. 그렇다면 물론 그 사람들은 수고를 덜게 되고, 나 역시 몇 가지 불쾌한 일을 면하게 되겠지요. 그것이 다른 사람들에게도 동시에 타격이 된다면 기꺼이 받아들이겠습니다만. 그리고 그렇게 된다면 일부러 그렇게 해보고 싶습니다. 그런데 당신은 예심판사를 알고 있기는 한 겁니까?"

"그럼요. 당신을 도와드리겠다고 말했을 때도 난 제일 먼저 그 사람을 생각했어요. 그가 지위가 낮은 관리라는 건 몰랐지만 당신이 그렇게 말하니까 아마 사실이겠지요. 그래도 그가 상부에 제출하는 보고서는 어쨌든 어느 정도 영향력이 있을 거예요. 그리고 그는 보고서를 참 많이 쓴답니다. 당신은 관리들이 게으르다고 말하지만 모두가 다 그런 건 아니에요. 특히 이 예심판사님은 그렇지 않아요. 그는 참 많이 써요. 예를 들어 지난 일요일에는 재판이 저녁때까지 계속되었는데, 다른 사람들은 다 돌아갔지만 예심판사님은 방에 남아 있었어요. 내가 등잔을 갖다드렸어요. 우리 집에는 부엌에서 쓰는 작은 등잔밖에 없었지만 그걸로 만족하고 곧 보고서를 쓰기 시작했어요. 그러는 동안에 마침 그날 휴가를 받았던 남편이 돌아와서 같이 가구를 옮겨놓고 방을 정리하는데 이번엔 또 이웃 사람들이 찾아왔어요. 우리는 촛불 하나를 켜놓고 이야기를 나눴어요. 그러다가 예심판사님을 깜빡 잊고 우린 그냥 잤어요. 한밤중에 갑자기 눈을 떴는데 예심판사님이 침대 옆에 서서 남편한테 불빛이 비치지 않도록 등잔을 손으로 가리고 있었어요. 공연한 걱정을 한 거예요. 남편은 아무리 불빛이 비쳐도 모르고 그냥 자니까요. 나는 너무나 놀라서 소리를 지를 뻔했지만 예심판사님은 매우 다정하게 조심하라고 주의를 주시더니 지금까지 보고서를 쓰고 있었다, 이제 등잔을 돌려주러 왔는데 내가 자는 모습을 결코 잊지 않겠다고 속삭였어요. 내가 이런 말을 하는 것은 예심판사님이 정말 보고서를 많이 쓰고, 더구나 당신에 대해서 보고서를 쓰고 있다는 걸 알려주고 싶어서예요. 당신에 대한 심문이 분명히 일요일 재판 중에서 가장 중요한 문제의 하나였으니까요. 그렇게 긴 보고서들이 모두 무의미할 수는 없잖아요. 게다가 그 사건으로 당신도 알겠지만 예심판사님이 나한테 마음을 두고 있고, 도대체 이제야 날 눈여겨보기 시작한 모양인데, 지금이야말로 그에게 큰 힘을 미칠 수 있는 좋은 시기가 아니겠어요. 그가 나한테 마음을 두고 있는 데 대해서는 다른 증거도 있어요. 어제는 그가 매우 신임하며 같이 일하는 그 대학생을 통해 내게 비단 양말을 선물로 보냈어요. 겉으로는 내가 법정을 청소하기 때문이라고 했지만 그건 구실에 지나지 않아요. 왜냐하면 법정을 청소하는 건 내 의무고, 그 때문에 남편이 봉급을 받으니까요. 참 예쁜 양말이에요. 좀 보세요.”

그녀는 다리를 쭉 뻗고 치마를 무릎까지 걷어 올리더니 양말을 들여다보았다.

“예쁘기는 하지만 너무 섬세해서 내게는 어울리지 않아요.”

갑자기 그녀는 말을 멈추고 K를 조용하게 하려는 듯이 그의 손 위에 자신의 손을 얹고 속삭였다.

“쉿, 베르톨트가 우리를 보고 있어요.”

K는 천천히 얼굴을 들었다. 법정 문턱에 젊은 남자가 서 있었다. 키가 작고 구부정한 다리를 하고는, 짧고 엉성하고 불그스레한 수염을 계속 쓰다듬으며 위엄을 보이려 하고 있었다. K는 그를 신기한 듯이 쳐다보았다. 그 대학생은 저 알 수 없는 법학을 공부하는 사람들 중에서 K가 직접 만난 첫 번째 사람이고, 앞으로 높은 관직에 오를지도 모르는 사람이었다. 그런데 그 학생은 K를 조금도 개의치 않고, 한순간 수염에서 손을 떼고 여자에게 손짓을 하고는 창가로 갔다. 여자는 K에게 몸을 숙이고 속삭였다.

“내게 화내지 마세요. 제발 부탁이에요. 내가 나쁜 여자라고 생각하지도 마세요. 이젠 저 사람에게 가봐야 해요. 저 지겨운 사람에게 가야 해요. 저 구부러진 다리 좀 보세요. 하지만 곧 돌아오겠어요. 그

74

리고 당신이 날 데려가준다면 당신과 가겠어요. 어디든 당신이 원하는 대로 따라가겠어요. 무엇이든 원하는 대로 하세요. 될 수 있는 대로 오랫동안 여기서 떠나 있었으면 좋겠어요. 물론 영원히 떠나버린다면 더 말할 것도 없고요."

그녀는 잠시 K의 손을 어루만지더니 자리에서 벌떡 일어나 창가로 달려갔다. K는 자기도 모르게 여자의 손을 찾아 허공을 더듬었다. 그 여자는 정말로 그를 유혹했다. 아무리 생각해도 그녀의 유혹에 넘어가서는 안 될 뚜렷한 이유를 찾을 수 없었다. 그녀가 재판소를 위해서 그를 붙잡으려는 것인지도 모른다는 생각이 얼핏 머리에 떠올랐지만, 곧 떨쳐버렸다. 어떤 방법으로 그녀가 그를 붙잡을 수 있단 말인가? 그는 당장이라도 재판소를 모조리 부숴버릴 수 있을 만큼 여전히 자유롭지 않은가? 이렇게 사소한 자신감도 없단 말인가? 그리고 그녀가 도와주겠다고 한 말은 솔직한 마음이고, 아마 쓸모도 있을 것 같았다. 그리고 어쩌면 예심판사나 그 일당들에게서 이 여자를 빼앗아 자기 것으로 만드는 것보다 더 통쾌한 복수도 없을 것 같았다. 그렇게 되면 예심판사는 K에 관한 허위 보고서를 꾸미느라고 애를 쓰다가 한밤중에 그녀의 침대가 텅 빈 것을 발견하게 되는 일이 생길 것이다. 침대가 비어 있는 것은 그녀가 K의 소유가 되었기 때문이다. 창가에 있는 저 여자, 거칠고 두꺼운 천으로 만든 칙칙한 옷으로 감싼 저 풍만하고 나긋나긋하고 따스한 육체가 순전히 K의 것이 되었기 때문이다. 이런 식으로 여자에 대한 의심을 떨쳐버린 후에 K는 창가에서 낮은 소리로 주고받는 대화가 너무 길게 느껴져서 손가락으로 연단을 두들기다가 나중에는 주먹으로 연단을 쳤다. 대학생은 여자의 어깨 너머로 K에게 얼핏 시선을 던졌으나 개의치 않고 여자한테 바싹 몸을 대고 그녀를 끌어안기까지 했다. 그녀는 그의 이야기에 귀를 기울이는 듯이 머리를 푹 숙였다. 그녀가 고개를 숙이자 대학생은 이야기를 중단하지도 않고 그녀의 목에 소리가 나게 키스를 했다. 그것을 보고 K는 여자가 호소하던 대로 대학생이 그녀에게 횡포를 부린다는 것을 확인하고, 자리에서 일어나 방 안을 이리저리 걸어 다녔다. 그는 대학생을 곁눈질하면서 어떻게 하면 되도록 빨리 그를 내쫓을 수 있을지 곰곰이 생각했다. 그래서 벌써부터 이따금 쿵쿵 소리 내며 돌아다니는 K의 태도에 분명히 기분이 거슬린 대학생이 다음과 같이 말했을 때 K는 오히려 잘 됐다고 생각했다.

"못 참겠으면 가면 되지 않소. 사실은 벌써 나갔어야지. 당신이 없다고 서운해할 사람은 아무도 없소. 그래요, 내가 들어왔을 때 벌써 돌아갔어야 하는 거요. 되도록 빨리 말이오."

그 말 속에는 온갖 분노가 폭발하고 있기도 했지만 동시에 그 속에는 미래의 법관 나리가 탐탁치 않은 피고에게 말하는 거만함도 담겨 있었다. K는 그의 옆에 바싹 서서 빙긋 웃으며 말했다.

"참을 수 없는 것도 사실이지만, 이 초조한 기분을 사라지게 하는 가장 쉬운 방법은 자네가 우리를 놓아두고 가버리는 거야. 만일 자네가 공부를 하려고 여기 왔다면, 자네가 학생이라는 얘긴 들었어. 나는 얼른 자리를 내주고 이 여자와 같이 나가주겠어. 아무튼 앞으로 재판관이 되려면 더 많이 공부를 해야 할 테니까. 자네가 연구하는 사법 제도에 대해서 나는 아직 잘 모르지만, 물론 자네는 염치없이 지껄여대는 법을 이미 잘 알고 있지만 그런 거친 말만으로는 아직 어림도 없다고 생각되네."

"이런 자를 이렇게 마음대로 돌아다니게 내버려두지 말았어야 하는데……."

대학생은 K의 모욕적인 말에 대해서 그녀에게 설명이라도 하려는

76

듯이 말했다.

"이건 실수였어. 내가 예심판사한테도 말했지만, 심문이 있는 동안 적어도 집에 가뒀어야 해. 예심판사는 가끔 이해할 수 없단 말이야."

"쓸데없는 소리 말아."

K는 여자에게 손을 내밀었다.

"이리 와요."

"아, 그래."

대학생이 말했다.

"안 돼, 안 돼. 이 여자를 당신에게 내줄 수 없어."

그리고 대학생은 어디서 그런 힘이 났는지 그녀를 한 팔로 덥석 안고 정답게 바라보며 등을 구부린 채 문 쪽으로 달려갔다. 그러면서도 K에 대한 불안한 기색을 숨길 수는 없었지만 대학생은 한쪽 손으로 그녀의 팔을 쓰다듬기도 하고 누르기도 하면서 K를 화나게 하려 했다. K는 서너 걸음 달려가 그에게 다가가서 그를 붙잡고 여차하면 목을 졸라버릴 태세를 보였으나 그녀가 말했다.

"소용없어요. 예심판사님이 나를 부르러 보낸 거예요. 난 당신하고 같이 갈 수 없어요. 이 작은 괴물이," 이렇게 말하며 그녀는 학생의 얼굴을 어루만졌다.

"이 작은 괴물이 날 놓아주지 않아요."

"그리고 당신 자신도 놓여나고 싶지 않고 말이지."

K가 소리치며 한쪽 손을 대학생의 어깨 위에 얹자 대학생은 그 손을 이빨로 물어뜯으려 했다.

"안 돼요!"

여자가 외치며 K를 두 손으로 뿌리쳤다.

"안 돼요, 안 돼. 이러지 마세요. 도대체 무슨 생각을 하는 거예요? 이건 날 망하게 하는 짓이에요. 이 사람을 가게 내버려둬요, 아 제발 놔줘요. 이 사람은 그저 예심판사님의 명령에 따라 날 데리고 가는 것뿐이에요."

"그렇다면 가도 좋아요. 그리고 난 당신과 다시는 만나지 않겠소."

K는 실망해서 화를 내며 말하고 대학생의 등을 한 대 때렸다. 대학생은 약간 비틀거리더니 넘어지지 않은 것을 다행으로 생각하고 얼른 여자를 들고 더 높이 뛰어갔다. K는 천천히 그들의 뒤를 따라갔다. 그는 이것이 의심할 여지 없이 이 사람들에게 당한 첫 번째 패배라는 걸 깨달았다. 그렇다고 해서 걱정할 이유는 물론 없었다. 자기 쪽에서 싸움을 걸었기 때문에 패배를 당한 것이다. 집에 있으면서 일상적인 생활을 한다면 그는 이들 중 어느 누구보다도 수천 배나 우월했을 것이고, 한 번 툭 차기만 해도 쫓아버릴 수 있는 사람들이었다. 그리고 그는 너무나 우스꽝스러운 장면을 상상해보았다. 이 불쌍한 대학생, 이 교만한 놈, 다리가 휘고 수염을 기른 이 자식이 엘자의 침대 앞에 무릎을 꿇고 두 손을 모아 쥐고 동정을 비는 장면이었다. K는 이 생각이 너무나 마음에 들어서 어떻든 기회만 있으면 이 대학생을 한번 엘자한테 데리고 가기로 결심했다. 호기심에서 K는 다시 문으로 달려갔다. 그녀를 어디로 데리고 가는지 보고 싶었다. 대학생이 설마 그녀를 껴안고 길거리로 나가지는 못할 것이다. 길은 생각했던 것보다 훨씬 짧았다. 이 집 바로 맞은편에 좁다란 나무 층계가 다락방으로 통해 있는 모양이었는데 층계가 중간에 구부러져서 끝은 보이지 않았다. 대학생은 그 층계로 여자를 데리고 올라가고 있었다. 그때까지 뛰어간 탓으로 기운이 빠졌는지 걸음이 몹시 느렸고 끙끙거리고 있었다. 여자는 밑에 있는 K에게 손짓을 하고 어깨를 들먹거려 보이

며 자기는 이렇게 끌려가는 것에 대해 아무 잘못이 없다는 걸 나타내려 했으나, 그 태도에 안타까워하는 기색은 별로 없었다. K는 그녀를 모르는 사람인 듯 무표정하게 바라보았다. 그는 자신이 실망한 것도, 또 실망을 쉽게 극복할 수 있다는 것도 드러내 보이고 싶지 않았다.

두 사람은 이미 사라졌지만 K는 문간에 그대로 서 있었다. 그 여자가 자신을 배반했을 뿐만 아니라 예심판사한테로 간다고 하면서 자신을 속인 것이라고 생각하지 않을 수 없었다. 예심판사가 다락방에 앉아서 기다릴 리는 없었다. 아무리 나무 층계를 바라봐도 해답을 얻을 수 없었다. 그때 K는 층계 옆에 작은 종이가 붙어 있는 것을 발견했다. 가까이 가서 보니 거기에는 어린아이 같은 서투른 글씨로 '재판소 사무국 입구'라고 쓰여 있었다. 그렇다면 이 셋집 지붕 밑에 재판소 사무국이 있단 말인가? 대단한 위엄을 느끼게 하는 시설도 아니거니와, 이 집에 세 든 사람들 자신이 벌써 지독히 가난한 사람들인데 그들이 쓸모없는 잡동사니를 다 쓸어 넣는 곳에 사무실을 정하고 있는 것을 볼 때 이 재판소가 융통할 수 있는 돈이 얼마나 적은지를 상상할 수 있었으므로 피고인으로서는 안심이 됐다. 물론 돈이 충분히 있는데 재판상의 목적에 사용하기 전에 관리들이 착복할 가능성도 있었다. 지금까지 K의 경험에 비추어 보아도 충분히 있을 수 있는 일이었다. 재판소가 이렇게 타락했다는 것은 피고의 품위를 떨어뜨리는 일이었지만 재판소가 가난한 것보다는 근본적으로 더 위안이 되기도 했다. 처음 심문할 때 피고를 다락방으로 소환하기가 부끄러워서 차라리 피고의 집으로 찾아가서 괴롭히는 편을 택했다는 것을 이제 K는 알 수 있었다. 이런 재판관에 비하면 K는 얼마나 좋은 지위에 있는가! 재판관은 다락방에 앉아 있는데, K는 은행에서 대기실까지 딸린 큰 방에 앉아서 큼직한 창문으로 번화한 광장을 내려다볼 수 있었다. 물론 그는 뇌물이나 횡령을 통한 부수입이 있는 건 아니고, 심부름꾼을 시켜서 여자를 안아 사무실로 데려오게 할 수도 없었다. 그러나 K는 적어도 현재의 이 같은 생활에서는 그런 짓은 하고 싶지도 않았다. K가 안내표지 앞에 서 있으려니 웬 남자가 층계를 올라와서 열린 문으로 거실을 들여다보았다. 거기에서도 법정이 보였다. 그러더니 마침내 그 남자는 K에게 조금 전에 여기서 어떤 여자를 보지 못했느냐고 물었다.

"당신은 재판소 정리죠, 네?"

K가 물었다.

"네. 아, 그렇군요. 당신은 피고인 K씨군요. 나도 이제 당신을 알아보겠습니다. 잘 오셨습니다."

그러면서 그는 K에게 악수를 청했다. 전혀 예상치 못한 일이었다.

"하지만 오늘은 재판이 열리지 않는데요."

K가 아무 말도 하지 않자 정리가 말했다.

"알고 있습니다."

K는 정리의 사복을 유심히 바라보았다. 보통 단추 외에 장교의 헌 외투에서 떼어 단 것 같은 금단추가 두 개 붙어 있는데, 그게 그가 관직에 있다는 유일한 표지였다.

"조금 전에 당신 부인과 이야기를 나눴습니다만, 지금은 여기 없어요. 대학생이 예심판사한테 데리고 갔어요."

"보시다시피, 사람들이 아내를 언제나 그렇게 끌고 가죠. 오늘은 일요일이라서 근무를 하지 않아도 되는데, 나를 여기서 쫓아내기 위해 아무리 봐도 불필요한 심부름을 시키지 뭡니까. 그러나 그리 먼 곳이 아니어서 빨리 서두르면 아마도 제때에 돌아올 수 있으리라고 생각했어요. 그래서 나는 할 수 있는 대로 힘껏 달려가서 그곳 관청의 문틈으로 알아들을 수도 없게 단숨에 소리쳐 전갈을 전하고 다시 뛰어 돌아왔습니다만, 그 대학생이 나보다 좀 더 빨리 온 모양이군요. 물론 그놈은 다락방에서 층계만 내려오면 되니까 훨씬 가까운 거리에 있죠. 내가 이 재판소에 매인 몸만 아니라면 벌써 전에 그 대학생 놈을 이 벽에다 짓이겨버렸을 거예요. 여기 재판소 안내표지 옆에다 대고 말입니다. 난 언제나 그런 꿈을 꾸지요. 그놈이 여기 바닥 조금 위에 매달려서 두 팔을 벌리고 손가락을 펼치고 구부러진 다리를 뒤틀고 사방에 온통 피가 튀는 거예요. 그러나 이제까지 그건 그저 꿈일 뿐이지요."

"다른 방법이 없습니까?"

K는 웃으며 물었다.

"모르겠어요. 그런데 이제는 더 화가 나요. 지금까지는 그놈이 내 아내를 저 혼자 데리고 놀았는데, 이제는 예심판사한테까지 끌고 가니까요. 물론 오래전부터 예상했던 일이지만."

"그럼 당신 부인은 아무 죄가 없단 말입니까?"

K도 이젠 너무나 질투가 나서 이렇게 묻지 않을 수 없었다.

"물론 있고말고요. 죄는 그년이 제일 많죠. 그년이 그놈에게 달라붙었으니까요. 그놈으로 말할 것 같으면 그놈은 여자만 보면 다 쫓아다닌답니다. 이 집에서만도 벌써 다섯 집이나 몰래 숨어 들어갔다가 쫓겨났답니다. 물론 내 아내가 이 건물 전체에서 제일 예쁜 데다가 나로서는 막을 수가 없답니다."

"사정이 그렇다면 물론 어쩔 도리가 없죠."

"왜 어쩔 수가 없어요? 그 대학생 놈은 겁쟁이니까 내 아내에게 손을 대려 하기만 하면 흠씬 두들겨 패서 다시는 그런 생각을 하지 못하게 해야 해요. 그러나 난 그럴 수 없고, 또 날 위해서 그런 일을 해줄 사람도 없어요. 모두 그놈의 권세를 두려워하니까요. 당신 같은 사람이나 할 수 있을 겁니다."

"도대체 어째서 내가 할 수 있다는 겁니까?"

K는 놀라서 물었다.

"당신은 이미 고소를 당했으니까요."

"그래요. 하지만 그가 소송의 결과에 영향을 미칠 힘은 없다 하더라도 예심에는 영향을 미칠 수도 있기 때문에 더욱 두렵지 않겠어요."

"물론 그래요."

정리는 K의 의견이 자기 의견과 똑같이 옳다는 듯이 말했다.

"하지만 여기서는 원칙적으로 가망이 없는 소송은 하지 않습니다."

"나는 당신과 생각이 다릅니다. 그러나 때에 따라서 그 대학생을 혼내줘야 한다는 것에는 반대하지 않습니다."

"대단히 감사합니다."

정리는 약간 의례적으로 말했지만, 사실은 자신의 희망이 실현될 가능성을 믿지 않는 것 같았다.

"어쩌면……."

K는 이야기를 계속했다.

"당신 상관들이나 어쩌면 다른 사람들도 다 그놈과 똑같은 대우를 받아 마땅할 겁니다."

"그렇고말고요."

정리는 자명한 일이라는 듯이 말했다.

그러더니 이제까지도 아주 친절하기는 했지만 새삼스럽게 신뢰감을 담은 눈길로 K를 바라보며 덧붙였다.

"사람들은 언제나 반란을 일으킬 태세가 되어 있으니까요."

그러나 이런 대화가 약간 불쾌하게 생각되었던지 이야기를 돌렸다.

"이젠 사무국에 가 봐야 해요. 같이 가지 않겠습니까?"

"거기엔 볼일이 없는데요."

"구경이나 하시죠. 아무도 당신에 대해서 신경 쓰지 않을 테니까."

"볼 만한 가치가 있을까요?"

K는 주저하며 물었으나 사실은 같이 가고 싶은 생각이 간절했다.

"글쎄요, 당신이 흥미를 느끼리라는 생각이 들었어요."

"좋습니다."

마침내 K가 말했다.

"같이 가죠."

그리고 그는 정리보다도 앞서서 계단을 뛰어올라갔다.

사무국에 들어서면서 그는 하마터면 넘어질 뻔했다. 문 뒤에 또 계단이 있었기 때문이다.

"일반인들에 대해선 그다지 배려를 하지 않는군요."

"전혀 배려하지 않습니다. 여기 휴게실 좀 보십시오."

그곳은 기다란 복도로, 다락의 여러 방으로 통하는, 조잡하게 짜붙인 문들이 있었다. 햇빛이 직접 들어오는 창문은 없었으나 그다지 어둡지는 않았다. 대부분의 방들이 복도 쪽에 벽 대신 천장까지 닿는 나무격자로 막아놓아서 그 사이로 햇빛이 조금 스며들고 있었다. 또한 그 격자를 통해 방 안에 있는 관리들이 들여다보였다. 책상에 앉아 글을 쓰고 있는 관리도 있고, 바로 격자 앞에 서서 틈 사이로 복도에 있는 사람들을 바라보는 관리도 있었다. 일요일이어서 그런지 복도에는 사람들이 별로 없었다. 그들은 매우 겸손한 인상을 주었다. 복도 양편에 놓인 기다란 나무의자에 거의 일정한 거리를 두고 서로 떨어져 앉아 있었다. 얼굴 표정이나 태도, 수염 모양, 그 밖의 확실치 않은 여러 가지 사소한 점으로 보아, 대부분이 부유층에 속하는 사람들이었지만 옷차림은 허름했다. 옷걸이가 없었기 때문에, 아마도 한 사람이 그러니까 다른 사람들도 따라서 했겠지만 모자를 의자 밑에 놓아두고 있었다. 바로 문 옆에 앉아 있던 사람들이 K와 정리를 보자 인사를 하려고 일어섰다. 그러자 다음 사람들도 인사를 해야 한다고 생각했는지 두 사람이 지나갈 때 모두 자리에서 일어섰다. 완전히 다 일어서는 사람은 없었고 등과 무릎을 구부리고 마치 거리의 거지처럼 서 있었다.

K는 조금 뒤떨어져서 걸어오는 정리를 기다렸다가 말했다.

"저렇게까지 비굴해져야 하나요."

"네. 저 사람들은 피고인들입니다. 여기 있는 사람들은 모두 피고인들입니다."

"그래요! 그렇다면 내 동료들이군요."

그리고 그는 바로 곁에 있는, 키가 크고 마르고 백발이 다 된 남자를 바라보았다.

"여기서 무엇을 기다리고 계십니까?"

K는 정중하게 물었다.

예기치 않은 질문을 받고 그 남자는 당황했다. 다른 곳에서라면 분명히 자제할 수 있고 다른 사람들에 대한 우월감을 쉽게 버리지 않을 세상 경험이 많은 사람임이 분명했기 때문에 그 당황하는 모습은 더욱 딱해 보였다. 그런데 여기서는 이렇게 간단한 질문에도 대답을 하지 못하고, 다른 사람들이 자신을 도와줘야만 할 것처럼, 그리고 그들이 도와주지 않으면 아무도 자기한테 대답을 요구할 수 없다는 듯이 다른 사람들을 바라보았다.

　그러자 정리가 다가가서 그 남자를 진정시키고 용기를 북돋아주려는 듯 말했다.

　"이 분은 단지 무엇을 기다리느냐고 물었을 뿐이에요. 어서 대답해보세요."

　귀에 익은 정리의 목소리를 들으니 조금 나은 모양이었다.

　"내가 기다리고 있는 것은……."

　그는 시작하다가 말문이 막히고 말았다. 분명히 그는 질문에 정확하게 대답하기 위해서 이렇게 말을 시작했으나 이제는 어떻게 이어가야 할지를 모르고 있었다.

　기다리던 사람 몇몇이 다가와서 그들 주위에 둘러섰기 때문에 정리가 그들에게 말했다.

　"비켜요, 비켜. 통로는 내놔야지."

　그들은 조금 물러섰지만 제자리로 돌아가지는 않았다.

　그러는 동안에 질문을 받은 그 남자는 마음을 진정하고 가벼운 미소까지 지으며 대답했다.

　"한 달 전에 내 사건에 대한 증거신청을 했는데 결과를 기다리고 있습니다."

　"정말 애를 많이 쓰시는 것 같군요."

　"그래요. 내 일이니까요."

　"누구나 당신처럼 생각하지는 않아요. 예를 들면, 나도 기소됐지만, 일이 잘 해결되기를 바라면서도, 증거 신청이라든지 그 밖의 그와 비슷한 어떤 일을 해보려고 하지 않았으니까요. 그런데 당신은 그런 일이 필요하다고 생각하십니까?"

　"잘 모르겠어요."

그 남자는 다시 완전히 불안한 태도로 말했다. 그는 분명히 K가 자기를 놀린다고 생각해서, 또 실수를 하지 않을까 하는 걱정에서 아까 한 대답을 되풀이하는 게 좋겠다고 생각했는지, K의 초조한 시선을 받고는 그저 이렇게 말했다.

"나는 증거 신청은 했습니다."

"내가 기소됐다는 걸 안 믿으시나보군요?"

"오, 아니에요. 믿고말고요."

그 남자는 조금 옆으로 물러나며 말했지만, 그 대답 속에는 신뢰가 아닌 불안만이 담겨 있었다.

"그럼 내 말을 믿지 않는 거죠?"

K는 그의 비굴한 태도에 자신도 모르게 자극이 되어 어떻게 해서든지 믿게 하려는 듯이 그 남자의 팔을 붙잡았다. 그러나 아프게 하려는 것은 아니었기 때문에 아주 살짝 잡았을 뿐인데도 그 남자는 K가 두 손가락이 아니라 새빨갛게 달군 부젓가락으로 잡기나 한 듯이 비명을 질렀다. 이런 터무니없는 비명을 듣자 K는 결정적으로 그 남자가 지겨워졌다. 그가 기소됐다는 것을 믿지 않는다면 더 좋다. 그 남자가 아마도 그를 재판관으로 생각하는지도 모른다. 그래서 이번에는 작별인사로 그를 정말로 꽉 붙잡아 의자 위에 떠밀어버리고는 앞으로 걸어갔다.

"피고인들은 대개 저렇게 예민합니다."

정리가 말했다.

그들 뒤에서는 대기하고 있던 사람들이 이미 비명을 그친 그 남자 주위에 모여들어 어떻게 된 일인지 자세히 물어보는 것 같았다. 그때 한 감시인이 K를 향해 걸어왔다. 칼을 차고 있는 것으로 보아 그가 감시인이라는 것을 알 수 있었다. 적어도 색깔로 보아 칼집은 알루미늄으로 된 것 같았다. K는 그것을 보고 놀라서 손으로 만져보기까지 했다. 비명을 듣고 온 감시인은 무슨 일이냐고 물었다. 정리는 한두 마디로 그를 납득시키려 했으나, 감시인은 자기가 조사해야 한다고 설명하고 경례를 하고는, 매우 빠르기는 했지만 관절염으로 굳은 것 같은 짧은 걸음으로 걸어갔다.

K는 감시인이나 복도에 있는 사람들에게 더는 신경 쓰지 않았다. 특히 복도 중간쯤에 오자 오른쪽에 문이 없는 통로가 있어서 그쪽으로 접어들 수 있을 것 같았기 때문에 더욱 그랬다. 이쪽이 맞는 길이냐고 정리에게 물었더니 정리가 고개를 끄덕였기 때문에 K는 정말 그쪽으로 접어들었다. 정리보다 계속 한두 걸음 앞서 걸어가야 하는 게 언짢았다. 적어도 이런 곳에서는 그가 체포되어 앞세워져 끌려가는 꼴로 보일 수 있기 때문이었다. 그래서 이따금 정리가 따라오기를 기다렸지만 정리는 이내 뒤처지곤 했다. 마침내 K는 이런 불쾌한 상태를 끝내려고 말했다.

"여기가 어떤지 봤으니까 이제 그만 가겠습니다."

"아직 다 보시지 못했습니다."

정리는 아주 태연하게 말했다.

"다 보고 싶지 않아요."

K는 정말 피곤하기도 해서 말했다.

"가겠습니다. 출구가 어디죠?"

"벌써 길을 잃었습니까?"

정리가 놀라며 말했다.

"모퉁이까지 가서 오른쪽으로 돌아서 복도를 따라 곧장 가면 문이 나옵니다."

"같이 가십시다. 길을 좀 가르쳐주시죠. 여긴 길이 너무 많아 잘 못

찾을 것 같습니다.”

“길은 하나뿐입니다.”

정리는 책망하듯이 말했다.

“난 다시 돌아갈 수 없어요. 보고도 해야 하고, 당신 때문에 벌써 시간을 많이 낭비했으니까요.”

“같이 가요!”

K는 마침내 정리의 불성실함을 알아차렸다는 듯이 좀 더 날카로운 어조로 다시 말했다.

“그렇게 소리치지 말아요.”

정리가 속삭였다.

“여긴 온통 사무실입니다. 혼자 돌아가지 않으려면 나하고 좀 더 같이 가거나, 보고를 마치고 올 때까지 여기서 기다리세요. 그러면 기꺼이 함께 돌아가겠소.”

“안 돼요. 안 돼. 기다리지 않겠소. 지금 같이 가야 하오.”

K는 자신이 서 있는 곳을 둘러보지 않았는데, 그때 주위에 있는 수많은 나무문 가운데 하나가 열렸으므로 비로소 그쪽으로 눈길을 돌렸다.

K가 떠드는 소리를 듣고 나온 듯한 여자가 다가와서 물었다.

“무슨 일이에요?”

그녀 뒤쪽으로 멀찍이 어두컴컴한 데서 또 한 남자가 다가오는 게 보였다. K는 정리를 쳐다보았다. 아무도 K에게 신경 쓰지 않을 거라더니, 그럴 필요도 없는데 어느덧 두 사람이 다가왔으니, 관리들이 그에게 주의를 돌리고 왜 여기에 왔느냐고 해명을 요구할 것이다. 이치에 맞고 인정받을 수 있는 유일한 설명은 K가 피고인이며 다음 심문 날짜를 알아보려고 왔다는 것이었지만, 그런 해명은 하고 싶지 않왔다. 무엇보다도 그건 사실이 아니기 때문이다. 그는 단지 호기심에서 왔고, 이 사법제도의 내부도 외부와 마찬가지로 혐오스럽다는 것을 확인하러 왔던 것인데 그런 해명은 더욱 불가능했다. 그리고 이러한 추측이 옳은 것 같았기 때문에 더는 파고들 생각은 없었다. 이제까지 본 것만 해도 답답하기 이를 데 없고, 바로 이 순간에 어느 문에서 불쑥 나타날지도 모르는 고관을 대할 마음의 준비도 되어 있지 않았기 때문에 정리와 같이 나가든지 아니면 혼자서라도 나갈 생각이었다.

그러나 그가 아무 말도 없이 서 있는 게 이상했던지 그 여자와 정리는 정말로 다음 순간 그에게 어떤 큰 변화라도 일어날 것 같아 그 장면을 놓칠 수 없다는 듯이 그를 쳐다보았다. 그리고 문간에는 조금 전에 멀리서 다가오는 것이 보였던 그 남자가 낮은 문의 들보를 꼭 붙잡고 발끝을 들고, 성미 급한 관객처럼 몸을 약간 흔들어댔다. 그러나 여자가 먼저 K의 행동은 몸이 약간 불편하기 때문이라는 것을 알아채고 의자를 하나 들고 와서 물었다.

"앉지 않으시겠어요?"

K는 곧 의자에 앉아서 좀 더 편한 자세를 취하려고 팔꿈치를 팔걸이에 올려놓았다.

"약간 어지러우시죠, 네?"

그때 그는 바로 눈앞에 바싹 다가와 있는 그녀의 얼굴을 보았다. 그 얼굴은 한창 나이의 아름다운 여자들에게서 흔히 볼 수 있는 강렬한 표정을 띠고 있었다.

"걱정하지 마세요. 여기서는 이상한 일이 아니에요. 처음 여기 오면 누구나 거의 이런 발작을 일으키니까요. 여기 처음 오신 거예요? 그렇다면 이상한 일이 아니에요. 태양이 여기 지붕 판자에 뜨겁게 내리쬐기 때문에 나무가 뜨거워져서 방 안 공기가 후덥지근하고 탁하죠. 그래서 여기는 사무실로는 그다지 적합하지 않아요. 물론 그 밖에는 좋은 점이 많지만. 그러나 공기만은, 소송관계로 수많은 사람들이 오가는 날이면 거의 매일 그렇지만, 숨이 막힐 지경이죠. 그리고 여기에 온갖 빨래를 널어놓는 것을 생각하면 세 든 사람들한테 못하게 할 수도 있는 일이지만, 기분이 약간 나빠지는 것도 이상할 게 없죠. 그러나 결국 이런 공기에 익숙해지니까 두세 번 오게 되면 여기를 답답하게 느끼지 않게 될 거예요. 이젠 좀 괜찮은가요?"

K는 대답하지 않았다. 갑자기 몸이 불편해져 이 사람들에게 몸을 맡겨야 했던 일에 화가 났고, 게다가 몸이 불편하게 된 원인을 알게 되었기 때문에 기분이 나아지기는커녕 더 불쾌해졌다. 여자는 그것을 금방 알아차리고 K가 기운을 차리게 해주려고, 벽에 세워져 있던 갈고리가 달린 장대를 들고 K의 머리 바로 위에 있는 밖으로 통하는 작은 통풍창을 밀어 열었다. 그러나 그을음이 너무 많이 떨어졌기 때문에 여자는 얼른 통풍창을 닫고 손수건으로 K의 손에 떨어진 그을음을 털어줘야 했다. K는 너무나 피곤해서 스스로 털어버릴 수 없었기 때문이다. 걸어갈 수 있을 만큼 기운을 회복할 때까지 그대로 앉아 있고 싶었으나 사람들이 그에 대해 신경을 쓰지 않으면 더 빨리 일어설 수 있을 것 같았다. 더구나 그녀가 이렇게 말했다.

"여기 있을 수 없어요. 다니는 데 방해가 되니까……."

K는 대체 누가 다니는 데에 방해가 되느냐고 눈짓으로 물었다.

"원하신다면 병실로 데려다드리겠어요. 좀 도와주세요."

그녀가 문간에 서 있는 남자에게 말하자 그는 곧 다가왔다.

그러나 K는 병실로 가고 싶지 않았다. 더는 끌려다니고 싶지 않았다. 끌려다니면 틀림없이 화만 더 날 것 같았다. 그래서 이제는 걸을 수 있을 것 같다고 말하고 자리에서 일어났다. 편안히 앉아 있었던 탓인지 몸이 떨렸다. 그래서 똑바로 설 수가 없었다.

"안 되겠어요."

그는 머리를 흔들고 한숨을 쉬며 다시 자리에 앉았다. 정리는 어떻든 자신을 쉽게 밖으로 데리고 나갈 수 있으리라고 생각했지만 그는 벌써 오래전에 사라진 모양이었다. 앞에 서 있는 여자와 남자 사이로 살펴보았으나 정리는 보이지 않았다.

"내 생각에는."

그 남자가 말했다. 그는 말쑥하게 차려입었는데, 특히 양쪽 끝을 길고 뾰족하게 만든 회색 조끼가 눈에 띄었다.

"이분의 몸이 불편한 것은 이곳의 공기 탓이니까 병실로 가느니보다는 이 사무실에서 나가는 게 가장 좋을 것 같아요. 본인도 그걸 원하는 것 같은데."

"그렇습니다."

K는 너무나 기뻐서 그 남자의 말이 끝나기도 전에 소리쳤다.

"틀림없이 금방 좋아질 겁니다. 그렇게까지 몸이 약하지는 않으니까. 겨드랑이를 조금만 부축해주면 되겠어요. 별로 큰 수고는 끼치지 않겠어요. 그리 멀지도 않아요. 문까지만 데려다주세요. 그럼 계단 위에서 잠시 앉아 있으면 금방 기분이 나아질 겁니다. 이런 발작을 일으킨 적이 한 번도 없었기 때문에 나 자신도 놀랐어요. 나도 회사원이어서 사무실 공기에 익숙한 사람이지만, 여기는 당신 말씀대로 공기가 너무 나쁜 것 같습니다. 그러니 날 조금만 데려다주세요. 현기증이 나서 혼자 일어서면 어지러울 겁니다."

그리고 그는 그 두 사람이 자신의 팔 밑을 잡기 좋게 어깨를 올렸다.

그러나 그 남자는 K의 요구에 응하지 않고 양손을 호주머니에 넣은 채 큰 소리로 웃었다.

"그거 봐요."

그 남자는 여자한테 말했다.

"역시 내 말이 맞았죠? 이분은 아무 데서나 기분이 나쁜 게 아니라 이 방에서만 기분이 나쁜 거예요."

그녀도 웃음을 지었으나 그 남자가 K를 지나치게 놀린다는 듯이 손끝으로 그 남자의 팔을 가볍게 쳤다.

"왜 그래요?"

그 남자는 계속 웃으면서 말했다.

"물론 난 이분을 데리고 나갈 거요."

"그럼 좋아요."

우아한 머리를 잠시 갸웃거리면서 그녀가 말했다.

"이분이 웃는다고 해서 너무 기분 나쁘게 생각하지 마세요."

그녀는 K에게 말했다.

K는 다시 우울해져서 멍하니 앞을 바라보며 그런 설명은 필요 없다는 듯한 표정을 지었다.

"이분을 소개해도 괜찮겠죠?"

그 남자는 좋다는 듯이 손짓을 했다.

"이분은 안내인이에요. 소송 문제로 기다리고 있는 사람들에게 필요한 모든 정보를 알려주죠. 우리 법 제도가 일반인에게 잘 알려져 있지 않기 때문에 알려줄 일이 참 많아요. 이분은 어떤 질문에 대한 답이라도 다 알고 있어요. 흥미가 있으면 한번 시험해보세요. 그러나 그게 이분의 유일한 장점이 아니고, 또 다른 장점은 이 우아한 옷차림이에요. 우리 관리들은, 소송 당사자들과 직접 접촉하는 안내인은 첫인상을 좋게 하기 위해서 옷차림이 말쑥해야 한다고 생각했어

요. 다른 사람들은 나를 보셔도 아시겠지만, 유감스럽게도 아주 형편
없고 구식인 옷을 입고 있어요. 또한 옷에 돈을 들인다는 것은 별로
의미도 없어요. 우리는 거의 언제나 사무실에 있고, 잠도 여기서 자
니까요. 그러나 방금 말씀드렸듯이 안내인만은 좋은 옷이 필요하다
고 생각했답니다. 이 점이 좀 이상하지만, 우리 관청에서는 좋은 옷
을 지급받을 수 없기 때문에 저희들이 돈을 모아서, 소송 당사자들한
테서도 돈을 거두었지만, 이분에게 좋은 옷과 그 밖에 다른 물건들도
사드렸어요. 이젠 제대로 다 잘 차려입고 좋은 인상을 줄 수 있는데,
저 웃음소리 때문에 다시 온통 망쳐버리고 사람들을 놀라게 하지 않
겠어요."

"그건 그렇지만" 하고 그 남자는 비웃듯이 말했다.

"아가씨, 왜 이 사람한테 우리의 내막을 다 이야기하는지, 아니, 듣
고 싶어 하지도 않는데 왜 억지로 그런 이야기를 하는지 이해할 수
없군요. 이 사람은 분명히 자신의 문제에 빠져 앉아 있다는 걸 명심
해요."

K는 그 말을 반박하고 싶은 생각도 없었다. 사실 그녀의 의도는 좋
은 것이었는지도 모른다. 그녀는 아마도 K의 기분을 돋우거나, 정신
을 가다듬을 기회를 주려고 했겠지만 방법이 틀렸던 것이다.

"이분에게 당신이 웃는 이유를 설명하려고 했어요. 정말 모욕적이
었잖아요."

"그러나 밖으로 모셔다드리면 이분은 그보다 더한 모욕이라도 용
서해주리라 생각되는데요."

K는 아무 말도 하지 않았고 쳐다보지도 않았다. 두 사람이 그에 대
해 무슨 사건이나 되는 듯이 논쟁하는 것을 참고 있었다. 그러는 게
가장 마음 편했다. 그러나 갑자기 그는 한쪽 팔을 안내인이 붙잡고,

다른 팔을 여자가 붙잡는 것을 느꼈다.

"자, 일어나세요, 허약한 양반."

안내인이 말했다.

"두 분 정말 고맙습니다."

K는 놀라고 기뻐하며 천천히 일어나서 두 사람의 손을 가장 잘 받쳐줘야 하는 곳으로 이끌었다.

"이런 것 같아요."

복도 가까이에 이르렀을 때 여자가 나직한 목소리로 K의 귀에 대고 속삭였다.

"이 안내인에 대해 좋게 생각하도록 만드는 것이 내게 특히 중요한 일인 것 같아요. 사실대로 말하는 것이니 믿어주면 좋겠어요. 이분은 냉정한 사람이 아니에요. 몸이 아픈 피고인을 데리고 나갈 의무도 없는데도 보시다시피 지금 그 일을 하고 있잖아요. 아마 우리들 중에는 냉정한 사람은 아무도 없을 거예요. 아마도 우린 모든 사람을 기꺼이 도와줄 거예요. 그러나 재판소 직원으로서 우린 냉정하고 아무도 도와주려 하지 않는다는 인상을 주기 쉬워요. 난 그게 정말 괴로워요."

"여기서 잠시 앉지 않겠소?"

그들은 이미 복도로 나와, 아까 K가 말을 걸었던 바로 그 피고 앞에 와 있었다. 그 사람을 보자 K는 거의 창피한 느낌이 들었다. 아까는 그 사람 앞에서 그렇게 당당히 서 있었는데 지금은 두 사람의 부축을 받아야 하고, 안내인이 그의 모자를 펼친 손가락 끝에 들고 흔들고 있고, 머리칼은 흐트러지고, 땀에 젖은 이마 위에 머리카락이 늘어져 있었다. 그러나 그 피고는 그런 것은 알아채지 못한 듯이 그를 쳐다보지도 않는 안내인 앞에 공손히 서서 자기가 거기 있는 이유를 변명하려고 애썼다.

"내가 제출한 신청이, 오늘은 아직 해결될 수 없다는 것을 알고 있습니다. 그러나 여기서 기다릴 수는 있을 테고, 오늘은 일요일이니까 시간도 있고, 여기 있어도 방해가 되지 않으리라고 생각하고 왔습니다."

"그렇게 변명할 필요는 없습니다. 당신이 그렇게 조심스러운 건 정말 칭찬받을 만합니다. 당신이 쓸데없이 여기서 자리를 차지하고 있기는 합니다만, 나를 귀찮게 하지 않는 한 당신이 자신의 사건 진행을 자세하게 확인하려는 걸 결코 막지 않겠소. 자신의 의무를 비열하게도 소홀히 하는 사람들을 보아 왔기 때문에 당신 같은 사람들에 대해서는 얼마든지 참을 수 있게 되죠. 앉으세요."

"피고들과 얘기하는 솜씨 좀 보세요."

여자가 속삭였다.

K는 머리를 끄덕였으나 안내인이 "여기 앉지 않겠소?" 하고 묻는 바람에 흠칫 놀랐다.

"아니요. 쉬고 싶지 않아요."

될 수 있는 대로 단호하게 말했지만 사실은 앉는 게 훨씬 좋았을지도 모른다. 마치 뱃멀미를 하는 것 같았다. 파도가 거센 바다에 떠 있는 배에 탄 것같이 생각되었다. 파도가 나무벽에 부딪히며 덮쳐오는 것처럼 복도 저쪽에서 쏴쏴 하는 소리가 들려오고, 복도가 옆으로 흔들리고, 양쪽에서 기다리고 있는 피고인들이 쓰러졌다 일어났다 하는 것 같았다. 그래서 자신을 데리고 가는 여자와 남자의 침착한 태도가 더 이해할 수 없었다. 그는 그들에게 몸을 맡기고 있으므로 그들이 자신을 놓아버리면 나뭇조각처럼 쓰러질 것 같았다. 두 사람은 작은 눈으로 날카로운 시선을 이리저리 던졌다. 그들의 규칙적인 발걸음이 느껴졌지만, 그는 그들에게 거의 끌려가고 있었으므로 거기에 발걸음을 맞출 수가 없었다. 마침내 그들이 자기에게 말하는 것을 알아차렸지만 무슨 말인지 알아들을 수가 없었다. 모든 것을 삼키고, 사이렌처럼 계속 변함없이 높은 소리로 울리는 소음만이 들릴 뿐이었다.

"좀 더 큰 소리로……."

그는 머리를 숙이고 나지막이 말했다.

그리고 자기 귀에는 들리지 않았으나 그들이 몹시 큰 소리로 말했다는 것을 알고 있었기 때문에 부끄러웠다. 그때 마침내 앞의 벽에 구멍이 뚫린 것같이 상쾌한 바람이 흘러 들어왔다. 그리고 옆에서 이렇게 말하는 소리가 들렸다.

"처음에는 밖으로 나가고 싶어 하더니 이젠 여기가 출구라고 몇백 번 말해도 꿈쩍도 안 하는군."

K는 자신이 출입문 앞에 서 있다는 것을 깨달았다. 여자가 문을 열어준 터였다. 그는 온몸의 기운이 대번에 다시 되살아난 것 같아, 자유로움을 미리 느끼려고 곧 계단에 발을 내려놓고 거기서 그에게로 몸을 굽히고 있는 두 사람과 작별했다.

"참 고맙습니다."

그는 되풀이하고 그들의 손을 다시 한번 잡았다. 그러나 사무실 공기에 익숙한 그들이 층계에서 흘러드는 비교적 상쾌한 공기에는 견디기 어려워하는 것을 보고는 손을 놓았다. 두 사람은 채 대답도 못했다. K가 얼른 문을 닫아주지 않았더라면 여자는 그 자리에 쓰러졌을지도 모른다. K는 잠시 동안 그대로 서 있었으나 손거울을 보며 머리를 매만지고, 아마 안내인이 내던져 층계참에 딩굴고 있는 모자를 주워들고 층계를 달려 내려갔다. 기분이 너무나 상쾌하고 성큼성큼 뛰어 내려갈 수가 있었던 까닭에 이러한 변화에 불안을 느낄 정도였다.

평소 완전한 건강 상태에서도 이런 놀라운 변화는 이제까지 느껴 본 적이 없었다. 이제까지 그가 자신의 체질에 너무 익숙해졌기 때문에 혹시 육체가 어떤 혁명을 일으켜서 새로운 체질을 만들려는 것일까? 될 수 있는 대로 빨리 의사에게 가봐야겠다는 생각을 완전히 물리치지는 않았으나 앞으로는, 단단히 결심할 수도 있지만, 일요일 오전에는 언제나 오늘보다 더 잘 지내야겠다고 생각했다.

4. 뷔르스트너 양의 친구

그 후 얼마 동안 K는 뷔르스트너 양과 몇 마디도 나눌 기회가 없었다. 여러 가지 방법으로 그녀에게 접근하려고 했으나 그녀는 언제나 피했다. 그는 사무실에서 곧장 집으로 돌아와서 불도 켜지 않고 방안의 소파에 앉아 응접실만 바라보았다. 하녀가 지나가다 방에 아무도 없는 줄 알고 문을 닫고 가면 그는 잠시 후에 일어나서 방문을 다시 열었다. 뷔르스트너 양이 출근할 때 단둘이 만날 수 있지 않을까 해서 아침에는 전보다 한 시간쯤 일찍 일어났다. 그러나 아무리 애를 써도 만날 수가 없었다. 그래서 그는 그녀의 사무실로 편지를 보내고 또 하숙집 주소로도 편지를 보내서 다시 한번 자신의 태도를 밝혔다. 그리고 어떤 요구라도 응해주겠다고 하고, 그녀가 정하는 한계를 결코 넘지 않겠다고 약속하고, 특히 그녀와 상의하기 전에는 그루바흐 부인에게도 뭐라 해야 좋을지 모르니 꼭 만나서 이야기를 나눌 기회를 달라고 부탁했다. 끝으로 다음 일요일에는 하루 종일 방에 있을 테니 자신의 부탁을 들어주겠다는 표시를 보내주든지 적어도 어떤 요구든 응하겠다고 약속했는데도 부탁을 들어줄 수 없는 이유를 설명해달라고 썼다. 편지들은 돌아오지 않았지만 회답도 없었다. 그 대신 일요일이 되자 뜻이 분명한 한 가지 표시가 보였다. 아침 일찍 K는 열쇠구멍을 통해 복도에서 무엇인가 별다른 움직임이 있는 것을 알아챘는데 곧 그 내용을 알게 되었다. 이제까지는 다른 방에서 혼자 살고 있던 몬타크라는 독일 여자가 뷔르스트너 양의 방으로 이사하고 있었다. 그녀는 프랑스어 교사였는데 창백하고 허약하고 다리를 약간 절었다. 몇 시간 동안 그녀가 발을 질질 끌며 복도를 지나다니는 게 보였다. 내의며 책상보며 책 같은 것을 잊어버리고는 다시 가지러 가서 새 방으로 옮기느라고 여러 번 드나들어야 했던 것이다.

그루바흐 부인이 K에게 아침 식사를 가져왔을 때 (K가 화를 낸 후부터 부인은 아무리 사소한 시중이라도 하녀에게 맡기지 않았다) K는 닷새 동안이나 부인과 말을 하지 않고 지냈지만 그녀에게 묻지 않을 수 없었다.

"도대체 오늘은 복도가 왜 저렇게 분주하죠?"

K는 커피를 따르며 물었다.

"그만두라고 할 수 없어요? 하필 일요일에 청소를 해야만 합니까?"

K는 그루바흐 부인을 쳐다보지는 않았지만 그녀가 안도하며 한숨을 쉬는 것을 알아챘다. 그녀는 K의 이 무뚝뚝한 질문마저 용서나 혹은 용서의 시작이라고 생각한 것이다.

"청소하는 게 아니에요, K씨. 몬타크 양이 뷔르스트너 양의 방으로 이사하느라고 짐을 옮기는 거예요."

그루바흐 부인은 말을 끊고 K가 그녀의 말을 어떻게 생각하는지, 계속해서 이야기하는 걸 허락할지 아닐지를 알려고 기다렸다. 그러나 K는 그녀를 시험해본 것이었기 때문에 생각에 잠긴 듯이 커피를 저으며 아무 말도 하지 않았다. 그러다가 그는 그녀를 쳐다보며 말했다.

"뷔르스트너 양에 대해 전에 가졌던 의심은 이제 풀렸습니까?"

"K씨."

그 질문만을 기다리고 있던 그루바흐 부인은 이렇게 외치며 두 손을 모아 쥐고 K에게 내밀었다.

"당신은 내가 지나가는 말로 한 이야기를 너무 심각하게 받아들였어요. 나는 당신이나 다른 누구든 마음 상하게 하려는 생각은 조금도 없었어요. K씨, 당신은 이미 오랫동안 나와 아는 사이니까 잘 알 거예요. 내가 며칠 동안 마음속으로 얼마나 괴로워했는지 당신은 전혀 모릅니다! 내가 하숙인의 험담을 하겠어요? 그런데 K씨, 당신은 내가 그런 사람이라고 생각했지요! 그리고 당신을 내보내라고 말했죠! 당신을 내보내라고!"

마지막 말은 눈물 속에 잠겨버리고, 그녀는 앞치마를 얼굴에 대고 소리 내어 흐느껴 울었다.

"울지 마세요, 그루바흐 부인."

K는 창밖을 내다보았다. 그는 뷔르스트너 양에 대해서만 생각하며, 그녀가 낯선 여자를 자기 방에 맞아들인 것에 대해서 생각했다. K가 방 쪽을 돌아보니 그루바흐 부인이 계속 울고 있었다.

"울지 마세요."

다시 한번 말했다.

"사실 그때는 나도 그렇게 나쁜 뜻으로 말한 게 아닙니다. 서로 오해했어요. 그런 일은 가까운 친구 사이에서도 있을 수 있는 일이에요."

그루바흐 부인은 앞치마를 눈에서 떼고 K가 정말로 마음을 풀었는지 살펴보았다.

"그런데,"

K는 그루바흐 부인의 태도로 볼 때 대위가 부인에게 아무 말도 하지 않은 것 같았기 때문에 용기를 내서 덧붙였다.

"그럼 정말 내가 잘 모르는 여자 때문에 당신과 사이가 멀어지리라고 생각합니까?"

"정말 그래요, K씨."

그루바흐 부인은 조금 안심이 되자마자 쓸데없는 말을 했다. 그것은 그녀의 단점이었다.

"나는 계속 혼자 자문하고 있어요. 왜 K씨는 뷔르스트너 양에 대해서 그렇게 걱정을 할까? 당신한테서 무슨 나쁜 말을 들으면 내가 잠을 자지 못하는 것을 알면서도 왜 그녀 때문에 나하고 다투려는 것일까? 사실 난 그녀에 대해서 내 눈으로 본 것밖에 말하지 않았어요."

K는 아무 대꾸도 하지 않았다. 부인을 당장 방에서 쫓아내야겠다고 생각했지만 그러고 싶지는 않았다. 그는 커피나 마시며, 그루바흐 부인이 스스로 머물러 있는 것은 아무 소용 없음을 깨닫게 하려고 했다. 문 밖에서는 몬타크 양이 발을 질질 끌며 복도를 지나가는 소리가 들렸다.

"들리세요?"

K는 손으로 문을 가리키며 물었다.

"네."

그루바흐 부인은 한숨을 쉬었다.

"나도 도와주고 싶고 하녀에게 도와주게 하려 했지만 저 여자는 고집쟁이여서 혼자 모두 옮기려 해요. 뷔르스트너 양도 참 이상해요. 나는 몬타크 양한테 방을 세내준 것만도 자주 불쾌할 때가 있는데, 뷔르스트너 양은 저 여자를 자기 방으로 끌어들이기까지 하니까요."

"그런 건 하나도 신경 쓸 필요가 없어요."

K는 찻잔 속에 남아 있는 설탕덩어리를 으깼다.

"그렇다고 해서 당신한테 무슨 피해를 줍니까?"

"아니요. 나로서는 저 일 자체만으로는 대환영이에요. 방이 하나 비면 내 조카인 대위를 거기서 지내도록 할 수 있으니까요. 그 애가 며칠 전부터 당신 옆방에서 지내고 있어서 당신에게 방해가 되지 않았을까 하고 벌써부터 걱정하고 있었어요. 그 애는 별로 조심성이 없거든요."

"도대체 무슨 생각을 하세요!"

K는 자리에서 일어섰다.

"그런 말이 아니에요. 몬타크 양이 걸어다니는 걸, 지금 또 돌아옵니다만 참지 못한다고 당신은 날 신경과민이라고 생각하는 모양이군요."

그루바흐 부인은 그야말로 갈피를 못 잡았다.

"K씨, 나머지 이삿짐은 다음날로 미루라고 할까요? 원하신다면 곧 그렇게 하겠어요."

"하지만 저 여자는 뷔르스트너 양의 방으로 이사 가야 하잖아요!"

"그렇죠."

그루바흐 부인은 대답했지만 K의 말뜻을 제대로 이해하지 못했다.

"그러니 짐을 옮겨야죠."

그루바흐 부인은 그저 고개만 끄덕였다. 말없이 가만히 있는 게 거만한 것으로밖에는 보이지 않았으므로 K는 더 화가 났다.

그는 창문 옆에서 문까지 이리저리 걸어다니면서 그루바흐 부인에게 방에서 나갈 기회를 주지 않았다. 그러지 않았더라면 부인은 나가버렸을 것이다.

K가 다시 문 앞까지 걸어갔을 때 노크 소리가 났다. 하녀였다. 몬타크 양이 K와 잠깐 이야기를 나누고 싶어 식당에서 기다리고 있으니 곧 와주기 바란다는 말을 전했다. K는 하녀가 하는 말을 신중하게 듣고 있다가 거의 경멸하는 눈길로 그루바흐 부인을 돌아보았다. 부인은 깜짝 놀란 표정이었다. K의 눈길은 벌써부터 몬타크 양의 초대를 예상하고 있었으며, 또 이 일요일 아침에 그루바흐 부인 집에서 하숙을 하는 사람들한테 고통을 당하더니 이젠 이런 초대까지 받는다고 말하는 것 같았다. 그는 하녀에게 곧 가겠다는 말을 전해 보내고 웃옷을 갈아입으려고 옷장으로 갔다. 그리고 낮은 소리로 성가신 사람이라고 투덜거리는 그루바흐 부인에게 대답 대신 아침 식사 쟁반이나 치우라고 부탁했다.

"거의 손도 안 댔군요."

그루바흐 부인이 말했다.

"아, 그냥 가져가세요."

K가 큰 소리로 말했다.

사실 모든 일에 몬타크 양이 개입된 것 같아서 불쾌했다.

복도를 지나가며 그는 뷔르스트너 양의 닫혀 있는 방문을 바라보았다. 그러나 초대를 받은 곳은 그 방이 아니라 식당이었다. 그는 노크도 하지 않고 식당 문을 열었다.

식당은 아주 길지만 좁고 창문이 하나밖에 없는 방이었다. 식당은 문 양옆의 구석에 찬장 두 개를 겨우 놓아둘 만한 자리밖에는 없고, 나머지 공간은 기다란 식탁이 다 차지하고 있었다. 식탁은 문 가까이에서 시작해서 커다란 창문 바로 앞에까지 닿아 있었기 때문에 창문 쪽으로는 다가갈 수가 없었다. 식탁이 벌써 차려져 있었는데, 일요일에는 하숙인들이 거의 모두 여기서 점심을 먹기 때문에 여러 사람분의 음식이 차려져 있었다.

K가 들어서자 몬타크 양이 창문 옆에서 식탁을 따라 K 쪽으로 다가왔다. 그들은 서로 말없이 인사했다. 그러고 나서 몬타크 양은 언제나 그러듯이 머리를 이상하게 쳐들고 말했다.

"나를 아시는지 모르겠어요?"

K는 눈을 가늘게 뜨고 그녀를 바라보았다.

"잘 알고 있습니다. 당신은 그루바흐 부인 댁에 사신 지 꽤 오래 됐으니까요."

"하지만 내가 보기에 당신은 하숙집에 대해서는 별로 관심이 없는 것 같은데요."

몬타크 양이 말했다.

"그래요."

"앉으시겠어요?"

그들은 말없이 식탁 끝에 놓인 의자 두 개를 끌어내어 마주 보고 앉았다. 그러나 몬타크 양은 곧 다시 일어나 창문턱에 놓아두었던 핸드백을 가지러 갔다. 그녀는 발을 끌며 방 끝까지 걸어갔다. 핸드백을 가볍게 흔들면서 돌아온 그녀가 말했다.

"나는 친구 부탁을 받고 몇 마디만 말씀드리려는 겁니다. 그 애가 직접 오려고 했지만 오늘은 몸이 좀 불편해서요. 그러니까 양해하시고 그 애 대신 내 얘기를 들어주세요. 내가 당신에게 말씀드리는 게 그 애가 말하려는 전부일 거예요. 오히려 나는 비교적 객관적인 입장이니까 더 많은 말을 할 수 있다고 생각해요. 당신도 그렇게 생각하겠죠?"

"도대체 무슨 말을 하려는 겁니까?"

K는 말했으나 몬타크 양이 계속 자신의 입술을 쳐다보고 있는 것이 지겨웠다. 그녀는 그렇게 해서 그가 먼저 말하려고 하는 걸 미리 저지해버리려는 모양이었다.

"직접 만나서 터놓고 얘기하자고 부탁했는데 뷔르스트너 양은 동의하지 않는가 보군요."

"그래요. 혹은 전혀 그렇지 않다고 말씀드릴 수도 있죠. 당신은 너무 날카롭게 표현하신 거예요. 일반적으로 터놓고 얘기하는 건 누가 동의하지도 않고 반대하지도 않죠. 하지만 터놓고 얘기할 필요가 없다고 생각될 때가 있는데 지금 이 경우가 바로 그래요. 지금 당신의 말씀을 듣고 보니 나도 분명하게 말할 수 있어요. 당신은 내 친구에게 서면으로든 구두로든 답변해달라고 부탁했죠. 그러나 적어도 내 짐작에 내 친구는 당신이 어떤 답변을 원하는지는 알고 있어요. 그렇기 때문에 이유는 알 수 없지만 그런 답변을 실제로 하면 아무에게도 도움이 되지 않으리라고 확신하고 있어요. 게다가 친구는 어제야 비로소 내게 이 이야기를 해줬는데 그나마 아주 피상적으로밖에는 말하지 않았어요. 그리고 또 어쨌든 당신도 답변을 그다지 중요하게 생각하지 않을 것이라고 말했어요. 왜냐하면 당신은 그저 우연히 그런 생각을 하셨을 테고, 친구가 특별한 설명을 하지 않더라도 이게 모두 무의미하다는 것을, 설사 지금이 아니더라도 오래지 않아 곧 알게 될 거라는 거예요. 그 말을 듣고 나는 그것이 맞을지도 모르지만, 당신에게 분명한 대답을 해주는 게 일을 완전히 확실하게 매듭짓는 데 더 도움이 될 것 같다고 대답했어요. 내가 이 문제를 맡겠다고 나서자 친구는 잠시 망설이더니 승낙했어요. 내 행동이 당신 뜻에도 맞았으면 좋겠어요. 아무리 사소한 문제에도 석연치 않은 점이 조금이라도 있으면 괴롭고, 또 이 경우처럼 쉽게 해결할 수 있는 일은 곧 해버리는 게 좋으니까요."

"고맙습니다."

K는 얼른 말하고 천천히 자리에서 일어나 몬타크 양을 유심히 바라보고 식탁 위로 시선을 던졌다가 다시 창밖으로 맞은편 집에 햇볕이 내리쬐는 모습을 쳐다보더니 문으로 걸어갔다. 몬타크 양은 그의 진의를 알 수 없다는 듯이 몇 걸음 뒤쫓아갔다. 그러나 문 앞에서 두 사람은 뒤로 물러서야 했다. 문이 열리면서 란츠 대위가 들어왔기 때문이다. K는 처음으로 그를 가까이에서 대하는 것이었다. 키가 크고, 검게 타고 살이 찐 얼굴이 마흔 살쯤 되어 보였다. 그는 K에게 가볍게 고개를 숙이고 나서 몬타크 양에게 걸어가더니 점잖게 그녀의 손에 키스했다. 그의 태도는 아주 자연스러웠다. 몬타크 양에 대한 그의 정중한 태도는 K가 그녀에게 취한 태도와 눈에 띄게 대조적이었다. 그러나 몬타크 양은 K에 대해 불쾌하게 생각하지는 않았는지 그를 대위한테 소개하려는 눈치였다. 그러나 K는 소개받고 싶지도 않았고, 대위나 몬타크 양에게 다정하게 대할 수 있을 것 같지도 않았다. 그리고 대위가 그녀의 손에 키스하는 것은 두 사람이 겉으로는 전혀 악의가 없고 우호적인 듯이 꾸미고 있으나 실은 자신을 뷔르스트너 양에게서 떼어놓으려고 결탁하는 것이라 생각되었다. K는 그뿐만 아니라 몬타크 양이 교묘하고도 이중적인 효과가 있는 방법을 선택했다는 것을 알아챘다. 그녀는 뷔르스트너 양과 K의 관계의 의미를 과장할 뿐만 아니라, 특히 부탁받은 말의 의미를 과장하면서 모든 일을 과장하는 사람은 바로 K라는 식으로 몰고 가려 하고 있었다. 그녀는 잘못 생각하고 있었다. K는 아무것도 과장할 생각이 없었고, 뷔르스트너 양만 하더라도 보잘것없는 타이피스트에 지나지 않으므로 오래 버티지 못한다는 것을 알고 있었다. 그때 그는 그루바흐 부인으

106

로부터 뷔르스트너 양에 관해 들은 이야기는 고의적으로 전혀 계산에 넣지 않았다. 이런 것들을 곰곰이 생각하면서 그는 인사도 없이 방을 나왔다. 곧장 자기 방으로 갈 생각이었지만 뒤에서 들리는 몬타크 양의 나직한 웃음소리를 듣고는 대위와 몬타크 양을 놀라게 해줘야겠다는 생각이 들었다. 그는 주위를 돌아보며 어느 방에서 방해꾼이 나오지 않을까 하고 귀를 기울였다. 사방은 고요했고, 식당에서 이야기하는 소리와 부엌으로 통한 복도에서 그루바흐 부인의 목소리가 들릴 뿐이었다. 기회는 좋은 것 같았다. K는 뷔르스트너 양의 방문으로 가서 조용히 노크했다. 아무 기척도 없었기 때문에 다시 한번 노크를 했지만 역시 아무 대답도 없었다. 자고 있는 것일까? 혹은 정말 몸이 아픈 것일까? 혹은 이렇게 조용히 노크하는 사람은 K밖에 없다고 생각하고 대답을 하지 않는 것일까? 그는 그녀가 방에 있다고 생각하고 더 세게 노크했지만 역시 아무 대답도 없어서 결국 이런 행동이 옳지도 않고 아무 소용도 없는 짓이라는 느낌이 들기는 했지만 조심스럽게 문을 열었다. 방 안에는 아무도 없었다. 방 안은 전에 K가 보았던 것과는 완전히 달라져 있었다. 이제 벽 쪽에는 침대 두 개가 나란히 놓여 있고, 문 가까이에 있는 의자 세 개에는 옷과 내의가 잔뜩 쌓여 있었으며 옷장 하나는 열린 채로였다. 몬타크 양이 식당에서 K를 설득하고 있는 동안 뷔르스트너 양은 밖으로 나가버린 모양이었다. 그렇다고 해서 K는 그리 놀라지는 않았다. 그렇게 쉽사리 뷔르스트너 양을 만나리라고 기대하지는 않았었고, 문을 열어 본 것은 몬타크 양에 대한 반발심에서였기 때문이다. 그러나 방문을 다시 닫으며, 열려 있는 식당 문간에 몬타크 양과 대위가 이야기하고 있는 것을 보고는 오히려 더 괴로운 기분이 되었다. 아마도 K가 뷔르스트너 양의 방문을 열었을 때부터 그들은 거기 서 있었던 모양이다. 그들은 K를 관찰하고 있는 듯한 내색은 전혀 하지 않고 낮은 소리로 이야기하며, 이야기 도중에 무심코 주위를 돌아보는 것 같은 눈길로 K의 동정을 살피고 있었다. 그러나 K는 그런 시선이 더 따갑게 느껴져서 벽을 따라 급히 자기 방으로 돌아갔다.

5. 태형관(笞刑官)

며칠 뒤 어느 날 저녁 K가 사무실과 중앙 계단 사이의 복도를 지나려는데 (전등 하나만이 좁은 공간을 비추는 발송실에서 일하고 있는 사환 둘을 제외하고는 그가 그날 맨 나중에 퇴근하는 길이었다) 아직 한 번도 들여다본 일은 없지만 폐물 창고일 것이라고 생각했던 방 안에서 신음이 들렸다. 깜짝 놀라서 그는 걸음을 멈추고 잘못 들은 것이 아닌가 하고 다시 한번 귀를 기울였다. 잠시 조용했으나 다시 신음이 들렸다. 처음에 그는 증인이 필요할 것 같아 사환을 불러올까 하고 생각했으나 호기심을 억제하지 못해 그냥 문을 홱 열었다. 추측했던 대로 역시 폐물 창고였다. 문지방 안쪽에 쓸모없는 낡은 인쇄물이며 사기로 만든 빈 잉크병들이 뒹굴고 있었다. 그런데 방 안에는 세 사람이 있었다. 천장이 낮아 그들은 허리를 구부리고 서 있었다. 선반 위에 세워놓은 촛불이 그들을 비추고 있었다.

"여기서 뭘 하고 있는 겁니까?"

흥분한 탓에 당황했지만 낮은 소리로 K가 물었다.

다른 두 남자를 마음대로 다루고 있는 듯한 남자에게 먼저 눈이 갔는데, 그는 가슴까지 목이 깊이 패고 두 팔을 드러낸 검은 가죽옷 같은 것을 입고 있었다. 그는 대답을 하지 않았다. 그러나 다른 두 남자가 소리쳤다.

"여보시오! 당신이 예심판사한테 우리를 비난하는 말을 했기 때문에 우린 매를 맞게 됐소!"

그때 비로소 K는 그들이 바로 감시인 프란츠와 빌렘이며, 다른 남자는 그들을 때리기 위해 채찍을 손에 들고 있다는 것을 깨달았다.

"글쎄," 하며 K는 그들을 노려보았다.

"난 비난을 한 게 아니라, 단지 내 집에서 일어난 일을 그대로 말했을 뿐이오. 그리고 당신들도 올바로 행동했다고 할 순 없지요."

"여보시오."

빌렘이 말했다.

프란츠는 채찍을 피하려고 빌렘 뒤에 몸을 숨겼다.

"우리의 보수가 얼마나 형편없는지를 안다면 우리에 대해 그렇게 판단하지는 않았을 거요. 나는 가족을 먹여 살려야 하고, 이 사람 프란츠는 결혼할 예정이에요. 될 수 있으면 돈을 좀 벌어보려는데, 그저 맡은 일만 해가지고는 아무리 열심히 해도 되지 않아요. 당신의 좋은 내의가 탐났어요. 물론 그런 짓은 감시인에게 금지된 것이고 옳지 못한 일이지만, 관습적으로 내의는 감시인이 갖게 되어 있죠. 늘 그래 왔어요. 내 말을 믿으세요. 그리고 또 그럴 만도 하죠. 운이 나빠서 체포된 사람에게 그런 물건이 무슨 소용이 있겠습니까? 그런데 그런 말을 하고 다니면 당연히 우리가 벌을 받게 되지 않겠어요."

"당신이 지금 하는 말을 난 몰랐었고, 결코 당신들을 벌주라고 요구하지도 않았고, 나는 원칙이 문제라고 생각했소."

"프란츠."

빌렘은 다른 감시인을 돌아봤다.

"이분이 우리를 처벌하라고 요구하지 않았을 거라고 내가 말했지? 지금 자네도 들었지만, 이분은 우리가 처벌당하리라는 걸 전혀 몰랐다는 거야."

"이런 말에 동요해선 안 돼요."

세 번째 남자가 K를 보고 말했다.

"처벌은 정당하고 피할 수 없습니다."

"이 사람 말은 듣지 말아요."

빌렘은 말하다가 멈추고 채찍으로 얻어맞은 손을 얼른 입으로 가져갔다.

"우리가 처벌을 받는 건 당신이 우리를 고발했기 때문입니다. 그러지 않았다면 우리가 한 일이 알려져도 우리에겐 아무 일도 일어나지 않았을 겁니다. 이런 일을 정당하다고 할 수 있을까요? 우리 두 사람은, 특히 나는 오랫동안 감시인으로 아주 충실히 일해왔어요. 당국의 관점에서 보자면 우리가 감시를 잘했다는 걸 당신도 인정해야 할거요. 우리는 출세할 가망이 있었어요. 머지않아 틀림없이 이 사람같이 태형관이 되었을 겁니다. 이 사람은 운이 좋아 아무한테도 고발당하지 않았지요. 사실 이런 고발은 아주 드문 일이니까요. 그러나 이젠 모든 게 다 틀렸어요. 우린 출세길도 막혔고, 감시인보다 훨씬 하급의 일을 하지 않으면 안 될 겁니다. 게다가 지금 이렇게 끔찍하게 아픈 매를 맞게 되었어요."

"이 채찍으로 맞으면 그렇게 아픈가요?"

K는 그의 앞에서 태형관이 휘두르는 채찍을 살펴보았다.

"완전히 발가벗어야 하니까요."

빌렘이 말했다.

"아, 그래요."

K는 태형관을 자세히 살펴보았다. 태형관은 뱃사람처럼 갈색으로 햇볕에 그을렸고 거칠고 기운찬 얼굴을 하고 있었다.

"이 두 사람의 태형을 면해줄 방법이 없을까요?"

K는 태형관에게 물었다.

"없습니다."

태형관은 웃으며 머리를 흔들었다.

"옷을 벗어!"

그는 감시인들에게 명령하고 나서 K에게 말했다.

"이놈들의 말을 그대로 믿어서는 안 됩니다. 채찍이 무서워서 벌써 머리가 약간 돌았으니까요. 예를 들어 여기 이놈은 (빌렘을 가리켰다) 출세할 가능성이 있었다고 얘기했습니다만 참 우스꽝스러운 얘기죠. 얼마나 뚱뚱한지 보세요. 채찍으로 때리면 채찍이 살 속에 박힐 겁니다. 어떻게 해서 이렇게 살이 쪘는지 아시오? 이놈은 체포된 사람의 아침 식사를 빼앗아 먹는 버릇이 있어요. 당신 아침 식사는 처먹지 않습디까? 어때요, 내 말이 맞죠? 배가 이렇게 나온 놈은 결코 태형관이 될 수 없습니다. 절대로 안 되죠."

"배가 나온 태형관도 있어요."

허리띠를 풀고 있던 빌렘이 우겼다.

"없어."

태형관이 채찍으로 빌렘의 목을 내리쳐 빌렘은 몸을 움츠렸다.

"남의 이야기에 참견 말고 옷이나 벗어."

"이 사람들을 풀어주면 사례는 얼마든지 하겠소."

이런 흥정은 서로 눈을 내리깔고 해치우는 게 상책이라 K는 태형관의 얼굴은 다시 쳐다보지 않고 지갑을 꺼냈다.

"틀림없이 다음에는 나를 고발할 작정이군."

태형관이 말했다.

"그래서 나도 매를 맞게 하려는 거죠. 안 돼요. 안 돼!"

"잘 생각해보시오. 내가 이 두 사람이 벌을 받기를 원했다면 지금 이렇게 돈을 내서 구해주려 하지 않을 겁니다. 나는 지금 그냥 문을 닫고 더는 보지도 듣지도 말고 집으로 돌아갈 수도 있습니다. 하지만 난 그렇게 하지 않고, 오히려 진심으로 이 두 사람을 풀어주고 싶은 거요. 이들이 벌을 받아야 한다거나 혹은 벌을 받을지 모른다는 걸 알았다면 나는 이들의 이름을 결코 언급하지 않았을 겁니다. 말하자면 나는 이 두 사람에게 죄가 있다고 생각하지 않습니다. 죄가 있다면 이 체제에 있고, 고위 관리들에게 있습니다."

"맞아요!"

감시인들이 이렇게 외치자 이미 옷을 벗은 그들의 등 위에 곧 채찍이 내리쳐졌다.

"지금 당신의 채찍 아래에 고위 재판관이 있다면," 하고 K는 다시 치켜올린 채찍을 가로막았다.

"난 정말 당신을 말리지 않겠소. 반대로 당신이 좋은 일을 한다고 격려해주기 위해 돈을 줬을 거요."

"당신 말은 그럴듯하게 들리지만, 나는 매수당하지 않아요. 나는 태형관이니 태형을 내리는 것뿐이오."

K가 끼어들었으니 아마도 좋은 결과가 생기리라 기대하고 이제까지 상당히 조심스럽게 처신하던 감시인 프란츠가 이제 바지만 입은 채 문 쪽으로 걸어와서 무릎을 꿇고 K의 팔에 매달리며 속삭였다.

"우리 두 사람을 다 구할 수 없으면 적어도 나만이라도 구해줘요.

빌렘은 나보다 나이도 많고 모든 면에서 좀 더 둔하고 2년 전에도 가벼운 태형을 받은 적이 있어요. 하지만 나는 아직 이런 수치를 당한 적이 없고, 난 그저 빌렘이 하라는 대로만 했어요. 좋은 일에서나 나쁜 일에서나 그가 내 선생이니까요. 저 아래 은행 앞에서 불쌍한 내 약혼자가 결과를 기다리고 있어요. 정말 너무나 부끄러워요."

그는 눈물로 온통 젖은 얼굴을 K의 웃옷에 닦았다.

"더는 기다리지 않겠다."

태형관은 두 손으로 채찍을 쥐더니 프란츠를 후려갈겼다. 빌렘은 한 쪽 구석에 웅크리고 앉아서 얼굴을 돌리지도 못하고 그 광경을 훔쳐보고 있었다. 프란츠의 입에서 비명이 끊이지 않고 줄기차게 터져 나왔다. 인간의 소리가 아니라 고문 받는 기계에서 나오는 소리 같았다. 그 소리는 복도 전체를 울렸다. 틀림없이 건물 전체에서 들릴 것 같았다.

"소리 지르지 말아요."

K가 외쳤다. 그는 자신을 억제할 수가 없었다. 그리고 사환들이 달려올지도 모르는 방향을 긴장해서 바라보면서 프란츠를 툭 쳤다. 별로 세게 치지도 않았는데 의식을 잃은 프란츠는 그 자리에 쓰러져 경련을 일으키며 두 손으로 마룻바닥을 더듬었다. 그러나 매질은 계속됐다. 그가 바닥에서 뒹굴고 있는데도 채찍 끝은 일정하게 위아래로 흔들렸다. 그리고 멀리에서 벌써 사환 하나가 나타나고 몇 발자국 뒤에 또 하나가 나타났다. K는 급히 문을 닫고 안뜰에 면한 창문으로 걸어가서 창문을 열었다. 비명은 완전히 그쳤다. K는 사환이 가까이 오지 못하게 하려고 외쳤다.

"나예요!"

"안녕하세요, 업무주임님!"

대답하는 소리가 들렸다.

"무슨 일이 있습니까?"

"아니, 아니요."

K가 대답했다.

"안뜰에서 개가 짖는 것뿐이오."

사환이 그 자리에 그대로 서 있었기 때문에 그는 덧붙였다.

"가서 일이나 하시오."

사환들과 이야기를 계속하지 않으려고 그는 창밖으로 몸을 내밀었다. 잠시 후 다시 복도 쪽을 보니 사환들은 이미 가고 없었다. 그러나 K는 그냥 창문 옆에 서 있었다. 폐물 창고 안으로 들어갈 엄두도나지 않았고, 집으로 돌아가고 싶지도 않았다. 아래 내려다보이는 안뜰은 작고 네모졌는데 주위는 모두 사무실이었다. 사무실 창문들은 지금은 이미 캄캄했고 맨 위층 창문만이 달빛을 받아 어른거리고 있었다. K는 손수레가 서너 대 놓여 있는 안뜰 한쪽 구석의 어둠 속을 긴장해서 들여다보았다. 태형을 저지시키지 못한 것이 괴로웠지만 그의 책임은 아니었다. 프란츠가 울부짖지 않았더라면 (분명히 몹시 아팠겠지만 결정적인 순간에는 자신을 억제해야 한다) K는 태형관을 설득할 수단을 거의 확실히 발견했을 것이다. 말단 관리들이 모두 불량배들이라면, 가장 비인간적인 임무를 맡고 있는 태형관이 어찌 예외일 수 있겠는가. 그리고 태형관이 지폐를 보자 눈을 번득이는 것을 K는 잘 알아챘다. 그 사나이는 단지 뇌물 액수를 조금 더 올리기 위해서 채찍을 더 힘껏 휘둘렀던 것이다. 그리고 K도 돈을 아끼지 않았을 것이다. 그는 정말 감시인들을 구하고 싶었다. 그가 이 사법제도의 부패에 맞서 싸우기 시작한 이상, 이런 방면으로 파고드는 것도 당연한 일이었다. 그러나 프란츠가 비명을 지르기 시작한 순간 당연히 모든 게 끝장나 버렸다. 사환들이나 혹은 건물 안에 남아 있을지도 모르는 다른 사람들이 온통 달려와 K가 폐물 창고에서 그들과 흥정하는 장면을 보게 할 수는 없는 노릇이었다. 사실 아무도 K에게 그런 희생을 요구할 수는 없다. 만일 K가 그럴 생각이었다면 스스로 옷을 벗고 감시인 대신에 자신의 몸을 태형관에게 내미는 쪽이 훨씬 더 간단했을 것이다. 게다가 태형관은 그런 대역은 분명히 받아들이지 않았을 것이다. 그렇게 해봐야 이로울 게 하나도 없을 뿐 아니라, 자신의 의무를 소홀히 하는 게 되고, K가 소송 중인 동안은 법원의 어느 관리도 그에게 상해를 입히지 못하게 되어 있어서 어쩌면 이중으로 직권 남용을 하는 게 되기 때문이다. 물론 여기에는 특별한 규칙이 적용될 수도 있다. 아무튼 K는 문을 닫는 일밖에는 할 수 없었다. 그렇다고 해서 지금 그가 모든 위험에서 벗어난 것은 아니지만. 마지막에 프란츠를 한 번 툭 친 것이 마음에 걸렸지만, 그가 흥분했던 탓이라고 변명할 수밖에 없었다.

멀리서 사환들의 발소리가 들렸다. 그들의 눈에 띄지 않도록 창문을 닫고 K는 중앙 계단 쪽으로 갔다. 폐물 창고 문 앞에서 잠시 멈춰 서서 귀를 기울였다. 아주 조용했다. 태형관이 감시인들을 때려죽였는지도 모른다. 감시인들은 완전히 태형관의 수중에 놓여 있었다. K는 문의 손잡이를 잡으려고 손을 내밀었으나 다시 움츠리고 말았다.

이미 그는 그 누구도 구할 수가 없고, 사환들이 곧 달려올지도 몰랐다. 그러나 그는 이 문제를 다시 화제에 올려서 정말로 책임을 져야 할 사람들이면서 아직 한 사람도 그의 눈앞에 모습을 드러내지 않는 고위 관리들에게 힘닿는 대로 응분의 벌을 주기로 다짐했다. 은행 현관 계단을 내려가며 지나가는 사람들을 유심히 쳐다보았으나 멀리에서도 누구를 기다리는 듯한 여자는 보이지 않았다. 약혼자가 기다리고 있다는 프란츠의 말은 좀 더 동정을 받기 위한 거짓말이었던 모양인데 물론 그 정도는 용서할 수 있었다.

다음 날에도 감시인들의 일이 여전히 K의 머리에서 떠나지 않았다. 근무 중에도 정신이 산만해서, 일을 처리하기 위해 전날보다 더 늦게까지 사무실에 남아 있어야 했다. 퇴근길에 폐물 창고 앞을 지나다가 그는 습관이 된 것처럼 문을 열었다. 캄캄하리라고 생각했으나 실제로 눈에 보이는 것은 믿어지지 않는 장면이었다. 모든 것이 전날 밤에 본 그대로였다. 문지방 바로 앞에 쌓여 있는 인쇄물이나 잉크 병, 채찍을 들고 있는 태형관, 여전히 완전히 발가벗은 감시인들, 선반 위에 놓인 촛불들. 감시인들은 울부짖으며 외쳤다.

"아, 여보시오!"

K는 곧 문을 닫고, 좀 더 꼭 닫으려는 듯이 주먹으로 문을 두들겼다. 거의 울상을 하고 그는 사환들한테로 달려갔다. 등사기 앞에서 조용히 일을 하고 있던 그들은 깜짝 놀라며 일손을 멈췄다.

"제발 폐물 창고를 좀 치워주시오!"

그는 외쳤다.

"정말 먼지 속에 파묻힐 지경이오!"

사환들이 내일 청소하겠다고 말했으므로 K는 머리를 끄덕였다. 이미 밤이 늦어서 그의 생각대로 지금 하라고 강요할 수도 없었다. 사환들을 가까이 붙들어두려고 그는 잠시 거기 앉아서, 등사한 종이들을 검사하는 척하며 종이 몇 장을 뒤섞어놓았다. 사환들이 그와 함께 퇴근할 생각이 없음을 깨닫고 그는 피곤하고 멍청한 상태로 집으로 돌아갔다.

6. 숙부·레니

　어느 날 오후, 마침 우편물 마감을 앞두고 K는 몹시 바빴는데 서류를 들고 들어오는 두 사환 사이를 헤치고 K의 숙부 카를이 방으로 들어왔다. 숙부는 시골의 소지주였다. 훨씬 전에 숙부가 온다는 연락을 받고 이미 놀랐었기 때문에 정작 숙부를 대하고는 별로 놀라지 않았다. 숙부가 온다는 것을 K는 한 달 전부터 알고 있었다. 이미 그때 K는 허리가 약간 굽은 숙부가 왼손엔 납작해진 파나마모자를 들고, 오른손은 멀리에서부터 벌써 K 쪽으로 뻗치고 도중에 있는 여러 가지 물건에 부딪히며 허둥지둥 급히 다가와 책상 너머로 손을 내미는 모습이 눈앞에 보이는 것 같았다. 숙부는 언제나 바빴다.

　언제나 수도(首都)에 하루밖에 머물지 않으면서 계획했던 일을 모두 처리해야 했을 뿐 아니라, 때에 따라 생기는 면회나 업무 관련 일에다 오락까지도 놓치지 않으려는 가없은 욕심에 쫓기기 때문이었다. 그런 경우에 K는 지난날 자신의 후견인으로서 숙부에게 은혜를 입었기 때문에 가능한 한 모든 일을 도와드려야 했고, 또 자신의 집에

서 지내게 해드려야 했다. K는 숙부를 '시골에서 온 유령'이라고 부르
곤 했다.

인사가 끝나자 숙부는 곧 (K는 소파에 앉으라고 권했지만 숙부는 그럴
여유조차 없었다) 단둘이만 잠시 얘기를 나누자고 K에게 말했다.

"꼭 그래야만 한다."

숙부는 괴로운 듯이 침을 삼키며 말했다.

"그래야만 내가 안심이 되니까."

K는 곧 아무도 방에 들여보내지 말라고 지시하고 사환들을 방에
서 내보냈다.

"어떻게 된 일이냐, 요제프?"

두 사람만 남게 되자 숙부는 이렇게 외치고 책상 위에 앉더니, 자
리를 좀 더 편하게 하기 위해서 여러 가지 서류를 들춰 보지도 않고
엉덩이 밑으로 밀어 넣었다. K는 잠자코 있었다. 무슨 이야기인지 알
고는 있었지만 일에 열중했던 긴장이 갑자기 풀리며 기분 좋은 피로
감에 몸을 맡기고 창문으로 맞은편 거리를 바라보았다. 그의 자리에
서는 세모난 작은 부분, 즉 두 상점의 진열장 사이에 있는 빈 벽이 보
일 뿐이었다.

"창밖만 바라보다니!"

숙부가 두 팔을 쳐들며 외쳤다.

"제발 요제프, 대답 좀 해봐! 그게 사실이냐? 도대체 그런 일이 사
실일 수 있어?"

"숙부님."

K는 멍한 상태를 떨쳐버렸다.

"무슨 말씀인지 전혀 모르겠는데요."

"요제프."

숙부는 경고하듯이 말했다.

"내가 아는 한 너는 언제나 사실대로 말했다. 그러니 네가 지금 한 말은 나쁜 징조라고 생각해야 옳으냐?"

"네, 무슨 말씀인지 알겠습니다."

K는 온순하게 말했다.

"아마 제 소송에 대한 얘길 들으셨나 보군요."

"그래."

숙부는 천천히 머리를 끄덕이며 대답했다.

"네 소송에 대해 들었다."

"도대체 누구한테서요?"

"에르나가 편지에 써 보냈더라. 사실 그 애는 너와 왕래가 없지. 네가 그 애에 대해 별로 신경 쓰지 않는 것은 섭섭한 일이지만, 그런데도 그 애는 그 사실을 알고 있더구나. 오늘 그 애의 편지를 받고 곧장 이리로 왔다. 다른 이유에서가 아니라, 그것만으로도 충분한 이유가 되니까. 너에 관한 부분을 읽어줄게."

그는 가방에서 편지를 꺼냈다.

"여기 있군. 이렇게 썼구나. '오랫동안 요제프를 만나지 못했어요. 지난 주에 은행에 갔었지만 요제프가 몹시 바빠서 만나지 못했어요. 거의 한 시간이나 기다리다가 피아노 수업이 있어서 집으로 돌아와야 했어요. 꼭 만나보고 싶은데 곧 기회가 있겠지요. 제 생일에 큰 상자에 든 초콜릿을 보내왔습니다. 정말 세심하고 고마운 일이에요. 그때 잊어버리고 아버지께 알려드리지 못했는데, 아버지께서 물으시니까 지금에야 겨우 생각이 났어요. 초콜릿은 기숙사에서는 금방 없어져요. 초콜릿을 선물 받았다는 것을 채 알기도 전에 벌써 다 없어진답니다. 그런데 요제프에 대해서 좀 더 알려드려야겠어요. 아까 말씀드렸지만 제가 은행에 갔을 때 요제프가 어떤 사람과 상담을 하고 있었기 때문에 만나지 못했어요. 한참 동안 그냥 기다리다가 상담이 아직도 오래 걸리겠느냐고 사환에게 물어보았어요. 그랬더니 주임님이 기소된 소송 문제 때문이니 시간이 꽤 걸릴 것 같다고 하더군요. 그래서 제가 도대체 어떤 소송이냐, 잘못 알고 있는 게 아니냐고 물어보았죠. 그랬더니 잘못 안 게 아니라, 틀림없이 기소당했고, 더구나 심각한 소송이다, 하지만 그 이상은 모른다고 하더군요. 주임님은 참 훌륭하고 정직한 분이기 때문에 자신도 도와드리고 싶지만 어떻게 했으면 좋을지 모르겠고, 유력한 분들이 주임님을 돌봐주기를 바랄 뿐이다, 틀림없이 그렇게 될 테고, 결국은 좋은 결말이 나겠지만, 주임님의 기분을 미루어보면 지금으로서는 전혀 좋지 않은 상태인 것 같다고 하더군요. 저는 물론 이 이야기를 그다지 심각하게 생각하지 않았고, 그 순진한 사환을 진정시키고 다른 사람들에게는 말하지 말라고 타일렀어요. 그리고 그 모든 게 실없는 이야기라고 생각했어요. 그러나 아버지, 다음에 이곳에 오시면 잘 알아보시는 게 좋을 것 같아요. 아버지는 좀 더 자세한 내용을 아실 수 있을 테고, 정말로 필요하면 아버지의 유력한 친구 분들의 힘을 빌려 수습하실 수 있을 거예요. 하지만 그렇게까지 할 필요는 없을 것 같고, 아마 그렇게 되겠지만 적어도 이 딸이 아버지의 품에 안길 수 있는 기회를 빨리 만들어주시면 기쁘겠어요.' 착하기도 하지."

편지를 다 읽고 난 숙부는 눈에서 눈물을 닦았다.

K는 머리를 끄덕였다. 최근에 일어난 여러 가지 성가신 일들 때문에 에르나에 대해서는 완전히 잊어버리고 생일까지도 잊고 있었다. 초콜릿에 대한 이야기는 분명히 숙부와 숙모에게 K를 두둔해주려는 생각에서 지어낸 모양이었다. 정말 기특한 생각이었다. 이제부터 그

녀에게 극장표를 정기적으로 보내주리라 생각했지만 그것만으로는 충분한 보상이 되지 못할 것 같았다. 그러나 지금은 기숙사로 찾아가서 열여덟 살짜리 어린 여학생과 이야기할 기분이 아니었다.

"그래, 어찌 된 일이냐?"

편지 때문에 서두르고 흥분했던 용건을 잊어버리고 있던 숙부는 이렇게 묻고 다시 한번 편지를 읽는 것 같았다.

"네, 숙부님. 사실이에요."

"사실이라고?"

숙부가 소리쳤다.

"뭐가 사실이라는 게야? 도대체 어떻게 그런 일이 사실일 수 있단 말이냐? 무슨 소송이냐? 설마 형사 소송은 아니겠지?"

"형사 소송이에요."

"그런데 너는 형사 소송에 걸려 있으면서도 여기 이렇게 태연하게 앉아 있단 말이냐?"

숙부가 점점 목소리를 높이며 외쳤다.

"침착할수록 결과는 좋을 겁니다."

K가 지친 듯이 말했다.

"걱정하지 마세요."

"그런 말로는 날 안심시킬 수 없다!"

숙부가 소리쳤다.

"요제프, 사랑하는 요제프, 너 자신이나 친척이나 우리 가문의 명예를 생각해봐라! 이제까지 너는 우리 집안의 명예였어. 네가 우리 집안의 수치가 되어서는 안 돼."

그는 머리를 옆으로 기울이고 K를 쳐다보았다.

"네 태도는 내 맘에 들지 않는다. 그건 아직 힘을 잃지 않은 결백한

피고의 태도가 아니야. 무슨 사건인지 어서 말해봐. 내가 너를 도와
줄 테니까. 물론 은행에 관한 일이겠지?"

"아니요."

K는 자리에서 일어났다.

"숙부님 목소리가 너무 커요. 사환이 문 뒤에서 엿듣고 있을 거예
요. 그런 일은 불쾌하니까요. 차라리 밖으로 나가실까요. 그러면 숙
부님의 질문에 모두 대답해드리겠어요. 집안사람들한테 설명할 책
임이 있다는 것은 저도 잘 알고 있어요."

"맞아! 아주 옳은 말이다. 자 어서, 요제프, 빨리 나가자!"

숙부가 소리쳤다.

"몇 가지 지시할 게 있어요."

K는 전화로 대리를 불렀다. 대리가 곧 들어왔다. 흥분한 숙부는 당
연한 일인데도 대리를 부른 것은 이 사람이라고 손으로 K를 가리켰
다. K는 책상 앞에 서서 여러 가지 서류를 들추면서 자기가 없는 동안
오늘 중으로 처리해야 할 일을 낮은 목소리로 설명했다. 젊은 대리는
냉정하면서도 주의 깊은 태도로 듣고 있었다. 물론 숙부는 그 말을 듣
고 있는 것은 아니었지만, 처음에는 눈을 크게 뜨고 초조하게 입술을
깨물며 옆에 서 있었는데, 그 모습만으로도 충분히 방해가 됐다. 그
러다가 숙부는 방 안을 이리저리 걸어다니며 창문 앞이나 그림 앞에
멈춰 서서는 계속 소리쳤다.

"난 하나도 이해할 수 없어! 도대체 어떻게 될 것인지 내게 말 좀
해봐라."

젊은 대리는 전혀 신경 쓰이지 않는다는 듯이 행동하며 K의 지시
를 조용히 끝까지 들으며 몇 가지 적기도 하고는 K와 숙부에게 인사
하고 나갔다. 그때 숙부는 등을 돌린 채 창밖을 바라보며 손을 뻗어

커튼을 온통 주물럭거리고 있었다. 문이 채 닫히기도 전에 숙부가 소리쳤다.

"드디어 저 꼭두각시가 나갔으니 이제 우리도 나가자. 자, 어서!"

바깥 복도에는 은행원 몇 명과 사환이 여기저기 서 있고, 마침 부지점장도 지나가고 있었지만, 소송에 대한 숙부의 질문을 가로막을 도리가 없었다.

"그런데, 요제프."

숙부는 근처에 있는 사람들의 인사에 가볍게 답례하며 말을 시작했다.

"어떤 소송인지 이제 내게 솔직히 말해봐라."

K는 아무 뜻도 없는 말을 몇 마디 하며 약간 웃기까지 하고는 층계까지 와서야 비로소 사람들 앞에서 드러내놓고 말하고 싶지 않다고 숙부에게 설명했다.

"그래. 하지만 이젠 말해봐라."

담배를 조급하게 연거푸 빨면서 숙부는 고개를 숙이고 귀를 기울였다.

"우선 숙부님, 이건 보통 재판소에서 진행하는 소송이 아닙니다."

"그렇다면 나쁘구나."

"뭐라고요?"

K는 숙부를 바라보았다.

"나쁘다고 말했다."

숙부는 다시 되풀이했다.

두 사람은 거리로 통하는 현관 계단에 서 있었다. 수위가 귀를 기울이는 것 같아서 K는 숙부를 아래로 끌어당겼다. 그들은 사람들이 많이 오가는 거리로 들어섰다. K의 팔에 매달려 걸어가는 숙부는 이제는 그렇게 조급하게 소송에 대해 묻지 않았다. 잠시 동안 그들은 아무 말없이 계속 걸어갔다.

"하지만 어떻게 해서 그런 일이 일어났니?"

마침내 숙부가 이렇게 물으며 갑자기 멈춰 섰기 때문에 뒤에서 걸어오던 사람들이 깜짝 놀라서 피해 갔다.

"이런 일은 갑자기 일어나는 게 아니라 오래전부터 준비되는 거니까 무슨 징조가 있었을 텐데 왜 내게 편지를 안 했니? 너도 알다시피 난 너를 위해서라면 무슨 일이든지 한다. 말하자면 아직도 너의 후견인이고, 오늘날까지 그것을 자랑으로 여겨 왔어. 물론 난 지금도 너를 도와줄 생각이지만, 이미 소송이 시작되었으니 이젠 매우 어렵게 됐다. 아무튼 넌 이제 잠시 휴가를 받아서 시골 우리한테로 오는 게 가장 좋을 것 같다. 이제 보니 너 약간 야위었구나. 시골에서라면 기운도 회복할 수 있을 게다. 앞으로 분명히 힘든 일이 많이 생길 테니 그러는 게 좋을 게다. 게다가 시골로 오면 재판소에서 어느 정도 피해 있을 수도 있어. 여기에서는 저들이 온갖 권력 수단을 가지고 당연히 자동적으로 너한테도 적용시킬 거야. 하지만 시골에 가 있으면 기껏해야 기관원들을 파견하거나, 편지나 전보나 전화로 네게 영향력을 행사하려 들 수밖에 없지. 그러면 자연히 영향력이 약해지고, 네가 완전히 해방되지는 않더라도 한숨 돌릴 수는 있게 되지."

"이곳을 떠나는 것을 금지할지도 모릅니다."

숙부의 말에 약간 귀가 솔깃해진 K가 말했다.

"저들이 그러리라고 생각하지는 않아."

숙부는 곰곰이 생각하며 말했다.

"네가 여행을 떠났다고 해서 저들의 권력에 큰 손실이 가지는 않을 테니."

숙부가 그 자리에 가만히 서 있자 K는 숙부의 팔을 잡아끌며 말했다.

"숙부님은 이 사건을 저보다 덜 걱정하시리라고 생각했는데 이제 보니 너무 심각하게 생각하시는군요."

"요제프."

숙부는 소리치며 걸음을 멈추려고 K를 뿌리치려 했으나 K는 놓아주지 않았다.

"너 변했구나. 넌 언제나 뛰어난 판단력을 갖고 있었는데 바로 이런 때에 판단력이 없어졌단 말이냐? 그럼 이 소송에 져도 좋으냐? 그렇게 되면 어떻게 되는지 아니? 그렇게 되면 넌 그냥 끝장이다. 그리고 친척들도 모두 같이 파멸하거나 적어도 크게 수치를 당하게 돼. 요제프, 제발 정신 차려. 아무래도 좋다는 식의 네 태도에 난 얼이 빠지겠다. 너를 보면 '이런 소송에 말려든 사람은 이미 진 거나 다름없다' 라는 속담을 믿고 싶을 지경이야."

"숙부님. 전혀 흥분할 필요 없어요. 저도 그럴지 모르지만 흥분하고 있는 쪽은 숙부님입니다. 흥분해서는 소송에 이길 수 없어요. 숙부님의 경험은 저를 놀라게 하고, 언제나 그랬듯이 지금도 매우 존중하지만, 저의 실제적인 경험도 조금 인정해주세요. 소송 때문에 가족들에게까지 괴로운 일이 생길 것이라고 말씀하시니까, 저로서는 도무지 이해할 수 없지만, 그건 부차적인 문제니까 그만두죠. 무슨 일이든지 숙부님 말씀대로 기꺼이 따르겠어요. 다만 시골에 가 있는 것은 숙부님이 생각하시는 뜻에서도 이로울 것 같지 않아요. 그렇게 하면 도망친 게 되고 죄를 스스로 인정하는 셈이 되니까요. 게다가 여기 있으면 저들이 나를 더 쫓아다니기는 하겠지만 저는 저 나름으로 사건을 더 많이 처리할 수도 있습니다."

"맞아."

숙부는 이제야 서로의 의견이 가까워졌다는 듯한 어조로 말했다.

"내가 그런 제안을 한 건, 네가 여기 있으면 너의 무관심한 태도로 사건이 더 위험해질 것 같아서 네 대신 내가 일을 처리하는 게 낫겠다고 생각했기 때문이야. 그러나 네 자신이 힘을 다해서 사건을 처리하겠다면, 물론 그게 훨씬 더 낫지."

"그럼 그 점에서는 의견이 일치했군요. 그럼 이제 제가 우선 해야 할 일에 대한 무슨 제안이 있으신지요?"

"물론 사건을 좀 더 검토해봐야겠다. 너도 알다시피, 나는 이미 20년 동안이나 거의 내내 시골에서 살고 있기 때문에 이런 방면에 판단력이 흐려졌어. 이 방면에 대해 더 잘 알 만한 사람들과의 중요한 여러 연줄도 저절로 끊어졌고, 알다시피 나는 시골에서 약간 고립됐어. 사실 이런 일이 닥치니까 비로소 그걸 알겠구나. 이상하게도 에르나의 편지를 읽고 벌써 이런 일이 있으리라고 짐작했고, 오늘 너를 보자마자 거의 확실하게 알기는 했지만, 네 사건은 어느 정도는 뜻밖이다. 그러나 그런 것은 아무래도 좋아. 지금 가장 중요한 건 시간을 허비하지 않는 일이야."

애기를 하는 동안 숙부는 발꿈치를 들고 서서 손짓을 해서 택시를 부르고 운전수에게 주소를 일러주며 K를 잡아끌어 차에 태웠다.

"우린 지금 홀트 변호사한테 가는 거다. 그 사람은 내 동창이야. 너도 분명히 이름은 알겠지? 몰라? 거참 이상하구나. 그는 주로 가난한 사람을 도와주는 변호사로 상당히 유명하지. 하지만 나는 특히 그의 인간성을 매우 신뢰하지."

"숙부님이 하시는 일이라면 저는 뭐든지 좋습니다."

숙부가 일을 너무 급히 서두르는 태도가 불편했지만 K는 이렇게 말했다. 가난한 사람을 상대로 하는 변호사를 찾아간다는 것도 피고인으로서는 그다지 반가운 일은 아니었다.

"이런 사건도 변호사에게 부탁하는 줄은 몰랐어요."

"물론 변호사를 대야 하고말고. 당연한 일이야. 왜 변호사에게 부탁하지 않겠니? 그런데 이제 사건을 자세히 알 수 있도록 지금까지 일어난 일을 모두 얘기해다오."

K는 곧 이야기하기 시작했다. 그는 그 어느 것도 숨기지 않았다. 소송을 큰 수치로 생각하는 숙부의 견해에 대항할 수 있는 유일한 수단은 완전히 솔직한 태도였다. 뷔르스트너 양의 이름은 단 한 번 지나치는 김에 언급했지만 그것이 솔직한 태도에 위배되는 것은 아니었다. 뷔르스트너 양은 소송과는 아무 관련이 없기 때문이다. 말을 하면서 창밖을 내다보니 바로 재판소 사무국이 있는 그 교외 근처로 가고 있다는 것을 알 수 있었다. 숙부에게 그 사실을 깨우쳤으나 숙부는 그런 일치에 대해 별로 놀라지 않았다. 자동차는 어느 어두운 집 앞에서 멈춰 섰다. 숙부는 바로 1층 첫 번째 문의 벨을 눌렀다. 기다리는 동안 그는 커다란 이를 드러내놓고 웃으며 속삭였다.

"8시라. 소송 문제로 찾아오기에는 적당하지 않은 시간인데. 하지만 훌트가 나를 불쾌하게 생각하지는 않겠지."

그때 문에 달린 작은 창문으로 크고 검은 두 개의 눈동자가 나타나 잠시 두 손님을 바라보더니 사라졌다. 그러나 문은 열리지 않았다. 숙부와 K는 두 개의 눈을 보았다는 사실을 서로 확인했다.

"새로 온 하녀가 낯선 사람을 무서워하는군."

숙부는 이렇게 말하고 다시 문을 두드렸다. 또다시 눈이 나타났는데 이번에는 어쩐지 슬픈 표정을 띠고 있었다. 그러나 어쩌면 두 사람의 머리 위에서 시끄러운 소리를 내며 타고 있는 희미한 가스등 때문에 느낀 착각인지도 몰랐다.

"문을 열어요."

숙부는 주먹으로 문을 두들겼다.

"우린 변호사의 친구요!"

"변호사님은 아프십니다."

그들 뒤에서 속삭이는 소리가 들렸다. 좁은 복도 저쪽 끝에 있는 어느 문 앞에 잠옷을 입은 남자가 서서 아주 작은 목소리로 알려주었다. 오랫동안 기다리느라 화가 난 숙부는 휙 돌아서며 외쳤다.

"아파요? 그가 아프단 말입니까?"

그러더니 숙부는 그 남자가 바로 질병 자체이기라도 한 듯이 거의 위협적인 태도로 그에게 다가갔다.

"벌써 문이 열렸습니다."

그 남자는 변호사 집의 문을 가리키더니 잠옷을 여미고 사라졌다. 문은 정말 열려 있었다. 젊은 여자가 길고 하얀 앞치마를 두르고 손에는 촛불을 들고 대기실에 서 있었다. K는 까맣고 약간 튀어나온 그 눈을 알아보았다.

"다음에는 좀 빨리 열어주시오."

숙부는 인사 대신에 이렇게 말했고, 그 여자는 무릎을 조금 굽히며 인사를 했다.

"이리와, 요제프."

숙부는 K에게 말하고 천천히 여자의 옆을 지나갔다.

"변호사님은 편찮으세요."

숙부가 멈춰 서지 않고 서둘러 방문으로 다가가자, 여자가 말했다. K가 놀라 여자를 바라보았는데 그녀는 현관문을 다시 잠그려고 몸을 돌렸다. 그녀의 얼굴은 인형같이 동그랬다. 창백한 뺨과 턱도 그랬지만 관자놀이와 이마도 동그스름했다.

"요제프!"

숙부는 또 소리를 지르더니 그 여자에게 물었다.

"심장병인가?"

"그런 것 같아요."

여자는 촛불을 들고 앞장서서 방문을 열었다. 촛불의 빛이 미치지 않는 방 한쪽 구석의 침대에서 누군가 몸을 일으켰다. 수염을 길게 기른 얼굴이 나타났다.

"레니, 누가 왔어?"

촛불에 눈이 부셔 손님을 알아보지 못한 변호사가 물었다.

"자네의 오랜 친구 알베르트일세."

"아, 알베르트."

변호사는 이 손님에 대해서는 예의를 갖출 필요가 없다는 듯이 베개 위에 다시 쓰러졌다.

"정말 그렇게 심한가?"

이렇게 물으며 숙부는 침대 가장자리에 앉았다.

"난 그렇게 생각하지 않아. 늘 앓고 있는 심장발작이 다시 일어난 것뿐이고, 전에도 그랬듯이 곧 낫겠지."

"그럴지도 모르지."

변호사가 나직이 말했다.

"그러나 이번에는 그전 어느 때보다 훨씬 나빠. 숨이 가쁘고, 잠을 통 못 자고, 날로 쇠약해지고 있다네."

"그래?"

숙부는 커다란 손으로 무릎에 놓인 파나마모자를 꾹 눌렀다.

"나쁜 소식이군. 그런데 몸조리는 제대로 하고 있나? 이 방은 너무 음침하고 어두워. 지난번 여기 왔던 것도 벌써 오래 됐군. 그때는 좀 더 정겨운 분위기였었는데. 저 아가씨도 별로 명랑해 보이지 않아. 아니면 일부러 그렇게 꾸미고 있는지도 모르지만."

그 여자는 아직도 촛불을 들고 문 옆에 서 있었다. 그녀의 시선은 불안했지만, 숙부가 그녀에 대한 이야기를 하고 있는데도 숙부보다는 K를 바라보고 있다는 것을 알 수 있었다. K는 그녀 옆으로 밀어놓은 의자에 몸을 기대고 서 있었다.

"나처럼 몸이 아프면 안정이 필요해."

변호사가 말했다.

"우울한 건 아니야."

잠시 말을 멈췄다가 그는 덧붙였다.

"그리고 레니가 나를 잘 간호해주고 있어. 얌전한 애야."

그러나 숙부는 그 말을 믿지 않고 그녀에 대해 분명히 편견을 갖고 있는 것 같았다. 환자한테는 아무 말도 하지 않았지만 숙부는 그녀가 이제 침대로 가서 탁자 위에 촛불을 내려놓고 환자에게 몸을 숙이고 베개를 바로잡아 주며 낮은 소리로 환자와 속삭이는 것을 날카로운 시선으로 뒤쫓고 있었다. 그는 환자에 대한 배려는 거의 잊어버리고 일어나서 간호사의 뒤를 이리저리 쫓아다녔다. 숙부가 뒤에서 그녀의 옷깃을 붙잡고 침대에서 끌어낸다 해도 K는 놀라지 않았을 것이다. K 자신은 그 모든 것을 조용히 바라보고 있었다. 변호사가 아픈 것도 내심 반가웠다. 숙부가 자신의 사건에 대해 보이는 열성을 거역할 수 없었는데, 별로 애를 쓰지 않아도 숙부의 이러한 열성을 다른 데로 돌릴 수 있는 것이 기뻤다. 그때 숙부가 아마도 순전히 간호사를 모욕하려는 의도에서였겠지만 이렇게 말했다.

"아가씨, 잠시 자리를 비켜주시오. 친구와 개인적인 용건으로 이야기할 게 있소."

마침 환자에게 더 바싹 몸을 숙이고 벽에 닿은 시트를 펴고 있던 간호사는 고개만 돌린 채 아주 조용히 말했다. 그것은 홧김에 말을 더 듣다가 다시 튀어나온 숙부의 말과는 현저한 대조를 이루었다.

"보시다시피 변호사님은 이렇게 편찮으셔서 어떤 용건도 이야기 하실 수 없습니다."

그녀는 아마도 편의상 숙부의 말을 반복했겠지만 제삼자가 들어 도 조롱하는 것으로 들렸다. 숙부는 당연히 무엇에 찔린 듯이 펄쩍 뛰 었다.

"이런 빌어먹을!"

흥분한 탓으로 목소리가 떨려 무슨 말인지 알아들을 수 없었다. 결 국 이렇게 되리라고 예상하고는 있었으나 K는 깜짝 놀라 두 손으로 숙부의 입을 막으려고 숙부에게 달려갔다. 그러나 다행히도 여자 뒤 에서 환자가 몸을 일으켰기 때문에 숙부는 무슨 꺼림칙한 것이나 삼 킨 듯이 쓰디쓴 얼굴을 하고는 한결 침착한 태도로 말했다.

"물론 우리는 아직 이성을 잃지는 않았어. 내가 요구하는 게 불가 능한 일이라면 요구하지 않겠어. 자, 이제 좀 나가시오."

간호사는 침대 옆에 똑바로 서서 숙부를 정면으로 쳐다보았다. 그 녀가 한 손으로는 변호사의 손을 어루만지는 것을 K는 알아차릴 수 있었다.

"레니 앞에서는 무슨 말을 해도 괜찮아."

분명히 애원하는 듯한 어조로 환자가 말했다.

"내 문제가 아니야. 내 비밀이 아니야."

그리고 더 토론할 필요는 없지만 잠시 생각할 여유를 주겠다는 듯 이 몸을 돌렸다.

"그럼 도대체 누구의 문제지?"

변호사는 꺼져 들어가는 목소리로 묻더니 다시 몸을 눕혔다.

"내 조카의 문제야. 여기 함께 왔어."

숙부는 환자에게 K를 소개했다.

"업무주임 요제프 K."

"오."

환자는 훨씬 생기 있게 말하고 K에게 손을 내밀었다.

"미안하오. 전혀 알아보지 못했소. 레니, 나가줘."

간호사에게 말하자 그녀는 전혀 반대하지 않았다. 그는 오랫동안 작별이라도 하듯이 그녀에게 손을 내밀었다. 숙부가 기분이 풀려서 그에게 가까이 가자 마침내 그가 말했다.

"그럼 자네는 병문안을 온 게 아니라 일이 있어서 왔군."

마치 병문안을 왔다는 사실 때문에 우울해 있었다는 듯 변호사는 이제야 기운을 차렸다. 그는 상당히 힘들 텐데도 팔꿈치를 세워 몸을 받치고 가운데 수염 한 가닥을 계속 잡아당기고 있었다.

"그 마녀 같은 여자가 나가니까 자네는 훨씬 더 건강해 보이는군."

숙부는 말을 하다 말고 작은 소리로 속삭였다.

"그 여자가 틀림없이 엿듣고 있을 거야!"

그리고 숙부는 문으로 달려갔지만 문 뒤에는 아무도 없었다. 숙부는 실망을 한 게 아니라, 그녀가 엿듣고 있지 않은 사실이 더 나쁜 짓으로 생각되어 더욱 화가 났다.

"자네는 그 애를 오해하고 있어."

변호사는 그렇게 말했지만 그 이상 간호사를 두둔하려 하지는 않았다. 아마 그렇게 말해서 그녀를 두둔할 필요가 없다는 걸 나타내려고 했는지도 모른다. 그러나 훨씬 관심 있는 어조로 말을 계속했다.

"자네 조카의 일에 대해서는, 지극히 힘든 이 일에 내 힘이 미칠 수 있다면 물론 다행으로 생각하겠네. 내 힘이 미치지 못할까 봐 매우 걱정이야. 아무튼 모든 시도는 해보겠네. 내 힘이 부족하면 다른 사람에게 부탁할 수도 있어. 솔직히 말해서 이 사건은 매우 흥미가 있으니까 손을 떼고 싶지 않네. 만일 내 심장이 견뎌 내지 못한다면 적어도 이 기회에 변호사업을 그만둘 훌륭한 구실은 얻겠지."

K는 그가 하는 말을 한 마디도 이해할 수 없었다. 설명을 구하려고 숙부를 쳐다보았지만, 숙부는 촛불을 손에 들고 탁자 위에 앉았다. 그 바람에 탁자에 있던 약병이 바닥의 양탄자 위에 굴러 떨어졌다. 숙부는 변호사가 하는 모든 말에 머리를 끄덕이고, 전부 동의하면서 이따금 K에게도 동의를 재촉하는 듯이 그를 쳐다보았다. 혹시 숙부가 소송에 대해서 전에 이미 변호사에게 말했던 것일까? 그러나 그런 일이 있을 수 없다는 것은 지금까지 여기서 일어난 모든 일이 설명해 주고 있었다. 그래서 그는 말했다.

"저는 이해할 수 없는데요."

"그래요? 내가 당신을 오해하고 있다는 말이오?"

변호사도 K와 똑같이 놀라고 당황하며 물었다.

"내가 아마도 성급했던 것 같군. 그럼 도대체 무슨 일로 나와 이야기하려 했소? 나는 당신의 소송에 관한 것이라고 생각했는데."

"물론이야."

숙부는 말하고 나서 K에게 물었다.

"도대체 왜 이러는 거냐?"

"그래요. 하지만 도대체 당신은 저나 제 소송에 관한 이야기를 어디서 들었습니까?"

K가 물었다.

"아, 그거요?"

변호사는 미소를 지으며 말했다.

"나는 변호사니까요. 재판소 사람들과 교제도 있고, 여러 가지 소송이나 특별한 소송에 대한 얘기도 하는데, 특히 친구의 조카에 관한 일일 때는 기억하게 되죠. 거기엔 하나도 이상할 게 없죠."

"도대체 왜 이러는 거냐?"

숙부가 다시 한번 물었다.

"넌 너무 침착하지 못하구나."

"재판소 사람들과 교제가 있으시다고요?"

K가 물었다.

"네."

"넌 어린애 같은 질문을 하는구나."

숙부가 말했다.

"나와 같은 분야의 사람들과 교제하지 않으면 도대체 누구와 교제하겠소?"

변호사가 덧붙였다.

그 말은 부인할 수 없었기 때문에 K는 아무 대꾸도 하지 않았다. 그는 '그런데 당신은 법원 건물 안에 있는 재판소에서 일을 하지, 지붕 밑 방에 있는 재판소에서 일하지는 않겠죠?'라고 묻고 싶었지만 실제로 말하지는 못했다.

"당신도 생각해보셔야 합니다."

자명한 일을 말할 필요도 없지만 나온 김에 설명하는 듯한 어조로 변호사는 말을 계속했다.

"당신도 생각해보셔야 합니다만, 그러한 교제를 통해서 나는 내 변호 의뢰인들에게 큰 도움이 될 것들을 알아냅니다, 더욱이 여러 가지 면에서. 이런 이야기는 절대로 해서는 안 됩니다. 물론 지금은 아파서 약간 곤란하기는 하지만, 그래도 재판소의 좋은 친구들이 문병을 오기 때문에 몇 가지 듣습니다. 아마 건강한 몸으로 하루 종일 재판소에서 지내는 많은 사람들보다도 더 많이 알고 있을 거요. 예를 들어 바로 지금도 반가운 손님이 와 계시지."

이렇게 말하고 그는 어두운 방 한쪽 구석을 가리켰다.

"도대체 어디에?"

K는 놀라서 거의 무례하게 물었다. 그는 어리둥절하여 주위를 둘러보았으나 작은 초의 불빛은 맞은편 벽까지는 도저히 미치지 않았다. 그런데 정말로 그 구석에서 무엇인가가 움직이기 시작했다. 숙부가 초를 높이 들어 올리니 작은 책상 옆에 나이가 지긋한 남자가 앉아 있는 것이 불빛에 드러났다. 그가 거기 있는 것을 그처럼 오랫동안 알아채지 못한 것을 보니 아마 그는 숨도 쉬지 않고 있었던 모양이다. 자신에게 주의가 쏠린 것이 분명히 불만스러운 듯이 그 남자는 번거롭게 일어섰다. 그는 짧은 날개처럼 두 손을 흔들며 소개나 인사는 일절 거절하려는 것 같았고, 자신이 거기 있음으로 해서 다른 사람들을 방해할 생각은 전혀 없으며, 자신을 얼른 다시 어둠 속에 내버려두고, 자신이 거기 있다는 것을 제발 잊어달라고 애원하는 것 같았다. 그러나 이렇게 된 이상 그럴 수도 없었다.

"당신 때문에 놀랐습니다."

변호사는 설명하듯이 말하고 그 남자에게 격려하듯이 가까이 오라고 손짓했다. 그 남자는 주저하듯 주위를 살피며 천천히, 그러나 분명히 위엄을 보이며 다가왔다.

"사무국장님……. 아, 그렇지, 죄송합니다. 소개를 안 했군요. 이쪽은 내 친구인 알베르트 K, 여기는 조카인 업무주임 요제프 K, 그리고 이쪽은 사무국장님……. 사무국장님께서 친절하시게도 이렇게 찾아주셨어. 이렇게 방문해주시는 게 얼마나 가치 있는 일인지는 사실 사무국장님께서 얼마나 바쁘신지를 아는 사람만이 알 수 있지. 그럼에도 이렇게 찾아주셨기 때문에 내 건강이 허락하는 한 편안하게 이야기를 나누고 있었네. 아무도 올 사람이 없었기 때문에 손님이 오면 거절하라고 물론 레니에게 이르지는 않았지만, 우리끼리만 있고 싶었어. 그런데 알베르트, 자네가 주먹으로 문을 두들기는 바람에 사무국장님께서 책상과 의자를 들고 구석으로 자리를 옮기셨지. 하지만 이제 우리가 어쩌면, 다시 말해서 자네 조카의 일을 같이 논의하고 싶다면, 다시 자리를 함께하도록 하지. 자, 사무국장님."

변호사는 머리를 기울이고 비굴한 웃음을 띠며 말하고는 침대 가까이에 있는 안락의자를 가리켰다.

"유감스럽게도 2, 3분밖에 있을 수 없습니다."

사무국장은 다정하게 말하고 안락의자에 몸을 쭉 펴고 앉아서 시계를 보았다.

"할 일이 너무 많아서요. 그러나 친구의 친구를 사귈 기회를 놓치고 싶지는 않습니다."

그는 숙부에게 머리를 약간 숙였다. 숙부는 이 새로운 인물에 대해서 매우 만족하는 것 같았으나, 천성대로 경의를 표현하지는 못하고 사무국장의 말에 당황한 듯이 큰 소리로 웃기만 했다. 얼마나 추잡스러운 꼴인가! K는 아무도 그에게 관심을 갖지 않았으므로 조용히 그들을 관찰할 수 있었다. 사무국장은 원래 그의 습관인지 일단 대화에 끼어들자 주도권을 잡았고, 변호사가 몸이 아프다고 한 것은 새로 온 손님을 쫓아 보내기 위한 구실이었는지 손을 귀에 대고 열심히 듣고 있었다. 숙부는 촛불을 들고 (그는 넓적다리 위에 촛불을 올려놓고 쓰

러지지 않게 잡고 있었지만 변호사는 걱정이 되는지 자주 그쪽을 쳐다보았다)
곧 당황하는 태도에서 벗어나 사무국장의 말투나, 말하면서 그가 부
드럽게 물결치듯 흔드는 손짓에도 마음이 끌려 있었다. 침대 기둥에
기대고 있던 K는 사무국장에게 어쩐지 고의적으로 완전히 무시당한
채 노신사들의 이야기를 듣고 있어야만 했다. 그러나 도대체 무슨 이
야기인지 알 수 없었다. 그래서 그는 그 간호사와 그녀가 숙부한테서
당한 나쁜 대우를 생각해보기도 하고, 사무국장이라는 사람을 전에
본 적이 없는지, 어쩌면 그의 첫 심리가 있던 날 법정에 모여 있던 군
중 속에서 보았던 게 아닐까 하고 생각해보았다. 아마 착각인지도 모
르지만 이 사무국장이 그때 맨 앞줄에 서 있던, 수염이 듬성듬성 나
있던 노인들 사이에 분명히 어울려 있었던 것 같았다.
　그때 대기실에서 접시가 깨지는 것 같은 소리가 들렸기 때문에 그
들은 모두 귀를 기울였다.
　"무슨 일인지 제가 알아보죠."
　K는 다른 사람들에게 자기를 붙잡을 기회라도 주려는 듯이 천천
히 걸어 나갔다. 대기실로 들어가자마자, 아직 어둠 속에서 제대로
갈피를 잡지도 못했을 때, 문을 붙잡고 있던 K의 손 위에 훨씬 작은
손이 놓이더니 조용히 문을 닫았다. 거기서 기다리고 있던 사람은 간
호사였다.
　"아무 일도 아니에요."
　그녀가 속삭였다.
　"당신을 끌어내려고 접시를 하나 벽에다 던진 것뿐이에요."
　당황한 K는 말했다.
　"나도 당신을 생각했어요."
　"그렇다면 더 잘됐군요."

138

간호사가 말했다.

"이리 오세요."

조금 걸어가자 흐린 유리문이 있었다. 간호사는 K 앞에서 문을 열었다.

"들어오세요."

변호사의 서재였다. 방 안에는 세 개의 커다란 창문으로 달빛이 흘러 들어와 창문 바로 아래 방바닥만 네모꼴로 조금 밝히고 있었지만, 서재가 묵직하고 오래된 가구들로 장식되어 있는 건 알 수 있었다.

"이쪽으로 오세요."

간호사는 나무 등받이가 달린 검은 궤짝을 가리켰다. 그 위에 앉으며 K가 방 안을 둘러보니 천장이 높은 커다란 방이었다. 빈민을 상대로 한다는 이 변호사의 의뢰인들이 이 방에 들어오면 틀림없이 정신을 차리지 못할 것이다. K는 손님들이 저 커다란 책상 앞으로 걸어가는 조심스러운 걸음걸이가 눈앞에 보이는 것 같았다. 그러나 곧 그런 일은 잊어버리고 그의 옆에 바싹 다가앉아서 그를 거의 팔걸이에 밀어붙이고 있는 간호사에게만 정신이 팔렸다.

"내가 부르지 않아도 당신이 스스로 내게 오리라고 생각했어요. 그런데 참 이상했어요. 방에 들어오면서부터 끊임없이 나를 뚫어지게 쳐다보고는 이렇게 기다리게 하다니요. 나를 레니라고 불러주세요."

그녀는 한순간도 허비해서는 안 된다는 듯이 단숨에 급히 말했다.

"그러죠. 이상했다고 하지만 레니, 그건 간단히 설명할 수 있어요. 우선 노인들의 이야기를 들어야만 했기 때문에 이유도 없이 나올 수 없었고, 둘째로 나는 뻔뻔스러운 사람이 아니라 수줍어하는 편이죠. 그리고 레니, 당신도 사실 단번에 내 마음대로 될 것 같지는 않았어요.”

“그렇지 않아요.”

레니는 팔을 의자등받이에 걸치고 K를 바라보았다.

“하지만 당신은 내가 마음에 들지 않았을 거예요. 지금도 아마 그렇고요.”

“마음에 든다는 말은 부족하죠.”

대답을 회피하며 K가 말했다.

“오!”

그녀는 미소를 지으며 말했다.

K의 말과 자신의 짤막한 외침으로 그녀는 어느 정도 우월감을 느꼈다. 그래서 K는 잠시 동안 아무 말도 하지 않았다. 어두컴컴한 방에 눈이 익었기 때문에 방 안에 놓인 여러 가지 작은 물건들까지 분간할 수 있었다. 특히 문 오른편에 걸려 있는 커다란 그림이 눈에 띄었기 때문에 좀 더 자세히 보려고 몸을 앞으로 굽혔다. 판사복을 입은 어떤 남자를 그린 그림이었다. 그는 왕좌 같은 높은 의자에 앉아 있었으며, 의자에 칠한 금빛이 그림에서 특히 두드러지게 나타나 있었다. 이상한 것은 판사가 위엄을 보이며 침착하게 앉아 있는 게 아니라 왼팔을 의자의 등받이와 팔걸이에 꼭 붙이고 오른팔은 완전히 펼치고는 다만 손으로 팔걸이를 붙잡고 있어서, 마치 금방이라도 화를 내면서 벌떡 일어나 무슨 결정적인 말을 하거나, 판결을 내리려는 것처럼 보인다는 점이었다. 피고는 계단 밑에 있는 것 같았는데, 그림에는 누런 양탄자가 깔려 있는 계단 윗부분까지만 나타나 있었다.

“아마 내 재판관인지도 모르겠군.”

K는 손가락으로 그림을 가리켰다.

“저 사람은 나도 알아요.”

140

레니도 그 그림을 쳐다보았다.

"여기에 자주 오거든요. 저 그림은 그가 젊었을 때 그린 거라고는 하지만 아마 그때도 결코 저런 모습은 아니었을 거예요. 왜냐하면 저 사람은 아주 작거든요. 그런데도 그림에서는 저렇게 늘려서 그리게 한 거예요. 여기 오는 다른 모든 사람처럼 저 사람도 터무니없이 허영심이 많으니까요. 하지만 나도 허영심이 많아요. 그리고 내가 당신 마음에 들지 않는다니 참 섭섭해요."

그녀의 마지막 말에 대해 K는 대답 대신 레니를 꼭 껴안고 끌어당겼다. 그녀는 가만히 그의 어깨에 머리를 기댔다. 그러나 그는 덧붙여 말했다.

"어떤 지위에 있는 사람인가요?"

"예심판사예요."

그녀는 자기를 끌어안고 있는 K의 손을 잡고는 손가락을 만지작거렸다.

"또 겨우 예심판사야."

K는 실망하여 말했다.

"고관들은 숨어 있는 모양이지. 하지만 저 사람은 왕좌 같은 의자에 앉아 있는데."

"모두 조작이에요."

레니는 K의 손 위로 얼굴을 숙이며 말했다.

"사실은 부엌 의자 위에 낡은 말안장 덮개를 올려놓고 앉아 있는 거예요. 하지만 도대체 당신은 계속 소송에 대해서 생각해야만 하겠어요?"

그녀는 천천히 덧붙였다.

"아니, 천만에요. 오히려 너무 생각하지 않는 것 같은데."

"그건 당신 잘못이 아니에요. 듣기에는 당신이 너무 고집이 세다고 하던데요."

"누가 그런 말을 했죠?"

K는 이렇게 묻고 자신의 가슴에 닿은 여자의 몸을 느끼며, 단단히 땋아 올린 풍성한 검은 머리를 내려다보았다.

"그런 말을 하면 너무 많이 누설하는 게 돼요. 이름은 묻지 마세요. 하지만 당신의 잘못은 버리고, 이제는 너무 고집을 부리지 말아야 해요. 이 재판에는 항거할 수 없고 자백을 해야만 해요. 다음번에는 자백을 하세요. 그렇게 해야만 빠져나갈 가능성이 생기거든요. 그렇게 해야만 말이에요. 하지만 그것도 다른 사람의 도움 없이는 불가능한데, 거기에 대해서는 걱정하지 마세요. 내가 다 해드릴 테니까요."

"당신은 이 재판에 대해서나 거기에 필요한 속임수 등을 잘 알고 있군요."

K는 세게 달라붙는 여자를 무릎 위로 끌어올렸다.

"이러니까 좋아요."

그녀는 스커트의 주름을 펴고 블라우스를 바로잡으며 K의 무릎 위에서 자세를 편하게 했다. 그러더니 두 손으로 그의 목에 매달려서 몸을 뒤로 젖히고는 한참 동안 그를 쳐다보았다.

"그래, 내가 자백하지 않으면 당신은 나를 도울 수 없나요?"

K는 시험 삼아 물어보았다.

'여자들이 모두 나를 도우려고 달려드는군.'

그는 이상하게 생각했다. 우선 뷔르스트너 양, 그다음에는 재판소 정리의 아내, 그리고 이번에는 이 자그마한 간호사. 이 여자는 내게 이해할 수 없는 욕망을 품고 있는 것 같다. 마치 유일한 보금자리인 양 내 무릎 위에 버젓이 앉아 있지 않은가!

"안 돼요."

레니는 천천히 머리를 흔들었다.

"당신을 도울 수 없어요. 하지만 당신은 내 도움을 전혀 원하지 않아요. 당신은 아무것도 중요하게 생각하지 않아요. 당신은 고집쟁이여서 남의 말은 듣지도 않아요."

잠시 후 그녀가 물었다.

"애인 있으세요?"

"아니요."

"오, 있을 거예요."

"그래요, 사실은, 아니라고 했지만 사진까지 갖고 있죠."

그녀가 조르는 바람에 그는 엘자의 사진을 보여주었다. 그녀는 그의 무릎 위에서 허리를 구부리고 사진을 유심히 살폈다. 스냅사진으로, 엘자가 술집에서 잘 추는 원무가 끝난 다음에 찍은 것이었다. 스커트는 원을 돌 때 펼쳐진 채로 아직 몸에 감겨 있고, 꼭 잡아맨 허리에 두 손을 대고, 목을 쭉 빼고 웃으며 옆을 바라보고 있었다.

누구를 보고 웃는지 이 사진으로는 알 수가 없었다.

"허리를 꼭 조였군요."

레니는 그렇게 보이는 곳을 가리켰다.

"이 여자는 내 맘에 들지 않아요. 야무지지 못하고 거칠어 보여요. 하지만 어쩌면 당신에게는 부드럽고 다정하게 대하겠죠. 사진을 봐도 다 알 수 있어요. 이렇게 키가 크고 튼튼한 여자는 흔히 부드럽고 다정하게 구는 것밖에는 모르죠. 하지만 당신을 위해서 자신을 희생할 수 있을까요?"

"아니요. 이 여자는 부드럽지도 다정하지도 않고, 나를 위해서 희생하지도 못할 거예요. 지금까지 내가 그녀에게 그런 것을 요구한 적

도 없지만. 사실 이제까지 한 번도 이 사진을 당신처럼 자세히 본 적
도 없어요."

"그렇다면 당신은 이 여자에 대해 별로 관심도 없군요. 그렇다면
이 여자는 당신의 애인이 아니에요."

"애인이에요. 내 말을 취소하지 않겠어요."

"그럼 이 여자가 지금은 당신의 애인일지 모르지만, 이 여자를 보
내고, 다른 여자를, 예를 들어 나를 애인으로 바꿔도 이 여자를 별로
그리워하지는 않겠지요."

"물론이죠."

K는 미소를 지으며 말했다.

"그렇게 생각할 수도 있지만, 이 여자는 당신에 비해서 큰 장점이
있어요. 이 여자는 내 소송에 대해서 아무것도 모르고 있고, 또 안다
해도 거기에 대해 생각하지 않을 거예요. 내게 고집 부리지 말라고 타
이르려 들지도 않을 테고."

"그건 장점이 아니에요. 이 여자에게 무슨 다른 장점이 없는 한 나는
용기를 잃지 않겠어요. 이 여자에게 무슨 신체적인 결함은 없나요?"

"결함?"

"네. 난 말하자면 이런 작은 결함이 있어요. 보세요."

그녀는 오른손의 가운뎃손가락과 네 번째 손가락을 벌렸는데 그
사이의 피막이 짧은 손가락의 끝마디까지 올라와 있었다. 어두워서
K는 그녀가 보여주려는 게 뭔지 금방 알 수 없었다. 그래서 그녀는 K
가 그것을 만질 수 있도록 그의 손을 거기로 가져갔다.

"이 무슨 자연의 장난인가."

K는 손을 보고 나서 덧붙였다.

"얼마나 귀여운 갈퀴발톱인가!"

K가 감탄하면서 두 개의 손가락을 자꾸 벌렸다 오므렸다 하는 것을 레니는 일종의 자부심을 갖고 바라보았다. K는 그녀의 손에 살짝 키스를 하고 놓아주었다.

"오!"

그녀가 곧 외쳤다.

"나한테 키스했군요!"

입을 벌린 채 그녀는 재빨리 그의 무릎으로 기어 올라왔다. K는 깜짝 놀라 그녀를 쳐다보았다. 그녀가 가까이 오자 후추같이 맵고 자극적인 냄새가 났다. 그녀는 그의 머리를 안고 몸을 굽히더니 목을 깨물고 키스하고, 머리카락까지 깨물었다.

"당신은 애인을 나로 바꾼 거예요!"

그녀는 때때로 이렇게 외쳤다.

"보세요, 이제는 나로 바꿨어요!"

그때 그녀의 무릎이 미끄러져서 그녀는 낮은 비명을 지르며 양탄자 위로 떨어지려 했다. K는 그녀를 붙잡으려고 끌어안았지만 오히려 그녀에게 끌려가고 말았다.

"이제 당신은 내 거예요. 여기 열쇠가 있으니까 오고 싶으면 언제든지 오세요."

이것이 그녀의 마지막 말이었다.

그리고 문을 나서는 그의 등에 마구 키스했다. 현관을 나서자, 비가 부슬부슬 내리고 있었다. 창문 옆에 있는 레니를 다시 한번 볼 수 있지 않을까 해서 그는 길 한가운데로 가려 했다. 그때 집 앞에 서 있던 자동차에서, K는 딴 데 정신이 팔려서 거기 자동차가 있는지 알아차리지도 못했는데 숙부가 뛰어나오더니 그의 팔을 붙잡고는 처박기라도 할 듯이 현관문으로 그를 밀어붙였다.

"이 자식아!"

그가 외쳤다.

"도대체 어떻게 그런 짓을 할 수 있냐! 그런대로 잘 되어가던 네 일을 다 망쳐버렸어. 보잘것없는 그런 더러운 년한테 기어들어 가서 몇 시간 동안이나 나타나지 않다니. 게다가 그년은 변호사의 정부인 것 같던데. 무슨 구실도 없이, 감추지도 않고 아주 드러내놓고, 그년한테 가서 처박혀 있었어. 그동안 우리는, 너를 위해 애쓰는 이 숙부, 너를 위해 우리 편으로 만들어놓지 않으면 안 될 변호사, 누구보다 현 단계에서 네 사건을 좌우할 훌륭한 사무국장이 모여 앉아 있었지. 어떻게 하면 너를 구할 수 있을까 하고 상의하려 했고, 나는 변호사를 신중하게 대해야 했고, 변호사는 변호사대로 또 사무국장에게 그래야 했어. 그리고 너는 어느 모로 보나 나를 지원해야 하지 않았는가 말이다. 그런데 그러기는커녕 넌 어디론가 가버렸어. 결국 숨길 수도 없는 사실이지만 그 사람들은 점잖고 노련한 사람들이어서 거기에 대해선 아무 말도 하지 않고, 나를 감싸주었지. 하지만 그 사람들도 결국 더는 참을 수 없고, 그 일에 대해서 말할 수도 없으니까 입을 다물고 말았어. 우리는 몇 분 동안이나 묵묵히 앉아서 마침내 네가 돌아오지 않을까 하고 귀를 기울이고 있었지. 하지만 모두 허사였어. 원래 생각했던 것보다 훨씬 오랫동안 앉아 있던 사무국장이 드디어 자리에서 일어나 작별인사를 하고, 나를 도와주지 못해 미안하다고 하고, 말할 수 없이 친절한 태도로 문간에서 또 한참 동안이나 기다리다가 가버렸어. 그분이 가버렸기 때문에 물론 나는 한시름 놓았지. 숨이 막힐 지경이었으니까. 환자인 변호사로서는 모든 일이 더욱 괴로웠을 거야. 내가 작별인사를 할 때도 그 착한 친구는 전혀 말을 못 하더구나. 너 때문에 그는 완전히 지쳤어. 넌 네가 힘을 빌리지 않을 수

146

없는 사람의 죽음을 재촉한 거야. 그리고 이 숙부를 이렇게 비를 맞으며, 만져봐라, 흠뻑 젖었어, 몇 시간 동안이나 기다리게 하고, 근심걱정으로 애태우게 했어."

7. 변호사 · 공장주 · 화가

어느 겨울날 오전, 밖에는 흐린 날씨에 눈이 내리고 있었다. 아직 이른 시간인데도 이미 몹시 지친 K는 사무실에 앉아 있었다. 최소한 말단 직원들이라도 피해볼 생각으로, 중요한 일을 하고 있으니까 아무도 들여보내서는 안 된다고 사환에게 일러두었다. 그러나 일은 하지 않고, 의자의 방향을 돌려서는 책상 위의 몇 가지 물건을 천천히 밀어놓았다가 자기도 모르는 사이에 팔을 책상 위로 쭉 뻗치고 머리를 숙이고 꼼짝하지 않고 있었다.

소송에 대한 생각이 그의 머릿속에서 떠나지 않았다. 변론서류를 작성해서 재판소에 제출하는 것이 좋지 않을까 하고 자주 생각했다. 거기에 간단히 약력을 쓰고, 비교적 중요한 사건 하나하나에 대해서는 어떤 이유로 자기가 그런 행동을 취했는지, 지금 판단해보면 그런 행동은 비난받아야 하는지, 또는 타당하다고 인정받을 수 있는지, 또 그 이유는 무엇인지를 설명하려고 했다. 아무래도 이의가 있을 수 있는 변호사의 단순한 변론에 비해서 이러한 변론 서류가 도움이 되리라는 것은 의심할 여지가 없었다. 사실 변호사가 어떤 계획을 세우고 있는지 K로서는 전혀 알 수 없었다. 아무튼 대단한 계획은 아닐 것이다. 벌써 한 달 동안이나 그는 K를 부르지 않았고, 이미 몇 차례 만나서 이야기했을 때도 변호사가 그에게 큰 도움을 줄 것 같은 인상은 받지 못했다.

무엇보다도 변호사는 그에게 전혀 질문을 한 적이 없었다. 지금 이 일에는 물어볼 것이 너무나 많은데도. 자세한 내용을 묻는 게 가장 중요한 일이었다. K 자신이 필요한 온갖 질문을 열거할 수 있을 것 같은 생각이 들었다. 그런데 변호사는 묻지는 않고 자기 혼자 말하거나 아무 말도 없이 마주 앉아서, 아마 귀가 어두워서인지 책상 위로 약간 몸을 굽히고는 수염 한 가닥을 잡아당기며 양탄자를 내려다보고 있었는데 거기는 바로 K가 레니와 같이 누워 있던 자리인 것 같았다. 이따금 그는 아이들에게나 하는 쓸데없는 충고를 몇 가지 K에게 하곤 했다. 그 이야기는 아무 소용도 없고 지루하기만 했기 때문에 K는 소송이 끝나도 사례비를 한 푼도 주지 않을 생각이었다. 변호사는 그를 충분히 낙담하게 했다고 생각한 다음에는 으레 다시 그의 용기를 약간 북돋워주려 했다.

자기는 이미 이와 비슷한 여러 소송에서 전적으로 혹은 부분적으로라도 이겼다고 늘어놓았다. 사실 이번보다 덜 힘들었을지는 몰라도 외견상으로는 훨씬 절망적인 소송들이었다. 그 소송들의 기록은 이 서랍 안에 들어 있는데 (그는 책상 서랍 하나를 두들겼다) 미안하지만 이러한 문서는 공무상의 비밀이기 때문에 보여줄 수 없다. 그러나 이 모든 소송에서 그가 얻은 풍부한 경험은 이제 당연히 K를 위해 도움이 될 것이다. 물론 그는 곧 일에 착수했으며, 첫 번째 청원서는 이미 거의 다 작성됐다. 변호사측에서 주는 첫인상은 종종 소송의 방향을 결정짓기 때문에 이 서류는 매우 중요하다. 유감스럽게도 이 청원서를 재판소에서 전혀 거들떠보지도 않는 일이 가끔 있다는 것을 K에게 말해두지 않을 수 없다. 재판소에서는 청원서를 그냥 다른 서류들 사이에 넣어두고는 우선 피고를 심문하고 감시하는 것이 갖가지 서류보다 더 중요하다고 말하곤 한다. 그리고 신청인이 독촉하면 재판소 측에서는 모든 자료가 수집되는 대로 물론 다른 서류들과 함께 이 청원서도 판결을 내리기 전에 자세히 검토하겠다고 말한다. 그러나 유감스럽게도 대개는 그렇지 못하고, 첫 청원서는 대개 다른 데에 잘못 두거나, 아예 완전히 없어지고 만다. 그리고 청원서가 나중까지 남아 있는다 해도, 물론 변호사가 소문으로 들은 것뿐이지만, 재판소에서는 전혀 읽지 않는다고 한다. 이 같은 사실은 모두 애석하기는 하지만 전혀 부당한 것도 아니다. 재판 과정이 공개되어서는 안 되고, 재판소에서 필요하다고 생각할 때에만 공개하는데, 법률에 공개하라고 규정되어 있지는 않다는 점을 K는 유념해주기 바란다. 그렇기 때문에 재판소측의 문서, 특히 기소장은 피고나 변호인이 볼 수 없다. 따라서 첫 청원서를 무엇에 대해 써야 하는지 일반적으로 모르거나 적어도 정확하게 알지 못하기 때문에, 청원서가 사건에 중요한 무엇을 지적하게 된다면 순전히 우연일 뿐이다. 정말로 적중하고 논거가 뚜렷한 청원서라는 것은 후에 피고를 심문하는 동안 개개의 공소 사실과 그 이유가 좀 더 확실히 드러나거나 혹은 추측할 수 있을 때에야 비로소 작성할 수 있는 것이다. 이러한 사정으로 볼 때 당연히 변호인은 매우 불리하고 어려운 입장에 있다.

그러나 그것 역시 원래 그렇게 되어 있는 것이다. 말하자면 변호인은 법률에 따라 원래 허용된 것이 아니라 단지 묵인되고 있는 것일 뿐이며, 적어도 묵인은 된다는 것을 해당 법률 조문에서 밝힐 수 있는

지조차 논쟁의 여지가 있는 것이다. 따라서 엄밀히 말하자면 재판소에서 공인한 변호사란 없고, 이 재판소에 변호사로 나오는 사람은 사실은 모두 무면허 변호사이다. 이러한 사실은 물론 전체 변호사들에게 매우 수치스러운 영향을 미친다. K가 다음에 재판소 사무국에 가게 되면 그런 사실을 알아두기 위해 변호사 사무실을 한번 구경하라. 거기 모여 있는 사람들을 보면 아마 깜짝 놀랄 것이다. 그들에게 배당된 좁고 천장이 낮은 방만 보아도 재판소에서 그들을 얼마나 하찮게 여기는지 알 수 있다. 그 방은 조그만 통풍창을 통해서만 햇빛이 겨우 들어오는데 창문이 너무 높이 달려 있기 때문에 밖을 내다보려면 우선 동료 하나를 찾아서 그 사람의 등을 디디고 올라서야 한다. 게다가 창밖에 얼굴을 내밀었다가는 바로 눈앞에 있는 굴뚝에서 나오는 연기가 코로 들어오고, 얼굴이 새까맣게 된다. 이런 상태의 예를 한 가지만 더 든다면, 그 방의 바닥에는 1년 이상이나 전부터 구멍이 하나 뚫려 있는데, 사람이 빠질 정도는 아니지만 그래도 발 하나는 빠질 만한 구멍이다. 그런데 변호사 사무실은 다락 2층에 있기 때문에 누가 그 구멍에 빠지면 다리가 그 1층 다락으로 뻗쳐 나온다. 더욱이 거기는 바로 소송 당사자들이 대기하는 복도이다. 변호사들이 이러한 상태를 수치스럽다고 하는 것은 지나친 말이 아니다. 당국에 호소해도 아무 소용이 없었고, 변호사들이 방 안의 무엇이든 자비(自費)로 수리하는 것도 엄격히 금지되어 있다.

그러나 변호사들을 이같이 대우하는 것도 다 이유가 있다. 될 수 있는 대로 변호인을 배제하고 피고 자신이 모든 일을 감당하게 하려는 것이다. 근본적으로 나쁜 생각은 아니지만, 그렇다고 재판소에서 피고에게 변호사가 필요 없다고 결론을 내리는 것은 아주 잘못된 생각이다. 그와는 반대로 재판소만큼 변호사가 필요한 곳도 없다. 말하자면 소송과정은 일반 사람들에게만 비밀인 게 아니라, 피고에게도 비밀로 되어 있다. 물론 비밀로 할 수 있는 한도 내에서이기는 하지만 매우 광범위하게 비밀로 하고 있다. 즉, 피고도 재판 서류들을 볼 수 없고, 심문을 받고 나서 그 근거가 되는 서류를 추측하는 것도 매우 어려운 일이다. 특히 당황하고 온갖 근심에 싸여 정신이 없는 피고로서는 더욱 어려운 일이다. 그래서 이때 변호사가 개입하는 것이다. 일반적으로 심문에는 변호인이 입회할 수 없으며 심문이 끝난 후에, 될 수 있으면 예심실 문 앞에서 기다리고 있다가 피고한테서 심문에 대한 내용을 캐묻고, 그때 피고의 진술은 이미 매우 모호해지기 십상이지만 거기에서 변호에 도움이 될 만한 것을 찾아내야 한다. 그러나 이것이 가장 중요한 일은 아니다.

왜냐하면 이런 방법으로는 많은 것을 알아낼 수 없기 때문이다. 물론 언제나 그렇듯이 유능한 사람이라면 이 경우에도 다른 사람들보다는 더 많이 알아내겠지만. 그러나 가장 중요한 것은 변호사의 개인적인 연줄로서, 이것이야말로 변호의 중요한 가치이다. K도 이미 경험했겠지만 재판소의 최하부 조직은 전혀 완벽한 것이 아니어서, 의무를 잊고 매수당하는 직원들이 있기 때문에 재판소의 엄중한 보안 조치에도 구멍이 나는 것이다. 바로 여기에 많은 변호사가 밀고 들어가서 매수도 하고 비밀을 캐내기도 한다. 사실 전에는 서류를 훔치는 일까지 있었다. 이렇게 해서 잠시 피고에게 놀랄 만큼 유리한 결과가 얻어진다는 것도 부정할 수 없다. 비열한 변호사들은 이런 일을 자랑하고 다니며 새로운 고객을 낚는다. 그러나 소송의 속행에 그런 짓은 아무 소용이 없거나 좋은 영향을 주지 못한다. 그러나 고관들, 물론 하급 재판소의 좀 높은 관리들을 말하는 것이지만 고관들과의 적절한 개인적인 친분이야말로 진정한 가치가 있다.

이런 관계를 통해서만 당장은 눈에 띄지 않더라도 나중에는 점점 더 뚜렷하게 소송 진행에 영향을 줄 수 있다. 그런 일을 할 수 있는 변호사는 소수에 불과한데, 이 점에서 K는 매우 유리한 사람을 택했다. 나(홀트 박사) 같은 좋은 연줄을 가지고 있는 변호사는 한두 사람 있을까 말까 하다. 물론 그런 변호사들은 변호사 사무실에 나오는 사람들은 거들떠보지도 않고, 그들과 아무 관계도 갖지 않는다. 그러나 재판소 직원들과는 그만큼 더 밀접한 관계를 갖고 있다. 나(홀트 박사)는 재판소에 가서 예심판사실 앞에 앉아서 판사들이 우연히 나타나기를 기다렸다가 그들의 기분 여하에 따라, 겨우 피상적일 뿐인 성과를 얻거나, 또는 그것마저 얻지 못하고 돌아오는 신세가 될 필요가 없다. K도 직접 봤겠지만 관리들이, 그중에는 상당히 높은 관리들도 있는데 스스로 찾아와서 확실하거나 또는 적어도 쉽게 판단할 수 있는 정보를 자진해서 제공하고, 앞으로의 소송 진행에 대해서도 얘기해 준다. 게다가 어떤 경우에는 이쪽 의견을 들려주면 그들은 설득되어 그 의견을 기꺼이 받아들이기도 한다. 물론 후자의 경우에는 그들을 너무 믿어서는 안 된다. 그들은 변호에 유리한 이 새로운 의견을 확고하게 말하기까지 하고서도, 곧장 사무실로 가서는 다음 날에는 정반대되는 판결을 내릴 수도 있기 때문이다. 처음의 의도를 완전히 포기했다고 주장하고는 그보다 피고에게 훨씬 더 가혹한 판결을 다음 날 내린다는 말이다. 물론 이런 일은 막을 길이 없다. 왜냐하면 두 사람 사이에서 이야기된 것은 그저 그것으로 그칠 뿐, 변호인측에서 그들의 은혜를 입으려고 아무리 애써도 공식적인 결과에는 영향을 미칠 수 없기 때문이다. 다른 한편으로는 물론 그들이 인간애나 우호적인 감정에서만 변호사, 즉 전문적인 일에 정통한 변호사와 관계를 맺는 게 아닌 것도 사실이고, 오히려 어떤 점에서는 그들이 변호사에게 의

존하는 일도 있다. 바로 이런 점에서 처음부터 비밀 재판을 규정하고 있는 사법 조직의 결점이 나타나는 것이다. 관리들에게는 일반 대중과 유대가 결여되어 있고, 일반적이고 평범한 소송에 대해서는 준비를 잘 갖추고 있어서, 그런 소송은 거의 저절로 궤도에 따라 진행되므로 이따금 밀어주기만 하면 된다. 그러나 아주 간단한 사건들에 대해서는, 특히 힘든 사건들에 대해서와 마찬가지로 그들은 흔히 당황한다. 그들은 밤낮으로 끊임없이 법률에만 얽매여 있기 때문에 인간적인 관계에 대한 올바른 인식을 갖고 있지 못해서 그런 사건들을 대할 때는 크게 곤란을 겪기 때문이다. 그러면 그들은 조언을 얻기 위해 변호사를 찾아오고, 그들 뒤에는 사환이 따라오는데, 그전에는 그렇게도 비밀에 붙이던 서류를 들고 오는 것이다. 그들에게 좋은 충고를 해주려고 변호사가 책상 앞에 앉아 그 서류들을 검토하는 동안 그들은 여기 이 창문 앞에 서서 멍하니 골목길을 내다보고 있다. 전에는 여기서 만나리라고는 예상하지도 못했던 많은 분들을 여기 창문 앞에서 볼 수 있는 것이다. 바로 그러한 기회에 그들이 그들의 직책을 얼마나 진지하게 생각하며, 일의 성격상 극복할 수 없는 장애 때문에 얼마나 큰 절망에 빠지는지를 알 수 있다. 그들의 입장도 결코 편하지는 않으니 그들을 잘못 평가하여 그들의 처지가 편하다고 생각해서는 안 된다. 재판소의 서열과 등급은 끝이 없고, 그곳 사정에 밝은 사람조차도 완전히 파악하지 못한다. 그러나 법정에서의 소송 과정은 일반적으로 하급 관리에게는 비밀이기 때문에 그들은 자신들이 관계하고 있는 사건이 어떻게 전개될지 결코 완전히 예측하지 못한다. 따라서 재판사건이 어디서 시작됐는지 알지도 못하는 사이에 그들의 시야에 나타났다가, 어디로 가는지 알지도 못하는 사이에 사라져버린다. 그러므로 개개의 소송 단계를 연구해서 최종 결정과 그 이유를 알아낼 수 있는 지식은 이들 관리들의 손에는 들어가지 않는다. 그들은 법률이 그들에게 규정하고 있는 소송 부분에만 관여할 수 있고, 그 이상의 일, 즉 그들 자신이 한 일의 결과에 대해서는, 대체로 소송이 거의 끝날 때까지 피고와 관계를 맺고 있는 변호인만큼은 알지 못한다. 그러므로 이 점에서도 그들은 변호인에게서 가치 있는 많은 사실을 들을 수 있는 것이다.

이러한 모든 일을 생각할 때 K는 소송 당사자들에 대해서, 누구나 이러한 경험이 있지만 이따금 모욕적인 태도를 보이는 관리들의 신경질을 이상하게 생각할 것이다. 관리들은 모두 화가 나 있다. 태연하게 보일 때에도 그렇다. 물론 시시한 변호사들은 특히 더 많이 그 때문에 괴로움을 당한다. 예컨대 다음과 같은 이야기가 있는데, 상당히 사실인 것 같다. 착하고 조용한 늙은 관리가 변호사의 청원서로 굉장히 뒤헝클어진 어려운 재판 사건을 밤낮으로 쉬지도 않고 검토했다. 이런 관리들은 사실 다른 누구보다도 부지런하다. 24시간 동안 별로 성과도 올리지 못한 일을 마치고 아침 무렵에 출입문으로 가서 뒤에 숨어 있다가, 안으로 들어오려고 하는 변호사들을 모두 계단 밑으로 밀어 던졌다. 변호사들은 계단 밑에 모여서 어떻게 해야 할지 의논했다. 한편으로는 들여보내달라고 요구할 권리가 없었기 때문에 그 관리에 대해서 합법적인 수단을 강구할 수도 없고, 이미 말한 바와 같이 관리들과 반목하는 일은 삼가야 했다. 그러나 다른 한편으로는 재판소에 들어가지 않은 날은 하루를 허비해버리는 게 되므로 꼭 안으로 들어가야 했다. 결국 그들은 그 늙은 관리를 지치게 만들기로 합의했다. 변호사들은 계속해서 한 사람씩 계단을 올라가서, 물론 소극적이지만 가능한 한 저항을 하다가 떠밀려 내려오면 동료들이 그를 붙잡아주었다. 이런 일이 한 시간가량이나 계속되자, 밤을 새워 일해 이미 지친 노인은 정말 녹초가 돼서 사무국으로 돌아가버렸다. 밑에 있던 사람들은 처음에는 전혀 믿지 못하고, 노인이 정말로 돌아갔는지 확인하려고 우선 한 사람을 보내서 문 뒤를 살펴보게 했다. 그러고 나서 그들은 들어갔는데, 아마 불평조차 못 했을 것이다. 왜냐하면 변호사들에게는 (아무리 보잘것없는 변호사라도 최소한 부분적으로나마 이러한 사정은 알고 있다) 재판소에 어떤 개선할 점을 제시하거나 그런 생각을 관철시킬 생각은 전혀 없기 때문이다. 그런데 매우 특기할 만한 일로, 피고들은 거의 누구나, 아주 단순한 사람까지도 소송에 발을 들여놓자마자 곧 개선책을 생각하기 시작해서, 다른 데다 쓰면 훨씬 유익할 시간과 노력을 허비하기 일쑤다. 단 하나 올바른 태도는 현실에 만족하는 것이다. 사소한 몇 가지를 개선할 수 있다 해도 어리석은 미신에 불과하며 기껏해야 나중의 다른 사건에 도움이 될지는 몰라도, 결국 당사자는 항상 복수하려고 노리고 있는 관리들의 주의를 끌어 엄청난 손해를 입게 된다. 그저 주의를 끌지 않는 게 상책이다! 아무리 이해가 가지 않아도 침착하게 행동해야 한다. 이 거대한 사법 조직은 말하자면 영원히 판가름 나지 않으며, 거기에서 독자적으로 무엇인가 변화시켜 보려다가는 발붙일 곳을 잃고 자신이 추락하게 된다. 그러나 거대한 조직은 전체가 연결되어 있으므로 사소한 방해 같은 것은 다른 곳에서 쉽사리 보충하고 심지어 어쩌면 더욱 폐쇄적이고 더욱 주의 깊고 더욱 엄격하고 더욱 사악해질지도 모르는데 그렇지 않다 하더라도 변하지 않은 채 그대로 남아 있다는 것을 이해하려고 노력해야 한다. 그러므로 일을 복잡하게 만들지 말고 변호사에게 맡겨야 한다. 비난하는 것은 별로 소용이 없다. 특히 그 이유를 완전히 파악할 수 있게 만들지 못할 때에는.

그러나 사무국장에 대한 일전의 태도로 K가 자신의 사건을 얼마나 불리하게 만들었는지는 말하지 않을 수 없다. 영향력 있는 그분은 K를 위해 무엇인가를 해줄 수 있는 사람들의 명단에서 이미 빠져버리고 말았다. 이 소송에 대해 지나가는 말로 언급하더라도 그는 일부러 못 들은 체할 것이다. 여러 가지 점에서 관리들은 정말 어린아이 같다. 관리들은, 물론 K의 행동은 유감스럽게도 그런 것이 아니었지만 악의 없는 일에도 자주 기분이 상해서 친한 친구와도 말을 하지 않고, 만나도 외면해버리며, 가능한 모든 일을 방해하려 한다. 그러다가 특별한 이유도 없이 놀랍게도, 만사가 아무 가망이 없는 것 같아 한번 해본 사소한 농담에 갑자기 웃음을 터뜨리며 화해한다. 그들과 상대하는 것은 어렵기도 하고 쉽기도 한데, 그에 대한 원칙은 없다. 가끔 놀랍게 생각되지만, 여기에서 어느 정도 성공적으로 일할 수 있는 방법을 터득하기 위해서는 그저 평범한 생활을 하는 것만으로 충분하다. 물론 누구나 그렇지만 우울한 때도 있다. 아무것도 성취한 게 없고, 처음부터 좋은 결과를 거두게 되어 있었던 소송이므로 제대로 된 것이지 도와주지 않았더라도 어차피 그렇게 되었으리라는 생각이 들고, 한편 다른 모든 소송은 분주히 돌아다니고, 갖은 애를 쓰고, 성공한 것 같아서 그렇게 기뻐했건만 지고 말았을 때에는 우울하다. 그렇게 되면 물론 확실한 것은 아무것도 없는 것 같고, 내버려두면 잘되었을 소송이 손을 대는 바람에 틀어져버렸다는 명백한 의문을 감히 부정할 수 없을 것이다. 그것도 물론 일종의 자신감이기는 하겠지만, 어차피 그때에 남는 것이라고는 자신감밖에 더 있겠는가. 오래, 그리고 만족스럽게 진행된 소송을 갑자기 손에서 빼앗길 때 변호사들이 특히 이런 발작(이것은 당연히 발작이지 그 이상 아무것도 아니다)에 휩싸인다. 이것은 아마 변호사에게 일어날 수 있는 가장 불쾌한 일일 것이다. 피고는 변호사에게 소송을 빼앗아서는 안 된다. 그런 일은 결코 일어나면 안 된다. 일단 변호사를 정한 이상 피고는 어떤 일이 일어나도 그 변호사를 떠나서는 안 된다. 일단 도움을 청해놓고는, 어떻게 혼자 해나갈 수 있겠는가? 그러므로 그런 일은 있을 수 없다. 그러나 가끔 변호사가 따라갈 수 없는 방향으로 소송이 기울어지는 수도 있다. 소송과 피고인, 그 밖의 모든 것이 변호사에게서 그냥 떨어져나간다. 그러면 관리들과 아무리 좋은 유대가 있어도 이제 소용이 없다. 왜냐하면 관리들 자신도 아무것도 모르기 때문이다. 그렇게 되면 소송이 바로, 어떤 도움도 허용되지 않고, 접근할 수 없는 법정에서 행해지며, 피고도 변호사가 만날 수 없는 곳에 있게 되는 단계에 들어선 것이다. 그리고 어느 날 집에 돌아와보면, 이 사건에 대해 가장 아름다운 희망을 가지고 온갖 노력을 다해 만들었던 청원서가 책상 위에 잔뜩 쌓여 있는 것을 발견하게 된다. 소송의 새로운 단계에서는 그러한 서류들을 법정에 보낼 수 없기 때문에 돌려보낸 것이다. 그 서류들은 아무 가치도 없는 휴지가 된 것이다. 그렇다고 해도 아직 소송에 진 것은 아니다. 전혀 그렇지 않다. 적어도 소송에 졌다고 생각할 결정적인 이유가 없고, 단지 소송이 어떻게 되어 가는지 더는 알수 없고, 앞으로도 전혀 알 수 없다는 것뿐이다. 그런데 이러한 경우는 다행히 예외적이고, 혹시 K의 소송이 이런 경우라 할지라도, 아직은 이런 단계에는 이르지 않았다. 현재로서는 아직 변호사가 활동할 기회가 얼마든지 있고, 그것을 충분히 이용하게 되리라는 것을 K는 확신해도 좋다. 이미 언급했듯이, 청원서는 아직 제출하지 않았다. 그건 급하지 않다.

유력한 관리들과 미리 의논하는 게 훨씬 더 중요하거니와 그 일은 이미 착수하고 있다. 솔직히 말하자면 여러 가지 성과를 거두고 있다. 세부사항은 미리 말하지 않는 게 훨씬 좋을 것이다. 그걸 들으면

K는 좋지 않은 영향만 받을 테고, 너무 희망에 들뜨거나, 아니면 너무 불안해할 것이다. 매우 호의적으로 말하고, 또한 기꺼이 도와주려는 태도를 보이는 사람이 있는가 하면, 그다지 호의적이지는 않지만 후원을 결코 거절하지는 않은 사람도 있다는 것만을 말하겠다. 그러므로 전체적으로 결과는 매우 만족스럽다.

다만 어떤 특정한 결론을 끌어내서는 안 된다. 예비교섭은 모두 이런 식으로 시작되며, 이 예비교섭이 어떤 가치가 있는가는 오로지 나중에 소송이 전개된 후에야 알 수 있다. 아무튼 아직은 아무것도 잃은 게 없다. 어떻게 해서든지 사무국장을 우리 편으로 끌어들이는 데에 성공하면 (그러기 위해서 벌써 여러 가지 방법을 모색하고 있다) 모든 일은 외과 의사들이 말하듯이 깨끗한 상처가 되고, 안심하고 결과를 기다릴 수 있을 것이다.

이런 이야기나 이와 비슷한 이야기를 변호사는 끝도 없이 늘어놓았다. 찾아갈 때마다 매번 그는 이런 이야기를 되풀이했다. 그때마다 진전을 보았다고는 하면서도 어떻게 진전되었다는 것인지는 한번도 알려주지 않았다. 언제나 첫 청원서를 작성하고 있다고 말하고, 다음에 올 때는 그 서류가 큰 효과를 낼 것이다. 그러나 아직 완성은 안 됐다. 예측하지 못했었는데 이제까지는 청원서를 제출하기에 매우 불리했기 때문이라고 했다. 이런 이야기에 완전히 지쳐버린 K는 여러 가지 어려움을 고려하더라도 진전이 너무나 느리다고 가끔 말하면, 변호사는 결코 느린 것이 아니다, 만일 K가 알맞은 때에 자신에게 일을 부탁했더라면 훨씬 더 진전되었을 텐데, K는 유감스럽게도 그렇게 하지 못했고, 그 때문에 단지 시간적인 문제만이 아니라 다른 많은 불리한 일이 생긴 것이라고 대꾸했다.

그 지루한 상담을 고맙게도 중단시켜준 유일한 사람은 레니였다.

언제나 눈치 있게 행동할 줄 아는 그녀는 K가 와 있을 때 변호사에게 차를 가져왔다. 그러고는 K의 뒤에 서서 변호사가 목이 타는 듯이 찻 잔 위에 몸을 깊이 수그리고 차를 따라 마시는 것을 바라보는 척하면 서 살며시 K에게 손을 내밀었다. 방 안은 아주 고요했다. 변호사는 차 를 마시고 있고, K는 레니의 손을 꼭 쥐고 있었다. 이따금 레니는 대 담하게도 K의 머리를 부드럽게 어루만지기도 했다.

"아직도 여기 있었나?"

차를 마시고 나서 변호사가 물었다.

"찻잔을 치우려고요."

레니는 마지막으로 K의 손을 다시 한번 꼭 쥐었다. 변호사는 입을 닦고 다시 기운을 내서 K에게 설교를 시작했다.

변호사는 그러한 이야기를 해서 K를 위로하려는 것이었을까, 절 망하게 하려는 것이었을까? K로서는 알 수 없었지만, 아무튼 변호사 가 훌륭한 변호를 하고 있지 않은 것만은 분명하다고 생각했다. 물론 변호사가 가능한 한 자신을 전면에 내세우려 하고, 아마도 그가 K의 소송만큼 큰 소송을 취급한 적이 없을 테지만 그가 하는 이야기는 모 두 옳은 말일 수도 있다. 그러나 그가 관리들과 개인적으로 친분이 두 텁다고 줄기차게 강조하는 것은 믿을 수 없었다. 도대체 그들이 순전 히 K에게 이롭도록 이용당할 리가 있을까? 변호사도 한 번도 잊지 않 고 단지 하급 관리들뿐이라고 밝혔는데, 그들은 소송의 결과에 따라 서 승진에 영향을 받는 종속적인 위치에 있는 자들이다. 그렇다면 그 들이 당연히 언제나 피고에게 불리한 방향으로 유도하기 위해 변호 사를 이용하지 않을까? 아마도 그들이 모든 소송마다 그러지는 않을 것이다. 분명히 그렇지는 않을 것이다. 그러나 변호사의 명예를 손상 시키지 않는 것도 중요할 테니 소송이 진행되어가면서 그들이 변호사의 활동을 위해 이익을 양보하는 경우도 분명히 있을 것이다. 그러나 정말 사정이 그렇다면 그들은 어떤 방식으로 K의 소송에 개입할 것인가? 변호사가 설명했듯이 K의 소송이 매우 어렵고 중대하며, 시작하자마자 법정에서 대단한 관심을 불러일으키지 않았는가? 그들이 어떤 일을 할지는 그다지 의심스럽지 않았다. 그 징조는 소송이 시작된 지 이미 수개월이 지났는데도 첫 청원서가 아직도 제출되지 않았고, 변호사의 진술에 따르면, 모든 게 초기단계에 있다는 점으로 알 수 있었다. 물론 이것은 피고를 마비상태에 빠지게 해서 어쩌지도 못하게 놓아두었다가 갑자기 판결을 내리거나, 아니면 적어도 피고에게 불리하게 결정된 예심판결을 상급 관청에 보낸다는 통지를 해서 깜짝 놀라게 하려는 처사였다.

K가 직접 나서는 게 절대로 필요했다. 이 겨울날 오전에, 무기력하게 머릿속을 스쳐 지나가는 온갖 생각 때문에 몹시 피로한 상태에서도 이 확신은 피할 수 없었다. 그때까지 그가 소송에 대해 품고 있던 경멸하는 태도는 이젠 사라졌다. 이 세상에서 자기 혼자 사는 것이라면 소송 같은 것은 쉽게 무시할 수 있었을 테고, 물론 그렇다면 애당초 소송이 일어나지도 않았겠지만. 그러나 지금은 숙부가 그를 변호사에게 데려갔고, 가족들 생각도 하지 않을 수 없었다. 그의 입장은 소송의 경과와 전혀 무관하지 않았다. 설명할 수 없는 어떤 만족을 느끼며 그 자신도 경솔하게 친지들 앞에서 소송에 대한 이야기를 했지만 어찌 된 일인지 다른 사람들도 다 알고 있었다. 뷔르스트너 양과의 관계도 소송 때문에 흔들리는 것 같았다. 요컨대 그에게는 소송을 받아들이거나 거부할 선택권이 없었다. 그는 소송 한가운데에 서 있는 것이며 자신을 방어해야만 했다.

그가 지쳐 있다면 곤란한 일이었다.

물론 미리 너무 지나치게 근심할 이유는 없었다. 자신이 은행에서 비교적 단시일에 높은 지위에 올라갔고, 누구한테나 그럴 만하다고 인정받았다는 것을 잘 알고 있었다. 그러한 일을 가능하게 했던 그 능력을 이제 소송 문제에 약간 돌린다면 좋은 결과를 가져오리라는 것은 의심할 여지가 없었다. 이제 무슨 일이든 해내려면 무엇보다도 행여나 자신에게 죄가 있을지도 모른다는 생각은 아예 집어치워야 했다. 아무 죄도 없다. 소송은 다름 아닌 일종의 큰 업무이다. 그가 이제까지 자주 은행에 이익이 되도록 결말을 지은 업무와 같은 것이며, 그런 업무에는 반드시 여러 가지 위험이 내포되어 있기 때문에 그 위험을 제거해야만 했다. 이 목적을 위해서는 물론 무슨 죄가 있다는 생각을 할 것이 아니라, 가능한 한 자신의 이익에 대한 생각에만 집착해야 했다. 이런 관점에서 보면 변호사에게 변호를 맡기지 않겠다고 곧, 오늘 저녁에라도 말하지 않을 수 없었다.

변호사가 한 말을 보면 이제까지 그런 일은 없었고, 아마도 모욕적인 일이겠지만, K가 아무리 애를 써도 바로 그 변호사 때문에 소송에는 방해만 된다니 참을 수가 없었다. 그러나 일단 변호사를 떼어버리면, 청원서를 곧 제출해 참작해달라고, 가능하면 매일 독촉할 생각이었다. 그러려면 물론 남들처럼 모자를 걸상 밑에 놓고 복도에 앉아 있는 것만으로는 충분치 않을 것이다. 그 자신이 직접 가거나 여자들이나 사환을 날마다 관리들에게 보내서, 창살 너머로 복도만 내다보고 있지 말고 책상에 앉아서 K의 청원서를 심사하라고 독촉해야 한다. 이러한 노력을 쉬지 않고 해야 하고, 모든 일을 조직적으로 계획하고 감시해야 한다. 재판소도 자신의 권리를 지킬 줄 아는 피고한테 한번 당해봐야 한다.

그러나 이 모든 일을 실행할 용기는 있었지만 청원서를 작성하는 일은 정말 어려웠다. 일주일 전만 해도 언젠가 이런 청원서를 스스로 작성해야 할지도 모른다는 것을 수치스럽게만 생각했지 힘든 일이라고는 전혀 생각지도 못했었다. 한번은 어느 날 오전에, 일이 한창 바쁠 때에 갑자기 모든 서류를 옆으로 밀어놓고, 시험 삼아 청원서의 요지를 적어서 그 답답한 변호사에게 보여주려고 용지를 꺼내 들었던 일이 생각났다. 그런데 바로 그 순간 부지점장실 문이 열리더니 부지점장이 큰 소리로 웃으며 들어왔다.

물론 부지점장은 K가 청원서를 작성하려 한다는 사실을 모르니까 청원서를 비웃은 게 아니라 방금 들은 농담 때문에 웃은 것이지만 K는 몹시 불쾌했었다. 그 농담을 이해시키려면 그림을 그려야 했기 때문에 부지점장은 K의 책상 위로 몸을 숙이고, K의 손에서 연필을 빼앗아 쥐고, 청원서를 쓰려던 종이 위에 그림을 그렸다.

이제 K는 더는 수치스러워하지 말고 청원서를 꼭 써야 한다고 생각했다. 사무실에서는 청원서를 쓸 시간이 나지 않을 게 거의 확실하니 집에서 밤에 써야 한다. 밤에 하는 것만으로 충분치 않으면 휴가를 받아야 한다. 다만 일을 도중에 그만둬서는 안 된다. 업무에서뿐만 아니라, 언제 어떤 경우에나 도중에 그만두는 것은 가장 어리석은 짓이다. 물론 청원서라는 것은 거의 끝이 없는 일이었다. 그다지 안달하는 성격이 아닌 사람도 청원서를 조만간 완성시킬 수는 없다고 생각하기 쉬웠다. 변호사가 태만이나 술책 때문에 청원서를 완성하지 않고 있는 반면, K는 현재의 고소 내용과 소송이 앞으로 어떻게 전개될 것인지도 모르는 채 이제까지 살아오면서 있었던 아주 사소한 행동과 사건들을 모두 기억해내서 묘사하고, 온갖 측면에서 모두 검토해야 했기 때문이다. 게다가 이런 작업은 참으로 우울한 일이었다. 아마도 이런 일은 은퇴한 후에, 머리도 유치해졌을 때에나 하면 기나

긴 날들을 보내는 데 도움이 될 일이었다. 그러나 지금 K는 모든 생각을 업무에 집중하고 있고, 직장에서는 여전히 승진가도에 있고, 벌써 부지점장에게 위협이 되고 있으며, 매순간이 아주 빠른 속도로 흘러가고, 또 짧은 저녁 시간은 젊은 사람답게 즐기고 싶기도 한데, 이같은 청원서를 써야 하니 또다시 탄식만 나왔다. 거의 무의식중에, 단지 이런 생각을 그만두기 위해 그는 대기실로 통하는 초인종에 손가락을 댔다. 초인종을 누르며 시계를 보니 11시였다. 귀중한 시간을 두 시간이나 공상을 하며 보내니 전보다 더 피곤하기만 했다. 아무튼 가치 있는 결심을 했으니 시간을 허비한 것은 아니었다. 사환들이 여러 가지 우편물과, 벌써 오랫동안 K를 기다린 두 사람의 명함을 들고 들어왔다. 사실 어떤 경우에도 기다리게 해서는 안 될 매우 중요한 고객들이었다. 왜 그들은 이렇게 좋지 않은 때에 찾아왔을까? 그들은 닫힌 문 뒤에서 어째서 부지런한 K가 귀중한 업무시간을 개인적인 일로 허비하는지 힐책하는 것 같았다. 이제까지의 일에 지치고, 앞으로 일어날 일을 맥없이 기대하며 첫 손님을 맞이하려고 K는 자리에서 일어났다.

그 사람은 키가 작고 쾌활한 신사로, K가 잘 알고 있는 공장주였다. 중요한 일을 방해해서 미안하다고 공장주가 사과하자, K 쪽에서도 너무 오래 기다리게 해서 미안하다고 했다. 그러나 K의 사과하는 말투가 기계적이고 어색했기 때문에, 만일 공장주가 자신의 용무에 열중해 있지 않았다면 틀림없이 눈치를 챘을 것이다. 공장주는 그런 것은 상관도 않고 서둘러 가방에서 계산서와 도표를 꺼내 K의 눈앞에 펼쳐놓고, 여러 가지 항목을 설명하고, 이렇게 황급히 훑어보는데도 계산이 잘못된 곳이 눈에 띄면 바로잡기도 하면서 1년 전쯤에 K가 자신과 계약을 맺은 비슷한 성질의 사업을 상기시킨 후, 이번에는 다른 은행에서 이 사업에 대해 상당히 좋은 조건을 제의하고 있다고 말하고는 입을 다물고 K의 의견을 기다렸다. 사실 처음에는 K도 공장주의 말을 경청하며 중요한 사업이라는 생각에 마음이 끌리기도 했으나, 유감스럽게도 그런 생각은 오래 가지 않았고 곧 공장주의 말을 듣지 않게 되었다. 그래도 잠시 동안은 공장주의 수다스러운 이야기에 머리를 끄덕이기는 했다. 그러나 나중에는 그것도 그만두고, 서류를 들여다보고 있는 공장주의 대머리를 바라보며 공장주가 언제쯤 자신의 말이 모두 아무 소용없다는 사실을 깨달을 것인지 자문하고만 있었다. 공장주가 입을 다물었을 때, K는 처음에는 자신이 이야기를 더 들을 수 없다고 고백할 기회를 주려고 그러는 줄 알았다. 그러나 어떤 대답에도 응수할 준비가 되어 있는 듯한 공장주의 긴장된 시선을 보자 유감스럽게도 상담이 계속되어야 한다는 것을 알았다.

그래서 K는 명령이라도 받은 듯이 고개를 숙이고 연필로 천천히 서류를 여기저기 더듬으며 이따금 손짓을 멈추고 숫자를 뚫어지게 쳐다보았다. 공장주는 K가 이의를 품는다고 추측하고, 숫자가 확실치 않아서인지 또는 결정적인 게 아니어서인지 아무튼 손으로 서류를 덮고 K에게 바싹 다가와 사업에 대한 전반적인 설명을 다시 시작했다.

"힘든데요."

K는 입술을 씰룩거리며, 서류가 가려져 있으니 파악할 수도 없다는 듯이 의자 팔걸이에 주저앉았다. 부지점장실 문이 열리며 마치 얇은 베일 뒤에서 나타나듯이 부지점장이 어렴풋이 나타났을 때에도 K는 그저 힘없이 쳐다보았다. K는 그에 대해서는 더 생각하지 않고, 곧이어 일어난 일을 매우 기쁘게 바라보았다. 공장주가 곧 의자에서 일어나 부지점장에게 달려간 것이다. K는 부지점장이 다시 가버리지

나 않을까 걱정돼서 공장주의 걸음을 열 배나 더 빨리 재촉하고 싶은 심정이었다. 그러나 괜한 걱정이었다. 두 사람은 서로 악수를 하더니 K의 책상으로 걸어왔다. 공장주는 업무주임이 일에 너무 성의가 없다고 불평하면서 K를 가리켰다. K는 부지점장의 시선을 받고 다시 서류를 들여다보고 있었다. 그리고 나서 두 사람은 책상에 기대섰다. 공장주가 부지점장을 자기편으로 끌어들이려고 애쓰고 있는 동안, K는 두 사람이 유난히 크게 느껴지며 그들이 K의 머리 위에서 바로 K자신에 대해서 상담하고 있는 듯한 생각이 들었다. 그는 위에서 무슨 일이 일어나고 있는지 살펴보려고 조심스럽게 천천히 눈을 위로 치켜뜨고, 책상에서 서류 한 장을 집어 쳐다보지는 않고 손바닥에 펴들고 자리에서 일어나 천천히 그들에게 내밀었다. 무슨 특별한 생각에서가 아니라 언젠가 그 거창한 청원서를 완성하면 속이 후련해져서 꼭 이렇게 행동할 것 같다는 느낌을 갖고 그렇게 한 것뿐이었다.

공장주의 이야기에 주의를 온통 기울이고 있던 부지점장은 업무주임에게 중요한 일이 자신에게는 중요한 일이 아니라는 듯 서류를 그저 흘끗 쳐다보고 내용은 전혀 읽어보지도 않고 K의 손에서 서류를 빼앗더니 말했다.

"고맙소, 벌써 다 알고 있어요."

부지점장은 서류를 그냥 책상 위에 도로 내려놓았다. K는 불쾌해서 그를 곁눈질로 쳐다보았다. 그러나 부지점장은 K의 태도를 전혀 알아차리지 못했는지, 아니면 그래서 신이 났는지 자꾸 큰 소리로 웃으며 교묘한 대답으로 공장주를 온통 당황케 했다가는 곧 스스로 번복하여 그의 기분을 풀어주더니 나중에는 자기 방으로 가서 일을 결말짓자고 말했다.

"매우 중요한 일이라는 걸 확실히 이해합니다."

그는 공장주에게 말했다.

"그리고 업무주임에게는 (이렇게 말하면서도 K는 쳐다보지도 않고 공장주에게만 말했다) 이 일을 덜어드리는 게 좋겠어요. 신중히 생각해야할 사안이니까요. 그런데 업무주임은 오늘 매우 바쁘기도 하거니와 여러 사람이 대기실에서 벌써 한 시간 이상이나 기다리고 있습니다."

K는 부지점장한테서 몸을 돌려서 공장주에게 친절하기는 하지만 어색한 미소를 겨우 보낼 수는 있었지만 그 이상은 아무것도 할 수 없었다. 그는 계산대 뒤에 서 있는 점원처럼 허리를 약간 굽히고 두 손으로 책상을 짚고 서서 두 사람이 이야기를 계속하며 책상에서 서류를 집어 들고 부지점장실로 들어가는 모습을 바라보았다. 공장주는 문간에서 돌아서더니 아직 작별하는 게 아니며 상담결과에 대해서는 나중에 말씀드리겠고, 또 한 가지 잠깐 전할 말이 있다고 했다. 마침내 K는 혼자 남게 되었다. 또 다른 고객을 만날 생각은 전혀 없었다. 밖에 있는 사람들이 그가 아직도 공장주와 상담하고 있으니 아무도, 심지어 사환도 들어올 수 없다고 생각하면 얼마나 좋을까 하는 생각이 막연히 떠올랐다. 그는 창가로 가서 한 손으로 손잡이를 꼭 쥐고 창문턱에 앉아 광장을 내다보았다. 눈이 아직도 내리고 있었다. 날이 조금도 개지 않았다. 그는 오랫동안 그대로 앉아 있었다. 도대체 무엇 때문에 이렇게 괴로운지 알 수가 없었다. 이따금 무슨 소리가 들리는 것 같아 흠칫 놀라 어깨 너머로 대기실 문 쪽을 바라보았다. 그러나 아무도 들어오지 않았으므로 안심하고 세면대로 가서 찬물로 얼굴을 씻었다. 머리가 좀 맑아져 창문가로 돌아왔다. 자기 힘으로 변호를 해야겠다는 결심이 처음보다 더 굳어졌다. 변호사에게 맡겨두는 한 근본적으로 K 자신은 소송과 맞부딪칠 수도 없고, 멀리서 바라보기만 할 뿐, 직접 하는 일은 아무것도 없을 것 같았다. 사건이 어떻

게 되어가고 있는지 알고 싶을 때는 알아보고, 알고 싶지 않을 때는 고개를 돌리곤 했다. 그러나 이제 자신이 직접 변호를 맡기로 하면 적어도 얼마 동안은 전적으로 재판소에 붙어 있어야만 했다. 결과적으로 나중에는 완전하고 궁극적인 자유를 얻게 되지만, 그렇게 되려면 어쨌든 당장은 지금까지보다 훨씬 더 큰 위험을 겪어야만 한다. 이 점에 대해서 의심이 갔었으나 오늘 부지점장이나 공장주와 자리를 같이하고 나니 충분히 확신을 갖게 되었다. 자기 힘으로 변호를 해보겠다는 결심에만 사로잡혀 앉아 있지 않았던가? 그러나 이 일은 장차 어떻게 될 것인가? 자신 앞에는 어떤 미래가 놓여 있을까? 이 모든 일을 결국 좋은 결말로 이끌어가는 길은 발견할 수 있을까! 신중한 변호를 하려면 (그 밖의 것은 모두 무의미하다) 가능한 한 다른 모든 문제와는 관계를 끊어야 하지 않을까? 그 문제들을 무사히 극복할 수 있을까? 그리고 그 재판이 끝날 때까지 어떻게 은행에서 견딜 수 있을까? 청원서쯤이야 휴가를 내는 정도면 되겠지만, 지금으로서는 휴가를 요청하는 것도 큰 모험이다. 청원서가 문제가 아니라 얼마나 걸릴지도 모르는 소송 전체가 문제인 것이다. K의 경력에 난데없이 이 무슨 장애란 말인가!

이런 상황에 은행 업무를 봐야 한단 말인가? 그는 책상을 바라보았다. 이런데도 고객을 맞아 상담을 해야만 한단 말인가? 소송이 계속되고 있고, 저 지붕 밑 방에서는 재판소 관리들이 이 소송에 관한 서류들을 검토하고 있는 판국에 은행 업무를 해야 한단 말인가? 은행 업무는 마치 소송과 관련되어 K를 따라다니도록 재판소에서 인정한 고문처럼 보이지 않는가? 그리고 은행에서는 그의 업무 능력을 판단할 때, 지금 그가 처한 특수한 형편을 고려해줄 것인가? 결코 아무도 그러지 않을 것이다. 물론 누가 어느 정도까지 알고 있는지는 확실치 않지만 사람들이 그의 소송에 대해서 전혀 모르는 것은 아니다. 그러나 아직 부지점장의 귀에까지 소문이 들어가지는 않은 모양이다. 그렇지 않았다면 그자는 동료 간의 의리고 인정이고 없이 K의 약점을 이용했을 것이다. 그리고 지점장은 어떠한가? 분명히 그는 K에게 호의를 갖고 있으며 소송에 대한 소문을 듣는다면 곧 할 수 있는 대로 K를 위해서 여러 가지 편의를 봐주려 할 것이다. 그러나 분명 끝까지 밀고 나가지는 못할 것이다. 왜냐하면 이제까지 균형을 이루고 있던 K의 세력이 약해지기 시작하자 지점장은 부지점장 쪽으로 점점 더 기울어지고, 부지점장은 지점장의 괴로운 처지까지도 자신의 세력을 강화하는 기회로 이용하고 있기 때문이다. 그렇다면 K는 무엇을 기대해야 할 것인가? 이런 생각이 오히려 그의 저항력을 약화시킬지도 모르지만, 착각에 빠지지 말고, 지금 이 단계에서 할 수 있는 일을 명확하게 통찰할 필요가 있었다. 특별한 이유가 있는 것은 아니지만 그저 당장은 책상으로 돌아가고 싶지 않아서 그는 창문을 열었다. 그러나 문이 잘 열리지 않아 두 손으로 손잡이를 돌려야 했다. 창문을 열자 연기 섞인 안개가 온통 방 안으로 흘러 들어와 타는 냄새가 방 안에 가득 찼다. 눈송이도 약간 날아 들어왔다.

"불쾌한 가을 날씨군요."

등 뒤에서 공장주의 말소리가 들려왔다. 부지점장과 헤어져 K의 방에 들어왔는데 알아차리지 못했던 것이다. K는 머리를 끄덕이며 공장주가 들고 있는 서류가방을 불안스럽게 바라보았다. 공장주는 부지점장과 면담 결과를 K에게 알려주려고 곧 가방에서 서류를 꺼낼 테니 말이다. 그러나 공장주는 K의 시선을 알아챘는지 서류 가방을 열지는 않고 손으로 툭툭 치며 말했다.

"어떻게 됐는지 듣고 싶으시겠죠. 이미 가방 속에 계약서가 들어 있는 거나 다름없습니다. 부지점장은 멋진 분이에요. 하지만 전혀 방심해서도 안 되죠."

그는 K와 악수를 하며 K도 같이 웃기를 바라는 것 같았다. 그러나 공장주가 서류를 보여주지 않는 게 수상하게 여겨지는 데다가, 공장주의 말이 우습지도 않았다.

"업무주임님, 날씨 때문에 그러십니까? 오늘 참 우울해 보이시는군요."

공장주가 말했다.

"네."

K는 손으로 관자놀이를 짚었다.

"골치도 아프고 집안에 걱정거리도 있어서요."

"맞습니다."

성미가 급해서 남의 말을 조용히 듣지 못하는 공장주가 말했다.

"걱정거리가 없는 사람은 없으니까요."

무의식적으로 K는 공장주를 전송하려는 듯이 문 쪽으로 걸음을 옮겼으나 공장주가 말했다.

"주임님, 잠깐 말씀드릴 게 있습니다. 오늘 같은 날 이런 말을 하면 귀찮으실까 봐 무척 염려됩니다만, 전에도 두 번이나 왔었는데 번번이 잊어버렸죠. 하지만 더 미루면 아무 소용이 없을 테고 그리 되면 애석한 일이죠. 내가 말씀드리려는 게 근본적으로 무가치한 일은 아니니까요."

K가 대답할 사이도 없이 공장주는 가까이 다가와서 손끝으로 K의 가슴을 가볍게 두드리며 나직이 말했다.

"소송 문제가 생기셨죠, 네?"

K는 뒤로 물러서며 외쳤다.

"부지점장이 그런 말을 했군요!"

"아, 아닙니다. 부지점장이 그걸 어떻게 알겠어요?"

공장주가 말했다.

"그럼 당신은?"

K는 훨씬 침착해진 태도로 물었다.

"재판소의 일이라면 여기저기서 듣습니다. 내가 말씀드리려는 것도 바로 그에 관한 겁니다."

"재판소와 관계 있는 사람이 참 많기도 하군!"

K는 고개를 숙이며 말하고 공장주를 책상 쪽으로 데리고 갔다. 그들은 아까처럼 다시 자리에 앉았다. 공장주가 말했다.

"내가 알려드릴 수 있는 게 유감스럽게도 별로 많지 않습니다만, 이런 일에서는 조금이라도 소홀히 해선 안 되니까요. 게다가 내 도움이 아무리 사소한 것일지라도 당신을 도와줘야 한다는 생각만은 간절합니다. 우린 이제까지 사업 관계로 좋은 친구가 아니었습니까? 자, 그럼."

K는 오늘 공장주와의 면담에서 자신이 보인 태도에 대해 사과하려 했으나 공장주는 자신의 말을 중단시키지 못하게 하고, 바쁘다는 표시로 겨드랑이에 끼고 있는 서류가방을 밀어올리며 이야기를 계속했다.

"당신의 소송에 대해서는 티토렐리라는 사람한테서 들었습니다. 그는 화가인데 티토렐리는 예명이고 본명은 전혀 모릅니다. 몇 해 전부터 가끔 내 사무실에 조그마한 그림들을 들고 오는데, 그는 거지나 다름없기 때문에 내가 늘 자선을 베푸는 의미에서 그림을 사주죠. 들판 풍경이나 그 비슷한 그림들인데 아무튼 괜찮은 그림들이에요. 이러한 매매가 매우 순조롭게 진행되고 피차간에 이미 익숙해졌습니다. 그런데 한 번은 너무 자주 찾아오기에 나무랐더니 여러 가지 이야기를 하게 됐고, 그가 그림만 그려서 어떻게 살아갈 수 있는지 관심이 갔는데, 놀랍게도 그의 주된 수입원이 초상화라는 것을 알게 됐습니다. 재판소 일을 맡아서 한다더군요. 그래서 어느 재판소냐고 물었더니 재판소에 대해 얘기해주더군요. 그 이야기를 듣고 내가 얼마나 놀랐는지는 당신도 아주 잘 아실 겁니다. 그 후로 그는 올 때마다 무엇이든 재판소에 관한 소식을 알려주기 때문에 나도 차츰 이 문제에 대해 어느 정도 알 수 있게 됐습니다. 물론 티토렐리는 수다스럽고, 거짓말도 하거니와 무엇보다도 나 같은 장사꾼은 내 사업 문제로도 미칠 지경이므로, 남의 일에까지 지나치게 걱정할 수도 없기 때문에 자주 그를 내쫓아버립니다. 그러나 이건 그저 지나가는 말이고, 어쩌면 티토렐리가 당신에게 약간 도움이 될지도 모른다는 생각이 들었어요. 그는 판사들을 많이 알고 있으니까 스스로는 큰 힘이 없을지라도 영향력 있는 여러 사람들에게 접근할 수 있는 방법을 가르쳐줄 수 있을 겁니다. 그리고 그의 조언 자체는 결정적인 것이 못 된다 해도 내 생각에 당신이 들어두면 매우 유익할 것 같습니다. 당신은 변호사나 다름없는 분이니까요. 나는 언제나 K주임님은 변호사나 다름없는 분이라고 말하곤 합니다. 오, 난 당신의 소송 문제에 대해 하나도 걱정하지 않습니다. 하지만 티토렐리한테 한번 가보시겠습니까? 내가 소개하면 틀림없이 할 수 있는 일은 무엇이든 할 겁니다. 정말 당신이 그에게 가봐야 한다고 생각합니다. 물론 오늘이 아니라도 언젠가 적당한 기회에 말이지요. 이것도 말씀드리지만 물론 내가 권한다고 해서 티토렐리를 꼭 찾아가야 할 필요는 없습니다. 그래요, 티토렐리의 힘을 빌리지 않아도 된다고 생각하시면 그를 완전히 무시하는 게 분명 더 좋겠지요. 어쩌면 당신은 이미 아주 정확한 계획을 세우셨을 테니까 티토렐리는 방해가 될 수도 있겠죠. 그래요, 그러면 당연히 절대로 티토렐리에게 가지 마십시오. 사실 그런 친구의 충고를 듣는 것도 인내심이 필요한 일이죠. 그럼, 마음대로 하세요. 여기 소개장과 주소가 있습니다."

K는 기운 없이 소개장을 받아 호주머니에 넣었다. 일이 아무리 잘된다 해도 이 소개장이 가져올 이익이란 공장주가 K의 소송 문제를 알고 있고, 그 화가가 소문을 퍼뜨려서 가져올 손해와는 비교할 수도 없을 정도로 작은 것이다. 공장주는 벌서 문 쪽으로 걸어가고 있었으나 K는 고맙다는 인사 몇 마디조차 할 수가 없었다.

"가보겠습니다."

문간에서 공장주와 헤어지면서 K가 말했다.

"아니면 내가 요즘 매우 바쁘니까 언제 한번 내 사무실로 와달라고 편지를 하겠어요."

"당신이 최선책을 찾아내리라는 것을 알고 있었습니다. 소송 문제를 상의하기 위해 티토렐리 같은 사람을 여기 은행으로 부르지는 않으시리라고 생각했었죠. 그런 사람에게 편지를 보내는 것도 이롭지만은 않습니다. 하지만 틀림없이 모든 문제를 충분히 생각하셨을 테고, 어떻게 할지는 잘 아시겠죠."

K는 머리를 끄덕이고 대기실까지 공장주를 따라갔다. 겉으로는 태연한 체했지만 자신이 한 말에 매우 놀랐다. 티토렐리에게 편지를 쓰겠다고 말한 것은 단지 공장주에게 소개장을 소중하게 생각하며 티토렐리와 만날 가능성에 대해 곧 생각해보겠다는 뜻을 나타내기 위해서였다. 그러나 만일 티토렐리의 도움이 가치 있는 것이라고 생각했다면 망설이지 않고 정말로 편지를 썼을 것이다. 그러나 그 결과로 생길 위험성을 공장주의 말을 듣고서야 비로소 깨달았다. 자신

의 이성은 정말 이렇게 신뢰할 수 없는 것인가? 명백한 편지를 보내서 수상한 사람을 은행으로 불러들여, 부지점장과 겨우 문 하나를 사이에 두고 있는 곳에서 소송에 관한 조언을 부탁할 정도라면 다른 위기도 깨닫지 못하고 빠져 들어갈 가능성이 아주 많지 않을까? K에게 경고해줄 사람이 언제나 곁에 있는 건 아니다. 그리고 온 힘을 다해 행동해야 할 바로 지금 자신의 조심성에 이제까지는 없었던 이런 의혹이 나타나야 한단 말인가! 은행에서 업무를 볼 때 느꼈던 어려움이 이제 소송에서도 시작된 것일까? 어떻게 티토렐리에게 편지를 써서 은행으로 부르려는 생각을 했는지 이젠 전혀 이해할 수 없었다. 그런 생각을 하며 고개를 흔들고 있을 때 사환이 옆으로 다가와 대기실 의자에 앉아 있는 세 사람을 가리켰다. 그들은 K를 만나려고 벌써 오랫동안 기다리고 있었다. 이제 사환이 K와 이야기를 하자 그들은 자리에서 일어나 기회를 놓치지 않으려고 앞 다투어 K에게 다가왔다. 은행 측에서 그처럼 불친절하게 그들을 대기실에서 오랫동안 가다리게 했기 때문에 그들도 더는 양보하지 않으려 했다.

"업무주임님."

그중 한 사람이 말했다. 그러나 K는 사환에게 외투를 가져오게 해서 사환의 도움을 받아 입으며 세 사람 모두에게 말했다.

"미안합니다, 여러분. 죄송스럽게도 지금은 여러분과 면담할 시간이 없습니다. 대단히 죄송합니다만 급한 용무를 해결하러 곧 나가봐야 하거든요. 보시다시피 너무 오랫동안 붙잡혀 있었어요. 내일이나 언제라도 다른 때에 다시 와주시겠습니까? 아니면 전화로 상의할 수도 있고요. 아니면 지금 간단히 용건을 말씀하시면 제가 서면으로 자세히 대답해드리겠습니다. 물론 다음에 와주신다면 가장 좋겠지만."

K의 제안을 듣고, 이제까지 기다린 게 완전히 헛수고가 된 손님들

은 너무 놀라서 멍하니 서로 쳐다보고만 있었다.

"그럼 그렇게 해주시겠습니까?"

K는 다시 묻고 모자를 들고 온 사환을 돌아보았다. 열려 있는 K의 방문으로 밖에서 눈이 더 심하게 내리는 게 보였다. 그래서 K는 외투 깃을 위로 올리고 목 아래까지 단추를 채웠다. 바로 그때 옆방에서 부지점장이 나오더니 외투를 입은 채 손님들과 이야기를 하고 있는 K에게 웃음을 띠고 물었다.

"지금 나가는 겁니까, 업무주임?"

"네."

K는 몸을 똑바로 세웠다.

"업무로 나가봐야 할 일이 있습니다."

그러나 부지점장은 이미 손님들 쪽을 돌아보고 있었다.

"그러면 이분들은? 벌써 오랫동안 기다리신 것 같은데."

"이미 합의를 봤습니다."

그러나 손님들은 더는 참을 수 없어 K를 둘러싸고, 중요한 용건이 아니라면 몇 시간 동안이나 기다리지 않았을 것이며, 당장 개별적으로 만나서 자세히 상의를 해야 한다고 말했다. 부지점장은 잠시 그들의 말을 듣고, 모자를 손에 들고 여기저기 먼지를 털고 있는 K를 바라보더니 말했다.

"여러분, 매우 간단한 해결책이 있습니다. 저라도 좋으시다면 업무주임을 대신해서 제가 기꺼이 상담해드리겠습니다. 물론 여러분의 용건은 곧 상의해야겠죠. 우리도 여러분처럼 사업을 하니까 사업하는 분의 시간이 소중하다는 것을 잘 알고 있습니다. 이리 들어오실까요?"

그리고 그는 자신의 사무실의 대기실로 들어가는 문을 열었다.

K가 지금 어쩔 수 없이 포기한 일을 부지점장이 모두 떠맡지 않는가! 그러나 K는 꼭 필요한 이상으로 많은 것을 포기하지는 않았는가? 확실치도 않고, 스스로 인정하기에도 지극히 옅은 희망을 안고, 잘 알지도 못하는 화가한테 달려간 동안에 은행에서는 그 자신의 신용이 회복할 수 없을 만큼 손상이 갈 것이다. 외투를 다시 벗고, 아직 나란히 앉아서 기다리고 있는 두 손님이라도 자신이 다시 맡는 편이 훨씬 나을 것이다. 그때 K의 방 책꽂이에서 부지점장이 마치 자기 것인 양 무엇인가를 찾고 있는 꼴을 보지 않았다면 K는 아마 그렇게 했을지도 모른다. K가 화가 나서 문 쪽으로 다가가자 부지점장이 외쳤다.

"아, 아직도 나가지 않았군요!"

그는 K에게 얼굴을 돌렸는데, 긴장한 얼굴에 잡힌 수많은 주름살은 그가 늙었다는 것을 나타내는 것이 아니라 오히려 활기를 나타내는 것처럼 보였다. 그는 곧 다시 서류를 찾기 시작했다.

"계약서를 찾고 있어요."

부지점장이 말했다.

"저 회사 사장님이 당신에게 계약서가 있다는데, 좀 찾아주겠어요?"

K가 한 걸음 들어섰으나 부지점장은 "그만두세요. 벌써 찾았습니다" 하면서 계약서뿐 아니라 다른 여러 가지 서류까지 들어 있는 커다란 서류철을 들고 자기 방으로 들어갔다.

"지금은 저 친구를 당할 수 없지만."

K는 혼자 중얼거렸다.

"개인적인 고민만 해결되면 정말 저 친구부터 아주 따끔하게 손을 봐야지."

그런 생각을 하자 마음이 약간 진정되었다. 그리고 아까부터 복도로 나가는 문을 열어놓고 기다리는 사환에게, 업무상의 일로 외출했다고 기회를 보아 지점장에게 전해달라고 부탁하고, 잠시 동안 자기 일에 전념할 수 있는 것에 거의 행복감을 느끼며 은행문을 나섰다.

그는 차를 타고 곧 화가에게 갔다. 화가는 재판소 사무국이 있는 곳과는 정반대 쪽 교외에 살고 있었다. 그곳은 훨씬 더 가난해 보이는 구역으로, 집들은 더 음침했고 골목길은 녹은 눈 위로 천천히 떠다니는 오물로 가득 차 있었다. 화가가 살고 있는 집에는 커다란 문이 한 짝만 열려 있었다. 다른 쪽에는 담 밑으로 구멍이 나 있었는데, K가 다가가려는 순간 마침 그 구멍으로 누렇고 연기가 나는 역겨운 액체가 쏟아져 나오고 몇 마리의 쥐가 그것을 피해 옆에 있는 도랑으로 도망갔다. 계단 밑에는 어린아이 하나가 땅 위에 엎드려서 울고 있었지만 맞은편에 있는 함석공장에서 울리는 소음이 다른 모든 소리를 지워버리고 있어 어린아이의 울음소리는 들리지 않았다. 공장의 문은 열려 있었고, 직공 세 사람이 무엇인지 모를 물건 앞에 반원으로 둘러서서 망치로 두들기고 있었다. 벽에 걸린 커다란 함석판에서 반사된 희미한 광선이 두 직공 사이로 흘러들어 그들의 얼굴과 앞치마를 비추고 있었다. K는 그 모든 것을 얼핏 보았을 뿐, 될 수 있는 대로 빨리 화가에게 몇 마디 물어보고 곧 은행으로 돌아갈 생각이었다. 만일 여기서 조금이라도 성과가 있다면 오늘 은행에서 할 일에 대해서도 좋은 영향을 미칠 것이다. 4층까지 오르자 숨이 차서 걸음을 늦추지 않을 수 없었다. 층마다 계단이 너무 높은데 화가는 맨 꼭대기 다락방에서 살고 있다고 했다. 공기도 매우 답답하고 층계참도 없는 데다가 좁은 계단 양쪽이 벽으로 막혀 있고 맨 위 몇 군데에 작은 창문이 달려 있었다. K가 잠시 걸음을 멈췄을 때 마침 어떤 방에서 소녀 몇 명이 뛰어나오더니 웃으며 계단으로 급히 올라갔다. K는 천천히 뒤따라가다가, 발이 걸려서 넘어지는 통에 뒤처진 소녀와 함께 가게 됐다. 나란히 올라가며 그는 소녀에게 물었다.

"여기 티토렐리라는 화가가 사니?"

그러자 열세 살쯤 되어 보이고 약간 곱사등이인 그 소녀는 팔꿈치로 K를 쿡 찌르며 곁눈질로 그를 쳐다보았다. 나이도 어리고 장애가 있는데도 아이는 벌써 완전히 타락해 있었다. 소녀는 웃지도 않고, 날카롭고 도전적인 눈길로 K를 뚫어지게 쳐다보았다. K는 그런 태도를 못 본 체하며 물었다.

"티토렐리라는 화가를 아니?"

소녀는 머리를 끄덕이며 제 편에서 물었다.

"무슨 일로 그러세요?"

K는 티토렐리에 대해 미리 조금이라도 알아두는 게 이로울 것같이 생각됐다.

"내 초상화를 그려달래려고."

"초상화를 그려달래려고요?"

소녀는 K가 뜻밖에 놀라운 일이나 당치도 않은 말이라도 한 듯이 입을 크게 벌리고 손으로 K를 슬쩍 쳤다. 그러고는 그렇지 않아도 너무 짧은 치마를 두 손으로 치켜올리고 온 힘을 다해 재빨리 다른 소녀들을 뒤쫓아 올라갔다. 다른 소녀들이 떠드는 소리는 높은 곳에서 이미 희미하게 사라지고 있었다. 그러나 계단이 구부러지는 다음 모퉁이에서 K는 소녀들을 다시 만났다. 그들은 분명히 꼽추소녀를 통해 K의 의도를 전해 듣고는 그가 오기를 기다리고 있었다. 그들은 계단 양쪽에 서서 K가 편안히 지나갈 수 있도록 벽에 몸을 꼭 붙이고 손으로 앞치마를 모아 쥐고 있었다. 그들의 얼굴이나 양쪽에 늘어서 있는 태도에는 천진난만함과 타락한 면이 뒤섞여 있었다. 이제 소녀들은 웃으며 K의 뒤를 따라오고 맨 앞에 선 꼽추소녀가 길을 안내했다. 그 소녀 덕분에 K는 곧 제대로 찾아갈 수가 있었다. 말하자면 K는 계속 곧장 올라가려 했는데 소녀가 티토렐리의 방으로 가려면 옆으로 난 계단으로 가야 한다고 가르쳐주었다. 그 계단은 유난히 좁고 매우 길고, 꺾여 돌아가지도 않았기 때문에 끝까지 다 보였는데 곧바로 티토렐리의 방문 앞에서 끝이 나 있었다. 문 위에 비스듬히 작은 채광창이 있어 다른 계단과는 달리 비교적 햇빛이 밝게 비치는 그 문은 페인트칠을 하지 않은 각목으로 만들어져 있었고 티토렐리라는 이름이 굵은 붓을 사용하여 빨간색으로 쓰여 있었다. 아이들을 뒤에 거느리고 K가 계단 중턱에 이르기도 전에, 분명히 발걸음 소리가 많이 들려서였겠지만, 위에서 문이 약간 열리더니 잠옷만 입은 듯한 남자가 문틈으로 나타났다. 일행이 올라오는 것을 보고 그는 "오!" 하고 외치더니 다시 사라졌다. 꼽추소녀는 기뻐서 손뼉을 쳤다. 다른 소녀들은 좀 더 빨리 올라가도록 K의 등을 밀었다. 그들이 다 올라가기도 전에 화가는 문을 활짝 열어젖히고 고개를 푹 숙이고 인사하며 들어오라고 권했다. 그러나 소녀들은 가로막았다. 소녀들이 아무리 애원을 하고 들어가려고 아무리 애를 써도 한 사람도 들여보내지 않았다. 쭉 펼친 화가의 팔 밑을 꼽추소녀만이 빠져 들어갈 수 있었지만, 화가가 뒤쫓아가서 소녀의 치마를 붙잡고 한 바퀴 돌려서 문 밖에 있는 다른 소녀들 옆에 밀어놓았다. 나머지 소녀들은 화가가 자리를 떠나 있는 동안 문지방을 넘으려 들지는 않았다. K는 이 모든 것을 어떻게 판단해야 좋을지 몰랐다. 모두가 정답게 장난을 치는 것 같기도 했다. 문 옆에 있는 소녀들은 앞뒤로 줄지어 서서 목을 길게 빼고 K로서는 알 수 없는 여러 가지 농담을 화가에게 외쳐대고, 꼽추소녀를 손에 잡고 날릴 듯이 돌려놓던 화가도 웃고 있었다. 그러고 나서 화가는 문을 닫고 K에게 다시 한번 인사를 하고 악수를 청하며 자기소개를 했다.

"화가 티토렐리입니다."

K는 밖에서 소녀들이 속삭이고 있는 문을 가리키며 말했다.

"이 집에서 매우 인기가 있으신 모양이군요."

"아, 저 장난꾸러기들!"

화가는 말하며 잠옷 맨 위 단추를 채우려 했으나 채워지지 않았다. 그는 맨발에 통이 넓고 누런 리넨 바지를 입었는데, 허리에 맨 끈 끝이 길게 늘어져 이리저리 흔들리고 있었다.

"저 장난꾸러기들은 정말 귀찮아요."

그는 말을 계속하며 맨 위 단추가 마침 떨어져 나가자 잠옷에서 손을 떼고, 의자 하나를 가져와 K에게 앉으라고 권했다.

"오늘은 없었지만 저 애들 중의 한 아이를 그린 적이 있는데, 그 뒤부터 저렇게 모두 나를 따라다닙니다. 내가 방에 있으면 허락하지 않는 한 들어오지 않지만, 내가 없을 때는 늘 적어도 한 아이는 내 방에 들어와 있죠. 내 방 열쇠를 만들어 가지고 서로 빌려주고 있답니다. 얼마나 성가신지 상상할 수도 없을 겁니다. 한번은 초상을 그리려고 어느 부인을 데리고 와서 열쇠로 문을 열었더니, 꼽추 아이가 입술을 붓으로 빨갛게 칠하고 저 책상 옆에 서 있고, 그 애가 보살펴야 할 동생들은 제멋대로 돌아다녀 온 방을 더럽혀 놓고 있었죠. 바로 어제도 밤늦게 돌아왔는데, 그 점을 감안해서 내 모습이나 방 안이 이렇게 지저분한 것을 용서하십시오. 아무튼 밤늦게 돌아와서 침대에 들어가려는데 누군가가 내 다리를 꼬집는 거예요. 침대를 들여다보고 저 애들 중 하나를 끌어냈습니다. 저 애들이 왜 이렇게 날 성가시게 하는지 알 수 없지만 내가 끌어들이지 않은 것만은 지금 당신도 보셨으니 아실 겁니다. 그 때문에 물론 일에도 방해가 되죠. 내가 이 아틀리에를 무료로 쓰고 있지 않다면 벌써 이사했을 겁니다."

그때 문 뒤에서 가냘프고 겁먹은 듯한 작은 목소리가 들렸다.

"티토렐리 아저씨, 이젠 들어가도 돼요?"

"안 돼."

화가가 대답했다.

"저 혼자도 안 돼요?"

"그래도 안 돼."

화가는 문으로 가서 자물쇠를 잠갔다. 그동안 K는 방 안을 둘러보았다. 이렇게 누추하고 비좁은 방을 아틀리에라고 부를 수는 도저히 없을 것 같았다. 큰 걸음으로 걸으면 길이와 폭이 두 걸음도 안 될 것 같았다. 마루나 벽, 천장은 모두 목재로 되어 있고, 대들보 사이에는 가느다란 틈이 나 있었다. K의 맞은편 벽 옆에 침대가 놓여 있고, 그 위에는 알록달록한 이불이 덮여 있었다. 방 한가운데 이젤 위에 놓여 있는 그림은 셔츠로 덮여 있었는데 셔츠 소매가 마루까지 늘어져 있었다. K의 뒤에는 창문이 있었는데, 안개 때문에 눈이 쌓여 있는 옆집 지붕밖에 보이지 않았다. 자물쇠를 채우느라 열쇠를 돌리는 소리가 나자 K는 곧 돌아갈 심산이었던 게 생각났다. 그래서 그는 호주머니에서 공장주의 편지를 꺼내 화가에게 내밀며 말했다.

"당신을 아는 이분이 당신 얘기를 하며 권하기에 찾아왔습니다."

화가는 편지를 대충 읽고는 침대 위에 던졌다. 만일 공장주가 티토렐리를 자기가 아는 사람이고, 자신이 베푸는 자선에 의지하고 있는 불쌍한 사람이라고 아주 분명하게 말하지 않았다면, 지금 티토렐리의 행동을 보고, 그가 공장주를 모르거나, 적어도 기억이 나지 않는 모양이라고 생각했을 것이다. 게다가 화가는 또 이렇게 물었다.

"그림을 사실 겁니까, 아니면 초상화를 부탁하시렵니까?"

K는 깜짝 놀라며 화가를 쳐다보았다. 도대체 편지에 뭐라고 쓰여 있는 것일까? K는 당연히 공장주가 그 편지에서 K가 다름 아닌 소송 문제로 문의하고 싶어 한다는 점을 화가에게 알렸으리라고 생각했었다. 너무 서둘러, 잘 생각해보지도 않고 달려온 모양이다! 그러나 지금은 화가에게 어떻게든 대답해야 했기 때문에 이젤을 힐끗 쳐다보며 말했다.

"마침 그림을 그리시는 중이군요?"

"네."

화가는 그림 위에 덮여 있던 셔츠를 편지와 마찬가지로 침대 위에 던졌다.

"초상화예요. 좋은 일거리지만 아직 완성이 안 됐어요."

우연히도, 그 그림은 틀림없이 어떤 재판관의 초상화였기 때문에 K가 자연스럽게 재판소에 대한 이야기를 할 수 있는 계기를 주었다. 그 초상화는 변호사 사무실에 있던 그림과 눈에 띄게 비슷했다. 물론 초상화의 인물은 전혀 다른 재판관으로 양쪽 뺨에 검은 수염이 텁수룩하고 뚱뚱한 사람이었다. 그리고 변호사의 서재에 있던 그림은 유화였지만, 이것은 파스텔로 흐릿하고 희미하게 그린 것이었다. 그러나 그 밖에는 다 비슷했다. 이 그림에서도 역시 재판관은 왕좌 같은 의자의 팔걸이를 꼭 붙잡고 위협적인 태도로 일어서는 중이었다. K는 "재판관이군요" 하고 말하려다 잠시 뒤로 미루고 자세히 살펴보려는 듯이 그림 가까이로 걸어갔다. 왕좌 같은 의자의 등받이 한가운데 그려져 있는 커다란 인물이 무엇인지 알 수 없었기 때문에 K는 화가에게 물어보았다. 화가는 좀 더 손질해야 한다고 대답하고 책상에서 파스텔 한 개를 가지고 와서 그 인물의 가장자리를 약간 다듬었지만 그래도 K는 알 수가 없었다. 결국 화가가 말했다.

"정의의 여신입니다."

"이제 알겠습니다. 여기 눈을 가린 안대가 있고, 여기 저울이 있군요. 하지만 발꿈치에 날개가 있어 날아가고 있지 않습니까?"

"네. 주문을 받아서 그렇게 그린 거예요. 사실은 정의의 여신과 승리의 여신을 합친 겁니다."

"그렇게 둘을 합치는 것은 좋은 결합이 아닙니다."

K는 웃음 지으며 말했다.

"정의의 여신은 움직이지 말아야 합니다. 그러지 않으면 저울이 흔들려서 공정한 판결을 내릴 수 없습니다."

"나는 주문하는 사람이 원하는 대로 그릴 뿐입니다."

"물론 그렇겠죠."

K는 화가의 기분을 상하게 하고 싶지 않아서 말했다.

"이 여신상은 의자 등받이에 그려져 있는 걸 그대로 그리셨겠죠."

"아니요. 여신상이나 의자는 보지도 못했고, 모두 상상으로 그린 겁니다. 그러나 무엇을 그려야 할지는 주문을 받습니다."

"뭐라고요?"

K는 일부러 화가의 말을 제대로 이해하지 못한다는 듯이 물었다.

"아무튼 이건 재판관 자리에 앉아 있는 재판관이죠?"

"네, 하지만 지위가 높은 재판관은 아니고, 이런 멋진 의자에는 한 번도 앉아 본 적이 없는 사람입니다."

"그런데도 이처럼 장엄한 자세로 그려달라는 겁니까? 마치 재판장 같이 앉아 있군요."

"네, 이 사람들은 허영심이 많죠. 그러나 상부에서 이렇게 그려도 좋다는 허락을 받았습니다. 누구나 어떻게 그려도 되는지 자세히 규정되어 있지요. 단지 이 그림만 보고는 복장이나 의자의 세부 사항을 판단할 수가 없습니다. 파스텔은 이런 그림에는 적합하지 않죠."

"네. 파스텔로 그리는 건 이상하군요."

"이 재판관이 원해서 그런 겁니다. 어떤 부인에게 줄 거라나요."

그림을 바라보고 있으려니 그리고 싶었는지 화가는 셔츠 소매를 걷어올리고 파스텔을 몇 개 손에 쥐었다. K는 파스텔 끝이 움직임에 따라 재판관의 머리에 불그스레한 그림자가 덧붙여 그려지고 광선처럼 화면 가장자리로 뻗어나가는 것을 바라보았다. 그림자는 점점 뚜렷해져 무슨 장식이나 높은 표지처럼 머리를 에워쌌다. 정의의 여신상 주위는 색을 알아볼 수 없을 정도로 밝게 남겨두어 그 밝은 배경 속에서 여신상은 특히 두드러져 보였다. 이제 그것은 정의의 여신도 승리의 여신도 아니고, 오히려 완전히 사냥의 여신 같아 보였다. 화가의 작업은 처음 생각했던 것보다 K의 흥미를 끌었다. 그러나 결국 이렇게 오랫동안 여기 앉아 있으면서 사실 자기 일은 아직 하나도 꺼내지 못한 것을 자책했다.

"이 재판관 이름이 뭡니까?"

갑자기 K가 물었다.

"그건 말할 수 없습니다."

화가는 대답하면서 그림 앞으로 몸을 깊숙이 굽혔다. 처음에는 아주 조심스럽게 손님을 맞이하더니 이젠 분명히 무시하고 있었다. 변덕쟁이라고 생각하면서 K는 시간을 헛되이 보낸 것에 화가 났다.

"당신은 분명 재판소의 중개인이죠?"

그러자 화가는 파스텔을 옆에 내려놓고 몸을 일으키더니 두 손을 비비며 웃음을 띠고 K를 바라보았다.

"언제나 곧 진실을 털어놓아야죠. 소개장에도 쓰여 있듯이 당신은 재판소에 대해 알아보려고 왔는데, 환심을 사려고 우선 내 그림에 대해 이야기를 한 거죠. 그러나 불쾌하게 생각하지는 않겠습니다. 그런 것이 내게는 통하지 않는다는 걸 모르셨겠죠. 오, 괜찮아요!"

K가 변명을 하려고 하자 화가는 날카롭게 가로막으며 계속했다.

"아무튼 당신 말대로 난 재판소의 중개인입니다."

K가 그 사실을 확인할 수 있는 시간을 주려는 듯이 화가는 잠시 말을 멈췄다. 문 뒤에서 또 소녀들의 목소리가 들렸다. 아마도 열쇠구멍 앞으로 몰려와서 틈 사이로 방 안을 들여다보는 모양이었다. K는 적당히 사과하려다 그만두었다. 그 때문에 화가가 화제를 돌릴지도 모르기 때문이었다. 그러나 화가가 너무 우쭐해져 다루기 힘들게 되어서도 안 되겠기에 물었다.

"그건 공인된 지위인가요?"

"아니요."

화가는 그 때문에 말문이 막혔다는 듯이 짤막하게 대답했다. 그러나 K는 화가가 입을 다물게 하지 않으려고 다시 말했다.

"그런데 공인된 사람들보다 그렇게 공인되지 않은 사람들이 흔히 더 영향력이 많더군요."

"내 경우가 바로 그렇습니다."

화가는 이마를 찌푸리며 고개를 끄덕였다.

"어제 당신 사건에 대해 공장주와 이야기했습니다. 나더러 당신을 도와주겠느냐고 묻기에 아무튼 한 번 나한테 오시는 게 좋겠다고 대답했어요. 그런데 이렇게 금방 오셔서 반갑습니다. 사건이 매우 걱정되시는 모양인데, 물론 이상할 것도 없죠. 우선 외투나 벗으시죠?"

K는 이곳에 아주 잠깐만 있을 생각이었지만 화가가 그렇게 권하자 오히려 무척 반가웠다. 방 안 공기가 점점 답답해져서 K는 이상하

게 생각하며 구석에 있는, 틀림없이 불을 피우지 않은 작은 쇠 난로를 자꾸 쳐다보았다. 방이 무더운 이유를 알 수 없었다. K가 외투를 벗고 상의 단추까지 풀자 화가는 변명하듯 말했다.

"난 따뜻해야 해요. 방 안이 아주 아늑하죠, 네? 그런 점에서 이 방은 위치가 참 좋아요."

K는 아무 대답도 하지 않았다. 그러나 그를 불편하게 하는 것은 방 안이 더워서가 아니라, 숨이 막힐 듯한 답답한 공기 때문이었다. 방 안은 오랫동안 환기를 시키지 않은 모양이었다. 화가 자신은 방 안에 하나밖에 없는 이젤 앞의 의자 앉으면서 K에게는 침대 위에 앉으라고 했기 때문에 더욱 불쾌했다. 게다가 K가 침대 가장자리에 앉아 있는 이유를 잘못 생각했는지 편히 앉으라고 권하고, K가 주저하자 직접 다가와서는 침대 안쪽 깊숙이 베개에 기대도록 K를 밀었다. 그리고 다시 자기 자리로 돌아가더니 마침내 처음으로 본질적인 질문을 하는 바람에 K는 다른 문제는 모두 잊어버렸다.

"당신은 아무 죄도 없죠?"

"네."

K는 그 질문에 대답하면서 사사로운 사람에게 대답한 것이므로 아무 책임도 뒤따르지 않을 테니 특히 기뻤다. 이제까지 그에게 이렇게 솔직하게 질문한 사람은 없었다. 이 기쁨을 한껏 맛보려고 그는 다시 덧붙였다.

"난 완전히 무죄입니다."

"그래요."

화가는 머리를 숙이고 깊이 생각하는 듯했다. 갑자기 그는 머리를 다시 들며 말했다.

"아무 죄도 없다면 문제는 아주 간단합니다."

186

K의 눈빛이 우울해졌다. 자칭 재판소 중개인이라는 사람이 아무 것도 모르는 어린애처럼 말하고 있었다.

"내가 죄가 없다 해서 문제가 간단해지지는 않습니다."

그래도 그는 웃음을 지으며 천천히 머리를 흔들었다.

"재판소에서 몰두하고 있는 갖가지 정교한 사항들이 문제입니다. 결국 원래는 아무것도 없었던 어디에선가 큰 죄를 만들어내겠지요."

"네, 네, 그래요."

화가는 K가 필요 없이 자신의 생각을 어지럽힌다는 듯이 말했다.

"하지만 당신은 죄가 없죠?"

"그렇다니까요."

"그게 핵심 문제입니다."

사실 그는 반대 이유에 영향을 받을 사람이 아니었다. 다만 그의 단호한 태도에도 그가 확신에서 그렇게 말하는 것인지, 아니면 무관심에서 그렇게 말하는 것인지 분명하지 않았다. K는 우선 그 점을 확인하고 싶어서 말했다.

"사실 당신은 재판소에 대해 나보다 더 잘 알겠죠. 나는 물론 여러 사람한테서 들은 것 이상은 모릅니다. 그러나 고소가 경솔하게 제기되지는 않으며, 일단 고소를 하면 재판소에서는 피고의 죄에 대해 굳게 확신한다는 뜻이고, 그러한 확신을 버리게 하기는 어렵다고 모두들 한결같이 말하더군요."

"어렵다고요?"

화가는 한쪽 손을 높이 흔들었다.

"절대로 불가능합니다. 차라리 내가 이 캔버스에 재판관들을 모두 그려 놓고 당신이 그 앞에 서서 자신을 변호하는 편이 실제로 재판소에 가서 하는 것보다 더 효과가 있을 겁니다."

"네."

K는 혼자 중얼거리며 화가를 그저 떠보려던 것은 잊어버렸다. 그때 문 뒤에서 다시 한 소녀가 묻기 시작했다.

"티토렐리 아저씨, 손님은 금방 가지 않을 거예요?"

"조용히 해!"

화가는 문 쪽을 향해 외쳤다.

"손님과 얘기하고 있는 걸 몰라?"

그러나 소녀는 그 정도로는 물러나지 않았다.

"손님을 그릴 거예요?"

화가가 대답하지 않자 소녀는 다시 말했다.

"그렇게 못생긴 사람은 제발 그리지 마세요."

그러자 알아들을 수는 없었지만 찬성하는 소리가 온통 뒤섞여 들렸다. 화가는 문으로 달려가서 문을 조금 열고 (애원하듯 모아 쥐고 내민 소녀들의 손이 보였다) 말했다.

"조용히 하지 않으면 모두 계단 밑으로 던져버릴 테야. 여기 계단에 앉아서 얌전히 있어."

소녀들이 금방 복종하지 않는지 화가가 다시 소리쳤다.

"계단에 앉아!"

그제야 겨우 조용해졌다.

"미안합니다."

K 쪽으로 돌아와서 화가가 말했다. K는 문 쪽은 돌아보지도 않았고, 화가가 자신을 지켜줄 생각인지, 또 어떻게 지켜줄 것인지 완전히 화가에게 맡기고 있었다. 그는 아직도 꼼짝하지 않고 앉아 있는데, 화가가 K에게 몸을 숙이고 밖에서 들을세라 그의 귀에 대고 속삭였다.

"저 아이들도 재판소에 속해 있답니다."

"뭐라고요?"

K는 머리를 옆으로 빼고 화가를 쳐다보았다. 그러나 화가는 다시 의자에 앉더니 절반은 농담처럼 절반은 설명하듯 말했다.

"모두가 다 재판소에 속해 있죠."

"미처 몰랐는데요."

K는 짤막하게 말했다. 화가의 말이 차분했기에 소녀들에 관한 이 야기로 새삼 불안해지지는 않았다. 그러나 K는 잠시 문 쪽을 바라보았다. 그 뒤에는 소녀들이 이젠 계단 위에 조용히 앉아 있었다. 다만 한 아이가 나무 틈 사이로 지푸라기를 들이밀어 천천히 위아래로 흔들고 있었다.

"재판소에 대한 지식이 아직 하나도 없는 것 같군요."

화가는 두 발을 넓게 벌리더니 발끝으로 마루를 두드렸다.

"그러나 당신은 아무 죄도 없으니까 그런 지식도 필요 없을 겁니다. 내 혼자 힘으로 당신을 구해드리죠."

"어떻게 그렇게 하시겠어요? 조금 전에 당신도 말했다시피 재판소에서는 어떤 증거도 통하지 않는다면서요."

"법정에 내놓는 증거만 통하지 않는다는 거죠."

화가는 K가 미묘한 차이를 깨닫지 못한다는 듯이 집게손가락을 내밀었다.

"그러나 그런 이유에서 공개적인 법정을 피하고 회의실이나 복도, 또는 여기 이 아틀리에 같은 곳에서라면 사정이 달라집니다."

화가의 이야기는 이제 그다지 신빙성이 없어 보이지 않았고, K가 다른 사람들한테도 들은 이야기와 상당히 일치하는 점도 많았다. 그렇다, 게다가 매우 희망적이었다. 변호사가 말한 대로, 개인적인 친분만으로 재판관들을 정말 그렇게 쉽게 주무를 수 있다면, 허영심이 강한 재판관들과 화가의 관계는 특히 중요하고, 어쨌든 결코 얕잡아볼 일이 아니었다. 그리고 화가는 K가 차츰 주위에 모아놓은 원조자들과도 아주 잘 어울렸다. 언젠가 은행에서 K의 조직력을 칭찬한 적도 있지만, 완전히 혼자서 해결해야 하는 지금이야말로 그 재능을 한껏 시험해볼 수 있는 좋은 기회였다. 자신의 설명이 K에게 얼마나 효과가 있었는지 살피고 있던 화가는 약간 불안한 어조로 말했다.

"내가 법률가인 것처럼 말하는 게 이상하지 않습니까? 재판소 사람들과 항상 교제를 하는 동안에 이렇게 되었습니다. 물론 거기서 얻는 것도 많지만 예술에 대한 열정은 많이 잃어버리게 됩니다."

"도대체 처음에 어떻게 재판관들과 인연을 맺게 됐습니까?"

곧장 일에 끌어들이기 전에 우선 화가의 신임을 얻으려고 K가 물었다.

"아주 간단합니다. 이 인연은 아버지에게 물려받은 겁니다. 아버지 때부터 재판소 화가였어요. 이 지위는 세습되기 때문에 다른 사람을 쓸 수 없습니다. 말하자면 각계각층의 관리들을 그리는 데에는 여러 가지 비밀규칙이 있기 때문에 특정한 집안 밖으로는 절대로 알려지지 않습니다. 예를 들어 저 서랍 속에 우리 아버지가 남기신 기록이 있지만 아무에게도 보여주지 않습니다. 그러나 그것을 아는 사람만이 재판관을 그릴 수 있습니다. 그러나 저 기록을 잃어버린다 해도 여러 가지 규칙을 나 혼자만이 머릿속에 간직하고 있기 때문에 아무도 내 지위를 위협할 수는 없을 겁니다. 재판관들은 모두 자신의 초상화를 예전의 위대한 재판관들의 초상화처럼 그리게 하고 싶어 하는데, 그렇게 그릴 수 있는 사람은 나밖에 없거든요."

"참 부럽군요."

K는 이렇게 말하며 은행에서 자신의 지위를 생각해보았다.

"그러니까 당신의 지위는 흔들리지 않겠군요?"

"네, 확고합니다."

화가는 자랑스럽게 어깨를 으쓱했다.

"그렇기 때문에 이따금 소송에 걸려 있는 불쌍한 사람을 도와주려는 생각도 할 수 있죠."

"그런데 어떻게 도와주죠?"

화가가 방금 말한 불쌍한 사람이 K 자신은 아닌 듯이 K가 물었다. 그러나 화가는 말머리를 돌리지 않고 말했다.

"예를 들어 당신의 경우는 전혀 죄가 없으니까 이렇게 할 생각입니다."

자신이 죄가 없다는 말이 여러 번 되풀이되자 K는 부담스러워졌다. 화가는 그런 말을 해서 소송이 원만히 해결되는 것을 전제로 도와주겠다는 것 같고, K는 그렇다면 당연히 도움 따위는 필요하지도 않지 않은가 하는 생각이 자꾸 들었다. 그러나 K는 그런 의심을 억누르고 화가의 말을 가로막지 않았다. 화가의 도움을 거절하고 싶지 않아서 도움을 받기로 결심했고, 변호사의 도움보다 화가의 도움이 훨씬 더 믿을 만해 보였다. 게다가 화가가 악의 없이 솔직하게 말했기 때문에 훨씬 마음에 들었다. 화가는 의자를 침대 옆으로 바싹 끌어당기더니 낮은 목소리로 이야기를 계속했다.

"먼저 물어봤어야 하는데 잊어버렸습니다만, 어떤 종류의 석방을 원하시죠? 세 가지 가능성이 있는데 즉, 실제적인 무죄와 형식적인 무죄 그리고 판결을 지연시키는 방법이 있습니다. 실제적인 무죄가 물론 가장 좋지만 그런 식으로 해결되게 할 만한 영향력이 내겐 없습니다. 내 생각으로는 실제적인 무죄로 만들어줄 수 있는 사람은 아무도 없습니다. 그러려면 피고가 무죄여야만 하죠. 당신은 무죄니까 그 점에만 의지하는 것도 정말 가능할 겁니다. 그러나 그런 경우에는 나뿐만 아니라 어느 누구의 도움도 필요 없죠."

정연한 이야기를 듣고 K는 처음엔 당황했으나 곧 화가처럼 나직한 목소리로 말했다.

"당신의 말은 모순된 것 같군요."

"어째서요?"

화가는 참을성 있게 묻고 미소 지으며 의자에 몸을 기댔다. 그렇게 웃는 것을 보니 K는 자신이 지금 화가의 이야기에서 모순을 발견한 것이 아니라 재판소 소송 과정 자체의 모순을 발견한 것 같은 느낌이 들었다. 그러나 물러서지 않고 그는 말했다.

"당신은 처음에 재판소에서는 어떤 증거도 통하지 않는다고 말했고, 그다음에는 이것은 공식적인 재판에 관한 일이라고 한정하더니, 이제는 죄가 없는 사람은 재판소에서 아무 도움도 필요 없다고 말했습니다. 그게 벌써 모순입니다. 게다가 아까 당신은 개인적인 교섭으로 재판관의 마음을 움직일 수 있다고 말하더니 이젠 아까 한 말을 부정하고, 당신이 실제적인 무죄라고 부르는 그 무죄 판결은 개인적인 교섭으로는 도저히 받을 수 없다고 말하고 있습니다. 그게 두 번째 모순입니다."

"그러한 모순은 간단히 설명할 수 있습니다. 지금 두 가지 문제를 이야기하고 있는 겁니다. 즉 법률에 적혀 있는 것과 내가 개인적으로 경험한 사실은 서로 다릅니다. 이 두 가지를 혼동해서는 안 됩니다. 물론 나는 법률 책을 읽은 적은 없습니다만, 법률에는 한편으론 죄가 없는 자는 무죄가 된다고 쓰여 있고, 다른 한편으론 재판관들의 마음을 움직일 수 있다고 쓰여 있지는 않겠지요. 그러나 나는 그와 정반대되는 경우를 봤습니다. 실제적인 무죄선고 같은 것은 하나도 모르지만, 재판관의 마음을 움직인 예는 많이 알고 있어요. 물론 내가 알고 있는 사건들은 모두 실제로 무죄가 아니었을 수도 있습니다. 그러나 그런 일이 정말 있을 수 있겠습니까? 그처럼 많은 사건 속에 단 하나의 무죄도 없었겠습니까? 어렸을 때부터 우리 아버지가 집에서 소송에 관해 말씀하시는 것을 들었고, 아버지의 아틀리에로 찾아오는 재판관들도 재판에 관한 이야기를 했어요. 우리 주위에서는 도대체 재판 이야기밖에 하지 않았습니다. 나 자신이 재판소에 가는 기회가 있으면 곧 언제나 그런 기회를 십분 이용해서 중요한 단계에 있는 수많은 소송을 방청하고, 볼 수 있는 한 쫓아다녔습니다. 그런데 고백하지 않을 수 없습니다만, 실제적인 무죄 선고는 본 적이 없습니다."

"그러니까 한 번도 무죄 판결이 없었군요."

K는 자기 자신과 자신의 희망을 향해 말하듯 말했다.

"당신의 얘기를 들으니 내가 이미 재판소에 대해 생각하고 있던 견해를 확인시켜줍니다. 이런 면에서도 재판소는 쓸데없는 것이에요. 사형집행인 한 사람만 있으면 재판소 전체를 대신할 수 있겠어요."

"그렇게 일반화해서는 안 됩니다."

화가는 못마땅한 듯이 말했다.

"나는 내 경험을 말했을 뿐입니다."

"그만하면 충분합니다. 혹시 오래전에는 실제적인 무죄라는 것이 있었다는 얘길 들은 적이 있습니까?"

"물론 그런 무죄 판결이 있었대요. 확인하기가 무척 힘들지만요. 재판소의 최종판결은 공개되지도 않고 재판관도 알지 못하기 때문에 오래전에 있었던 재판에 대해서는 그저 전설로나 들을 수 있을 뿐이죠. 그러한 전설에는 실제적인 무죄 판결에 대한 전설도 많이 있는

데, 믿을 수는 있겠지만 증명할 수는 없어요. 하지만 그걸 전적으로 무시해서는 안 됩니다. 그 전설에는 어느 정도 진실도 들어 있고 아주 아름다운 이야기이기도 합니다. 나 자신도 이런 전설을 소재로 해서 그림 몇 장을 그려본 일이 있습니다."

"단순한 전설이 내 견해를 바꾸지는 못합니다. 재판소에서도 그런 전설을 증거로 내세울 수는 없지 않습니까?"

화가는 웃으며 말했다.

"네, 그럴 수는 없습니다."

"그럼 그런 이야기를 하는 건 쓸데없죠."

K는 화가의 이야기가 아무리 믿어지지 않고, 다른 이야기에 모순되더라도 우선은 그의 의견을 받아들이기로 했다. 지금은 화가가 한 이야기의 사실 여부를 확인하거나 반박할 시간이 없었고, 결정적인 도움은 아니더라도 어떻게든 자신을 도와주도록 화가를 움직인 것만도 다행이었다. 그래서 그는 말했다.

"그럼 실제적인 무죄 판결에 대한 이야기는 그만두기로 하죠. 그런데 다른 두 가지 가능성도 언급하셨죠?"

"형식적인 무죄와 지연 작전 말이죠? 그 두 가지만을 고려해볼 수 있습니다. 그런데 이야기를 시작하기 전에 웃옷을 벗지 않겠습니까? 더우실 텐데."

"네."

K는 그때까지 화가의 이야기에만 정신이 팔려 있었는데 이제 더위를 느끼자 이마에서 땀이 흘렀다.

"견딜 수 없을 지경이군요."

화가는 K의 불편을 아주 잘 이해한다는 듯이 머리를 끄덕였다.

"창문을 열 수 없을까요?"

"안 됩니다. 유리만 끼워놓은 것이기 때문에 열 수 없습니다."

그제야 K는 화가가 갑자기 일어나서 창문을 열어제치기만 바라고 있었다는 것을 깨달았다. 입을 벌리고 안개라도 마시고 싶었다. 이 방에서 완전히 공기가 차단되어 있다는 것을 생각하자 어지러웠다. 그는 옆에 있는 깃털이불을 손으로 가볍게 두드리며 나직한 목소리로 말했다.

"이래서는 기분도 나쁘지만 건강에도 좋지 않습니다."

"오, 아닙니다."

화가는 창문에 대해서 변명이라도 하려는 듯이 말했다.

"유리 한 장이지만 열리지 않기 때문에 이중창보다 방 안의 온기가 더 잘 유지되죠. 나무 틈새로 공기가 얼마든지 들어오기 때문에 그다지 필요하지는 않지만 환기를 하고 싶으면 출입문 한쪽이나 양쪽 다 열면 됩니다."

이 설명을 듣고 약간 안심한 K는 또 다른 문은 어디 있는지 주위를 둘러보았다. 화가가 그것을 알아채고 말했다.

"당신 뒤에 있어요. 침대로 가려놓았습니다."

그제야 K는 벽에 붙은 작은 문을 보았다.

"이 방은 모든 게 너무 작아서 아틀리에로는 적합지 않아요."

화가는 K의 비난을 미리 막으려는 듯이 말했다.

"될 수 있는 대로 잘 배치해야 했어요. 물론 문 앞에 침대가 있는 것은 아주 나쁜 배치지요. 예를 들어 내가 지금 그리고 있는 이 재판관도 언제나 침대가 놓여 있는 저 문으로 들어오죠. 내가 없을 때에도 방 안에 들어와서 기다릴 수 있도록 내가 그에게 열쇠도 줬습니다. 그런데 그분은 대개 아침 일찍 내가 아직 자고 있을 때 찾아옵니다. 침대 옆의 문이 열리면 아무리 깊은 잠이 들어 있어도 당연히 잠이 깨게 마련이죠. 이른 아침에 침대로 올라오는 재판관을 맞을 때 내가 욕설을 퍼붓는 걸 들으면 당신도 재판관에 대한 경외심이 사라질 겁니다. 물론 열쇠를 빼앗을 수도 있겠지만 그렇게 하면 더 불쾌한 일만 생길 겁니다. 여기 문들은 조금만 힘을 줘도 문짝이 떨어지니까요."

이야기를 들으면서 K는 웃옷을 벗어야 할지 말아야 할지 생각하고 있었지만, 결국 벗지 않으면 더는 방 안에 있을 수 없으리라는 생각이 들어 웃옷을 벗고, 이야기가 끝나면 다시 입으려고 무릎 위에 올려놓았다. 웃옷을 벗자마자 한 소녀가 외쳤다.

"벌써 웃옷을 벗었어!"

그리고 소녀들이 온통 그 장면을 보려고 나무 틈새로 몰려드는 소리가 들렸다.

"저 애들은 내가 당신을 그리려고 해서 당신이 옷을 벗는다고 생각하는 거죠."

"그래요?"

K는 셔츠 바람으로 앉아 있으면서 전보다 기분이 더 좋아지지는 않았기 때문에 시큰둥하게 말했다. 그러고는 거의 투덜거리듯이 물었다.

"두 가지 다른 가능성이라는 건 뭐죠?"

K는 벌써 그 명칭을 잊어버렸다.

"형식적인 무죄와 지연 작전입니다. 어느 편을 택하실지는 당신에게 달렸습니다. 물론 힘이 안 드는 것은 아니지만, 둘 다 내가 도와드리면 성취할 수 있습니다. 형식적인 무죄는 단번에 집중적으로 힘을 써야 하는 반면에, 지연 작전은 힘은 훨씬 덜 들지만 지속적으로 노력해야 한다는 차이가 있습니다. 우선 형식적인 무죄에 대해 말씀드리죠. 이것을 원하신다면 내가 당신이 무죄라는 증명서를 한 장 쓰겠습니다. 이런 증명 서식은 우리 아버지에게서 물려받은 것이기 때문에 전혀 흠잡을 데가 없습니다. 그리고 이 증명서를 들고 내가 알고 있는 재판관들을 순회하는 거죠. 우선 내가 지금 그리고 있는 재판관이 오늘 저녁 여기에 오면 증명서를 보이겠습니다. 그리고 당신은 무죄이고, 내가 보증한다고 설명하겠어요. 그저 형식적인 보증이 아니라 실제적이고 책임지는 보증을 하는 겁니다."

화가의 눈초리에는 K가 자신에게 이런 보증의 짐을 지우는 것을 비난하는 기색이 어려 있었다.

"매우 친절하시군요. 그런데 재판관은 당신을 믿지만 그래도 내게 실제로 무죄 판결을 내리지는 않는단 말이죠?"

"그 점은 이미 말씀드렸죠. 게다가 모든 재판관이 나를 믿어주는지도 전혀 확신할 수 없습니다. 예를 들어, 본인을 직접 데리고 오라고 요구하는 재판관도 많을 텐데, 그러면 당신이 한 번 같이 가셔야 됩니다. 물론 그런 경우에는 이미 절반은 성공한 거죠. 특히 재판관을 면접할 때 어떻게 행동해야 할지를 내가 미리 자세히 알려드리거든요. 그보다 더 곤란한 것은 아예 처음부터 나를 외면하는 재판관들입니다. 그런 경우도 생깁니다. 이럴 경우 여러 가지로 노력을 해도 안 되면 단념해야 합니다. 재판관 한 사람 한 사람이 결정권을 갖고 있는 것은 아니니까 단념해도 됩니다. 이렇게 해서 증명서에 충분한 숫자의 재판관 서명을 받으면, 당신의 소송을 담당하고 있는 재판관에게 이 증명서를 가지고 가는 겁니다. 그 재판관의 서명도 얻을 수 있을지 모르죠. 그러고 나면 모든 일이 전보다 약간 더 빨리 진전될 겁니다. 그 후로는 대체로 장애도 별로 없고, 피고로서는 가장 안심할 수 있는 때입니다. 이상하지만 사실 사람들은 무죄 판결을 받은 다음보다도 이때에 더 안심합니다. 그때는 이제 특별히 애쓸 필요가 없죠. 재판관은 증명서에 많은 동료들의 서명을 받았으니 안심하고 당신에게 무죄 판결을 내릴 수 있고, 물론 여러 가지 수속을 끝낸 후에 당신은 법정을 걸어 나와 자유로워지는 겁니다. 나를 비롯해서 다른 친지들에게도 반가운 일이지요."

"그렇게 되면 난 자유로워지는 거로군요."

K는 주저하며 말했다.

"네. 그러나 형식적인 무죄에 지나지 않습니다. 또는 일시적인 무죄라고 하는 게 좋겠군요. 내가 알고 있는 사람들은 최하급 재판관들이기 때문에 최종적인 무죄 판결을 내릴 권한은 없어요. 그 권한은 최고 재판소만이 갖고 있는데, 최고 재판소는 당신이나 나나, 우리 모두가 결코 접근할 수 없답니다. 최고 재판소가 어떤지 우리는 모르고, 말이 나왔으니 말이지만, 알려고 하지도 않습니다. 아무튼 우리가 아는 재판관들은 기소된 사람을 석방할 수 있는 큰 권한은 없지만 일시적으로 놓아 줄 권한은 있습니다. 말하자면 이런 식의 무죄 판결을 받으면 일시적으로 기소에서 풀려나지만, 기소는 여전히 유효해, 상부의 명령이 있는 대로 즉시 효력이 발생하게 됩니다. 나는 재판소와 밀접한 관계를 갖고 있기 때문에 말씀드릴 수 있지만, 재판소 사무국 규정에 있는 실제적인 무죄 판결과 형식적인 무죄 판결의 차이는 순전히 피상적인 것입니다. 실제적인 무죄 판결을 받으면 소송문서는 완전히 폐기되어 법률적인 수속에서 사라지고, 기소뿐 아니라 소송과정과 심지어 무죄선고 자체도 모두 소멸됩니다. 형식적인 무죄 판결의 경우는 다릅니다. 서류상으로는 무죄 확인서, 무죄 판결문, 무죄 판결 사유서가 첨가될 뿐 다른 변화는 일어나지 않습니다. 그러나 법률적 수속은 계속되고 있어 서류는 재판소 사무국과의 끊임없는 교섭에 필요하기 때문에 상급 재판소로 넘어갔다가 하급 재판소로 되돌아오기도 하고, 오랫동안이든 잠시 동안이든 한 곳에 정체되어 있기도 하고, 멀리든 가까이든 이리저리 오가기도 합니다. 이러한 경로는 예측할 수 없습니다. 겉으로 보기에는 이따금 모든 게 오래전에 잊혀져 서류는 분실되고, 완전히 무죄가 된 것처럼 보이죠. 그러나 사정을 잘 아는 사람은 그것을 믿지 않습니다. 서류는 하나도 분실되지 않고, 재판소에서는 잊어버리는 일이 없습니다. 아무도 예측하지 못하지만 어느 날 어떤 재판관이 주의 깊게 그 서류를 손에 들고 이 사건은 공소가 아직 유효하다는 것을 확인하고, 즉시 체포명령을 내립니다. 지금 내가 한 말은 형식적인 무죄 판결이 있은 후 다시 체포할 때까지 상당한 시간이 경과한다는 것을 가정한 것인데, 물론 그럴 수도 있고, 사실 그런 경우도 봤습니다. 그러나 무죄 판결된 사람이 재판소에서 집으로 돌아가 보니 벌써 그를 다시 체포하기 위해 전권위원이 집에서 기다리고 있는 경우도 얼마든지 있습니다. 그러면 자유로운 생활은 물론 끝난 거죠."

"그럼 소송이 다시 시작되나요?"

K는 믿을 수 없다는 듯이 물었다.

"물론이죠. 소송은 다시 시작됩니다. 그러나 전처럼 형식적인 무죄 판결을 받을 가능성이 있으니 포기하지 말고 다시 전력투구해야 합니다."

아마도 마지막 말은 K가 약간 의기소침해진 것 같아 한 말일 것이다.

"그러나," 하고 K는 화가가 무슨 새로운 사실을 폭로하는 것을 막으려는 듯 물었다.

"두 번째 무죄 판결은 처음보다 힘들지 않을까요?"

"그 점에서는 뭐라 확실하게 말할 수 없습니다. 재판관들이 두 번 체포된 피고에게는 불리하게 판결하리라고 생각하시는 거죠? 그렇지 않습니다. 재판관들은 무죄 판결을 내릴 때 이미 다시 체포할 것을 예견하고 있습니다. 그러므로 이런 상황은 아무 영향을 미치지 않습니다. 그러나 그 밖의 이유로 재판관의 기분이나 사건에 대한 법률적 판단이 달라졌을 수 있으므로 두 번째 무죄 판결을 위해서는 변화된 상황에 맞춰 노력해야 하고, 대체로 첫 번째와 마찬가지로 힘껏 노력해야 합니다."

"그러나 두 번째 무죄 판결도 최종적인 것은 아니죠?"

K는 거부하듯 머리를 흔들었다.

"물론이죠. 두 번째 무죄 판결 다음에는 세 번째 체포가 뒤따르고, 세 번째 무죄 판결 다음에는 네 번째 체포가 뒤따르고, 그런 식으로 계속됩니다. 형식적인 무죄 판결이라는 말 자체가 그런 의미를 내포하는 겁니다."

K는 아무 말도 하지 않았다.

"형식적인 무죄 판결을 분명 좋아하시지 않는 것 같군요. 당신에게는 지연 작전이 더 적합할 것 같은데, 지연 작전의 본질을 설명해드릴까요?"

K는 머리를 끄덕였다. 화가는 의자 뒤로 푹 기대고, 잔뜩 벌어진 잠옷 속으로 손을 넣어 가슴과 옆구리를 쓰다듬었다.

"지연 작전이라는 것은," 하고 화가는 아주 적절한 표현을 찾는 듯이 잠시 허공을 바라보았다.

"지연 작전은 소송을 계속 최하급 단계에 붙잡아두는 것을 말합니다. 그러기 위해서는 피고와 원조자(援助者), 특히 원조자가 끊임없이 재판소와 개인적인 접촉을 해야 합니다. 다시 말씀드리자면, 형식적인 무죄 판결을 얻어낼 때만큼 노력이 들지는 않지만, 훨씬 더 큰 주의력이 필요합니다. 소송에서 계속 눈을 떼지 않고, 담당 재판관을 규칙적으로, 또 특별한 일이 있을 때마다 찾아가야 하고, 어떻게 해서든 친밀한 관계를 유지하려고 노력해야 합니다. 담당 재판관과 개인적인 친분이 없을 때에는 그 때문에 직접적인 대화를 포기하지 말고, 아는 재판관을 통해 담당 재판관의 마음을 움직여야 합니다. 이러한 점을 게을리 하지 않아야 확실하게 소송이 최초의 단계를 넘어서지 않게 할 수 있습니다. 소송이 끝나는 것은 아니지만 피고는 유죄 판결을 피할 수 있는 겁니다. 자유로운 상태와 거의 똑같이 말입니다. 형식적인 무죄 판결과는 반대로 이 지연 작전은 피고의 장래가 덜 불안하다는 장점을 갖고 있죠. 피고는 불시에 체포되어 놀라는 일을 당하지 않아도 되고, 여러 가지 상황이 매우 불리할 때에도 형식적인 무죄 판결을 받기 위해 필요한 노력과 흥분을 떠맡을 걱정을 하지 않아도 됩니다. 물론 지연 작전도 피고로서 과소평가해서는 안 될 단점이 있습니다. 피고가 결코 자유로운 몸이 될 수 없다는 점을 말하는 게 아닙니다. 그 점은 형식적인 무죄 판결의 경우도 근본적으론 마찬가지니까요. 그것 말고도 다른 단점이 있는데, 적어도 그럴듯한 이유가 없이는 소송은 정체되어 있을 수 없다는 것입니다. 그렇기 때문에 소송에서 외부로 무슨 일인가가 일어나야만 합니다. 그러므로 때때로 여러 가지 지시를 내린다든지, 또는 피고를 심문하거나 심리를 연다든지, 그 밖의 일들이 행해져야 합니다. 소송은 언제나 인위적으로 제한된 작은 범위 내에서 선회해야 합니다. 이 점은 물론 피고에게 어느 정도 불쾌감을 주지만, 너무 나쁘게 상상해서는 안 됩니다. 모든 게 그저 형식에 지나지 않고, 예를 들어 심문도 아주 간단해서, 재판소에 나갈 시간이 없거나 흥미가 없을 때는 출두하지 않아도 되고, 심지어 어떤 판사들의 경우에는 장기간의 지시사항을 사전에 같이 상의하여 정할 수도 있고, 피고이니 만큼 담당 재판관을 이따금 찾아가는 것만이 본질적으로 중요한 겁니다."

화가의 말이 끝나기도 전에 K는 웃옷을 팔에 걸치며 자리에서 일어섰다. 문 밖에서 곧 외쳤다.

"그 사람이 일어난다!"

"벌써 가시렵니까?"

화가도 자리에서 일어나며 물었다.

"분명히 공기 때문에 견딜 수가 없으신 거죠. 대단히 죄송합니다. 아직도 할 얘기가 많이 있는데. 아주 간단히 말씀드릴 걸 그랬군요. 하지만 이해하셨기 바랍니다."

"오, 그래요."

K는 억지로 이야기를 듣느라고 긴장하고 있었기 때문에 머리가 아팠다. K가 이해했다고 말했는데도, 집으로 돌아가는 K에게 위안을 줄 생각인지 화가는 모든 것을 다시 한번 요약해서 말했다.

"두 방법 모두 피고의 유죄 판결을 막는다는 공통점이 있습니다."

"그러나 실제적인 무죄 판결도 받지 못하게 되죠."

K는 그것을 깨달은 게 부끄럽다는 듯이 작은 소리로 말했다.

"당신은 문제의 핵심을 파악하셨습니다."

화가가 얼른 말했다.

K는 외투에 손을 댔으나 아직 웃옷도 입지 못하고 있었다. 될 수 있으면 옷을 모두 움켜쥐고 공기가 맑은 바깥으로 뛰어나가고 싶었다. 소녀들이 K가 옷을 입는다고 미리 저마다 소리쳤지만 K는 옷을 입을 수가 없었다. 화가로서는 K의 심중을 어떻게든 알아보는 게 중요했으므로 이렇게 말했다.

"내 제안에 대해서 아직 결정을 못 하시는 것 같군요. 당연하다고 생각합니다. 나도 서둘러 결정하지 마시라고 권하고 싶으니까요. 장점과 단점은 종이 한 장 차이입니다. 모든 것을 정확하게 판단해야 합니다. 물론 시간을 너무 허비해도 안 되지만."

"조만간 다시 오겠습니다."

K는 갑자기 결심하고 웃옷을 입고 외투는 어깨에 걸치고 급히 문쪽으로 갔다. 문 뒤에서 소녀들은 이제 비명을 지르기 시작했다. K는 그 소녀들이 문 사이로 보이는 것 같았다.

"약속을 지키셔야 합니다."

화가는 K를 따라오지 않으며 말했다.

"그러지 않으면 내가 직접 물어보러 은행으로 가겠습니다."

"문 좀 열어주세요."

K는 손잡이를 잡아당겼으나 누르는 힘이 느껴지는 것으로 보아 밖에서 소녀들이 꼭 붙잡고 있다는 것을 알 수 있었다.

"저 애들이 성가시게 굴 텐데 차라리 이 문으로 나가세요."

화가는 침대 뒤에 있는 문을 가리켰다. K는 동의하고 침대로 되돌아왔다. 그러나 화가는 문을 열지 않고 침대 밑으로 기어들어 가더니 그 밑에서 물었다.

"잠깐만 기다리세요. 그림 한 장 보시지 않겠어요? 당신에게 팔 수도 있는데요."

K는 냉정하게 굴 수 없었다. 화가는 사실 K의 일을 떠맡아 앞으로 도와주겠다고 약속했는데, K가 잊어버리고 보수 문제에 대해서 전혀 언급하지 않았으니 지금 화가의 제안을 거절할 수도 없었다. K는 아틀리에를 나가고 싶어서 초조하게 서성거렸지만 그림을 보여달라고 했다. 화가는 침대 밑에서 액자에 넣지 않은 먼지투성이 그림들을 잔뜩 꺼냈다. 화가가 맨 위의 그림의 먼지를 훅 불었을 때 K는 눈앞의

자욱한 먼지 때문에 한동안 숨이 막힐 지경이었다.

"황야 풍경입니다."

화가는 그림을 K에게 내밀며 말했다. 어두운 풀밭에 가느다란 나무 두 그루가 멀찍이 떨어져 서 있고, 배경에는 찬란한 색채로 일몰이 그려져 있었다.

"아름답군요. 사겠습니다."

K는 생각도 하지 않고 그냥 간단히 말했다. 화가가 그 말을 별로 불쾌하게 생각하지 않고 바닥에서 또 다른 그림을 집어 들었기 때문에 K는 안심했다.

"이것은 그 그림과 반대되는 그림입니다."

반대되는 그림을 그리려고 했는지는 몰라도 첫 번째 그림과 다른 점을 조금도 알아챌 수 없었다. 역시 나무와 풀밭이 있고 해가 지고 있었다. 그러나 K는 그런 것에는 괘념치 않았다.

"아름다운 풍경이군요. 두 장 다 사서 내 사무실에 걸겠습니다."

"주제가 마음에 드신 모양이군요."

화가는 또 한 장을 집어 올렸다.

"여기 비슷한 그림이 또 한 장 있으니 다행입니다."

비슷한 정도가 아니라 완전히 똑같은 풍경화였다. 화가는 낡은 그림을 팔아버리려고 이 기회를 철저히 이용하고 있었다.

"이 그림도 사겠습니다. 전부 얼마죠?"

"그 얘긴 다음에 하죠. 지금은 바쁘시고, 우린 계속 연락을 할 테니까요. 아무튼 그림이 마음에 든다니 반갑습니다. 이 밑에 있는 그림도 모두 드리겠습니다. 전부 황야 풍경뿐입니다. 나는 황야 풍경을 많이 그렸습니다. 너무 음울하다고 싫어하는 사람도 많지만 바로 음울한 그림을 좋아하는 사람들도 있습니다. 당신도 그렇고요."

그러나 K는 지금 가난한 화가의 직업적인 체험담을 들을 기분이
아니었다.

"그림을 모두 싸주세요."

K는 화가의 말을 가로막으며 외쳤다.

"내일 사환을 보내서 가져가겠습니다."

"그럴 필요 없습니다. 지금 함께 갈 짐꾼을 찾을 수 있을 겁니다."

그러고는 마침내 침대 위로 몸을 굽혀 문을 열었다.

"사양하지 말고 침대 위로 올라가세요. 이 방에 들어오는 사람은
누구나 다 그러니까요."

K는 화가가 권하지 않아도 사양할 생각이 없었으므로 이미 깃털
이불 한가운데에 한쪽 발을 올려놓고 있었는데, 열린 문으로 밖을 내
다보고는 발을 뒤로 다시 뺐다.

"저게 뭐죠?"

그는 화가에게 물었다.

"뭣 때문에 놀라십니까?"

화가도 덩달아 놀라며 물었다.

"재판소 사무실입니다. 여기 재판소 사무실이 있는 걸 몰랐습니
까? 지붕 밑 방은 거의 어디나 재판소 사무실로 사용하고 있으니까
여기라고 왜 없겠습니까? 내 아틀리에도 사실은 재판소 사무실 소유
인데 재판소에서 내게 빌려준 겁니다."

K는 여기서도 재판소 사무실을 발견한 것에 놀랐다기보다 자신이
재판소에 관해 너무 무지하다는 점에 더욱 놀랐다. 피고가 취할 태도
의 근본 규칙의 하나는 늘 준비를 하고 있어 결코 놀라지 말고, 왼편
에 재판관이 서 있다고 해서 아무 생각 없이 오른쪽을 바라보아서는
안 되는 것이라고 생각됐다. 그는 바로 이러한 원칙에 어긋나는 짓을

자꾸 저지르고 있었다. 그의 눈앞에는 기다란 복도가 뻗어 있었는데, 복도에서 불어오는 공기에 비하면 아틀리에의 공기가 훨씬 상쾌했다. K의 관할 사무국 대기실과 똑같이 여기도 복도 양쪽에 의자가 놓여 있었다. 사무국 시설에 대해 면밀한 규정이 있는 모양이었다. 지금 여기에서는 소송 당사자들의 왕래가 그리 많지 않았다. 한 남자가 반쯤 누워 얼굴을 팔에 묻고 자고 있는 것 같았다. 어두컴컴한 복도 끝에 또 한 남자가 서 있었다. K가 침대를 넘어가자 화가도 그림을 들고 그의 뒤를 따랐다. 그들은 곧 재판소 정리 한 사람을 만났다. 정리들은 모두 평상복의 보통 단추들 사이에 금단추를 달고 있기 때문에 K는 이제 정리를 모두 알아볼 수 있었다. 화가는 정리에게 그림을 들고 K를 따라가라고 부탁했다. K는 걸어가면서 더 어지러워져서 손수건으로 입을 가렸다. 출입구 가까이 이르렀을 때 소녀들이 그들을 향해 달려왔는데 이들에게 잡히면 K도 빠져나갈 수 없을 것 같았다. 소녀들은 틀림없이 아틀리에의 다른 문이 열린 것을 알고는 이쪽으로 들어가려고 복도를 돌아온 것이다.

"더는 같이 가지 못하겠군요!"

소녀들에게 떼밀려 웃으며 화가가 외쳤다.

"안녕히 가세요! 그리고 너무 오래 생각하지 마세요."

K는 뒤돌아보지도 않았다. 골목길에 나서자 그는 바로 지나가는 마차에 올라탔다. 정리를 쫓아버리는 게 문제였다. 아마 다른 사람들의 눈에는 띄지 않겠지만 K에게는 정리의 금단추가 자꾸 눈에 거슬렸다. 정리는 임무를 다하려는 듯이 마부석에 앉으려 했지만 K는 그를 떼밀어 내리게 했다. 은행에 도착했을 때는 정오가 훨씬 지나 있었다. 그림은 마차에 내버려두고 싶었으나, 언젠가 화가에게 이 그림들을 내밀며 입증할 필요가 있지 않을까 걱정됐다. 그래서 그림을 사무

실로 가져가서 최소한 며칠 동안만이라도 부지점장의 눈에 띄지 않도록 책상 맨 아래 서랍에 넣어두었다.

8. 상인 블로크 · 변호사 해약

마침내 K는 자신의 소송 대리인 변호사를 해약하기로 결심했다. 그렇게 하는 게 옳은지 의심이 전혀 안 가는 것도 아니었지만, 그럴 필요가 있다는 확신이 더 컸다. 변호사에게 가려고 한 날 K는 그 결심에 사무능력을 빼앗겨 일을 처리하는 속도가 특히 느려져 아주 늦게까지 사무실에 남아 있어야 했다. 마침내 변호사 집 문 앞에 섰을 때는 이미 10시가 넘어 있었다. 초인종을 누르기 전에 K는 변호사에게 전화나 편지로 해약을 통보하는 게 더 좋지 않을까, 직접 만나서 면담하는 것은 분명히 몹시 거북하리라는 생각이 들었다. 그러나 결국 K는 면담을 밀어붙이기로 했다. 다른 방식으로 해약하면 변호사가 아무 말도 하지 않거나, 형식적인 말 몇 마디만 할 테니, 레니에게 탐색해달라고 부탁하지 않으면, 변호사가 해약을 어떻게 받아들였는지, 또 전혀 무시할 수도 없는 변호사의 의견에 따라 이 해약이 K에게 어떤 결과를 가져오는지 알 길이 없기 때문이었다. 그러나 변호사가 K와 마주 앉아서 갑자기 해약한다는 말을 들으면, 설사 변호사가 솔직하게 털어놓지는 않더라도 변호사의 표정이나 태도에서 심중을 쉽게 추측할 수 있을 것이다. 게다가 해약을 하지 말고 그대로 변호를 맡기는 게 좋겠다고 생각하게 될 가능성도 배제할 수 없었다.

변호사 집 문의 초인종을 눌렀으나 언제나 그렇듯이 처음에는 아무 기척이 없었다.

'레니가 좀 더 동작이 빨랐으면.'

K는 생각했다.

그래도 여느 때처럼 잠옷 차림의 남자나 다른 누군가가 끼어들어 귀찮게 굴지 않는 것만도 다행이었다. 다시 초인종을 누르며 다른 쪽 문을 돌아보았으나 오늘은 그 문도 닫혀 있었다. 마침내 문에 붙은 작은 창문에 두 눈이 나타났으나 레니의 눈은 아니었다. 누군가가 빗장을 풀었으나, 잠시 그대로 문을 막고 서서 집 안을 향해 소리쳤다.

"그 사람이에요!"

그러고 난 다음에야 문을 활짝 열었다. 뒤에서 다른 집 문의 열쇠 돌아가는 소리가 들렸기 때문에 K는 변호사 집 문을 밀고 있던 참이었으므로 마침내 문이 열리자 곧바로 대기실로 뛰어 들어갔다. 그러자 방들 사이에 있는 복도로 레니가 속옷 바람으로 도망치는 모습이 보였다. 문을 연 남자가 소리친 것은 그녀에게 경고한 것이었다. K는 잠시 동안 그녀의 뒷모습을 바라보다가 문을 연 남자를 돌아보았다. 그는 키가 작고 깡마른 사람으로 수염을 잔뜩 기르고, 손에 촛불을 들고 있었다.

"당신은 여기에서 일하고 있습니까?"

K가 물었다.

"아니요."

그 남자가 대답했다.

"나는 이 집 사람이 아닙니다. 단지 변호사님이 내 대리인이어서 법률 문제로 여기 온 겁니다."

"웃옷도 안 입고 말이오?"

K는 손짓으로 그 남자의 단정치 못한 옷차림을 가리켰다.

"아, 죄송합니다."

그는 자신의 몰골을 처음 보는 듯이 촛불로 자신을 비췄다.

"레니는 당신 애인입니까?"

K가 짤막하게 물었다.

그는 다리를 약간 벌리고 두 손은 모자를 들고 뒷짐 지고 있었다. 두툼한 외투를 입고 있는 것만으로도 키가 작고 야윈 그 남자보다 자신이 훨씬 우월한 것처럼 느껴졌다.

"원 세상에."

그 남자는 놀라 방어하려는 듯이 손을 들어 얼굴을 가렸다.

"아니, 아니, 도대체 무슨 생각을 하는 겁니까?"

"당신은 믿을 만한 것 같군요."

K는 웃으며 말했다.

"아무튼…… 가십시다."

그는 모자로 그 남자에게 손짓해서 앞장서게 했다.

"그런데 이름이 뭡니까?"

걸어가며 K가 물었다.

"블로크, 상인 블로크입니다."

키가 작은 그 남자는 그렇게 말하며 K 쪽으로 돌아섰지만, K는 그를 계속 걸어가게 했다.

"진짜 이름입니까?"

K가 물었다.

"왜 의심합니까?"

"이름을 숨길 이유가 있으리라고 생각했기 때문입니다."

그는 낯선 곳에서 비천한 사람들과 이야기할 때에나 느낄 수 있는 자유로운 기분이었다. 자기 자신에 관한 일은 일절 숨기고, 침착하게 다른 사람의 문제에 대해서만 이야기하고, 그렇게 해서 상대방을 치켜세우기도 하고, 마음대로 깎아내릴 수도 있는 그런 때 같았다. K는 변호사의 서재 앞에서 걸음을 멈추고 문을 열고, 온순하게 계속 걸어가고 있는 상인에게 소리쳤다.

"그렇게 서두르지 마세요. 여기 좀 비추세요."

K는 레니가 이 방에 숨어 있지 않을까 하고 상인에게 촛불을 구석구석 비추게 했으나, 방 안에는 아무도 없었다. 재판관의 그림 앞에서 K는 상인의 바지 멜빵을 붙잡아 세웠다.

"저 사람을 아세요?"

K는 집게손가락으로 위를 가리키며 물었다.

상인은 촛불을 들어 올리고 눈을 깜박거리며 쳐다보더니 말했다.

"재판관입니다."

"지위가 높은 재판관인가요?"

K는 그 그림이 상인에게 어떤 인상을 주었는지 관찰하기 위해 상인 앞쪽으로 비스듬히 가서 섰다.

상인은 감탄하며 올려다보고 있었다.

"지위가 높은 재판관이군요."

"당신은 잘 볼 줄 모르는군요."

"지위가 낮은 예심판사 중에서도 가장 낮은 사람입니다."

"이제 생각났소."

상인은 촛불을 내렸다.

"나도 그런 말을 들었습니다."

"물론이죠."

K가 소리쳤다.

"내가 잊고 있었는데, 물론 당신도 틀림없이 들었을 겁니다."

"하지만 왜 그렇죠, 도대체 왜 그렇다는 거요?"

상인은 K에게 두 손으로 떼밀려 문 쪽으로 가며 물었다. 복도로 나가자 K가 말했다.

"레니가 어디 숨어 있는지 알고 있죠?"

"숨었다고요? 그렇지 않아요. 그녀는 부엌에서 변호사님의 수프를 만들고 있을 거요."

"왜 미리 말해주지 않았소?"

"내가 당신을 그리 데려가려 했는데, 당신이 나를 불러세우지 않았소?"

상인은 모순된 요구에 얼떨떨하다는 듯이 대답했다.

"당신은 매우 영리한 체하는군요. 그럼 그리 갑시다."

K는 부엌에 가본 적이 없었다. 부엌은 놀랄 만큼 크고 호사스럽게 설비되어 있었다. 화덕만 해도 보통 화덕의 세 배쯤 됐는데, 입구에 있는 작은 등잔 하나만이 부엌을 비추고 있었기 때문에 나머지는 자세하게 볼 수 없었다. 레니는 평소처럼 하얀 앞치마를 두르고 화덕 앞에 서서 알코올램프 위에 있는 냄비에 달걀을 쏟아 붓고 있었다.

"안녕, 요제프."

그녀는 곁눈질을 하며 말했다.

"안녕."

인사하고 K는 한쪽 손으로 옆에 있는 의자를 가리키며 상인에게 앉으라고 손짓하자 상인은 시키는 대로 했다. K는 레니 바로 뒤로 가서 어깨 위로 몸을 숙이고 물었다.

"저 남자는 누구지?"

레니는 한쪽 손으로 K를 안고 다른 손으로는 수프를 저으며 그를 앞으로 끌어당기고 말했다.

"불쌍한 사람이에요. 블로크라는 불쌍한 상인이에요. 저 사람을 한번 보세요."

두 사람은 뒤를 돌아보았다. 상인은 K가 가리킨 의자에 앉아서, 이제는 필요 없게 된 촛불을 불어 끄고 연기가 나지 않도록 손가락으로 심지를 누르고 있었다.

"당신은 속옷 바람이었어."

K는 손으로 여자의 머리를 다시 화덕 쪽으로 돌렸다. 그녀는 아무 말도 하지 않았다.

"저 사람 당신 애인이야?"

그녀는 수프 냄비를 붙잡으려고 했으나, K는 그녀의 두 손을 붙잡고 말했다.

"대답해."

"사무실로 가요. 전부 설명할 테니."

"안 돼. 여기서 설명해."

그녀는 그에게 매달려 키스를 하려 했으나 K는 밀쳐내고 말했다.

"지금 키스 같은 건 하고 싶지 않아."

"요제프."

레니는 애원하듯 그러나 똑바로 K의 눈을 보았다.

"블로크 씨를 질투해선 안 돼요."

그러고 나서 그녀는 상인을 돌아보며 말했다.

"루디, 나를 도와줘요. 봐요, 나는 의심받고 있어요. 초 같은 건 그냥 놔둬요."

상인은 주의를 기울이고 있는 것 같지 않았지만 사실은 온통 집중하고 있다가 어수룩하게 말했다.

"나도 당신이 왜 질투를 하는지 모르겠군요."

"나도 사실 모릅니다."

K는 미소를 지으며 상인을 쳐다보았다. 레니는 큰 소리로 웃으며 K가 방심한 것을 이용해서 그의 품안으로 파고들며 속삭였다.

"이제 저 사람은 내버려둬요. 어떤 사람인지 알잖아요. 내가 저 사람을 약간 돌봐주는 건 변호사님의 큰 고객이기 때문이지 다른 이유는 없어요. 그런데 당신은 오늘 변호사님과 얘기할 생각이에요? 변호사님은 오늘 매우 편찮으시지만, 그래도 만나겠다면 당신이 왔다고 말씀드리겠어요. 하지만 오늘 밤에는 꼭 나와 함께 있어줘요. 벌써 오랫동안 이곳에 오지 않았잖아요. 변호사님도 당신에 대해 물으셨어요. 소송을 등한히 하지 말아요. 나도 여러 가지 들은 이야기를 당신에게 알려주겠어요. 하지만 우선 외투부터 벗어요."

그녀는 외투 벗는 것을 도와주고 그에게서 모자를 받아 들고 대기실로 가서 걸어두고 다시 돌아와 수프를 살펴보았다.

"변호사님에게 당신이 왔다는 말을 먼저 할까요, 아니면 수프를 먼저 가져갈까요?"

"내 얘기를 먼저 해줘."

그는 화가 났다. 사실은 자신의 문제, 특히 변호사를 해약하는 일에 대해서 레니와 자세히 상의할 생각이었는데, 상인이 있기 때문에 그러고 싶은 생각이 없어졌다. 그러나 자신의 문제는 너무나 중요해서 이런 보잘것없는 상인 때문에 결정적으로 방해를 받을 수는 없다고 생각되었기 때문에, 이미 복도로 나간 레니를 다시 불러들였다.

"수프를 먼저 가져가도록 해. 나와 면담을 하려면 기운을 차려야할 테니 필요할 거야."

"당신도 변호사님의 의뢰인이로군."

상인이 한쪽 구석에서 확인하듯 낮은 소리로 말했다. 그러나 그 말은 좋게 받아들여지지 않았다.

"그게 당신과 무슨 관계가 있소?"

K가 말하자 레니도 말했다.

"당신은 잠자코 계세요. 그럼 먼저 수프를 가져가겠어요."

레니는 K에게 말하고, 수프를 접시에 따랐다.

"하지만 곧 잠이 드실까 봐 걱정이에요. 식사를 하고 나면 곧 주무시거든요."

"내가 하는 말을 들으면 정신이 번쩍 들걸."

그는 계속 레니가 자신이 변호사와 중요한 문제를 상담하려 한다는 것을 알아채서 무슨 일이냐고 묻기를 바랐다. 그러면 우선 그녀의 조언을 구할 생각이었다. 그러나 그녀는 그저 그가 시키는 대로 정확하게 따르고 있었다. 그녀는 쟁반을 들고 그의 옆을 지나가며 일부러 가볍게 그에게 부딪치며 속삭였다.

"수프를 다 드시면 곧 당신 말을 할게요. 그래야 당신이 될 수 있는 대로 빨리 내게 돌아오지 않겠어요?"

"어서 가. 어서 가기나 해."

"좀 더 다정하게 굴어요."

그녀는 쟁반을 들고 문 앞에서 다시 한번 뒤돌아보았다. K는 그녀의 뒷모습을 바라보았다. 변호사를 해약하겠다는 결심을 굳혔으니 사전에 레니와 그 문제에 대해서 이야기할 수가 없게 된 게 오히려 잘된 일일 것이다. 그녀는 문제 전체에 대해 충분히 알지도 못하니 틀림없이 K에게 해약하지 말라고 권할 테고, 아마 K도 이번에는 해약을 단념하고 여전히 의혹과 불안에 휩싸이게 될 것이다. 그러나 이 결심은 너무나 확고해서 어차피 오래지 않아서 이 결심을 실행하게 될 것이다. 그러니 결심을 빨리 실행할수록 손해를 더 많이 줄일 수 있을 것이다. 어쩌면 상인도 거기에 대해서 무슨 의견을 가지고 있을지도 몰랐다. K가 몸을 돌리자 상인이 깨닫고 곧 일어서려 했다.

"그대로 앉아 계세요."

K는 의자 하나를 상인 옆에 끌어다 놓았다.

"당신은 이 변호사에게 오래전부터 의뢰하고 있습니까?"

"그렇습니다. 아주 오래전부터 의뢰하고 있소이다."

"몇 년이나 됐습니까?"

"무슨 뜻인지 모르겠군요."

"나는 곡물상을 하고 있는데 장사를 시작했을 때부터 이분에게 부탁했기 때문에 사업상의 법률 문제를 의뢰한 것은 거의 20년 전부터의 일이오. 당신은 아마 나 자신의 소송에 대해서 말하는 것 같은데, 이것도 역시 처음부터 이분이 변호를 맡고 있으니 이미 5년이 더 됐죠. 그래, 5년이 훨씬 넘었소."

이렇게 덧붙이고는 낡은 수첩을 꺼냈다.

"여기에 전부 기록했다오. 원한다면 정확한 날짜를 말해드리지. 전부 다 기억하기는 어려우니까. 소송은 어쩌면 훨씬 전부터 시작됐을 거요. 아내가 죽은 후에 시작됐는데, 아내가 죽은 것도 벌써 5년 반이 넘었거든."

K가 상인에게 좀 더 다가가 물었다.

"그럼 이 변호사는 일반 법률 사건도 맡나요?"

재판소와 법률학이 이렇게 결부되어 있는 것이 K에게는 매우 안

216

심이 되었다.

"물론이죠."

상인은 말하고 K에게 속삭였다.

"사람들 말이 변호사님은 다른 사건보다 일반 법률 사건에서 더 유능하답니다."

그러나 그는 그런 말을 한 것이 후회되는 듯 K의 어깨 위에 손을 올려놓으며 말했다.

"부디 내가 한 말은 비밀로 해주기 바랍니다."

K는 안심시키려고 그의 무릎을 두드리며 말했다.

"그럼요, 나는 배신자는 아닙니다."

"저분은 말하자면 복수심이 강하거든요."

"그러나 당신 같은 충실한 의뢰인에게는 저분도 틀림없이 아무 짓도 안할 겁니다."

"오, 아닙니다."

"저분은 흥분하면 분별이 없고, 게다가 나도 사실은 저분에게 충실한 건 아닙니다."

"왜 아니라는 거죠?"

"당신을 믿고 말해도 되겠습니까?"

상인은 미심쩍은 듯 말했다.

"하셔도 됩니다."

"그럼 일부만 말하겠습니다만, 우리 두 사람이 변호사님에게 아무 말도 하지 않겠다는 약속을 꼭 지키기 위해서 당신도 내게 비밀을 하나 말해줘야 합니다."

"당신은 매우 조심스럽군요. 그럼 당신을 완전히 안심시킬 수 있을 비밀을 한 가지 말하겠습니다. 자, 변호사에 대해 당신이 불성실한 점은 도대체 무엇입니까?"

상인은 주저하며, 부끄러운 일을 고백하는 듯한 어조로 말했다.

"저분 외에 다른 변호사들에게도 의뢰했습니다."

"그건 별로 나쁜 일이 아니잖아요."

K는 약간 실망해서 말했다. 고백한 다음부터 괴로운 듯이 한숨을 몰아쉬던 상인은 K의 말을 듣고는 신뢰감이 더 생긴 모양이었다.

"여기에서는 허용되지 않아요. 그리고 저명한 변호사 외에 소장 변호사에게 부탁하는 일은 더욱 허용되지 않고요. 그런데 바로 그 짓을 내가 하고 있는 겁니다. 나는 이분 외에도 소장 변호사가 다섯 사람이나 더 있어요."

"다섯 명이나요!"

K는 소리쳤다. 우선 그 숫자에 놀랐던 것이다.

"저분 외에 변호사가 다섯 명이나 더 있다고요?"

상인은 고개를 끄덕였다.

"지금 여섯 번째 변호사와 교섭중입니다."

"하지만 도대체 무엇 때문에 그렇게 많은 변호사가 필요합니까?"

K가 물었다.

"모두 필요하지요."

"그 이유를 설명해주지 않겠습니까?"

"좋습니다."

"우선 소송에 지고 싶지 않기 때문이지요. 이것은 자명하지요. 그러므로 이용할 수 있는 것은 무엇이든 고려해야 합니다. 어느 특정한 경우에 도움이 될 가능성이 아주 적더라도 포기해서는 안 된다오. 그래서 나는 가지고 있는 모든 것을 소송에 쏟아넣었죠. 예를 들어, 장사에서 돈을 전부 빼냈지요. 전에는 건물 한 층을 거의 다 우리 사무

218

실로 사용했는데, 지금은 뒤쪽에 붙어 있는 조그만 방 하나에서 도제 한 사람만 데리고 일을 하고 있어요. 이렇게 쇠퇴하게 된 원인은 물론 돈을 탕진했기 때문만이 아니라 오히려 사업에 힘을 기울이지 못했기 때문입니다. 소송을 위해서 무엇인가 하려고 하면 다른 일에 힘을 기울일 수가 없으니 말입니다."

"그럼 당신은 재판소에 직접 나가서 일합니까? 바로 그 점에 대해 듣고 싶은데요."

"그 점에 대해서는 얘기할 게 거의 없어요."

"처음에는 물론 그렇게 하려고도 했었지만 곧 그만두었죠. 너무 피곤하고 효과도 별로 없어요. 직접 재판소에서 일하고 교섭하는 것은 적어도 나로서는 전혀 불가능하다는 것을 알게 되었지요. 거기에 서는 단지 앉아서 기다리는 것만도 몹시 힘이 들어요. 당신도 사무국 의 그 답답한 공기를 알지 않소?"

"내가 거기 갔던 것을 도대체 어떻게 아세요?"

"당신이 지나갔을 때 나도 마침 대기실에 있었습니다."

"정말 우연이군요!"

K는 완전히 열중해서, 이제까지 상인을 우습게 여겼던 것도 잊고 외쳤다.

"그럼 나를 봤군요! 내가 지나갔을 때 당신이 대기실에 있었다고 요? 그래요, 한 번 거길 지나간 적이 있어요."

"별로 우연이랄 것도 없어요."

"나는 거의 매일 거기에 가니까요."

"나도 아마 앞으로는 종종 가야 할 겁니다."

"이제는 나를 그때처럼 공손하게 맞아주지는 않겠지만, 모두 일어 서더군요. 나를 재판관이라고 생각한 모양이에요."

"아닙니다. 그때 우리는 재판소 정리에게 인사를 한 거요. 당신이 피고라는 사실은 모두들 알고 있었어요. 이런 소문은 아주 빨리 퍼지니까요."

"그럼 이미 알고 있었군요. 그렇다면 내 태도가 아마 거만하게 보였을 겁니다. 그 점에 대해서는 말들이 없었습니까?"

"아닙니다. 그 반대지요. 하지만 그건 바보짓이에요."

"뭐가 바보짓이라는 겁니까?"

"그걸 왜 묻는 겁니까?"

상인은 화를 내며 말했다.

"당신은 그곳 사람들을 아직 잘 모르는 모양이고, 아마 잘못 이해하고 있는 것 같습니다. 이 소송 과정에서는 여러 가지 일이 계속 입에 오르내린다는 점을 고려하지 않으면 안 됩니다. 이런 여러 가지 일들은 이미 이성으로는 이해할 수 없는 것이고, 모두들 단지 지치고 많은 일에 정신을 빼앗기고 있어서 그 보상으로 미신에 몰두하게 되지요. 남의 말을 하고 있지만, 나 자신도 별로 나을 게 없어요. 이런 미신의 한 예를 들면, 많은 사람들이 피고의 얼굴, 특히 입술 모양에서 소송의 진행 과정을 읽을 수 있다고 생각하는 겁니다. 그래서 그 사람들은 당신의 입술 모양을 보고, 당신은 곧 틀림없이 유죄 판결을 받을 거라고 단언했어요. 다시 말하거니와, 이건 어리석은 미신이고 대부분의 경우 사실과 완전히 상반되지만, 그런 사람들 사이에 있으면 이런 생각에서 벗어나기 힘들어요. 이런 미신이 얼마나 큰 영향력이 있는지 한번 생각해보세요. 당신은 그곳에서 한 남자에게 말을 걸었죠? 그런데 그 남자는 당신에게 대꾸도 못 했지요. 물론 그곳에서는 사람을 당황케 하는 요인도 많지만, 당신의 입술을 본 것도 그 이유 중 하나입니다. 나중에 그 사람이 당신의 입술에서 자기 자신의 유죄 판결의 표지도 보이는 것 같았다고 말하더군요."

"내 입술이요?"

K는 손거울을 꺼내 들여다보았다.

"내 입술에서 특별한 점은 알아챌 수 없는데요, 당신은 어떻게 생각합니까?"

"나도 그렇게 생각합니다. 전혀 그렇게 보이지 않아요."

"참 미신을 좋아하는 사람들이로군!"

K가 외쳤다.

"내가 그렇다고 말했잖아요."

상인이 대답했다.

"그럼 그 사람들은 서로 교제도 많고 의견도 서로 교환합니까? 나는 이제까지 아무하고도 왕래하지 않았는데요."

"대체로 그들은 서로 왕래하지 않소."

"그건 불가능합니다. 인원수가 너무 많으니까. 게다가 서로에게 공통되는 이익도 거의 없어요. 가끔 어느 한 집단에서 어떤 점이 그들 모두에게 이익이 되는 일이라고 믿는 수도 있지만, 곧 그것은 착오로 밝혀집니다. 재판소에 대해서 공동으로 관철할 수 있는 일은 아무것도 없어요. 개개의 사건은 단독으로 조사되니까요. 정말로 매우 신중한 재판소죠. 그러므로 아무것도 공동으로 관철시킬 수 없어요. 오직 개인적으로 무엇인가를 비밀리에 처리하는 일은 가끔 있지요. 그러나 그 일이 성공한 후에야 비로소 다른 사람들도 알게 되므로, 어떻게 했는지는 아무도 모릅니다. 그러니 공동으로 행동하는 일은 없고, 대기실에서 이따금 서로 마주치는 일은 있지만, 거기서 상의하는 일은 없어요. 미신적인 생각이란 옛날부터 내려오는 것이며 확실히 저절로 늘어가고 있습니다."

"대기실에서 기다리고 있는 그 사람들을 봤지만, 아무 소용없는 일이라고 생각했습니다."

"기다리는 것은 소용없는 일이 아니지요. 자기 혼자 무엇을 해보려는 것이야말로 아무 소용이 없는 것입니다. 이미 말했듯이, 나는 지금 이 변호사님 외에도 변호사가 다섯 사람이나 더 있소. 그들에게 소송 문제를 완전히 일임할 수 있으리라고 생각하겠지요. 나 자신도 처음에는 그렇게 생각했소. 그러나 그것은 완전히 잘못된 생각이오. 단 한 사람에게 맡기는 것보다도 더 믿을 수가 없어요. 무슨 말인지 이해하지 못하겠죠?"

"네."

K는 대답하고, 상인이 너무 빨리 이야기하지 않도록 진정시키듯이 자신의 손을 그의 손 위에 올려놓았다.

"제발 좀 더 천천히 이야기해주세요. 모두 내게는 매우 중요한 일인데 제대로 따라갈 수가 없습니다."

"그 말을 해줘서 다행입니다. 그런데 당신은 신출내기이고 젊은 사람입니다. 당신의 소송은 이제 반년쯤, 그렇죠? 그래, 그 말은 들었소. 그처럼 일천한 소송이라니! 그런데 나는 이 일들에 대해 이미 수 없이 생각해왔기 때문에 이제는 세상에서 가장 자명한 일로 생각됩니다."

"당신의 소송이 이미 그처럼 많이 진행된 것이 기쁜가 보군요?"

K가 물었으나 상인의 사건이 어떤 상태에 놓여 있는지 노골적으로 물을 생각은 없었다. 상인에게서도 분명한 대답을 듣지 못했다.

"그래, 내 소송을 5년 동안이나 굴려왔습니다."

상인은 머리를 숙였다.

"그건 쉬운 일이 아닙니다."

그러고 나서 그는 잠시 아무 말도 없었다. K는 혹시 레니가 오지 않을까 하고 귀를 기울였다. 아직도 묻고 싶은 게 많고, 상인과 이렇게 마음을 털어놓고 이야기하고 있을 때 레니에게 방해당하고 싶지 않았고 한편으로는 그녀가 오지 않기를 바랐고, 다른 한편으로는, 자기가 와 있는데도 이렇게 오랫동안 변호사한테 가 있는 것에 화가 났다. 수프를 가져다주는 데 필요한 시간보다 훨씬 더 오래 있지 않은가.

"나는 아직도."

상인이 다시 이야기를 시작했기 때문에 K는 곧 주의를 집중했다.

"내 소송이 지금 당신과 똑같이 얼마 되지 않았을 때의 일을 정확하게 기억하고 있습니다. 그때는 이 변호사님에게만 의뢰했지만 완전히 안심하고 있었던 것은 아닙니다."

K는 이제 모든 이야기를 들을 수 있겠다고 생각되어 상인을 부추겨서 알아둘 가치가 있는 것은 모두 말하게 하려고 힘차게 고개를 끄덕였다. 상인은 말을 계속했다.

"내 소송은 전혀 진행되지 않았습니다. 그래도 심리는 행해져서, 나는 그때마다 출두해서 자료도 모으고, 내 영업 장부를 전부 재판소에 제출했어요. 후에 들은 바로는 그게 모두 전혀 필요치도 않은 일이었다지만. 나는 계속 변호사님에게 뛰어다녔고, 변호사님께서도 여러 가지 청원서를 내주셨지요."

"여러 가지 청원서라고요?"

"그래, 물론이오."

"그것은 내게 매우 중요한 말인데요. 내 소송의 경우에는 저 변호사는 아직도 첫 번째 청원서를 작성하고 있는 중인데요. 저분은 아직까지 아무 일도 안 했어요. 이제 저 변호사가 비열하게도 나를 무시하고 있는 걸 알겠군요."

"청원서가 아직 완성되지 않은 데에는 여러 가지 타당한 이유가 있을 겁니다. 게다가 내 청원서들의 경우도 나중에 완전히 무가치한 것으로 밝혀졌어요. 재판소 어느 관리의 호의로 내가 직접 읽어보기까지 했었습니다. 그 청원서는 현학적이긴 했지만 근본적으로 아무 내용이 없었소. 무엇보다도 나는 뜻도 모를 라틴어가 아주 많이 쓰여 있고, 재판소에 대한 일반적인 탄원이 몇 페이지나 계속되고, 이름을 들지는 않았지만 사정을 잘 아는 사람이라면 틀림없이 추측할 수 있는 특정한 관리 한 사람 한 사람에 대한 아부와, 비굴하기 이를 데 없는 방식으로 재판소에 대해 자신을 낮추며 결국은 변호사님 자신에 대한 자화자찬을 늘어놓고, 끝으로 예전에 있었던 소송 중에서 내 사건과 비슷한 판례를 조사해서 써놓았더군요. 그 조사는 물론 내가 보기에는 매우 신중하게 만들어졌어요. 이러한 것으로 변호사님이 하는 일에 대해 판단을 내리려는 것은 아니고, 내가 읽은 청원서도 많은 청원서 중의 하나일 뿐이지만, 아무튼 그 당시 내 소송에 아무런 진전도 볼 수 없었다는 점만은 말하고 싶군요."

"어떤 진전을 바랐었는데요?"

"아주 합리적으로 묻는군요."

상인이 웃으며 말했다.

"이 소송 과정에서는 진전은 거의 기대할 수 없었죠. 그런데 그 당시에는 나는 그걸 몰랐습니다. 나는 상인인데, 그 당시에는 지금보다 훨씬 더 철저한 장사꾼이었기 때문에 뚜렷하게 감지할 수 있는 진전을 원했고, 전체가 결말에 가까워진다든지 또는 적어도 규칙적으로 상승하는 진전을 바랐던 거지요. 그런데 그렇게 되지는 않고, 그저 대체로 똑같은 내용의 심문뿐이었어요. 나는 답변을 기도문처럼 외워버렸지요. 일주일에 몇 번씩이나 재판소 사환이 내 가게나 집, 그

밖에 나를 만날 수 있는 어느 곳으로든 찾아왔어요. 물론 귀찮은 일이었습니다(적어도 그 점에선 지금이 훨씬 낫다고 할 수 있어요. 전화로 부르는 것은 훨씬 덜 성가시니까). 사업상의 친구들이나, 특히 친척들 사이에 내 소송에 대한 소문이 퍼지기 시작해서 여러 면에서 손해를 입었지만, 재판소의 첫 심리가 곧 있으리라는 징조마저도 전혀 보이지 않더군요. 그래서 변호사님을 찾아가서 하소연을 했지요. 변호사님은 장황하게 설명은 했으나, 내가 원하는 바를 해주지는 않겠다고 딱 잘라 거절하고, 심리의 확정에 영향을 줄 수 있는 사람은 아무도 없으며, 내가 요구하는 대로 청원서로 심리 확정을 재촉한다는 것은 이제까지 들어본 적도 없는 일이고, 그런 짓을 했다간 나도 변호사님도 파멸해버린다는 거였어요. 나는 이 변호사님이 하려 들지 않는 것인지, 또는 하지 못하는 것인지는 모르겠으나, 다른 변호사라면 혹시 하려들고 또 할 수 있을지도 모른다는 생각이 들었어요. 그래서 다른 변호사들을 물색해보았죠. 미리 앞질러 말하자면, 그 후 어느 변호사도 본 심리의 확정을 요구하지도 않았고 관철시키지도 못했어요. 그것은 물론 어떤 조건 때문에 정말로 불가능한 일이지요. 그 조건에 대해서는 나중에 말하겠지만. 그러므로 이 점에서는 이 변호사님이 내게 거짓말을 한 게 아닙니다. 하지만 다른 변호사들에게 부탁한 것을 나는 후회하지는 않았습니다. 당신도 틀림없이 훌트 박사에게서 엉터리 변호사들에 대해서 여러 가지 이야기를 들었을 테고, 그는 아마 그들을 매우 경멸하듯이 묘사했겠지만, 그건 사실입니다. 박사가 엉터리 변호사들에 대해 이야기하면서 자신과 자신의 동료들을 그들과 비교할 때에 물론 언제나 한 가지 오류가 있는데, 차제에 그 점도 당신에게 주의를 시켜두겠는데, 박사는 항상 자기 부류의 변호사들을 구별하기 위해 '대변호사'라고 부르지요. 그것은 잘못입니다. 물론 누구든지 자기 마음대로 자기를 대가(大家)라고 일컬을 수는 있겠지만, 이 경우에 그것은 오직 재판소의 관습에 따라 결정될 뿐이지요. 그 관습에 따르면 엉터리 변호사 외에 또 소변호사와 대변호사가 있어요. 그러나 여기 변호사님과 그의 동료들은 소변호사에 지나지 않고, 대변호사에 대해서는 나도 소문으로만 들었을 뿐, 한 번도 본 적이 없지만, 소변호사들이 경멸하는 그 엉터리 변호사들 위에 있는 것과는 비교가 되지 않을 정도로 대변호사들은 소변호사들보다 훨씬 높은 곳에 있답니다."

"대변호사라고요? 그들은 도대체 어떤 사람들입니까? 어떻게 하면 그들을 만날 수 있습니까?"

"당신은 이제까지 그들에 대해 들어보지도 못했군요. 그들에 대한 얘기를 듣고 나면 한동안 그들을 꿈꾸지 않는 피고는 단 한 사람도 없지요. 그러니 당신은 아예 그런 유혹에 걸려들지 마십시오. 대변호사가 어떤 사람들인지는 나도 알지 못하고, 아무도 그들에게 가까이 갈 수 없소. 대변호사가 관여했다고 분명하게 말할 수 있는 사건은 하나도 보지 못했소. 대변호사도 많은 피고들을 변호하기는 하지만, 피고 자신의 의지로는 그렇게 할 수 없고, 대변호사들은 그들이 변호하고 싶은 사람만을 변호한답니다. 그러나 그들이 맡는 사건이란 틀림없이 이미 하급재판소를 거쳐나온 사건들인 게 분명합니다. 아무튼 대변호사에 대한 생각은 하지 않는 편이 좋을 겁니다. 그렇지 않으면 다른 변호사들과 의논하는 것이나, 그들의 충고와 도움이 너무 불쾌하고 무익하게 생각되기 때문입니다. 나 자신도 차라리 모든 것을 팽개쳐 버리고 집에서 침대에 누워 더는 아무것도 듣지 않는 게 낫겠다고 생각한 적이 있어요. 그러나 물론 이것도 또한 어리석기 짝이 없는 짓으로, 언제까지나 침대에 편안히 누워 있을 수도 없는 것이지요."

"그럼 당신은 그 당시 대변호사에 대한 생각을 하지 않았단 말입니까?"

"오래 생각하지는 않았습니다."

상인은 다시 웃음 지었다.

"유감스럽게도 완전히 잊어버릴 수는 없고, 특히 밤이면 이런 생각이 자꾸 떠오르죠. 그러나 그 당시 나는 즉각적인 효과를 바랐기 때문에 엉터리 변호사에게로 갔던 겁니다."

"저렇게 바싹 붙어 앉아 있는 것 좀 보게!"

레니가 쟁반을 손에 들고 돌아와 문간에 서서 말했다. 사실 두 사람은 바싹 붙어 앉아 있었다. 몸을 약간 돌리기만 해도 서로 머리를 부딪혔을 것이다. 상인은 워낙 키가 작은 데다 등을 구부리고 있어서 한 마디도 놓치지 않고 들으려면 K도 몸을 깊숙이 숙이지 않을 수 없었던 것이다.

"잠깐만 기다려!"

K는 레니가 가까이 오지 못하게 소리쳤으며 아직도 상인의 손 위에 놓고 있던 자신의 손을 신경질적으로 꿈틀거렸다.

"이분이 내 소송에 대한 이야기를 듣고 싶대."

상인이 레니에게 말했다.

"얘기하세요, 어서!"

그녀는 말했다.

그녀는 상인에게 다정하게 말했으나 경멸하는 어조도 담겨 있어 K는 불쾌하게 생각됐다. 이제야 알았지만, 상인은 그래도 어떤 가치가 있으며, 적어도 경험을 갖고 있는 데다 그것을 잘 이야기할 줄도 알았다. 레니는 아무래도 상인을 부당하게 판단하고 있는 것 같았다. 그런데 이제 레니는 상인이 여태껏 들고 있던 초를 빼앗아 치우고, 그의 손을 앞치마로 닦아주고는 그 옆에 무릎을 꿇고 앉아, 바지에 떨어진 촛농을 긁어냈다. K는 화가 나서 그 모습을 지켜보고 있었다.

"당신은 엉터리 변호사에 대해 이야기하려던 참이었어요."

K는 다른 설명은 없이 레니의 손을 밀어냈다.

"도대체 왜 이래요?"

레니는 이렇게 물으며 가볍게 K를 때리고 하던 일을 계속했다.

"그래, 엉터리 변호사에 대해 얘기하고 있었지요."

상인은 생각에 잠기는 듯이 이마에 손을 댔다.

K는 그를 도와주려고 말했다.

"당신은 즉각적인 효과를 거두려고 엉터리 변호사한테로 갔다고 했지요."

"그래, 맞아요."

상인은 말했으나, 이야기를 계속하지는 않았다.

'아마 레니 앞에서는 그 말을 하고 싶지 않은가 보군.'

K는 생각하고, 그다음 이야기를 지금 당장 듣고 싶은 초조함을 억누르고 더 재촉하지는 않았다.

"변호사에게 내가 왔다는 말은 전했소?"

K는 레니에게 물었다.

"물론이죠. 당신을 기다리고 계세요. 이제 블로크하고는 그만 이야기하세요. 블로크는 여기 있을 테니까 나중에라도 이야기할 수 있어요."

그러나 K는 머뭇거렸다.

"여기 계속 계시겠습니까?"

그는 상인에게 물었다. 그는 상인에게서 직접 대답을 듣고 싶었다. 레니가 마치 상인이 이 자리에 없는 것처럼 말하는 게 싫었고, 오늘은 마음속으로 레니에 대해 화가 잔뜩 나 있었다.

그런데 또 레니가 대답했다.

"이분은 종종 여기에서 자요."

"여기서 잔다고?"

K가 외쳤다. K는 변호사와 얘기를 얼른 끝낸 다음, 상인과 함께 다른 데로 가서 아무에게도 방해받지 않고 모든 것을 철저하게 의논하고 싶었으므로 상인에게 변호사와 이야기를 마칠 때까지만 여기서 기다려달라고 할 생각이었다.

"그래요. 누구나 당신처럼 아무 때나 찾아와서 변호사님을 만나지는 못해요, 요제프. 변호사님이 편찮으신데도, 뿐만 아니라 밤 11시나 되었는데도 당신을 만나주시는 것을 당신은 전혀 고맙게 생각하지 않는 것 같군요. 당신의 친구들이 당신을 위해서 해주는 일을 마치 아주 당연한 일처럼 생각하는군요. 하지만 당신의 친구들, 또는 적어도 나는 기꺼이 그렇게 해주는 거예요. 나는 아무 보답도 바라지 않고, 또 필요하지도 않아요. 그저 당신이 나를 좋아해주기만 하면 돼요."

'당신을 좋아해달라고?'

K는 한순간 생각했으나, 그제야 머릿속을 스쳐가는 생각이 있었다.

'그렇다, 나는 이 여자를 좋아하고 있다.'

그럼에도 그는 다른 일은 모두 무시하고 말했다.

"나는 변호사의 의뢰인이니 당연히 나를 만나줘야지. 만나는 것조차도 다른 사람의 도움이 필요하다면 한 걸음 떼어놓을 때마다 계속 구걸을 하고, 고맙다는 인사를 하지 않으면 안 되겠군."

"이분이 오늘은 기분이 참 나쁜가 봐요, 그렇죠?"

레니가 상인에게 물었다.

'이번에는 내가 이 자리에 없는 것같이 말하는군.'

K는 생각했는데, 상인이 레니의 무례함을 이어받아 다음과 같이 말했으므로 상인에 대해서도 화가 났다.

"변호사님이 이분을 맞는 데는 다른 이유들도 있어. 이분의 사건이 말하자면 내 사건보다 더 흥미가 있거든. 게다가 이분의 소송은 이제 막 시작되어서 아직 수속도 별로 진행되지 않았을 거야. 그래서 변호사님은 이분 일에 열심이시지. 나중에는 달라지겠지만."

"그래요, 그래."

레니는 웃으며 상인을 보았다.

"이분은 얼마나 수다스러운지 몰라요! 그러니까 당신은,"

그러면서 그녀는 K를 돌아보았다.

"이분을 절대로 믿어서는 안 돼요. 좋은 사람이기는 하지만 너무 수다스럽거든요. 아마 그 때문에 변호사님도 이분에 대해서 참지 못하시는 걸 거예요. 아무튼 변호사님은 마음이 내키실 때에만 이분을 만나줘요. 변호사님의 마음을 바꿔보려고 무던히 애써 보았지만 안 돼요. 몇 번씩이나 블로크가 왔다고 전해도, 사흘이나 지나서야 겨우 만나주시는 거예요. 하지만 변호사님이 부를 때 블로크가 그 자리에 없으면, 모든 게 허사가 되고 처음부터 다시 시작하지 않으면 안 돼요. 그래서 나는 블로크가 여기에서 자는 걸 허락했어요. 변호사님이 한밤중에 벨을 눌러 이분을 부른 적도 있었어요. 그래서 이제는 블로크는 밤중에도 준비를 하고 있어요. 그런데 이젠 또, 블로크가 여기 있다는 걸 알면 변호사님은 이분을 들여보내라던 지시를 취소해버리는 일도 자주 있어요."

K는 사실이냐고 묻듯이 상인을 쳐다보았다. 상인은 머리를 끄덕이고 조금 전에 K와 이야기했던 것처럼 솔직하게 말했다. 수치심 때

문에 당황한 모양이었다.

"그래요, 누구나 나중에는 변호사에게 완전히 의존하게 되죠."

"이분은 겉으로만 불평을 하고 있는 거예요. 이분은 여기에서 자는 걸 아주 좋아한다고 이미 내게 자주 고백했어요."

레니는 조그만 문으로 가서 그것을 열었다.

"이분 침실을 보겠어요?"

K는 그쪽으로 가서 문지방에 서서 방 안을 들여다보았다. 천장이 낮고 창문도 없는 방 안에는 좁은 침대 하나만으로 가득 차 있었다. 침대에 들어가려면 침대 난간을 넘어가야 했다. 침대 머리 쪽 벽은 안으로 움푹 패어 있고, 거기에는 초 한 자루와 잉크병, 펜, 소송문서인 듯한 한 묶음의 종이가 꼼꼼하게 정돈되어 있었다.

"하녀 방에서 자는군요?"

K는 상인 쪽을 돌아보았다.

"레니가 이 방을 내게 내줬소. 아주 편하지."

K는 한참 동안 상인을 쳐다보았다. 그가 상인에게서 받은 첫인상은 아마 정확했던 것 같았다. 소송이 이미 오랫동안 계속되었기 때문에 경험을 갖고 있기는 했으나, 그러한 경험에 값비싼 대가를 지불했던 것이다. 갑자기 K는 상인의 모습을 견딜 수 없게 되었다.

"이 사람을 침대로 데리고 가!"

그가 레니에게 소리쳤으나 그녀는 그가 하는 말을 전혀 이해하지 못하는 것 같았다. 그는 변호사한테 가서 해약을 통고하고, 이젠 변호사뿐만 아니라 레니나 상인과도 관계를 끊으리라고 생각했다. 그러나 문 앞까지 채 가기도 전에 상인이 작은 목소리로 말을 걸었다.

"업무주임."

K는 성난 얼굴로 뒤돌아보았다.

"당신은 약속을 잊으셨군요."

상인은 이렇게 말하고, 의자에 앉은 채로 애원하듯이 팔을 뻗었다.

"당신도 내게 비밀을 한 가지 말해주겠다고 하지 않았소."

"맞아요."

K는 자신을 주의 깊게 지켜보고 있는 레니를 힐끗 쳐다보았다.

"그럼 들어보세요. 사실 별로 비밀이랄 것도 없습니다. 나는 지금 변호사에게 해약 통고를 하러 가는 겁니다."

"이 사람이 변호사를 해약하겠대!"

상인은 이렇게 외치며 의자에서 벌떡 일어나 두 팔을 들고 부엌을 이리저리 뛰어다녔다. 그는 계속해서 소리쳤다.

"이 사람이 변호사를 해약한대!"

레니는 곧 K에게 달려가려 했으나 상인이 가로막자 두 주먹으로 그를 때렸다. 그녀는 계속 주먹을 쥐고 K의 뒤를 쫓아갔으나, K는 훨씬 앞서 가고 있었다. K가 이미 변호사의 방 안에 들어섰을 때에야 레니는 그를 따라잡았다. K는 방문을 거의 닫았으나 레니가 문틈에 발을 집어넣어 문이 닫히지 않게 하고 K의 팔을 붙잡고는 끌어내려 했다. 그러나 그가 그녀의 손목을 너무 세게 눌렀기 때문에 그녀는 신음 소리를 내며 손을 놓을 수밖에 없었다. 그녀는 더는 방 안에 들어오려 하지 않았으나 K는 열쇠로 문을 잠갔다.

"아주 오랫동안 당신을 기다리고 있었소."

변호사는 침대에 누운 채 말하고, 촛불 빛으로 읽고 있던 서류를 침대 옆 책상 위에 내려놓고 안경을 쓰더니 K를 날카롭게 응시했다. K는 사과는 하지 않고 말했다.

"곧 다시 돌아갈 겁니다."

사과가 아니었기 때문에 변호사는 K의 말을 못 들은 체 흘려버리고 말했다.

"다음에는 이렇게 늦은 시각에는 만나지 않겠소."

"내 생각과 같군요."

변호사는 의아해서 K의 얼굴을 쳐다보았다.

"앉으시오."

"원하신다면."

K가 의자를 책상 옆으로 끌어당겨 앉았다.

"문을 잠근 것 같은데."

변호사가 말했다.

"네. 레니 때문에 그랬습니다."

그는 누구도 감싸줄 생각이 없었다. 그러나 변호사가 물었다.

"그 애가 또 치근거렸소?"

"치근거렸냐고요?"

"네."

변호사는 말하고 웃다가 기침 발작을 일으켰는데, 기침이 그치자
또 웃기 시작했다.

"그 애가 치근거리는 것을 당신도 벌써 알아차렸지요?"

변호사는 무심코 책상을 짚고 있던 K의 손을 두드렸기 때문에 K
는 얼른 손을 치웠다.

"당신은 그걸 별로 신경 쓰지 않는 모양인데,"

K가 아무 말도 하지 않자 변호사는 말했다.

"그편이 더 나아요. 그렇지 않으면 내가 아마도 당신에게 사과하
지 않으면 안 될 테니까요. 레니에게는 기묘한 점이 있는데, 결국 내
가 오래전부터 그 애에게 그 버릇을 키워준 게 됐지만, 당신이 방금
문을 잠그지 않았다면 나도 거기에 대해 말하지 않았을 거요. 물론 당

신에게 설명할 필요는 없겠지만 당신이 그렇게 놀란 눈으로 나를 바라보기 때문에 말하겠는데, 그 기묘한 점이란, 레니가 대부분의 피고들을 아름답다고 생각한다는 것이오. 그 애는 피고라면 누구에게나 달라붙고, 아무나 다 사랑하고, 또한 그들에게서도 사랑받는 것 같소. 그리고 내가 허락을 하면 나를 즐겁게 해주기 위해서 가끔 그에 대해 얘기해준다오. 당신은 몹시 놀라는 모양인데, 나는 그 일에 별로 놀라지 않소. 제대로 볼 줄만 알면, 피고들을 정말로 아름답게 생각하는 것은 흔히 있는 일이오. 아무튼 그것은 자연과학적이라고 할 수 있는 기묘한 현상이오. 물론 기소의 결과로 그 어떤 정확하게 규정지을 수 있는 용모상의 확실한 변화가 일어나는 것은 아니오. 다른 재판사건의 경우와는 달라서, 대부분의 피고는 하던 대로 일상생활을 계속하고, 사건을 맡아서 처리해주는 좋은 변호사가 붙어 있기만 하면 소송으로 괴로움을 겪지는 않아요. 그럼에도 경험 있는 사람들은 아무리 많은 군중 속에서라도 피고를 한 사람 한 사람 식별할 수 있답니다. 무엇을 보고 그럴 수 있느냐고 묻겠지요? 내 대답이 만족스럽게 여겨지지 않을 거요. 그러나 피고들은 바로 가장 아름답기 때문이라오. 죄가 그들을 아름답게 만드는 것은 아니오. 왜냐하면, 나는 적어도 변호사로서 이렇게 말합니다만, 모든 피고가 죄가 있는 건 아니니까요. 그리고 또 마땅한 처벌을 받는다는 점이 그들을 미리 아름답게 만드는 것도 아니오. 피고 모두가 반드시 처벌되는 것은 아니기 때문에. 그러므로 피고를 아름답게 만드는 것은 어떻든 그들에게 붙어 다니는 이미 제기된 소송 과정이라는 것에 있을 거요. 물론, 아름다운 사람들 중에도 또 특히 아름다운 사람이 있지요. 그러나 피고 모두가 아름다운 것은 확실하오. 저 가련한 벌레 같은 블로크마저도 아름답지."

변호사가 말을 끝냈을 때 K는 완전히 침착성을 되찾고 마지막 말에 대해서는 눈에 띌 정도로 고개를 끄덕였다. 변호사가 늘 그러더니 이번에도 또 문제의 본질과는 관련도 없는 일반적인 말만 늘어놓으면서 K의 주의를 딴 데로 돌리고 그가 K의 소송 문제에 대해 실제로 어떤 일을 해줬는가 하는 근본 문제는 피하려 한다는 생각을 더욱 확신했기 때문에 고개를 끄덕인 것이었다. 변호사도 K가 전보다 더 그에게 거부감을 느끼고 있음을 깨달은 모양인지 입을 다물고 K가 말을 꺼낼 기회를 주었다. 그러나 K가 잠자코 있자 변호사가 물었다.

"당신은 오늘 어떤 특정한 의도를 갖고 나를 찾아온 거죠?"

"네."

K는 변호사를 좀 더 잘 보려고 손으로 촛불을 약간 가렸다.

"오늘은 당신에게 제 변호를 그만두어달라고 말씀드리러 왔습니다."

"내가 제대로 알아들은 건가?"

변호사는 묻고 침대에서 몸을 반쯤 일으켜 한 손을 베개에 올려놓고 몸을 기댔다.

"알아들으셨으리라 생각합니다."

K는 상대방의 반격에 미리 대비하고 기다릴 듯이 몸을 꼿꼿이 세우고 앉아 있었다.

"그럼 우리 그 계획에 대해서도 의논해봅시다."

잠시 후에 변호사가 말했다.

"이건 계획이 아닙니다."

"그럴지도 모르죠. 하지만 우리는 무슨 일이든 성급하게 서둘러서는 안 됩니다."

변호사는 '우리'라는 말을 써서, K에게서 손을 뗄 생각은 없고, 설사 변호인이 될 수 없을지라도 최소한 계속 상담자로는 남아 있겠다는 태도를 나타냈다.

"성급히 서두르는 게 아닙니다."

K는 천천히 일어서서 자신의 의자 뒤로 갔다.

"충분히 생각을 했고, 어쩌면 너무 오래 생각한 것 같습니다. 이 결심은 확고한 것입니다."

"그렇다면 내 얘길 몇 마디만 들어보시오."

변호사는 이불을 걷어치우고 침대 가장자리에 걸터앉았다. 흰 털이 난 벌거벗은 다리는 추위로 떨고 있었다. 그는 K에게 긴 의자에서 담요를 갖다달라고 부탁했다. K는 담요를 가지고 와서 말했다.

"공연히 쓸데없는 일로 추위에 떠는군요."

"아니, 이 일은 매우 중요하오."

변호사는 깃털이불로 상반신을 감싸고 두 다리를 담요 속에 집어넣었다.

"당신 숙부는 내 친구고, 시간이 흐르면서 당신 또한 친숙해졌소. 솔직히 말하는 거요. 이렇게 말하는 것을 부끄러워할 필요는 없겠지요."

노인의 이러한 감상적인 이야기는 K에게는 몹시 달갑지 않았다. K로서는 구체적인 설명은 피하고 싶은데 보다 더 상세하게 설명하라고 강요하는 것이고, 물론 K의 결심이 결코 철회할 수 없는 것이기는 하더라도 솔직히 말해서, 변호사의 말을 들으니 혼란스러워졌기 때문이다.

"친절하게 걱정해주셔서 감사합니다. 당신이 내 사건을 될 수 있는 한 내게 유리하게 생각되는 대로 잘 맡아준 것도 잘 알고 있습니다. 그러나 나는 최근에 그걸로는 충분치 않다는 확신을 갖게 되었습니다. 물론 나는 당신처럼 나이도 많고 경험이 많은 분이 내 생각에 동의하도록 설득할 생각은 결코 없습니다. 만일 내가 이따금 무의식 중에 그런 짓을 하려 했다면 용서하십시오. 그러나 당신도 말했듯이 이 일은 매우 중요하며, 내가 확신하는 바로는 이제까지 한 것보다 훨씬 더 강력하게 소송에 대응해야 하는 게 불가피합니다."

"당신을 이해하오. 당신은 초조한 거요."

"나는 초조한 게 아닙니다."

K는 약간 화가 나서 말하고, 이제는 별로 조심스럽게 말하지 않았다.

"내가 숙부님과 함께 당신을 처음 찾아왔을 때에는 내가 소송에 그다지 신경을 쓰고 있지 않았었다는 것을 당신도 알아차렸을 겁니다. 누군가 내게 억지로 상기시켜주지 않았다면 나는 소송에 대해 완전히 잊고 있었을 겁니다. 그러나 숙부님이 당신에게 변호를 위임하라고 고집하셨기 때문에, 숙부님 뜻대로 해드리려고 그렇게 했던 겁니다. 그리고 이제 소송의 부담을 조금이라도 덜기 위해 변호사에게 변호를 맡겼으니 전보다는 편해지리라고 기대하지 않았겠습니까. 그러나 정반대였습니다. 당신이 내 변호를 맡기 전까지는 오히려 소송 때문에 이렇게 걱정한 적이 없었습니다. 나 혼자 소송에 대처하고 있었을 때에는 나 자신의 사건에 대해서 아무 일도 시도하지 않았지만 걱정하지도 않았습니다. 그런데 지금은 대리인이 있으니 무슨 일이 생겨도 만반의 준비가 되어 있어 당신이 손을 써주기를 점점 더 긴장해서 계속 기다리고 있었으나 아무 소용이 없었습니다. 물론 다른 사람에게서는 얻지 못했을, 재판소에 대한 여러 가지 정보를 당신에게서 얻기는 했습니다. 그러나 소송이 그야말로 나도 모르는 사이에 점점 더 다가오고 있는 지금은 그런 것만으로는 충분치 않습니다."

K는 의자를 밀치고 일어나 두 손을 웃옷 주머니에 넣고 똑바로 서

있었다.

"소송의 어느 시기부터는 본질적으로 아무런 새로운 사태가 일어나지 않습니다. 당신과 같은 소송의 단계에 놓인 얼마나 많은 의뢰인들이 내 앞에 서서 당신과 똑같은 말을 했는지 아시오!"

변호사는 낮은 목소리로 침착하게 말했다.

"그렇다면 그와 같은 의뢰인들도 모두 나처럼 당연한 이유가 있었겠지요. 그런 것은 전혀 나에 대한 반박이 되지 않습니다."

"당신을 반박하려는 게 아니오. 당신은 다른 사람보다 더 판단력이 있으리라고 기대했었다는 말을 하려던 거요. 당신에게는 특히 다른 의뢰인들에게 했던 것보다 사법제도와 내가 하고 있는 일에 대해 더 자세하게 가르쳐주었으니까요. 그런데 이제 그 모든 것에도 당신이 나를 충분히 신뢰하지 않는다는 사실에 직면하게 됐소. 당신은 날 어렵게 만드는구려."

변호사는 K에게 말할 수 없이 비굴하게 나오고 있었다. 바로 지금 이야말로 변호사로서의 체면을 가장 민감하게 느껴야 할 텐데 그런 것은 완전히 잊고 있었다. 그리고 왜 저렇게 행동하는 것일까? 보아하니 일도 많고 게다가 돈도 많은 변호사인 것 같은데, 돈벌이가 없어지거나 의뢰인 한 사람쯤 잃는다고 해서 그 자체가 큰 문제가 되지는 않을 것이다. 게다가 아픈 몸이니, 일을 줄이도록 스스로 노력해야 할 것이다. 그럼에도 K를 이처럼 붙잡고 늘어지다니! 무엇 때문일까? 숙부에 대한 개인적인 우정 때문일까, 아니면 K의 소송을 정말로 비상한 것으로 생각해서 K에게, 혹은 이런 가능성도 전혀 없지 않은데, 재판소 친구들에게 자신의 솜씨를 보여주기 위해서일까? K도 주저하지 않고 변호사를 빤히 쳐다보았으나 아무것도 알아차릴 수 없었다. 일부러 과묵한 표정을 짓고 자신이 한 말의 효과를 기다리고 있다고 생각할 수 있는 모습이었다. 그러나 그는 K의 침묵을 분명히 자신에게 매우 호의적인 것으로 해석하고는 말을 계속했다.

"당신도 눈치챘으리라 생각되오만, 나는 큰 사무실을 갖고 있지만, 조수는 한 사람도 쓰지 않고 있소. 전에는 젊은 법률가 서너 명이 나를 위해 일을 해주던 때도 있었소만, 지금은 나 혼자서 일하고 있소. 그 이유는 내가 전문분야를 바꾸어 차츰 당신 사건과 같은 법률사건만을 다루게 되었기 때문이기도 하고, 다른 한편으로는 이런 종류의 법률사건에 대해 더욱 깊은 인식을 갖게 됐기 때문이기도 하오. 내 의뢰인들이나 내가 맡은 임무에 대해 죄를 범하지 않으려면, 이 일을 다른 누구에게도 맡겨서는 안 된다는 것을 깨달았습니다. 그러나 모든 일을 내가 직접 하겠다고 결심하자 당연한 결과가 뒤따랐는데, 즉 변호 의뢰를 거의 모두 거절하지 않으면 안 되었고, 나와 특히 친한 사람들의 청만 들어주게 된 것이오. 그래서 내가 내버리는 찌꺼기마다 덤벼드는 비열한 사람들이 많이 있고, 더욱이 아주 가까운 사람들 사이에도 있다오. 게다가 과로로 이렇게 병이 났소. 그러나 이 결심을 나는 조금도 후회하지 않소. 변호 의뢰를 더 많이 거절했어야 한다는 생각도 없지 않지만, 내가 맡은 소송들에 완전히 헌신하는 것이 절대로 필요하다는 것도 알게 됐고, 그렇게 해서 성과도 얻었지요. 언젠가, 보통 법률사건을 변호하는 것과 내가 취급하는 이런 사건을 변호하는 것의 차이점을 아주 잘 표현한 글을 읽은 적이 있소. 거기에 이렇게 쓰여 있더군요. 보통 변호사는 의뢰인을 가느다란 실로 간신히 판결로 이끌어가지만, 나 같은 변호사는 즉시 의뢰인을 어깨에 걸머지고는 도중에 내려놓는 일 없이 판결로 이끌어가고, 더 나아가 그 너머로까지 이끌어간다는 것이오. 사실 그렇소. 그러나 이런 힘든 일을 결코 후회하지 않는다고 말했지만 그건 완전히 옳은 말은 아니오.

가령 당신의 경우처럼 이렇게 완전히 오해를 받으면 정말 후회가 됩니다."

K는 변호사의 이야기에 설득당하기보다는 오히려 초조해졌다. K는 변호사의 말투에서 어쩐지 그가 K에게 기대하는 게 무엇인지 알 것 같다는 생각이 들었다. 지금 그가 양보를 하면 변호사는 또 희망을 주는 말을 시작할 것이다. 청원서가 진척중이라는 둥, 재판소 관리들의 기분이 한결 나아졌다는 둥, 그러나 앞으로 여러 가지 커다란 난점이 가로놓여 있다는 둥, 요컨대 지겹도록 들어온 그 이야기들을 되풀이해 K가 막연한 희망을 품게도 하고, 또 모호한 위협을 하기도 하며 괴롭히려 들 것이다. 이젠 그런 일은 결단코 막아야 한다고 생각하고 K는 말했다.

"변호를 계속하게 된다면 내 사건에 대해 어떤 일을 하겠습니까?"

변호사는 이런 모욕적인 질문을 받고도 참으며 대답했다.

"당신을 위해서 이제까지 해온 것을 계속할 생각이오."

"그럴 줄 알았어요. 이젠 더 말할 필요도 없습니다."

"다시 한번 해보겠소."

변호사는 K를 화나게 한 것이 K의 일이 아니라 자신에게 일어난 일인 듯이 말했다.

"당신이 변호사로서의 내 능력을 잘못 평가할 뿐만 아니라, 다른 태도들도 올바르지 않은 이유는, 당신이 피고이면서도 너무 좋은 대우를 받고 있기 때문에, 더 정확히 말하자면, 재판소에서 당신을 너무 관대하게 취급하기 때문이라는 생각이 듭니다. 그러나 거기에는 이유가 있소. 때로는 자유로운 것보다 사슬에 매여 있는 게 나을 때가 종종 있다오. 그러나 다른 피고들이 어떤 대우를 받고 있는지 보여주겠소. 그걸 보면 교훈을 얻게 될지도 모르지. 이제 블로크를 부를 테니 당신은 문을 열고 이 책상 옆에 앉아 있으시오."

"그러지요."

K는 변호사가 시키는 대로 했다. 그는 언제나 배울 준비가 되어 있었다. 그러나 어떤 경우에든 확실히 하기 위해 그는 다시 물었다.

"하지만 내가 당신의 변호를 해약한 것은 아셨겠죠?"

"알겠소. 하지만 당신이 그 말을 오늘 밤 안으로 취소할지도 모르오."

그는 다시 침대에 누워 이불을 턱 밑까지 끌어올리고 벽 쪽으로 돌아눕더니 벨을 눌렀다. 벨소리와 거의 동시에 레니가 나타났다. 그녀는 무슨 일이 있었는지 알려고 재빨리 주위를 둘러보더니 K가 변호사의 침대 옆에 가만히 앉아 있는 것을 보고는 안심하는 모양이었다. 그녀는 자신을 빤히 쳐다보는 K에게 웃으며 고개를 끄덕였다.

"블로크를 불러와."

레니는 블로크를 데리러 가지 않고 문 앞에서 소리쳤다.

"블로크! 변호사님이 부르세요!"

레니는 변호사가 벽을 향해 누운 채 아무것도 상관하지 않고 있기 때문인지 살그머니 K의 의자 뒤로 왔다. 그러고는 의자 등받이 너머로 몸을 굽히고 아주 부드럽고 조심스럽게 두 손으로 K의 머리카락을 쓰다듬기도 하고 뺨을 어루만지기도 하면서 그를 귀찮게 했다. 마침내 K는 그런 짓을 못 하게 하려고 그녀의 한쪽 손을 붙잡았다. 그녀는 잠시 저항하다가 그가 하는 대로 내버려두었다. 블로크는 부름을 받자 곧 달려왔으나 문 앞에 서서는 들어와야 할지 어떨지 망설이는 듯했다. 그는 눈썹을 치켜올리고 머리를 숙인 채 변호사에게 오라는 명령이 반복되기를 기다리는 것 같았다. K가 그에게 들어오라고 부추길 수도 있었지만 변호사뿐만 아니라 이 집에 있는 모든 사람과 관계를 끊어버릴 결심을 했기 때문에 가만히 있었다. 레니도 말이 없었다. 적어도 몰아내는 사람은 없다는 것을 깨달았는지 블로크는 발끝으로 걸어 들어왔다. 얼굴은 긴장하고 뒷짐 진 두 손은 떨고 있었다. 도로 나가게 될 경우를 생각해서 문은 그대로 열어두었다. 그는 K를 쳐다보지도 않고 깃털이불만 바라보고 있었지만 변호사는 벽에 바싹 붙어 누워 이불을 뒤집어쓰고 있었기 때문에 보이지도 않았다. 그러나 그때 변호사의 목소리가 들렸다.

"블로크는 왔나?"

그 말은 방 한가운데에까지 들어온 블로크의 가슴과 등을 한 대 때린 것 같았다. 그는 비틀거리며 허리를 깊이 숙인 채 말했다.

"분부만 내리십시오."

"뭐야, 자네는? 왜 이런 때에 와?"

"부르시지 않으셨나요?"

블로크는 변호사에게라기보다 자기 자신에게 묻듯이 반문하며 두 손을 방어하듯 내밀고는 도망갈 태세였다.

"부르기는 했지만 그래도 마땅치 않은 때에 왔단 말이야."

그리고 잠시 후에 다시 덧붙였다.

"자네는 언제나 마땅치 않은 때에 와."

변호사가 말을 시작한 후부터 블로크는 너무 눈이 부셔서 변호사를 바라볼 수 없다는 듯이 더는 침대를 바라보지 않고 방 한쪽 구석을 응시하며 그저 귀만 기울이고 있었다. 변호사가 벽을 향해 낮은 소리로 빨리 말했기 때문에 알아듣기도 힘들었다.

"그럼 다시 나가도록 할까요?"

"기왕 왔으니까 그냥 있어!"

변호사가 블로크의 소원을 들어준 게 아니라 채찍으로 때리겠다고 위협이라도 한 듯이 블로크는 이제 정말로 부들부들 떨기 시작했다.

"어제 나는, 내 친구인 제3석 재판관한테 가서 은근히 자네 이야기로 화제를 돌렸지. 재판관이 뭐라고 했는지 알고 싶은가?"

"오, 부탁입니다."

변호사가 곧 대답을 하지 않자 블로크는 다시 간청하고 무릎이라도 꿇을 듯이 몸을 굽혔다. 그러나 그때 K가 그에게 소리쳤다.

"무슨 짓이오?"

그가 소리치지 못하게 레니가 막으려 했기 때문에 그는 레니의 다른 한쪽 손도 붙잡았다. 애정 어린 손짓으로 꽉 잡은 게 아니었기 때문에 그녀는 자꾸 신음하며 손을 뿌리치려 했다. K가 소리친 덕분에 블로크만 변호사에게 야단을 맞았다. 변호사가 블로크에게 물었기 때문이다.

"도대체 자네 변호사는 누구야?"

"선생님입니다."

"나 외에는?"

"선생님 외에는 아무도 없습니다."

"그럼 다른 사람 말은 듣지 말아야 해."

블로크는 변호사의 말을 완전히 인정하고, 증오에 찬 시선으로 K를 바라보며 머리를 세차게 흔들었다. 그 태도를 말로 표현한다면 거친 욕설임에 틀림없었다. 이런 사람과 K는 친밀하게 자신의 소송에 대해 이야기하려 했다니!

"더는 방해하지 않겠소."

K는 의자에 기대며 말했다.

"무릎을 꿇건 네발로 기건, 하고 싶은 대로 하시오. 난 상관하지 않을 테니."

그러나 블로크는 적어도 K에 대해서는 자존심이 있었는지 주먹을 휘두르며 가까이 다가오더니 변호사 옆에서 감히 소리칠 수 있을 정도만큼만 소리 내어 외쳤다.

"당신은 내게 그런 말을 할 수 없소. 그건 용납되지 않아요. 왜 나를 모욕하는 거요? 더욱이 변호사님 앞에서 그러기요? 지금 변호사님은 당신이나 나를 불쌍하게 여겨 참아주시는데 말이오. 당신도 기소되어서 소송 중이니 나보다 나을 게 없잖소? 당신이 신사라고 한다면 나도 더 훌륭하다고는 할 수 없을지라도 당신 못지않은 신사요. 그러니 나도 신사로서 대접받겠소. 바로 당신에게 말이오. 나는 당신 표현대로 네발로 기고 있는데 당신은 거기 앉아서 이야기만 듣고 있다고 해서 당신이 우대를 받고 있다고 생각한다면 재판소의 오래된 격언을 가르쳐주겠소. '용의자는 가만히 있는 것보다 움직이는 게 낫다. 가만히 있으면 자기도 모르는 사이에 저울 위에 올려져 죄를 저울질당하기 때문이다.'"

K는 아무 말도 하지 않고 눈도 깜박이지 않고 이 정신 나간 사람을 빤히 쳐다보았다. 몇 초 사이에 사람이 이렇게 변할 수 있을까? 소송 때문에 이리 몰리고 저리 몰리다 보니 누가 친구이고 누가 적인지도 분간하지 못하게 된 것일까? 변호사가 그를 고의적으로 모욕하고 있으며, 혹시 K도 굴복시킬 수 있지 않을까 해서 바로 K 앞에서 자신의 권력을 과시하려 한다는 것을 모른단 말인가? 그러나 블로크가 그것을 간파할 능력이 없거나, 그걸 알아챘다 해도 변호사가 너무 두려워서 어쩔 도리가 없다면, 어떻게 변호사를 속이고 다른 변호사에게 자기 일을 해달라고 의뢰할 뿐만 아니라 그 사실을 숨길 만큼 간교하고 대담할 수 있단 말인가? 그리고 그 비밀을 즉시 폭로할 수도 있는 K에게 감히 어떻게 대들 수 있을까? 그뿐 아니라 블로크는 변호사의

침대 옆으로 가서 K에 대한 불평을 시작했다.

"변호사님, 저 사람이 지금 저한테 하는 말을 들으셨습니까? 소송이 시작된 지 아직 얼마 되지도 않는 주제에 5년 동안이나 소송을 하고 있는 저에게 훈계를 하며 모욕까지 합니다. 아무것도 모르는 주제에, 예의나 의무나 재판소의 관습이 무엇을 요구하는지를 미력하나마 힘닿는 데까지 자세히 연구한 저를 모욕하는군요."

"남의 걱정은 말아. 자네가 옳다고 생각하는 일이나 하게."

"옳은 말씀입니다."

블로크는 자신에게 용기를 주려는 듯이 말하고 흘끔 곁눈질을 하며 침대 바로 옆에 무릎을 꿇고 앉아 말했다.

"변호사님, 저는 이렇게 무릎을 꿇었습니다."

그러나 변호사는 아무 말도 없었다. 블로크는 한 손으로 조심스럽게 이불을 어루만졌다. 방 안을 내리누르고 있는 고요 가운데 레니가 K의 손을 뿌리치며 말했다.

"아파요. 놔요. 난 블로크한테 갈 거예요."

그녀는 그쪽으로 가서 침대 가장자리에 앉았다. 블로크는 레니가 오는 것을 보고 매우 기뻐하며 말은 하지 않고 곧 변호사에게 잘 얘기해주기를 부탁한다는 손짓을 부산스럽게 했다. 그는 분명히 재판관이 뭐라 했는지 몹시 듣고 싶어 했으나 아마도 단지 다른 변호사들에게 전해주어 이용하게 하려는 목적 때문이었을 것이다. 레니는 어떻게 하면 변호사의 기분을 맞출 수 있는지 잘 알고 있을 것이다. 그녀는 변호사의 손을 가리키며 키스하라는 듯이 입술을 내밀었다. 블로크는 얼른 변호사의 손에 키스를 하고, 레니의 지시에 따라 두 번이나 더했다. 그러나 변호사는 여전히 아무 말이 없었다. 그러자 레니는 변호사 위로 몸을 숙였다. 그렇게 몸을 뻗으니 아름다운 몸매가 그대로 드러났다. 그녀는 변호사의 얼굴에 바싹 다가가 그의 길고 흰 머리칼을 쓰다듬었다. 그러자 그는 대답하지 않을 수 없었는지 한마디했다.

"그 말을 저 사람에게 전해줘야 할지 망설여져."

변호사는 이렇게 말하고 머리를 흔들었는데, 레니의 손길을 좀 더 진하게 느끼려고 그러는 것 같았다. 블로크는 엿듣는 것이 무슨 계율을 어기는 짓이라도 되는 것처럼 머리를 수그리고 귀를 기울였다.

"왜 망설이세요?"

레니가 물었다.

K는 그들의 대화가 수없이 연습하고, 이제까지 자주 해왔고, 앞으로도 종종 되풀이될 것이나, 오직 블로크에게만 처음 듣는 이야기인 양 들리리라는 느낌이 들었다.

"오늘 그의 태도는 어땠지?"

대답 대신 변호사가 물었다.

대답을 하기 전에 레니가 블로크를 내려다보자 그는 그녀 쪽으로 손을 들고 애원하며 비비댔다. 그녀는 잠시 그 모습을 바라보다가 마침내 심각한 표정으로 머리를 끄덕이고 변호사 쪽으로 얼굴을 돌리고는 말했다.

"얌전하고 열심이었어요."

수염을 길게 기른 늙은 상인이 젊은 여자에게 유리한 증언을 애원하고 있었다. 무슨 속셈이 있는지 모르지만 같은 입장에 있는 사람의 눈으로도 정당하게 생각되는 점은 하나도 없었다. K는 변호사가 어떻게 이런 연극을 해서 K를 수중에 넣으려 생각했는지 이해할 수 없었다. 이제까지는 K를 쫓아내지 않더니 이제 이런 장면을 보여줘서 오히려 K를 쫓아내는 셈이었다. 변호사는 이 장면을 구경하고 있는 사람을 모욕하고 있는 것이다. 다행히 K는 그다지 오랫동안 끌려다니지 않았지만, 변호사의 이 방법은 의뢰인이 종국에는 세상일을 모두 잊어버리고 소송이 끝날 때까지 이런 미로에서 계속 끌려다니기만을 바라게 만드는 것이었다. 이젠 의뢰인이 아니라 변호사의 개였다. 변호사가 상인에게 개집으로 들어가듯이 침대 밑으로 기어들어가 짖으라고 명령한다 해도 상인은 기꺼이 그렇게 했을 것이다. K는여기에서 하는 이야기들을 모두 정확하게 기억해두었다가 상급 재판소에 가서 보고하고 고발하라는 위임을 받기라도 한 듯이 주의 깊고 신중하게 귀를 기울였다.

"하루 종일 그는 뭘 했지?"

변호사가 물었다.

"저는 그를," 하고 레니가 말했다.

"제 일에 방해되지 않도록 그가 늘 묵는 하녀방에 가둬두었어요. 이따금 문틈으로 뭘 하고 있나 들여다보았더니 침대 위에 무릎을 꿇고 앉아 선생님이 빌려주신 서류들을 창문턱에 올려놓고 읽고 있더군요. 저는 좋은 인상을 받았어요. 사실 그 창문은 통풍구로만 통해 있을 뿐 햇빛은 거의 들어오지 않아요. 그런데도 블로크가 책을 읽고 있기에 정말 순종적인 사람이라는 생각이 들었어요."

"그 말을 들으니 기쁘군. 하지만 이해나 하면서 읽던가?"

대화가 진행되는 동안 블로크는 끊임없이 입술을 움직였는데, 틀림없이 레니가 해줬으면 하고 바라는 대답을 입 속으로 꾸며보는 모양이었다.

"물론 거기에 대해서는, 확실하게 말씀드릴 수 없어요. 아무튼 철저하게 읽는 것 같았어요. 하루 종일 같은 페이지를 펴놓고 한 줄 한 줄 손으로 짚어가며 읽더군요. 읽기가 무척 힘든지 제가 들여다볼 때마다 한숨을 쉬더군요. 그에게 빌려주신 서류들은 아마도 이해하기가 어려운가 봐요."

"그래. 물론 이해하기 힘들지. 나도 그가 뭘 이해하리라고 생각하지는 않아. 그저 그를 변호하기 위해 내가 얼마나 힘든 투쟁을 하고 있는지 그가 짐작이나 하길 바랄 뿐이지. 더구나 누굴 위해 내가 이 힘든 투쟁을 하고 있는 거야? 말하기조차 우습지만, 블로크를 위해서잖아. 그게 무슨 뜻인지도 그는 이해할 수 있어야 해. 쉬지 않고 읽던가?"

"거의 쉬지 않고 읽었어요. 꼭 한 번 물을 마시고 싶다고 하기에 통풍창으로 물을 한 컵 줬어요. 그리고 8시에 밖으로 불러내서 먹을 걸 좀 줬어요."

블로크는 자신이 지금 칭찬을 받고 있으니 K에게도 감동을 줄 것이라는 듯이 곁눈질로 K를 힐끗 쳐다보았다. 그는 이제 희망을 가졌는지 좀 더 여유 있는 몸짓으로 무릎을 꿇은 채 이리저리 움직였다. 그러고 있던 터라 변호사의 다음 말을 듣고 그만 겁에 질리는 모습이 더 두드러져 보였다.

"너는 그를 칭찬하는데, 바로 그렇기 때문에 나로서는 말을 전하기가 어렵다는 거야. 재판관은 블로크나 그의 소송에 대해서 그다지 호의적으로 말하지 않았거든."

"호의적이 아니라고요? 어떻게 그럴 수가 있어요?"

블로크는 레니라면 이미 오래전에 재판관이 한 말이라도 그에게 유리하도록 바꿔놓을 수 있는 능력이 있다고 믿는 듯이 긴장된 시선으로 그녀를 쳐다보았다.

"호의를 안 가졌더라고. 내가 블로크에 대해 이야기를 시작하자 재판관은 불쾌한 표정까지 지으며 '블로크에 대해서는 말하지 마시오' 하겠지. 내가 '그는 제 의뢰인입니다' 했더니 '당신은 이용당하고 있어요'라는 거야. 내가 '그가 패소하리라고 생각하지 않습니다' 했더

니 또 '당신은 이용당하고 있어요'라고 되풀이하는 거야. 나는 '그렇
게 생각하지 않습니다' 하고 말했지. '블로크는 소송에 대해 열심이고
언제나 자기 사건을 쫓아다니고 있습니다. 그는 항상 상황을 잘 알고
있으려고 내 집에서 살다시피 하고 있습니다. 그렇게 열심인 사람도
드물죠. 사실 인간적으로는 호감이 가는 사람이 아니고 예의도 없고
불결하지만, 소송 문제에서만은 나무랄 데가 없습니다' 하고 말했어.
나무랄 데가 없다고 말했지만 그건 의식적으로 과장한 거야. 그러자
재판관은 '블로크는 교활하기만 하오. 그는 많은 사람들의 경험담을
듣고 소송을 지연시키는 방법을 알고 있소. 그러나 교활한 것보다 더
나쁜 건 무식한 거요. 만일 소송이 아직 시작되지도 않았고, 소송이
시작되는 것을 알리는 종이 아직 울리지도 않았다는 사실을 그에게
알려주면 그는 도대체 뭐라고 할까요?' 하더군. 가만 있어, 블로크."

그때 블로크가 무릎을 휘청거리며 일어서면서 설명을 청하려 했
으므로 변호사가 말했다. 변호사가 바로 블로크에게 분명하게 말한
것은 이것이 처음이었다. 피곤한 눈길로 변호사는 허공을 보는 것 같
기도 하고 블로크를 내려다보는 것 같기도 했는데, 블로크는 그 시선
에 눌려 천천히 다시 무릎을 꿇었다.

"재판관의 이 말은 자네에게는 아무 의미도 없어. 무슨 말을 할 때
마다 일일이 놀라지 말게. 또 그러면 앞으로는 아무것도 말해주지 않
겠어. 도대체 무슨 말만 하면 최후 판결이라도 내려진 것처럼 쳐다보
는군. 여기 내 의뢰인도 계시는데 부끄러운 줄 알아야지! 이분이 내
게 갖고 있는 신뢰감을 자네가 흔들어놓지 않나. 도대체 왜 그러나?
자네는 아직 살아 있고, 아직 내 보호 아래 있으니까 쓸데없는 걱정은
말아! 최후 판결은 대개 누군지도 모를 사람의 입에서 아무 때나 불
시에 내려진다는 것을 자네도 어디선가 읽었지 않나. 여러 가지 유보

조건은 있지만 아무튼 그건 사실이야. 그러나 자네의 걱정은 불쾌하고, 그것은 자네가 반드시 갖고 있어야 할 신뢰감이 부족하기 때문이라는 것도 사실이야. 도대체 내가 무슨 말을 했지? 어떤 재판관이 한 말을 전했을 뿐이야. 자네도 알다시피 소송을 둘러싸고는 여러 가지 견해가 쌓이기 때문에 예측할 수가 없단 말이야. 예를 들어, 지금 얘기한 재판관은 소송이 시작되는 시기에 대해 나와 다른 의견을 가지고 있어. 견해 차이일 뿐, 그 이상 아무것도 아니야. 소송이 어느 정도 진전되면 예로부터의 관습에 따라 종을 울리는데, 이 재판관의 견해로는 그때에야 소송이 시작된다는 거야. 그에 대한 반대의견을 지금 자네에게 모두 얘기해 줄 수는 없고, 자네는 이해하지도 못하겠지만, 아무튼 반대의견이 많이 있다는 것만은 알아두게.”

블로크는 어쩔 줄 모르며 침대 옆에 깔려 있는 양탄자의 털을 손가락으로 만지고 있었다. 그는 재판관의 말이 걱정되었기 때문에 자신이 변호사에게 예속되어 있다는 것을 잠시 잊어버리고 재판관의 말만 여러 각도로 생각하고 있었다.

“블로크,” 하고 레니가 타이르는 어조로 말하며 그의 웃옷 칼라를 조금 잡아당겼다.

“양탄자는 그냥 놔두고 변호사님 말씀이나 잘 들어요.”

(이 장은 미완성이다.)

9. 대성당에서

K는 은행의 중요한 고객이며 이 도시에 처음 체류하는 어느 이탈리아인에게 몇 군데 예술적인 유적을 안내해주라는 지시를 받았다. 전 같으면 이런 지시를 분명히 영광으로 생각했겠지만 은행에서 있는 힘을 다해야 체면을 유지할 수 있는 지금으로서는 마지못해 받아들였다. 잠시라도 사무실을 떠나면 괴로웠다. 업무 시간도 전처럼 잘 활용하지 못하고, 대개는 간신히 실제로 일을 하는 체하며 보내고 있었다. 그렇기 때문에 사무실을 비우게 되면 더욱 불안했다. K가 사무실을 비우면 호시탐탐 노리고 있는 부지점장이 때때로 K의 사무실에 들어와 책상 앞에 앉아서 K의 서류들을 들추고, 여러 해 동안 K와 친구처럼 지내온 고객들을 만나 이간질을 하고, K의 업무상의 실책까지도 발견하는 게 보이는 것 같았다.

K는 지금 사방에서 허점들이 속출하고 있는 것을 알지만 그러한 실책들을 피할 도리가 없었다. 그렇기 때문에 아무리 특별한 이유에서일지라도 업무상의 외출이나 아주 잠시 동안의 출장 명령을 받으

면 (우연하게도 최근에 이런 지시가 아주 많아졌다) 자신을 잠시 사무실에서 내보내고 업무 상태를 조사하려는 게 아닐까, 아니면 적어도 자기 같은 사람은 사무실에 없어도 괜찮은 사람으로 취급하는 게 아닌가 하는 생각이 자꾸 들었다. 이러한 지시를 대개 어렵지 않게 거부할 수도 있겠지만 그렇게 하지 않은 것은, 자신의 불안이 전혀 근거가 없다면 그런 지시를 거절하는 것이 오히려 자신이 불안해한다는 것을 고백하는 게 되기 때문이었다. 이런 이유에서 K는 이런 지시들을 겉으로 태연하게 받아들였고, 심지어 이틀 동안 힘든 출장 명령을 받았을 때 심한 감기에 걸려 있었는데도 마침 가을비가 계속 오고 있으니 여행을 가지 말라 할까 봐 그 말을 하지 않았다. 미칠 듯한 두통을 느끼며 출장에서 돌아오니 다음 날에는 이탈리아인 고객을 안내해야 한다는 것이었다. 무엇보다도 업무와 직접 관련이 없는 일을 그에게 시킨 것이므로 적어도 이번 한 번만은 거절하고 싶은 유혹이 매우 컸으나, 고객에 대한 이러한 사교적인 의무를 수행하는 것은 그 자체만으로도 틀림없이 중요했다.

K는 업무 성과를 통해서만 지위를 유지할 수 있고, 그러지 못하면 이탈리아인을 뜻밖에 매료시킨다 해도 아무 소용이 없다는 생각이었으므로 이 일에 비중을 둘 수 없었다. 그는 하루라도 업무에서 밀려나고 싶지 않았다. 다시 돌아오지 못할 것 같은 불안이 너무도 컸기 때문이다. K는 지나친 불안이라는 것을 아주 잘 알면서도 마음을 졸였다. 물론 이번 경우에는 합당한 핑계를 찾을 수 없었다. K의 이탈리아어 실력은 그리 대단치는 않았지만 그런대로 충분했다. 그러나 결정적인 이유는, K는 단지 업무상의 이유에서 한동안 시(市) 예술유적보존협회의 회원으로 있었는데, 은행에 전부터 K가 미술사에 대한 지식이 있다고 과장되게 알려져 있기 때문이었다. 소문에는 그 이

탈리아인이 미술 애호가라니 K가 그의 안내자로 선정된 것은 당연한 일이었다.

비가 세차게 내리고 바람이 몰아치는 아침, K는 그날 일정에 분통을 터뜨리며 7시에 벌써 사무실로 나갔다. 이탈리아인이 오기 전에 최소한 몇 가지 일이라도 처리하기 위해서였다. 준비를 좀 하려고 한밤중까지 이탈리아어 문법을 공부했기 때문에 몹시 피곤했다. 요즈음 너무 자주 창문 앞에 앉아 있는 버릇이 생긴 탓에 책상보다 창문이 그를 더 유혹했지만 그런 생각을 억제하고 일을 하려고 책상 앞에 앉았다. 그러나 유감스럽게도 바로 그때 사환이 들어와서 업무주임이 출근했는지 보고 오라고 지점장이 보냈다며, 만일 출근했으면 이탈리아 손님이 벌써 와 있으니 미안하지만 응접실로 오라는 말을 전했다.

"곧 가겠소."

K는 자그마한 사전을 호주머니에 넣고 외국인을 위해 준비한 시내 명소 앨범을 팔에 끼고 부지점장의 방을 지나 지점장실로 들어갔다. 일찍 출근한 덕분에 금방 호출에 응할 수 있게 돼서 K는 기뻤다. 사실 아무도 그가 벌써 나와 있으리라고는 예상하지 못했을 것이다. 물론 부지점장의 방은 아직 한밤중처럼 텅 비어 있었다. 아마 부지점장도 불러오라고 사환을 보냈겠지만 소용이 없었을 것이다. K가 응접실로 들어가자 두 신사는 깊숙한 안락의자에서 일어섰다. 지점장은 다정하게 웃음을 지었다. K가 와서 매우 기쁜 모양이었다. 그는 곧 두 사람을 소개했다. 이탈리아인은 K와 힘차게 악수하고 웃음 지으며 아침 일찍 일어나는 사람이라고 말했다. K는 누구를 두고 하는 말인지 이해하지 못했다. 게다가 이상한 단어여서 그 뜻을 한참 후에야 짐작할 수 있었다. K가 유창한 말로 대답을 하자 이탈리아인은 또 웃

으며 고개를 끄덕이고 불안한 손짓으로 수염을 여러 번 어루만졌다. 푸르스름하고 회색빛이 도는 텁수룩한 수염에 향수를 뿌린 것 같아 가까이 가서 맡아보고 싶을 정도였다.

모두 자리에 앉아 이야기를 시작했는데 K는 이탈리아인의 이야기를 부분적으로밖에 이해할 수 없다는 것을 깨닫고 무척 거북했다. 아주 천천히 말하면 다 알아들을 수 있었지만 그런 일은 아주 드물고, 대개는 말을 마구 쏟으며 신나는 듯 머리를 흔들어댔다. 게다가 그런 이야기 가운데 도저히 이탈리아어라고는 생각할 수 없을 사투리가 규칙적으로 뒤섞였는데, 지점장은 그 말을 이해할 뿐 아니라 대답도 했다. 이탈리아인의 고향인 남부 이탈리아에서 지점장이 2, 3년 동안 지낸 적이 있으니 K도 짐작할 수 있는 일이었다. 아무튼 K는 이 이탈리아인과는 의사소통이 꽤 어려우리라는 생각이 들었다. 그 사람이 하는 프랑스어도 이해하기 힘들었고, 입술 모양을 보면 이해에 도움이 될 수도 있을 텐데 그것도 수염에 가려져 보이지 않았다. K는 여러 가지 불편한 일이 생기리라고 예상하고, 우선 그의 말을 이해하려는 노력은 단념하고 (지금은 지점장이 이탈리아인의 말을 잘 이해하고 있으니 애쓸 필요도 없었다) 불쾌한 기분으로 이탈리아인을 관찰하고만 있었다. 이탈리아인은 의자에 편안하게 깊숙이 몸을 파묻고 짧고 꼭 끼는 웃옷을 자꾸 잡아당기고, 한번은 팔을 올리고 손목을 흔들며 무엇인가를 표현하려 했다. K는 몸을 굽히고 이탈리아인의 두 손을 열심히 들여다보았지만 그 뜻을 알 수가 없었다. 결국 주고받는 이야기를 기계적으로 시선으로만 쫓을 뿐 할 일이 없는 K는 더 피곤해져서 방심한 나머지 자리에서 일어나 돌아서서 나가려다 다행히도 얼른 정신을 차렸다. 마침내 이탈리아인은 시계를 보더니 벌떡 일어섰다. 그는 지점장에게 작별 인사를 하고 K에게 급히 다가왔는데, 너무나 가까이 다가왔기 때문에 K는 몸을 움직이려고 안락의자를 뒤로 밀어야 했다.

지점장은 K의 시선에서 이탈리아어 때문에 난처해하는 것을 눈치 채고 두 사람의 대화에 끼어들었다. 지점장의 태도가 재치 있고 상냥해서 겉으로는 사소한 조언을 하는 것 같았지만, 사실은 지치지도 않고 지껄이는 이탈리아인의 이야기 내용을 간결하게 K에게 알려주는 것이었다. 지점장의 말을 들으니 이탈리아인은 우선 처리해야 할 업무가 몇 가지 있고, 전체적으로도 시간이 거의 없을 테니 모든 명소를 급히 돌아볼 생각은 없고 차라리 (물론 결정권은 K에게만 있으니 K가 찬성한다면) 대성당만 찬찬히 구경할 생각이라고 했다. 그는 이렇게 학식 있고 친절한 분(K를 가리킨 말이지만 K는 이탈리아인의 말은 건성으로 듣고 지점장의 말을 재빨리 알아들으려는 생각밖에 없었다)의 안내를 받으며 구경할 수 있게 되어 너무 기쁜데 시간이 괜찮으면 두 시간 후인 10시쯤에 대성당으로 오라고 부탁했다. 그 자신은 틀림없이 그 시각에 미리 가 있을 수 있으리라는 것이었다. K는 적합한 말로 대답을 했다. 이탈리아인은 우선 지점장과 악수한 다음 K와 악수하더니 다시 한번 지점장과 악수했다. 그는 앞장서서 문 쪽으로 걸어가며 반쯤 몸을 돌려 뒤따라오는 두 사람을 돌아보며 쉬지 않고 말을 계속했다. 그런 뒤 K는 잠시 더 지점장과 같이 있었는데, 지점장은 오늘 특히 기분이 안 좋은 것 같았다. 그들은 정답게 나란히 서 있었는데 지점장은 K에게 어쩐지 사과해야겠다는 생각이었는지 처음에는 자신이 이탈리아인과 갈 생각이었으나 결국 자세한 이유는 말하지 않고 차라리 K를 보내기로 결정했다고 말했다. 그리고 처음에는 이탈리아인의 이야기를 이해하기 어려울지 모르지만 곧 이해하게 될 테니 당황하지 마라, 그리고 하나도 못 알아들어도 괜찮다, 그 사람은 상대방이 이해를 하건 말건 전혀 상관하지 않으니까, 게다가 K의 이탈리아어 실력은 놀랄 만큼 훌륭하며 분명히 일을 잘 끝낼 거라고 말했다. 그러고 나서 K는 지점장과 헤어졌다.

남은 시간 동안 K는 대성당 안내에 필요한, 흔히 쓰이지 않는 단어들을 사전에서 찾아 적었다. 그것은 매우 성가신 일이었다. 사환이 우편물을 가져왔고, 은행원들이 여러 가지 문의를 하려고 왔다가 K가 바쁜 것을 보고는 문 옆에 그대로 서서는 K가 그들의 이야기를 들어줄 때까지 나가지 않았다. 부지점장도 자꾸 들어와서 K의 손에서 사전을 빼앗아, 찾을 것도 없는 게 분명한데 책장을 들추며 K를 괴롭혔다. 그리고 문이 열리면 어두컴컴한 대기실에서 고객들이 얼굴을 내밀고 어물거리며 인사를 했다. K의 주의를 끌려고 그러는 것이겠지만 K가 그들을 보았는지도 확실치 않았던 것이다. K를 중심으로 이러한 일들이 일어나고 있는 동안 K 자신은 필요한 단어들을 생각해내 사전에서 찾아 적고, 발음을 연습하고, 외우려고 애썼다. 그러나 예전의 그 좋던 기억력은 다 없어진 것 같았다. 자신을 이렇게 애쓰게 만든 그 이탈리아인에게 화가 나서 더는 준비하지 않으려고 단단히 마음먹고 여러 번 사전을 서류더미 속에 집어넣었으나, 이탈리아인과 대성당의 미술품을 말없이 돌아볼 수는 없다는 생각이 들어 더욱 분개하며 사전을 다시 꺼냈다. 정각 9시 반에 그가 막 나가려는데 전화가 왔다. 레니가 아침 인사를 하고 안부를 물었다. K는 급히 고맙다는 말을 하고 대성당에 가야 하기 때문에 지금은 얘기할 시간이 없다고 말했다.

"대성당에요?"

레니가 물었다.

"그래, 대성당에 가야 해."

"왜 대성당에 가세요?"

K는 간단히 설명하려는데 그가 말을 시작하기도 전에 레니가 갑자기 말했다.

"그들이 당신을 내쫓는 거예요."

K는 자신이 요구하거나 기대하지 않았던 이런 동정을 견딜 수 없었다. 그는 작별 인사만 한마디하고 수화기를 내려놓으면서 반쯤은 자신에게, 반쯤은 이젠 들리지 않겠지만 수화기 저편의 레니에게 말했다.

"그래, 그들이 나를 내쫓고 있지."

이젠 벌써 시간이 늦어 약속시간에 닿지 못할까 봐 그는 택시를 잡았다. 사무실을 떠나기 직전에 앨범 생각이 났다. 아침에 앨범을 건네 줄 기회가 없었으므로 지금 갖고 가기로 했다. 차를 타고 가는 동안 내내 그는 무릎 위에 놓인 앨범을 초조하게 두드렸다. 빗줄기는 약해졌으나 축축하고 춥고 어두웠다. 대성당 안에서는 거의 아무것도 보이지 않을 것이고, 차가운 돌바닥 위에 오랫동안 서 있으면 감기만 악화될 것 같았다. 대성당 앞의 광장에는 아무도 없었다. K는 어렸을 때 이 좁은 광장 주위의 집들이 언제나 거의 모든 창문의 커튼을 내리고 있는 것을 이상하게 생각했던 게 기억났다. 다른 날보다도 오늘 같은 날씨에는 물론 이해가 가는 일이었다. 대성당 안에도 아무도 없는 것 같았다. 이런 날씨에 이런 데를 찾아오고 싶은 사람은 물론 없을 것이다. K는 양쪽 통로를 걸어갔지만 노파 한 사람을 만났을 뿐이었다. 노파는 따뜻한 목도리를 두르고 마리아상 앞에 무릎을 꿇고 그것을 쳐다보고 있었다. 그리고 멀리 한쪽 벽에 난 문으로 성당지기가 다리를 절며 들어가는 게 보였다. K가 대성당 안으로 들어설 때 마침 10시를 알리는 종소리가 울렸으니 그는 정각에 온 것인데 이탈리아인은 아직 나타나지 않았다. K는 다시 정문으로 가서 망설이며 한동안 서 있다가 혹시 그 사람이 옆문에서 기다리지 않나 해서 비를 맞으며 대성당 주위를 한 바퀴 돌았다. 그러나 아무 데도 없었다. 지점장이 약속 시간을 잘못 알아들은 게 아닐까? 그 사람이 하는 말을 도대체 어떻게 제대로 알아들을 수 있겠는가? 그러나 어쨌든 적어도 반 시간은 기다려줘야 할 것이다. 그는 피곤했기 때문에 자리에 앉으려고 다시 대성당 안으로 들어갔다. 계단 위에 양탄자 조각 같은 것이 있어서 그는 그것을 발끝으로 가까이 있는 의자 앞으로 밀어 넣고 외투로 몸을 더 깊이 감싸고 옷깃을 세우고 자리에 앉았다. 시간을 보내기 위해서 앨범을 펼쳐 몇 장 뒤적여보았지만 너무 어두워서 그만두었다. 고개를 들고 보니 가까운 통로의 물건도 분간할 수 없었다.

멀리 중앙 계단에는 촛불이 커다란 세모꼴로 반짝이고 있었다. 처음 들어왔을 때부터 켜 있었는지는 확실하지 않았다. 어쩌면 방금 켜진 것 같기도 했다. 성당지기들은 직업상 살금살금 걸어다니기 때문에 아무도 그들의 발소리를 알아채지 못한다. K가 우연히 뒤돌아보니 그리 멀지 않은 곳의 기둥에 달려 있는 촛대에도 굵고 긴 초가 타고 있었다. 무척 아름답기는 했으나 주로 어두운 측면 제단에 걸려 있는 그림들을 밝히기에는 너무 불빛이 약해서 오히려 더 어둡게 만드는 것 같았다. 이탈리아인이 오지 않은 것은 무례한 일이기는 하지만 현명한 처사였다. 와봤자 아무것도 보지 못했을 테고, K의 회중전등으로 그림 몇 장을 조금씩 비춰 보는 것으로 만족해야 했을 것이다. 어느 정도 알아볼 수 있는지 시험해보기 위해 K는 가까운 측면 계단으로 가서 계단을 몇 개 올라가 낮은 대리석 난간 너머로 몸을 굽히고 회중전등으로 제단 그림을 비춰 보았다. 성체등의 불빛이 앞에서 어른거려 방해가 됐다. 처음 눈에 띈 것은 그림 가장자리에 그려진 사람이었는데 부분적으로는 추측을 했지만 체구가 크고 갑옷을 입은 기사였다. 기사는 여기저기 풀 몇 포기만이 나 있는 황량한 땅에 칼을 꽂고 기대어 서서 눈앞에서 벌어지고 있는 어떤 광경을 주시하고 있는 듯했다. 그곳으로 다가가지 않고 그렇게 가만히 서서 바라보고만 있는 게 이상했다. 어쩌면 감시를 하고 있는지도 모른다. 오랫동안 그림을 본 일이 없는 K는 회중전등의 녹색 불빛에 눈이 부셔 계속 눈을 깜박여야 했지만 한참 동안 그 기사를 쳐다보았다. 그리고 회중전등으로 그림의 나머지 부분을 비췄더니 그것은 일반적인 구도의 그리스도 매장도였다. 비교적 최근에 그린 그림 같았다. K는 회중전등을 호주머니에 넣고 앉았던 자리로 다시 돌아갔다. 이제 이탈리아인을 기다릴 필요는 없을 것 같았지만, 밖에는 틀림없이 폭우가 쏟아지고 있고, 대성당 안은 생각했던 것보다 춥지 않았기 때문에 K는 잠시 여기 그대로 있기로 했다. 바로 옆에 커다란 강론대가 있었는데, 작고 둥근 덮개에는 황금빛 십자가 두 개를 맨 끝이 서로 교차되게 반쯤 눕혀 세워놓았다. 난간 바깥 벽과 받침 기둥이 연결되는 부분에는 푸른 잎사귀들이 조각되어 있고 어린 천사들이 나뭇잎을 붙잡고 있었는데 발랄한 표정의 천사도 있고, 얌전한 표정의 천사도 있었다. K는 강론대 앞으로 가서 이리저리 살펴보았다. 돌을 조각한 솜씨는 매우 정교해서 나뭇잎 장식과 그 뒷면은 깊은 어둠을 끼워붙인 것 같았다. K는 그 사이로 손을 넣어 조심스럽게 어루만져보았다. 강론대가 있는 것을 이제까지 전혀 몰랐었다. 그때 그는 바로 옆에 있는 예배석 뒤에 성당지기가 서 있는 것을 우연히 알아챘다. 그는 축 늘어지고 주름이 많은 검은 옷을 입고 왼손에는 코담뱃갑을 들고 K를 살펴보고 있었다.

'저 사람은 도대체 뭘 하려는 것일까?'

K는 생각했다.

저 사람은 나를 의심하는 것일까? 아니면 팁을 받고 싶은가? 그러나 K가 자신을 쳐다보는 것을 알아챈 성당지기는 오른손으로 (두 손가락 사이에 코담배가 쥐여 있었다) 막연히 어딘가를 가리켰다. 도무지 알 수 없는 동작이어서 K는 잠시 더 기다려 보았으나 성당지기는 계속 손으로 무엇을 가리키고 머리까지 끄덕이며 더 강조하는 것이었다.

"도대체 왜 그러세요?"

K는 낮은 소리로 물었다.

성당 안이라 감히 소리를 지르지는 못했다. 그리고 지갑을 꺼내 들고 그에게 다가가려고 의자들 사이로 급히 걸어갔다. 그러나 성당지기는 곧 손을 내저으며 어깨를 으쓱해 보이더니 절뚝거리며 물러섰다. 절뚝거리며 급히 걸어가는 그런 걸음걸이를 K는 어렸을 때 말 탄 사람 흉내를 내려고 해본 적이 있었다.

'유치한 노인이로군. 의식 수준이 겨우 성당지기에나 알맞겠군. 내가 서면 자기도 서고, 내가 다시 달려들려는지 동정을 살피고 있는 꼴이라니.'

싱글거리며 K는 노인의 뒤를 따라 측면 통로를 지나 거의 중앙 제단 위에까지 올라갔다. 노인은 무엇인가를 가리키는 동작을 그치지 않았으나 노인이 그러는 것은 K가 자신을 쫓아오지 못하게 하려는 것이라고 생각했기 때문에 K는 일부러 돌아보지 않았다. 결국 K는 노인을 그냥 내버려두기로 했다. 노인을 너무 겁주고 싶은 생각은 없었고, 만일 이탈리아인이 지금이라도 올 경우를 생각해서 노인을 완전히 쫓아버리고 싶지도 않았기 때문이다.

앨범을 놓아둔 자리를 찾으려고 중앙 통로를 지나다, K는 합창대

좌석에 거의 맞붙어 아무 장식 없는 푸르스름한 돌로 매우 단순하게 만든 작은 강론대가 기둥 옆에 있는 것을 보았다. 그것은 너무 작아서 멀리서 보면 성자의 조각상을 넣어두는 벽감이 아직 비어 있는 것같이 보였다. 그 단상에 서면 강론하는 사람은 난간에서 한 걸음도 뒤로 물러설 수 없을 것 같았다. 게다가 강론대의 돌로 된 둥근 천장이 이상하게 낮은 데서부터 시작되어 아무 장식 없이 둥글게 위로 솟아 있어서 거기에서는 중간 키의 사람조차 똑바로 서지 못하고, 계속 난간 위로 몸을 굽히고 있어야 할 것 같았다. 그 모두가 강론자를 괴롭히기 위해서 만든 것 같았고, 훌륭하게 장식한 커다란 강론대가 있는데 왜 이런 강론대가 또 필요한지 알 수 없었다.

강론 직전에 켜놓는 불이 단상에 켜져 있지 않았다면 K도 이 작은 강론대를 알아채지 못했을 것이다. 이제부터 강론이 시작되려는 것일까? 아무도 없는 성당에서? 기둥 옆에서 강론대까지 통해 있는 계단을 내려다보았지만, 그것은 너무 좁아서 사람이 오르내리기 위해 만든 계단이 아니라 그저 기둥을 장식하기 위해 만든 것 같아 보였다. 그러나 강론대 밑에 정말로 신부가 서 있었다. K는 어이가 없어서 약간 웃었는데, 신부는 난간을 붙잡고 강론대 위로 올라가려다 K를 쳐다보더니 가볍게 머리를 숙였다. K는 좀 더 일찍 했어야 했겠지만 성호를 긋고 허리를 굽혔다. 신부는 약간 뛰어올라 짧고 빠른 걸음으로 강론대 위로 올라갔다. 정말 강론을 시작하는 것일까? 성당지기가 아마 정신이 나간 게 아니라 K를 강론자 쪽으로 가게 하려던 게 아닐까? 사실 성당이 텅 비어 있으니 특히 그럴 필요가 있었을 것이다. 그뿐 아니라 어딘가 마리아상 앞에 노파가 있었는데 그 노파도 불러와야 할 것이다. 그리고 정말 강론이 시작된다면 왜 오르간 연주가 없을까? 그러나 오르간은 울리지 않고 저 높이 어둠 속에서 희미하게 반짝일 뿐이었다.

K는 지금 얼른 나가버리는 게 좋지 않을까 하고 생각했다. 지금 나가지 않으면 강론 도중에 나갈 수는 없으니 강론이 끝날 때까지 앉아 있어야만 할 것이다. 사무실에서도 많은 시간을 허비했는데 이미 오래전에 이탈리아인을 기다릴 필요는 없어졌다. 시계를 보니 11시였다. 그런데 정말 강론을 할 수 있을까? K 혼자서도 청중이 될 수 있을까? 만일 그가 대성당을 구경하러 온 이방인에 불과하다면 어떻게 할 것인가? 사실 그는 다름 아닌 이방인이었다. 이렇게 지독한 날씨에 주일도 아닌 평일 오전 11시에 강론이 있으리라고 생각하는 것은 어리석은 일이었다. 신부는 (매끈하고 우울한 얼굴의 그 젊은 남자는 신부가 틀림없었다) 분명히 잘못 켜놓은 불을 끄려고 강론대로 올라간 것일 게다.

그러나 그렇지 않았다. 신부는 등잔을 살펴보더니 오히려 심지를 약간 높이고 천천히 난간 쪽으로 돌아서서 앞쪽의 모난 가장자리를 두 손으로 붙잡았다. 그는 잠시 그대로 서서 머리는 움직이지 않고 주위를 둘러보았다. K는 성큼 뒤로 물러서서 맨 앞줄 예배석에 팔꿈치를 대고 기댔다. 그는 정확하게 가리킬 수는 없지만 어딘가에서 성당지기가 일을 끝낸 후처럼 평온한 모습으로 등을 구부리고 웅크리고 앉아 있는 것을 멍한 눈길로 바라보았다. 지금 이 성당 안은 얼마나 고요한가! 그러나 K는 여기 그대로 있을 생각이 없었으므로 그 고요를 깨뜨리지 않을 수 없었다. 상황에는 관계없이 어떻든 정해진 시간에 강론하는 것이 신부의 의무라면 강론을 하면 되고, K의 협력이 없어도 잘 할 수 있을 테고, 또 K가 있다고 해서 강론의 효과가 더 커질 리도 없을 것이다. 그래서 K는 천천히 걷기 시작했다. 발끝으로 의자를 더듬으며 넓은 중앙 통로로 가서 전혀 방해받지 않고 통로를 걸어갔으나, 아무리 발소리를 죽여도 규칙적인 발소리가 돌바닥에 울리는 것은 어쩔 수 없었고 희미하기는 하지만 끊임없이 여러 겹으로 둥근 천장에 메아리치기도 했다. 어쩌면 신부가 그를 지켜보고 있을지도 모르나, 아무도 없는 예배석을 혼자 지나가며 K는 약간 쓸쓸한 생각이 들었고, 대성당의 크기도 사람이 간신히 참아낼 수 있는 정도인 것같이 생각되었다. 자신이 조금 전에 앉아 있던 자리에 오자 K는 머뭇거리지 않고 거기 놓여 있는 앨범을 얼른 집어 들었다. 어느덧 예배석을 지나 예배석과 출입문 사이의 넓은 공간에 거의 이르렀을 때, 처음으로 신부의 목소리가 들렸다. 힘차고 잘 다듬어진 목소리였다. 소리가 잘 울리는 대성당 안에서 그 소리는 어쩌나 크게 울려 퍼지는지! 그러나 신부가 부른 것은 일반 예배자들이 아니었다. 그것은 아주 명확하고, 어떻게도 피할 수 없는 이름이었다. 신부는 외쳤다.

"요제프 K!"

K는 우뚝 서서 눈앞의 돌바닥을 내려다보았다. 아직은 자유의 몸이니까 계속 앞으로 걸어가서 그다지 멀지 않은 곳에 있는 작고 칙칙한 세 개의 나무문 가운데 어느 하나를 지나 밖으로 나갈 수 있었다. 그렇게 하면 그가 부르는 소리를 알아듣지 못했거나, 혹은 알아듣기는 했지만 상대할 생각이 없다는 것을 의미하게 된다. 그러나 뒤돌아보면 그가 잘 알아들었을 뿐만 아니라, 불린 사람은 정말로 자기 자신이며 그의 말에 복종하겠다는 고백이 되기 때문에 꼼짝없이 붙잡히게 된다. 신부가 다시 한번 불렀더라면 K는 그대로 나가버렸을 텐데, K가 기다리는데도 아무 소리도 없었기 때문에 신부가 무엇을 하고 있는지 보려고 K는 고개를 약간 돌렸다. 신부는 조금 전처럼 강론대에 그대로 서 있었다. 그러나 K가 고개를 돌리는 것을 알아챈 게 분명했다. 이제 와서 K가 몸을 완전히 돌리지 않는다면 어린아이들의 숨

바꼭질 같을 것이다. K가 몸을 돌리자 신부가 가까이 오라고 손짓을 했다. 그는 이젠 모든 게 공공연해졌으니, 사실 호기심도 있고 또 용건을 속히 끝내고 싶어서 빠른 걸음으로 성큼성큼 강론대로 다가갔다. 예배석 맨 앞줄의 의자 옆에서 그는 멈춰 섰다. 그러나 신부는 거리가 아직 너무 멀다고 생각했는지 손을 쭉 뻗고 집게손가락을 아래로 내밀어 강론대 바로 앞의 한 지점을 가리켰다. K는 신부의 지시에 따라 그 앞에 가서 섰지만 그 자리에서 신부의 얼굴을 보려면 머리를 뒤로 젖혀야 했다.

"당신이 요제프 K죠?"

신부는 난간을 짚고 있던 한쪽 손을 들며 알 수 없는 손짓을 했다.

"네."

전에는 언제나 얼마나 떳떳하게 자신의 이름을 말했던가 하고 생각했다. 언제부터인지 자신의 이름이 무거운 짐이 되었고, 이젠 처음 만나는 사람들도 자신의 이름을 알고 있었다. 서로 소개를 한 다음에야 비로소 서로 알게 된다면 얼마나 좋을까.

"당신은 기소되었죠."

신부는 이상하게도 작은 목소리로 말했다.

"네, 그렇다고 알려주더군요."

"그렇다면 당신이 내가 찾고 있는 사람이군요. 나는 교도소 신부랍니다."

"아, 그래요?"

"내가 당신을 여기로 오게 했습니다. 당신과 얘기하려고요."

"난 몰랐습니다. 나는 어떤 이탈리아인에게 이 성당을 보여주려고 여기 온 겁니다."

"쓸데없는 말은 그만두세요. 손에 들고 있는 건 뭡니까? 기도서인가요?"

"아니요. 이 도시의 명소를 소개한 앨범입니다."

"그런 건 내버려요."

K가 앨범을 힘껏 내던졌기 때문에 책장이 펼쳐져 구겨진 채 바닥 위를 얼마쯤 굴러갔다.

"당신의 소송이 불리한 상태라는 것은 알고 있습니까?"

"나도 그렇게 생각하고 있습니다. 여러 가지로 애는 썼지만 지금까지는 아무 효과가 없었습니다. 물론 청원서도 아직 작성되지 않았고요."

"결국 어떻게 되리라고 생각합니까?"

"전에는 잘되리라고 생각했지만 이젠 나 자신도 이따금 회의가 듭니다. 어떻게 될지 알 수 없어요. 신부님은 아십니까?"

"아니요. 하지만 결과가 나쁠 것 같습니다. 사람들은 당신이 유죄라고 생각합니다. 당신의 소송은 아마 하급 재판소도 결코 벗어나지 못할 겁니다. 우선 적어도 당신의 죄가 입증되었다고 생각하니까요."

"하지만 나는 죄가 없습니다. 그건 착오입니다. 도대체 인간이 어떻게 죄가 있을 수 있습니까? 당신이나 나나, 여기 있는 우리는 모두 인간입니다."

"옳은 말이오. 그러나 죄가 있는 사람들은 늘 그렇게 말하죠."

"신부님도 내게 선입견을 갖고 있습니까?"

"나는 당신에 대해 아무 선입견도 없습니다."

"고맙습니다. 하지만 소송 과정에 관계된 다른 사람들은 모두 내게 선입견을 갖고 있답니다. 그들은 또한 아무 관계가 없는 사람들한테도 그런 선입견을 주입하고 있습니다. 내 입장만 점점 더 곤란해지고 있어요."

"당신은 사실을 오해하고 있습니다. 판결은 단번에 내려지는 게 아니고, 소송 절차가 진행되며 점차적으로 판결로 이어지는 겁니다."

"그렇게 되는 거로군요."

K는 머리를 숙였다.

"당신 사건에 대해 우선 어떻게 할 생각입니까?"

"좀 더 도움을 구할 생각입니다."

K는 자신의 말을 신부가 어떻게 판단하는지 보려고 고개를 들었다.

"아직도 내가 충분히 이용하지 않은 모종의 가능성들이 있으니까요."

"당신은 너무 남의 도움만 바라고 있어요."

신부가 불쾌한 듯이 말했다.

"특히 여자들의 도움을 받으려 하는데 그런 것은 진정한 도움이 못된다는 걸 도대체 알아차리지 못합니까?"

"신부님 말씀이 어느 정도는, 아니 상당히 옳다고 생각합니다. 그러나 반드시 그렇지는 않습니다. 여자들은 굉장한 힘을 갖고 있습니다. 만일 내가 아는 몇몇 여자들을 나를 위해 공동으로 협력하게 하면 나는 반드시 목적을 달성할 수 있을 겁니다. 특히 이 재판소에는 여자라면 사족을 못 쓰는 사람들만 모여 있으니까요. 가령 예심판사한테 멀리서 여자를 보여줘보세요. 그러면 그는 책상이나 피고 따위는 건 어차버리고 얼른 여자한테 달려갈 겁니다."

신부는 난간 쪽으로 머리를 숙였다. 이제야 강론대 천장이 그를 내리누르는 모양이었다. 바깥 날씨는 얼마나 사나울까? 흐린 낮이 아니라 어느덧 깊은 밤이었다. 커다란 창문의 스테인드글라스는 어두운 벽에 한 줄기 희미한 빛조차 던지지 못했다. 바로 그때 성당지기가 중앙 제단 위의 촛불을 하나씩 끄기 시작했다.

"내게 화가 나셨나요?"

K가 신부에게 물었다.

"신부님은 자신이 일하고 있는 재판소의 본질을 모르시는 것 같습니다."

신부는 아무 대답도 없었다.

"내 경험을 말한 것뿐입니다."

K가 말했다.

위에서는 여전히 아무 말이 없었다.

"신부님을 모욕할 생각은 없었습니다."

그러자 신부가 밑에 있는 K에게 소리쳤다.

"도대체 당신은 한치 앞도 못 봅니까?"

그것은 분노에 찬 외침이었지만, 또한 넘어지는 사람을 보고 놀란 나머지 엉겁결에 외치는 소리이기도 했다. 이번엔 두 사람 다 오랫동안 침묵했다. 강론대 밑이 어두워서 신부는 K의 얼굴을 잘 볼 수 없었지만, K 쪽에서는 작은 등잔 불빛을 받고 있는 신부의 얼굴이 똑똑히 보였다. 왜 신부는 내려오지 않을까? 신부는 강론을 한 게 아니라 K에게 몇 가지 소식을 전했을 뿐이고, 잘 생각해보면 그런 소식은 K한테는 아무 소용도 없고 오히려 해가 될 것이었다. 그러나 신부가 선의에서 그러는 것만은 틀림없는 것 같기 때문에 아래로 내려오면 자신과 의견의 일치를 볼 수도 있고, 이를테면 소송이 어떻게 좌우되는지는 말고라도, 어떻게 소송에서 벗어나, 소송을 피해서, 소송을 빠져나가 살아갈 수 있을지를 가르쳐줄 결정적이고 타당한 충고를 받을 수도 있을 것이다. 이런 가능성들이 반드시 있으리라고 K는 최근에 자주 생각했었다. 그러나 혹시 신부가 이런 가능성을 하나라도 알고 있다면, 물론 재판소에 소속되어 있으며 K가 재판소를 공격하자 부드러운 성미를 잊고 고함을 치기는 했지만, K가 간청을 하면 알려줄지도 모른다.

"내려오지 않겠습니까? 강론을 하고 계신 게 아니니까 이리 내려오세요."

"이제 내려갈 수 있습니다."

신부는 자신이 소리친 것을 후회하는 것 같았다. 등잔을 걸어둔 고리에서 떼어내며 그가 말했다.

"처음에는 당신과 거리를 두고 말해야 했어요. 그러지 않으면 나는 쉽게 감화되어 직무를 잊어버리니까요."

K는 계단 밑에서 신부를 기다렸다. 첫 계단을 내려오면서부터 벌써 신부는 K에게 손을 내밀었다.

"나를 위해서 시간을 좀 내주시겠어요?"

K가 물었다.

"원하는 만큼 얼마든지."

신부가 작은 등잔을 K에게 넘겨주어 들게 했다. 가까이 왔어도 신부의 태도에는 어딘지 엄숙한 빛이 남아 있었다.

"내게 정말 친절하시군요."

K가 말했다.

두 사람은 나란히 서서 측면 통로를 이리저리 걸어다녔다.

"재판소 관계자 중에 신부님만은 예외이십니다. 이제까지 만난 그 누구보다도 신부님에게 더 신뢰가 갑니다. 신부님과는 터놓고 말 할 수 있겠어요."

"착각하지 마세요."

"도대체 무엇에 대해 착각한다는 겁니까?"

"재판소에 대해 당신은 착각하고 있습니다. 그런 착각에 대해《법률입문서》에 다음과 같이 쓰여 있습니다."

"법 앞에 문지기가 서 있다. 한 시골 사람이 이 문지기에게 와서 법 안으로 들여보내 달라고 간청한다. 그러나 문지기는 지금은 들여보낼 수 없다고 말한다. 시골 사람은 곰곰이 생각하더니 그럼 나중에는 들어갈 수 있느냐고 묻는다. 문지기는 말한다.
'그럴 수는 있지만 지금은 안 돼.'
법 안으로 들어가는 문은 항상 열려 있고 문지기는 옆으로 물러서 있기 때문에 시골 사람은 몸을 구부리고 그 안을 들여다보려 한다. 이것을 본 문지기는 껄껄 웃으며 말한다.
'그렇게 들어가고 싶거든 내가 금지하는 걸 어기고라도 들어가 보게나. 그러나 내겐 권력이 있다는 걸 기억해둬. 그리고 나는 가장 낮은 문지기에 지나지 않아. 문마다 문지기가 서 있으며 안으로 들어갈수록 더욱 권력이 강하지. 세 번째 문지기를 보면 나도 겁이 나.'
시골 사람은 이런 난관을 예상하지 못했었고, 누구나 언제라도 법 안으로 들어갈 수 있어야 한다고 생각하지만 이제 털외투를 입은 문지기를 좀 더 자세히 관찰하며, 그의 크고 뾰족한 코와 타타르인 같은 길고 가느다란 검은 수염을 보고는 차라리 입장이 허락될 때까지 기다리기로 결심한다. 문지기는 의자를 내주며 문 옆에 앉게 한다. 여러 날 여러 해 동안 그는 거기 앉아 있다. 시골 사람이 안으로 들어가려고 갖은 애를 쓰고 간청을 해서 문지기는 지쳐버린다. 문지기는 때때로 시골 사람에게 간단한 심문을 하며, 그의 고향이나 그 밖의 여러 가지를 묻는다. 그러나 그것은 높은 사람들이 괜히 해보는 것과 같은 뜻 없는 질문이고, 결국은 언제나 아직 들여보낼 수 없다고 말했다. 여행을 위해 잔뜩 준비해서 온 시골 사람은 대단히 가치 있는 것까지도 모두 문지기를 매수하기 위해 써버린다. 문지기는 무엇이든 다 받기는 하되 이렇게 말한다.

'당신이 할 수 있는 방법을 다 해보지 않았다고 후회하지 않게 하기 위해서 받는 것뿐일세.'

여러 해 동안 시골 사람은 끊임없이 문지기를 지켜보았다. 다른 문지기들이 있다는 사실은 잊어버리고 시골 사람은 이 첫 번째 문지기만을 법 안으로 들어가는 것을 가로막는 유일한 장애물로 여긴다. 처음 몇 해 동안 시골 사람은 이 불행한 재난을 큰 소리로 저주하지만 늙어서는 그냥 혼자 투덜거린다. 그는 어린아이같이 변했고, 여러 해 동안 문지기를 관찰한 끝에 문지기의 털외투 깃에 벼룩이 있는 것을 알아채고는 문지기가 마음을 돌리도록 도와달라고 벼룩에게 애원한다. 마침내 그는 시력이 약해져서 주위가 정말로 어두워진 것인지 자신의 눈이 흐려진 것인지 알 수 없게 된다. 그러나 이제 암흑 속에서 법의 문들을 꿰뚫고 영원불멸의 불빛이 새어 나오는 것을 인지한다. 이제 그는 오래 살지 못한다. 죽음을 앞둔 그의 머릿속에서 지난 세월 동안의 모든 경험이 한 가지 질문으로 집약된다. 그것은 이제까지 문지기에게 물어본 적이 없는 질문이다. 굳어진 몸을 일으킬 기력도 없어 시골 사람은 문지기에서 눈짓을 한다. 서로 키가 다르기 때문에 문지기는 허리를 깊숙이 구부리지 않을 수 없다.

'도대체 이제 또 무엇을 알고 싶은 거지? 당신은 지치지도 않는군.'

'모든 사람이 법을 열망하고 있습니다. 그런데 그 오랜 세월 동안 나밖에는 아무도 안으로 들여보내 달라고 원하는 사람이 없는 것

은 무슨 까닭이죠?'

시골 사람이 묻는다.

문지기는 이미 시골 사람의 최후가 가까워진 것을 깨닫고 멀어가는 그의 귀에 들릴 수 있도록 큰 소리로 외친다.

'이 문은 당신만을 위한 것으로 정해져 있었기 때문에 다른 사람은 들어갈 수 없었어. 이젠 가서 문을 닫아야지.'"

"그렇다면 문지기가 그 사람을 속였군요."

이 이야기에 매우 흥미를 느낀 K가 얼른 말했다.

"그렇게 속단하지 마세요."

신부가 말했다.

"남의 의견을 확인해보지 않고 받아들여서는 안 됩니다. 나는 책에 쓰여 있는 대로 말했을 뿐입니다. 속임수에 대한 이야기는 쓰여 있지 않았어요."

"그러나 속임수가 분명히 나타나 있습니다. 그리고 신부님의 첫 번째 해석은 아주 옳았습니다. 문지기는 그 사람이 알아봤자 아무 소용도 없을 때에야 비로소 구원의 해답을 말해줬습니다."

"문지기도 그제야 질문을 받았으니까요. 또한 그는 문지기에 지나지 않았다는 점을 생각해보세요. 그리고 그는 문지기로서 의무를 다했습니다."

"왜 그가 자신의 의무를 다했다고 생각합니까? 그는 자신의 의무를 다하지 않았습니다. 그의 의무는 아마도 낯선 사람은 모두 저지하는 것이었을 겁니다. 그러나 그 문이 바로 그 사람만을 위한 것으로 정해져 있었다면 그 사람을 들여보내줬어야 합니다."

"당신은 그 책을 충분히 존중하지 않고 이야기를 고치는군요. 이 이야기에는 법 안으로 들어가는 것에 대한 문지기의 중요한 설명 두 가지가 담겨 있습니다. 하나는 첫 부분에 있고 또 하나는 끝부분에 있습니다. 하나는 '지금은 들여보낼 수 없다'는 말이고, 또 하나는 '이 문은 당신만 들어가도록 정해져 있었다'는 것입니다. 만일 이 두 가지 설명 사이에 모순이 있다면 당신 말대로 문지기가 시골 사람을 속인 게 되겠죠. 그러나 아무 모순이 없습니다. 오히려 그 반대로, 처음 설명은 다음 설명을 암시하고 있습니다. 문지기가 시골 사람에게 훗날 들어갈 가능성이 있다는 희망을 준 것은 사실 자신의 의무를 일탈한 것이라고 말할 수도 있겠죠. 그 당시 문지기의 의무는 시골 사람을 쫓아버리는 것뿐이었으니까요. 사실 이 책의 많은 주석자들도 정확한 것을 좋아하고 자신의 직책에 엄격한 문지기가 도대체 그런 암시를 한 것이 이상하다고 생각하고 있습니다. 여러 해 동안 그는 자신의 자리를 떠나지 않고 의무가 완전히 끝난 후에야 문을 닫았고, '내겐 권력이 있다'고 말하는 것으로 보아 그는 자신의 의무의 중대성을 분명히 인식하고 있고, '나는 가장 낮은 문지기에 지나지 않는다'는 말을 하는 것으로 보아 상관에 대한 경외심을 갖고 있고, 책에 쓰인 대로 수년 동안 '뜻 없는 질문'만을 한 것을 보면 수다스럽지도 않아요. 그리고 그는 매수되는 사람도 아니었어요. 주는 물건을 받고는 '당신이 할 수 있는 방법을 다 해보지 않았다고 후회하지 않게 하기 위해서 받는 것뿐이다'라고 말했거든요. 의무수행에 관한 한 그는 동요되지도 않고 화를 내지도 않았습니다. 왜냐하면 '시골 사람이 문지기가 지치도록 애원을 했다'고 쓰여 있으니까요. 끝으로 그의 외모, 즉 크고 뾰족한 코, 타타르인 같은 길고 가느다란 검은 수염도 그의 꼼꼼한 성격을 암시하고 있습니다. 이보다 더 의무에 충실한 문지기가 있을 수 있을까요? 그러나 이 문지기에게는 또 다른 특징들이 있는데, 들어가기를 원하는 사람에게는 매우 유리하고, 훗날의 가능성에 대한 암시를 줌으로써 그가 자신의 임무를 얼마간 벗어난 이유도 아무튼 이해할 수 있게 만드는 특징들입니다. 말하자면 그는 약간 단순하고, 그와 더불어 약간 자부심이 강하다는 점을 부인할 수 없습니다. 자신의 권한이나 다른 문지기들의 권한, 보기만 해도 겁이 난다고 한 세 번째 문지기에 대한 말이 사실이라고 해도 그런 말을 하는 태도를 보면 그의 이해력이 단순함과 자부심으로 흐려져 있다는 것을 알 수 있어요. 주석자들은 이에 대해 '어떤 문제를 정확하게 이해하는 것과, 같은 문제를 잘못 이해하는 것이 서로를 완전히 배제하지는 않는다'라고 말합니다. 그러나 아무튼 아무리 미미한 정도라 해도 그 단순함과 자부심이 입구를 지키는 능력을 약화시키며, 문지기의 성격상의 약점입니다. 뿐만 아니라 문지기는 천성적으로 친절한 것 같아 시종일관 철저한 관리가 못 됩니다. 분명 법 안으로 못 들어간다고 단호하게 말했는데도, 처음부터 들어가 보라고 권하는 농담을 하고, 시골 사람을 쫓아내지는 않고 의자를 주며 문 옆에 앉게 하거든요. 수년 동안 시골 사람의 간청을 견딘 인내심과, 시골 사람에게 간단한 심문을 한 것, 선물을 받은 것, 여기에 문지기가 있어 재수 없다고 옆에서 큰 소리로 저주해도 내버려두는 점잖음. 이 모든 것은 그의 동정심을 짐작하게 하죠. 문지기가 모두 이렇게 행동하지는 않을 겁니다. 그리고 마지막에 시골 사람이 눈짓하자 몸을 깊숙이 숙이고 마지막 질문을 할 기회를 줍니다. 다만 '당신은 지치지도 않는군'이라는 말에 약간 참을성을 잃은 기미가 나타나 있습니다. 문지기는 이제 최후가 다가왔다는 것을 알고 있었죠. 많은 사람들이 이런 식의 해석에서 더 나아가 '당신은 지치지도 않는군'이라는 말은 물론 얕보는 뜻이 담겨 있긴 해도 다정한 찬탄의 표현이라고 보기도 합니다. 아무튼 이렇게 문지기의 성격은 당신 생각과는 다르게 결론지어집니다."

"나보다는 신부님이 이 이야기를 훨씬 전부터 더 자세히 알고 있죠."

두 사람은 잠시 아무 말이 없었다. 그러다가 K가 말했다.

"그럼 시골 사람이 속지 않았다고 생각합니까?"

"내 말을 오해하지 마세요. 나는 이 이야기에 대한 여러 가지 견해를 소개했을 뿐입니다. 이 견해들에 너무 신경을 써서는 안 됩니다. 이 글은 바꿀 수 없지만, 여러 가지 견해는 흔히 이 글에 대한 절망을 표현하는 것에 불과합니다. 심지어 이 경우 속은 것은 문지기라는 견해도 있습니다."

"극단적인 견해군요. 어떤 근거에서 그렇게 보는 거죠?"

"근거는, 문지기가 단순한 데서 그렇다는 겁니다. 문지기는 법의 내부에 대해 알지 못하고 입구까지 가는 길만을 알고 있을 뿐이며 그도 입구 앞에서 늘 돌아서야 하죠. 법의 내부에 대해 그가 갖고 있는 생각은 순진하게 여겨지고, 시골 사람에게 공포감을 주려고 하는 대상에 대해 그 자신이 공포를 느끼고 있는 것 같으니까요. 사실 문지기는 시골 사람보다 훨씬 더 두려워하고 있습니다. 왜냐하면 시골 사람은 무서운 문지기들에 대한 이야기를 듣고도 오직 안으로 들어가기만을 원하지만, 이 문지기는 들어가려 하지 않습니다. 적어도 이 글에는 그런 의지가 나타나 있지 않습니다. 이 점에 대해서 어떤 사람들은 문지기가 법으로부터 임명을 받았고 그것은 내부에서 행해졌을 테니 이미 내부에 들어가 본 적이 있을 거라고 말하기도 합니다. 그에 대한 반대의견은 아무리 내부의 명령으로 문지기에 임명됐다 하더라도 세 번째 문지기를 보기만 해도 견디지 못하는 것을 보면 적어도 내부 깊숙이 들어가 보지는 않았으리라는 겁니다. 뿐만 아니라 여러 해 동안 그가 다른 문지기들에 대한 이야기 외에 내부에 대해 어떤 이야기를 했다는 언급이 없습니다. 아마 금지를 당한 것인지도 모르겠으나, 그는 금지 당했다는 말도 하지 않았습니다. 이러한 모든 점으로 보아 문지기는 법 내부의 모습이나 의미에 대해 아무것도 모르며, 그저 착각에 빠져 있다고 결론짓습니다. 그러나 문지기는 시골 사람에 대해서도 착각하고 있다는 의견이 있습니다. 왜냐하면 그는 시골 사람에게 예속되어 있으면서 그것을 몰랐으니까요. 문지기가 시골 사람을 자신보다 하위에 있는 것처럼 취급하는 것은 곳곳에서 볼 수 있고, 당신도 기억할 겁니다. 그러나 이 견해에 의하면 사실은 문지기가 시골 사람에게 예속되어 있다는 것도 분명하게 드러납니다. 무엇보다도 자유로운 인간이 속박당한 인간보다 우위에 있으니까요. 시골 사람은 사실 자유로운 몸으로 어디든지 가고 싶은 곳으로 갈 수 있습니다. 단지 법 안으로 들어가는 것만 금지되어 있고, 그것도 문지기 한 사람이 저지하는 것뿐입니다. 그가 문 옆 의자에 앉아 일생 동안 기다린 것은 그 자신의 자유 의사로 한 일이지, 강요당했다는 말은 전혀 없습니다. 반대로 문지기는 직무상 그 자리에 묶여 있고, 그곳을 떠날 수 없으며, 또한 모든 점으로 보아 그가 안으로 들어가고 싶어도 들어갈 수 없습니다. 게다가 그는 법을 위해 일한다고 하지만 오직 이 입구를 지키는 것뿐이고, 따라서 이 문으로 들어가게 되어 있는 단 한 사람을 위해서 일하고 있는 것뿐이죠. 이런 이유에서도 문지기는 시골 사람에게 예속되어 있는 겁니다. 그 오랜 세월 동안, 장년 시절이 다 가도록 그는 말하자면 그저 헛된 의무를 수행했다고 볼 수 있습니다. 왜냐하면 한 남자가 왔다고 했으니 장년의 남자를 뜻하는 것이고, 시골 사람이 임의로 왔듯이 임의로 떠날 때까지 계속 기다려야 했으니 그의 의무가 끝나려면 오래 기다려야 했으니까요. 또한 시골 사람이 죽어서야 문지기의 의무가 끝났으니 그는 결국 마지막까지 시골 사람에게 예속되어 있었던 거죠. 그리고 거듭 강조되기로는 그 모든 것에 대해 문지기는 아무것도 모르는 것 같다는 겁니다. 그러나 그 점은 이상할 것도 없습니다. 왜냐하면 이 견해에 의하면 문지기는 훨씬 더 심각한 착각에 빠져 있기 때문입니다. 그것은 그의 의무에 대한 것인데, 즉 그는 맨 마지막에 '이젠 가서 문을 닫아야지' 하고 말하는데, 처음에는 법의 문이 항상 열려 있다고 쓰여 있었죠. 만약 그 문이 항상 열려 있다면 그 문으로 들어가야 할 시골 사람의 생애와 관계없이 항상 열려 있다는 뜻이니, 문지기도 마음대로 문을 닫을 수는 없겠죠. 이 점에 관해서는 문을 닫겠다는 통지는 그저 대답일 뿐이다, 자신의 직분을 강조하는 것이다, 마지막 순간에도 시골 사람을 후회와 슬픔 속에 빠뜨리려고 하는 말이다, 라는 등 의견이 분분합니다. 그러나 문지기가 문을 닫을 수 없다는 점에 대해서는 의견이 일치하고 있습니다. 뿐만 아니라 마지막에 시골 사람은 법의 문에서 흘러나오는 빛을 보았지만, 문지기는 직무상 문에서 돌아서 있을 테니 어떤 변화를 깨달았다는 말도 없으므로 적어도 마지막 순간에는 지식에서조차 문지기가 시골 사람보다 하위에 있었다고 봅니다."

"훌륭한 논증이군요."

신부의 설명을 부분 부분 혼자 되풀이해보던 K가 말했다.

"훌륭한 논증입니다. 나도 이젠 문지기가 속은 것이라고 생각합니다. 하지만 그렇다고 해서 내가 전에 갖고 있던 의견을 버린 것은 아닙니다. 왜냐하면 두 의견이 부분적으로 서로 보완되기 때문입니다. 문지기가 분명하게 알고 있는지, 혹은 속았는지 하는 문제는 단정 지을 수 없습니다. 아까 나는 시골 사람이 속았다고 말했습니다. 만일 문지기가 분명하게 알고 있다면 그것을 의심할 수도 있겠지만, 문지기가 속았다면 그의 착각은 필연적으로 시골 사람에게로 옮아가게 됩니다. 그렇게 되면 문지기는 기만자는 아니지만, 너무 단순하기 때문에 곧바로 그 직책에서 쫓겨나야 합니다. 문지기가 빠져 있는 착각은 그 자신에게는 아무 해가 안 되지만, 시골 사람에게는 수천 배나 해롭다는 것을 당신은 잘 생각해야 합니다."

"거기에는 이런 반대의견이 있습니다. 즉, 많은 사람이 이 이야기는 문지기에 대해 비판할 권리를 아무에게도 부여하지 않는다고 말하고 있습니다. 문지기가 우리들에게 어떻게 보이든, 그는 법을 위해 일하는 사람이고, 따라서 법에 속해 있으며, 그러므로 인간의 비판을 초월하고 있습니다. 그리고 또 문지기가 시골 사람에게 예속되어 있다고 생각해도 안 됩니다. 그의 직책상 오직 법의 입구에만 묶여 있는 것은 세상에서 자유롭게 사는 것보다 비교할 수 없을 정도로 더 좋은 일입니다. 시골 사람은 그제야 법에게 오는데, 문지기는 이미 그곳에 있었습니다. 그는 법에 따라 그 직책에 임명됐으니 그의 존엄성을 의심하는 것은 법을 의심하는 것을 뜻합니다."

"그 의견에는 찬성할 수 없습니다."

K는 고개를 흔들며 말했다.

"만일 그 의견에 찬성한다면, 문지기가 하는 말이 모두 진실이라고 생각해야만 하기 때문입니다. 그러나 그럴 수 없다는 것을 당신 자신이 이미 상세하게 이유를 들어 논증하지 않았습니까?"

"그래요. 모든 것이 진실이라고 생각해서는 안 되고, 단지 필연적이라고 생각해야만 합니다."

"비참한 의견이군요. 거짓이 세계의 질서가 되는군요."

K가 끝으로 그렇게 말했으나, 그것이 그의 최종적인 판단은 아니었다. 그는 너무 지쳐 있어서, 그 이야기의 모든 추론을 개관할 수 없었고, 추론 과정은 그에게는 익숙하지 않았다. 그것은 K에게보다는

재판소 관리들이 토론하기에 더 알맞을 비현실적인 주제였다. 단순한 이야기가 이상하게 되어버리자 K는 그만두고 싶었으나, 이제는 깊은 동정심을 보이게 된 신부는 그대로 참고, K의 논평이 자신의 견해와 분명히 일치하지 않는 데도 잠자코 받아들이는 것이었다.

그들은 잠시 말없이 계속 걸어갔는데, K는 어디가 어딘지 분간도 못한 채 신부 옆에 바싹 붙어 있었다. K의 손에 들려 있는 등잔은 오래 전에 꺼져 있었다. 한 번 바로 앞에서 은으로 만든 성자의 입상이 은빛으로 반짝이더니 금방 다시 어둠 속으로 사라졌다. 완전히 신부에게만 의지하고 있을 수도 없어서 K가 물었다.

"지금 우리는 정문 근처에 온 게 아닙니까?"

"아니요. 아직 멀었습니다. 벌써 돌아가려고요?"

K는 마침 그때 돌아갈 생각을 하고 있었던 것은 아니었지만 곧 말했다.

"그럼요, 돌아가야 합니다. 나는 어느 은행의 업무주임인데, 은행에서 나를 기다리고 있습니다. 나는 단지 어느 외국인 고객에게 이 대성당을 보여주려고 온 것뿐입니다."

"그럼 가보세요."

신부는 K에게 손을 내밀었다.

"하지만 이 어둠 속에서 나 혼자서는 길을 찾을 수 없습니다."

"왼쪽 벽으로 가서, 벽에서 떨어지지 말고 계속 따라가면 문이 하나 보일 겁니다."

신부는 서너 걸음 떨어졌으나 K가 곧 매우 큰 소리로 외쳤다.

"제발 기다려주세요!"

"기다리고 있습니다."

"내게 아직 용무가 남아 있지 않습니까?"

"아니요."

"조금 전까지는 내게 그렇게 친절하게 대해주고, 모든 것을 설명해주더니, 이젠 나 같은 것은 관심도 없다는 듯이 나를 버리는군요."

"하지만 당신은 돌아가야 하지 않습니까."

"그래요. 하지만 잘 생각해보세요."

"당신이나 우선 내가 누구인지 잘 생각해보세요."

"당신은 교도소 신부님입니다."

K는 신부 쪽으로 다가갔다. 곧 은행으로 돌아간다는 것은 그가 말한 만큼 화급한 일은 아니었고, 여기 좀 더 있어도 아무 지장이 없었다.

"그러므로 나는 재판소에 속해 있는 사람입니다. 그러니 어찌 당신에게 용무가 있겠어요. 재판소는 당신에게 아무것도 바라지 않습니다. 당신이 오면 맞이하고, 가면 가게 내버려둘 뿐입니다."

10. 종말

 K가 서른한 살이 되는 생일 전날 밤, 거리가 정적에 잠긴 밤 9시경 두 남자가 K의 하숙집으로 찾아왔다. 창백하고 뚱뚱한 그들은 프록코트를 입고 움직이지 않을 것 같은 실크모자를 쓰고 있었다. 처음 왔기 때문에 현관에서 의례적인 인사말을 잠시 하더니 K의 방 앞에서도 의례적인 인사말을 한참 동안 되풀이했다. 그들이 온다는 통지를 받지 않았는데도 K 역시 마찬가지로 검은 예복을 입고 문 가까이 의자에 앉아서 손에 꼭 맞는 새 장갑을 천천히 끼고 있었다. 손님을 기다리고 있는 듯한 태도였다. 그는 곧 자리에서 일어나 두 사람을 호기심 어린 눈길로 쳐다보았다.
 "내게 오기로 되어 있던 사람들이 그러니까 당신들입니까?"
 두 사람은 고개를 끄덕이고, 손에 든 실크모자로 서로를 가리켰다. K는 솔직히 자신이 기다리고 있었던 것은 다른 사람들이었다고 생각했다. 그는 창가로 가서 어두운 거리를 다시 한번 바라보았다. 거리 맞은편의 창문들 역시 거의 모두 컴컴하고 대개는 커튼이 내려져 있었다. 불이 켜져 있는 2층 어느 창문 안에는 창살 너머로 어린아이들이 놀고 있는 게 보였다. 아직 자리에서 일어날 수 없는 그 아이들은 작은 손으로 서로 어루만지고 있었다.

늙은 하급 광대들을 내게 보냈군.

중얼거리며 K는 그 사실을 다시 한번 확인하기 위해 돌아보았다.

"시시한 방식으로 나를 처리하려 드는군."

K는 갑자기 그들 쪽으로 돌아서며 물었다.

"당신들은 어느 극장에서 연기합니까?"

"극장?"

한 남자가 입가를 씰룩거리며 다른 남자의 의견을 구했다. 그러나 그 남자는 다루기 아주 힘든 생물과 싸우는 벙어리 같은 동작을 취했다.

"질문을 받을 준비가 안 되어 있군."

K는 중얼거리며 모자를 가지러 갔다.

두 남자는 계단에서부터 벌써 K의 팔을 붙잡으려 했으나 K가 말했다.

"밖에 나가서나 그래요. 난 아픈 사람도 아니니까."

그러나 문 앞에 나오자마자 그들은 K의 팔을 붙들었다. K는 지금까지 다른 사람과 그런 식으로 걸어본 적이 한 번도 없었다. 그들은 어깨를 K의 어깨 뒤에 꼭 붙이고, 팔은 구부리지 않고 쭉 펴서 K의 팔을 휘감고, 훈련이 잘된 익숙한 솜씨로 밑에서 K의 손을 꽉 잡아 저항할 수 없었다. K는 뻣뻣하게 몸을 뺀 채 그들 사이에 끼여 걸어갔다. 세 사람 중 한 사람이 얻어맞으면 세 사람이 함께 쓰러질 정도로 완전히 한 덩어리가 되어 있었다. 무생물이나 그렇게 할 수 있을 정도로 완전히 일체였다.

너무나 꼭 붙어 있어 힘들었지만 가로등 밑에서 K는 어둑어둑한 그의 방에서는 잘 볼 수 없었던 두 사람의 얼굴을 좀 더 똑똑히 보려고 애썼다. 그들의 묵직한 이중 턱을 보고 K는 '어쩌면 테너 가수들인지도 모르지' 하고 생각했다. 번들거리는 그들의 얼굴을 보자 구역질이 났다. 눈 주위를 비비거나 윗입술을 문지르거나 턱의 주름을 긁는 그들의 깨끗한 손도 똑똑히 보였다.

K가 그것을 보며 걸음을 멈추자 그들도 걸음을 멈췄다. 그들은 여러 시설이 꾸며진 인적 없는 넓은 광장에 이르렀다.

"왜 하필 당신들을 보냈을까!"

K는 묻는다기보다 소리치는 투로 말했다. 두 사람은 어떻게 대답해야 할지 모르는 듯했다. 그들은 환자가 쉬고 싶어 할 때 간호사가 그러는 것처럼 팔을 늘어뜨린 채 기다리고 있었다.

"더는 가지 않겠소."

그들의 마음을 떠보려고 K가 말했다. 그 말에 두 사람은 대답할 필요 없이 붙잡은 손을 늦추지 않고 K를 그 자리에서 끌고 가려 했다. 그러나 K는 저항했다.

'앞으로는 필요도 없을 테니 지금 혼신의 힘을 써 보자' 하고 K는 생각했다.

끈끈이에서 벗어나려고 찢어진 다리로 바동거리는 파리가 머리에 떠올랐다.

'이 사람들은 애를 먹게 될 게다.'

그때 그들 앞의 깊숙한 길목에서 뷔르스트너 양이 작은 계단을 올라와 광장에 나타났다. 정말 뷔르스트너 양인지 확실하지는 않았지만 비슷한 점이 아주 많았다. 그러나 정말 뷔르스트너 양이건 아니건 K에게도 상관이 없었다. 저항해봐야 아무 소용이 없다는 사실만이 얼핏 머리에 떠올랐다. 지금 반항하고 두 사람을 애먹이며 삶의 마지막 순간을 즐기려 애써봤자 조금도 영웅적인 행동이 아니었다. K는 다시 걷기 시작했다. 그러자 두 사람이 기뻐했으므로 K 자신도 약간 만족했다. 이젠 K가 가고 싶은 방향으로 가도 두 사람이 묵인하기에 K는 앞서 여자가 걸어간 쪽으로 갔다. 그녀를 쫓아가고 싶다거나 그녀를 좀 더 오랫동안 바라보고 싶어서가 아니라, 단지 그녀가 그에게 해준 경고를 잊지 않기 위해서였다.

"내가 지금 할 수 있는 유일한 일은," 하고 그는 혼자 중얼거렸다.

그리고 그의 발걸음과 두 사람의 발걸음이 꼭 들어맞는 것이 그의 생각을 뒷받침해주고 있었다.

"내가 지금 할 수 있는 유일한 일은 끝까지 침착하고 분별력 있는 이성을 갖는 것이다. 나는 언제나 스무 개의 손을 갖고 세상에 덤벼들려 했다. 그것도 단 하나 합당한 목적도 없이. 그것은 옳지 않았다. 일 년 동안이나 소송에 시달려 왔어도 배운 게 아무것도 없다는 것을 지금 보여줘야 할까? 이해력이 없는 인간으로 인식된 채 사라져야 할까? 내가 처음에는 소송을 끝내고 싶어 하더니 이제 종말에 와서는 소송을 다시 시작하고 싶어 한다는 뒷말을 들어도 좋단 말인가? 나는 그런 말을 듣고 싶지 않다. 이해력도 없고 반벙어리 같은 사람들과 이 길을 동행하게 해서 필요한 말을 내 스스로 할 수 있게 허락해준 것은 고마운 일이다."

그러는 동안 그 여자는 옆길로 접어들어 갔지만, K는 이미 그녀가 필요치 않았으므로 자신을 동행자들에게 맡겼다. 이제 세 사람은 완전히 한마음이 되어 달빛이 비치는 어느 다리를 지나고 있었다. K가 조금만 움직여도 두 사람이 곧 따라 움직였다. K가 난간 쪽으로 조금 돌아서자 두 사람도 완전히 그쪽으로 몸을 돌렸다. 달빛에 반짝이며 넘실거리는 물이 작은 섬 주위에서 두 갈래로 갈라져 있었다. 섬에는 교목과 관목이 수풀처럼 한데 어우러져 수북이 쌓여 있었다. 그 밑으로 지금은 보이지 않지만 편안한 의자들이 놓인 자갈길이 있는데, 여름이면 K는 그 의자에 몸을 쭉 펴고 누워 있곤 했었다.

"멈춰 설 생각은 전혀 없었어요."

동행자들이 관대하게 대해주는 것이 부끄러워 K는 그렇게 말했다. K의 등 뒤에서 공연히 발걸음을 멈춘 데 대해 한 사람이 다른 사람을 살며시 꾸짖는 것 같았다. 그리고 그들은 다시 계속 걸어갔다. 그들은 비탈진 골목 몇 개를 지나갔는데 순경들이 여기저기 서 있기도 하고 걸어다니기도 하고 있었다. 멀리 있기도 하고 아주 가까이에 있기도 했다. 텁수룩하게 수염을 기른 순경이 허리에 찬 칼의 손잡이에 손을 댄 채 이 수상쩍은 일행 쪽으로 의도적으로 다가왔다. 두 남자는 멈칫하고, 순경은 막 입을 열 것 같았는데, K가 얼른 두 남자를 힘차게 앞으로 끌고 갔다. 그는 혹시 순경이 뒤따르지 않나 하고 조심스럽게 자꾸 뒤돌아보았다. 그러다 모퉁이를 돌아 다른 길로 접어들자 K는 뛰기 시작했다. 두 남자도 숨을 헐떡거리며 같이 뛰지 않을 수 없었다.

그렇게 해서 그들은 급히 도시를 벗어났다. 시내는 그 방향에서는 거의 아무 변화 없이 들판으로 이어졌다. 아직 도시적인 분위기를 지닌 어느 집 옆에 황량하게 버려진 작은 채석장이 있었다. 그곳이 처음부터 목적지였는지, 아니면 너무 지쳐서 더는 뛸 수가 없었기 때문이었는지 두 남자는 거기서 멈춰 섰다. 이제 그들은 아무 말없이 기다리고 있는 K를 놓아주고, 실크모자를 벗고 손수건으로 이마의 땀을 닦으며 채석장을 둘러보았다. 다른 빛에서는 찾아볼 수 없는 자연스러움과 고요함을 지닌 달빛이 사방을 비추고 있었다.

다음 일을 누가 할 것인지에 대해 정중하게 서로 미루는 말을 몇 마디 주고받은 후에 (두 사람은 명령만 받았을 뿐 일의 분담은 되어 있지 않은 모양이었다) 한 사람이 K에게 다가와서 웃옷과 조끼를 벗기고 내의까지 벗겼다. K가 자신도 모르게 떨고 있는 것을 보고 그 남자는 위로하듯 K의 등을 가볍게 한 번 두드렸다. 그러더니 그 남자는 당장은 아니더라도 나중에 사용할 수 있는 물건이라는 듯이 K의 옷가지들을 꼼꼼하게 한데 모았다. K가 움직이지 않고 차가운 밤공기를 쏘이고 있는 것은 아무튼 좋지 않다고 생각했는지 그 남자는 K의 팔짱을 끼고 잠시 이리저리 걸어다녔다. 그동안 다른 남자는 채석장에서 적당한 자리를 찾고 있었다. 적당한 자리를 발견하고 그가 손짓을 하자 K 옆에 있던 남자는 K를 그곳으로 데리고 갔다. 돌을 깨는 암벽 옆이었다. 거기에는 부서져 떨어져 나온 돌 하나가 놓여 있었다. 두 남자는 K를 땅에 앉히고 돌에 몸을 기대게 하더니 머리를 위로 하고 눕혔다. 그들이 여러 가지로 애를 쓰고, K도 하라는 대로 했지만 그의 자세는 너무 거북하고 부자연스러웠다. 한 남자가 K를 눕히는 일을 잠시 자기한테만 맡기라고 다른 남자에게 청했으나 그래도 더 나아지지 않았다. 결국 그들은 K를 어떤 자세로 있게 했지만, 이제까지 해보았던 것 중 가장 좋은 자세는 아니었다. 그리고 나서 한 남자가 프록코트를 풀어헤치고 조끼에 둘러맨 띠에 달린 칼집에서 양면에 날이 선, 길고 가느다란 푸줏간 칼을 꺼내더니, 높이 쳐들어 달빛에 칼날을 살펴보았다. 또다시 정중하게 서로 미루는 불쾌한 인사말이 시작되며 K의 머리 위에서 한 남자가 다른 남자에게 칼을 넘겨주자 그 남자는 K의 머리 위로 다시 그 칼을 돌려줬다. K는 이제 그의 머리 위에서 오가는 그 칼을 자신이 받아 쥐고 스스로 가슴을 찌르는 것이 자신의 의무라는 것을 잘 알고 있었다. 그러나 그렇게 하지 않고 아직은 자유롭게 움직일 수 있는 목을 돌려 주위를 둘러보았다. 그는 자신의 결백을 완전히 입증하지 못했고, 당국의 일을 모두 제거하지도 못했지만, 이 마지막 실수에 대한 책임은 거기에 필요한 나머지 힘을 그에게 허락하지 않은 자가 져야 한다. K의 시선이 채석장 옆에 있는 집의 맨 위층을 스쳤다. 갑자기 불이 켜지며 창문이 활짝 열리더니, 멀고 높아 희미해서 알아볼 수 없는 한 사람이 허리를 굽혀 몸을 앞으로 쑥 내밀고 팔을 훨씬 더 앞으로 내밀었다. 저것은 누구일까? 친구인가? 착한 사람일까? 관계가 있는 사람일까? 도와주려는 사람일까? 단 한 사람인가? 그 모든 사람인가? 아직 구원의 여지가 있을까? 잊어버렸던 항변이라도 있는 것일까? 분명히 있을 것이다. 아무리 논리가 확고하다 해도 그러나 살려는 인간에게는 저항하지 못한다. 한 번도 보지 못한 재판관은 어디 있는가? 결코 가보지 못한 상급 재판소는 어디 있는가? 그는 두 손을 쳐들고 손가락을 쫙 펼쳤다. 그러나 한 남자가 두 손으로 K의 목을 누르고, 다른 남자는 칼로 K의 심장을 깊숙이 찌르고 거기서 칼을 두 번 비틀었다. 흐려져 가는 눈으로 K는 두 남자가 눈앞에서 뺨을 맞대고 자신의 종말을 지켜보는 것을 보았다.

"개같이!"

K가 말했다.

그가 죽은 후에도 치욕은 남을 것 같았다.

미완성 장들

엘자 곁에서

어느 날 K가 막 외출하려는데 전화가 왔다. 곧 재판소 사무국으로 오라고 요구했으며, 복종하지 않으면 안 된다고 경고했다. K가 심문은 무익하고 아무 효과도 없으며 또 효과를 거둘 수도 없다, 이제는 절대로 출두하지 않겠다, 전화나 문서로 소환당해도 그런 것엔 주의를 기울이지 않겠다, 통지를 전하러 오는 사람은 문전에서 내쫓겠다는 등, 이제까지 들어보지도 못한 말들을 하고 다니는데, 그런 말들은 모두 기록으로 남았으며 이미 K에게 매우 불리한 것이 되었다. 왜 복종하려 하지 않는가? 온통 뒤얽힌 K의 사건을 해결하기 위해 재판소에서는 시간과 돈을 아끼지 않고 노력해오지 않았는가? 그런데 K는 그것을 제멋대로 방해하고, 재판소에서 이제까지 유예해온 강제조치를 집행하게 만들려는가? 오늘 소환하는 것은 마지막 시도다. K는 하고 싶은 대로 해도 좋지만, 상급 재판소는 조롱을 당하고 가만히 있지는 않으리라는 사실을 잘 생각해봐야 할 거라고 말하는 것이었다.

그런데 K는 그날 밤 엘자에게 가겠다고 말해두었기 때문에, 이 이

유만으로도 재판소에는 갈 수 없었다. 물론 그것을 핑계로 대지는 않겠지만 재판소에 출두하지 못하는 정당한 이유가 있는 게 기뻤다. 그리고 그날 밤에 다른 선약이 전혀 없었다 하더라도 재판소에는 거의 분명히 가지 않았을 것이다. 아무튼 자신에게도 충분한 권리가 있다고 생각하고 K는 만일 출두하지 않으면 어떻게 되느냐고 전화로 물어보았다.

"당신이 어디 있는지 알아낼 겁니다."

상대편의 대답이었다.

"그럼 내가 자진해서 출두하지 않았다고 처벌받게 됩니까?"

K는 어떤 대답이 나올지 예상하고 미소 지었다.

"아니요."

상대는 대답했다.

"아주 잘됐군요. 그렇다면 내가 오늘 소환에 응해야 할 이유는 도대체 어디 있는 겁니까?"

"재판소에서 강제 집행을 하도록 부추기는 일은 안 하는 법이지요."

상대는 점점 작아지다가 마지막에는 꺼져가는 목소리로 말했다.

'그런 짓을 한다면 매우 경솔한 짓이지.'

K는 밖으로 나가며 생각했다.

'그러나 강제 수단이란 게 어떤 것인지 한번 알아볼까.'

K는 주저하지 않고 엘자에게 가려고 출발했다. 그는 자동차 한쪽 구석에 느긋하게 몸을 기대고 이미 추워지기 시작한 터라 두 손은 외투 호주머니에 넣고 사람들이 많이 왕래하고 있는 거리를 바라보았다. 재판소가 정말로 활동하고 있다면 자신이 재판소에 적잖게 애를 먹이고 있다고 생각하며 그는 일종의 만족을 느꼈다. 그는 재판소에

가겠다고도, 가지 않겠다고도 확실하게 말하지 않았다. 따라서 재판관은 기다리고 있을 터이고, 아마도 법정 관계자 모두가 모여 기다리고 있겠지만, K가 나타나지 않으니 특히 회랑에 있는 사람들이 실망할 것이다. 그는 재판소 때문에 망설이지 않고, 자신이 가고 싶은 곳으로 가고 있다. 재판소에 정신이 팔려 운전사에게 재판소 주소를 말한 게 아닌가 하는 생각이 일순간 들어, 그는 운전사에게 엘자의 주소를 큰 소리로 외쳤다. 운전사는 고개를 끄덕였다. 아까 말한 주소와 같았던 것이다. 그때부터 K는 차츰 재판소 일을 잊고, 은행에 대한 갖가지 생각이 전처럼 다시 머리에 가득 차기 시작했다.

어머니에게 가다

점심을 먹다 갑자기 그는 어머니를 방문할 생각이 들었다. 이제 봄도 벌써 거의 다 지나고 있으니, 어머니를 보지 못한 지도 3년이 되었다. 어머니는 그때 네 생일에는 와야 한다고 당부하셨고, 그 자신도 여러 가지 지장은 있었지만 그 당부에 따라 생일 때마다 어머니 곁에서 보내겠다고 약속까지 했는데, 벌써 두 번이나 약속을 지키지 못했다. 그러나 그 대신 이번에는, 생일은 아직 2주 남았지만, 그때까지 기다리지 않고 지금 당장 가야겠다고 생각했다. 꼭 지금 가야 할 특별한 이유는 없다고 혼자 말하기는 했다. 그와는 반대로 사촌 형에게서 그전 어느 때보다도 안심되는 소식을 전해 들은 참이었다. 사촌 형은 고향 마을에 작은 상점을 갖고 있으며 K가 어머니에게 보내는 돈을 관리하고 있는데, 한 달 걸러마다 규칙적으로 K에게 소식을 전해주었다. 어머니의 시력은 거의 사라져가고 있으나, 의사들의 말을 듣고 K도 이미 몇 년 전부터 예견하고 있던 일이었다. 반면 다른 점에서의 건강 상태는 더 좋아져서 노령의 갖가지 괴로움이 심해지기는커녕 오히려 줄어들어, 어머니는 적어도 불평은 덜 하신다고 했다. 사촌 형의 의견으로는 그것은 아마도 몇 년 전부터 어머니가 신앙심이 지나치게 깊어진 것과 관련이 있을 것이라는 것이다. K도 지난번 방문했을 때 이미 그런 징후를 약간 느끼고 거의 불쾌했었다. 전에는 간신히 몸을 끌고 가던 노인이 이제는 일요일에 교회에 모시고 갈 때면 사촌 형의 팔을 잡고 성큼성큼 걸어가신다고 사촌 형은 아주 생생하게 편지에 써 보냈었다. 원래 걱정을 많이 하고 좋은 일보다는 나쁜 일을 과장해서 말하는 사촌 형이 그렇게 썼으니 믿을 만한 일이었다.

그러나 그런 것은 어찌 됐든 K는 지금 가기로 결심했다. 요즘 그는 다른 불쾌한 일 때문에 일종의 비통한 상념에 젖어 있었다. 무엇이든 자기가 하고 싶은 일에는 모두 몸을 내맡겨버리는 거의 억제할 수 없는 성향이었다. 그러나 지금 경우엔 이 악덕이 적어도 좋은 목적을 지향하고 있었다.

생각을 약간 정리하기 위해 창가로 갔으나, 곧 식사를 치우게 하고 사환을 그루바흐 부인에게 보내서 여행을 떠난다는 것을 알리고, 필요하다고 생각되는 것을 손가방에 챙겨달라고 해서 가져오라고 했다. 그다음 퀴네 씨에게 자신의 부재중에 처리되어야 할 서너 가지 업무를 지시했다. 퀴네 씨가 이미 습관이 된 무례한 태도로 얼굴을 옆으로 돌리고 자신은 해야 할 일을 잘 알고 있다, 이런 지시는 그저 의례적으로 참고 있는 것뿐이라는 투로 듣고 있는 것에 대해서도 이번만은 거의 화를 내지 않았다. 그리고 마지막으로 지점장에게 갔다. 어머니한테 가야 하기 때문에 이틀 동안 휴가를 받고 싶다고 부탁하자, 당연히 지점장은 K의 어머니가 편찮으시냐고 물었다.

"아니요."

K는 그 이상은 설명하지 않았다. 그는 두 손을 등 뒤로 깍지 끼고

방 한가운데에 서서 눈썹을 찌푸리고 생각에 잠겼다. 아무래도 여행 준비를 너무 서두른 것이 아니었을까? 여기 그대로 있는 편이 좋지 않을까? 고향에 돌아가서 무엇을 하겠다는 것인가? 감상적인 생각에서 가려는 것이 아닐까? 그리고 감상 때문에 어쩌면 이곳에서 어떤 중대한 일, 소송을 위한 어떤 기회를 놓치는 게 아닐까? 벌써 몇 주일 동안이나 소송 문제가 정지된 것 같고 아무런 특별한 소식도 오지 않았으나 이제 언제 어느 때 그런 기회가 찾아올지 알 수 없었다. 게다가 늙으신 어머니를 놀라게 하지 않을까? 물론 그럴 생각은 없지만, 지금은 그의 의지에 거슬리는 일이 너무 많이 일어나고 있으니 그의 생각과는 달리 얼마든지 일어날 수 있는 일이었다. 또한 어머니가 그에게 오라고 하지도 않았다. 전에는 사촌 형의 편지에 어머니가 K를 간절히 보고 싶어 한다는 말이 늘 반복되고 있었는데, 이제는 벌써 오랫동안 그런 말이 없었다. 그러므로 어머니 때문에 가는 것이 아님은 분명했다. 그러나 그 자신의 어떤 기대감에서 가는 것이라면 그는 완전한 바보이고, 고향에서 자신의 어리석음의 대가로 결국 절망만 느끼게 될 것이다. 그러나 이러한 모든 의혹은 그 자신의 것이 아니고 다른 사람들이 그에게 주입하려는 것이라고 생각하는 것처럼, K는 뚜렷한 자각을 갖고 가겠다는 결심을 굽히지 않았다. 그런 생각을 하는 동안 지점장은 우연인지 아니면, 이게 더 진짜 이유일 것 같은데, K에 대한 각별한 배려에서인지 신문만 들여다보고 있다가 이윽고 눈을 들고 일어서면서 K에게 손을 내밀고, 더는 묻지 않고 잘 다녀오라고 말했다.

그리고 나서 K는 사무실 안을 이리저리 걸어다니며 사환을 기다렸다. 부지점장이 K가 여행을 떠나는 이유를 알아내려고 몇 번씩이나 찾아왔지만 K는 거의 입도 열지 않고 피했다. 마침내 손가방이 도착하자 K는 미리 대기시켜 놓은 택시가 있는 곳으로 급히 내려갔다. 층계를 내려가는데 마지막 순간에 위에서 은행원 쿨리히가 나타났다. 그는 쓰기 시작한 편지를 손에 들고 있었는데, 분명히 K에게 무슨 지시를 받으려는 모양이었다. K는 쿨리히에게 거절하는 손짓을 했으나, 금발머리에 머리만 큰 이 사나이는 눈치가 없이 그 신호를 잘못 이해하고는 편지를 흔들면서 위태로울 정도로 급히 뛰며 K를 쫓아왔다. K는 너무 화가 나서 쿨리히가 바깥 층계에서 따라붙자 그의 손에서 편지를 빼앗아 찢어버렸다. 그러고 나서 K가 자동차 안에서 뒤돌아보니, 아직도 자신의 실수를 깨닫지 못한 쿨리히는 그 자리에 선채로 떠나가는 자동차를 바라보고 있고, 그 옆에 서 있는 수위는 모자를 깊이 내려쓰고 있었다. 그런 걸 보면 K는 아직도 은행의 고위 직원의 한 사람인 것이다. 그가 그것을 부정하려 하면 수위가 반박할 것이다. 그리고 어머니는 아무리 아니라고 해도 벌써 몇 년 전부터 K를 지점장으로 생각하고 있었다. 아무리 K의 명망이 손상되어도 어머니는 그가 파멸한다고 생각하지 않을 것이다. 출발 직전에 은행원, 그것도 재판소와 관련이 있는 은행원의 손에서 편지를 빼앗아 미안하다는 말도 없이 찢어버렸는데도 아무 일도 일어나지 않는 걸 보면 오히려 좋은 징조인 것 같았다.

(이하는 지워져 있다.)

……물론 그가 가장 하고 싶었던 일, 쿨리히의 창백하고 둥근 뺨을 큰 소리가 나도록 두 대 때리는 일은 하지 못했다. 그렇게 했더라면 물론 아주 좋았을 것이다. 왜냐하면 K는 쿨리히를 싫어하기 때문이다. 쿨리히뿐만 아니라 라벤슈타이너와 카미너도 싫었다. K는 오

래전부터 그들을 싫어했다고 생각했다. 그들이 뷔르스트너 양의 방에 나타났을 때에야 비로소 그들에게 주의를 기울였지만 그보다 훨씬 전부터 그들을 혐오하고 있었다. 그리고 최근에는 이 혐오감 때문에 K는 거의 괴로울 지경이다. 그 혐오감을 충족시킬 수가 없기 때문이다. 그들은 말단 은행원이어서 좀처럼 만날 수 없다. 그들은 모두 너무 열등하고, 근무연한 이외의 힘으로 승진할 가능성이 없고, 그 방법으로도 다른 누구보다도 진급 속도가 느릴 테니, 그들의 출세를 어떻게 방해한다는 것은 거의 불가능하다. 다른 사람의 어떤 방해도, 쿨리히의 어리석음과 라벤슈타이너의 게으름과 카미너의 슬슬 기는 역겨운 비굴함만큼 클 수는 없다. 그들에게 시도해볼 만한 유일한 일은 그들을 면직시키도록 손을 쓰는 일인데, 그것도 아주 쉽게 실현될 수 있는 일이어서 K가 지점장에게 몇 마디만 하면 충분하겠지만 K는 그 일을 꺼리고 있다. K가 싫어하는 일이라면 무엇이든 공공연하게 또는 비밀리에 하려드는 부지점장이 세 사람을 편들고 나선다면 K는 아마 그 일을 하겠지만, 이상하게도 이 일에서만큼은 부지점장이 예외적으로 K가 하고 싶어 하는 일을 똑같이 바라고 있는 것이다.

검사(檢事)*

    은행에서 오래 근무하다 보니 K는 사람을 보는 눈이나 세상일에 대한 경험을 얻게 됐으나, 늘 함께 어울리는 모임의 회원들을 매우 존경할 만한 사람들로 여겼고, 이러한 모임에 속해 있는 것이 그에게 커다란 명예라는 것을 자신에게도 결코 부정한 적이 없었다. 거의 모두가 판사, 검사, 변호사로 이루어진 모임으로, 몇몇 아주 젊은 관리와 수습변호사도 가입이 허용되었지만, 그들은 말석에 앉아서 특별히 질문을 받았을 때에만 논쟁에 참여할 수 있었다. 그러나 이러한 질문은 대개 좌중의 흥을 돋우는 목적을 가진 것뿐이며, 늘 K의 옆에 앉는 하스테러 검사가 특히 이러한 방법으로 젊은 사람들을 부끄럽게 만들기를 좋아했다. 그가 크고 털이 많이 난 손을 책상 한가운데에 펴놓고 말석 쪽을 바라보면, 벌써 모두들 귀를 기울였다. 그리고 말석에

---

* 이 장은 7장에 직접 연결되는 부분일 것이다. 7장의 마지막 구절을 옮겨 적은 종이에 이 장의 첫머리가 쓰여 있다(막스 브로트의 주).

서 누군가가 질문을 받기는 했으나 도저히 그 난제를 풀 수 없다든지, 생각에 잠겨 맥주잔을 바라본다든지, 말은 안 하고 그저 턱만 들썩거리고 있다든지, 심지어는 실은 이것이 가장 비참한 일인데 틀린 의견이나 확인되지 않은 의견을 끝없이 늘어놓으면 나이 많은 신사들은 웃음을 지으며 자기들 자리로 돌아앉아 그제야 흡족해하는 것 같았다. 정말 진지하고 전문적인 대화는 오직 그들끼리만 하려고 남겨두고 있었다.

K는 은행의 법률고문인 어느 변호사를 통해 이 모임에 어울리게 되었다. 언젠가 이 변호사와 은행에서 밤늦게까지 상담을 하고 난 후 우연히 그 변호사가 늘 가는 모임에서 같이 저녁 식사를 했는데, 이 모임을 좋아하게 됐다. 거기에는 순전히 학식 있고, 저명하고, 어떤 의미에서는 권력을 가진 신사들뿐이었는데 그들의 기분전환은 일상생활과는 관련이 없는 어려운 문제를 풀려고 노력하고 그러면서 지치도록 애쓰는 데에 있었다. 물론 K 자신은 관여할 수 있는 일이 거의 없었으나, 조만간 은행에서도 도움이 될 많은 일들을 경험할 가능성을 얻을 수 있을 뿐 아니라 언제라도 쓸모 있을 개인적인 관계를 재판소와 맺을 수 있었다. 그런데 그 모임도 그를 기꺼이 받아들이는 것 같았다. 오래지 않아 그는 사업전문가로 인정받고, 이 분야에 대한 그의 의견은, 그 점에 대해 빈정거리는 사람이 전혀 없지도 않았지만 반박을 할 수 없는 것으로 통하고 있었다. 어느 두 사람이 상법(商法)에 관한 법률 문제로 이견(異見)이 있을 때 그 문제에 대한 K의 의견을 구하기도 하고, 여러 가지 이야기를 주고받는 가운데 K의 이름이 계속 언급되고, 이미 K로서는 따라갈 수 없는 지극히 추상적인 논쟁에 끌려 들어가는 일도 적지 않았다. 물론 그는 차츰 많은 것을 알게 되었다. 특히 하스테러 검사가 옆에 붙어 있어 좋은 조언자가 되어주

었기 때문이다. 그는 또한 K와 친한 사이가 되었다. 그는 종종 밤중에 같이 귀가하기도 했다. 그러나 K는 자신을 둥근 망토 속에 전혀 눈에 띄지 않게 감춰버릴 수 있을 것 같은 거인 옆에서 팔짱을 끼고 걸어가는 일에 오랫동안 익숙해지지 않았다.

그러나 시간이 흐름에 따라 두 사람은 학식이나 직업이나 연령의 차이가 모두 없어질 정도로 친해졌다. 그들은 오래전부터 서로 어울리는 동지처럼 교제했으며, 그들의 관계에서 때때로 외견상 한쪽이 더 뛰어난 것처럼 보일 때가 있다면 그것은 하스테러가 아니고 K 쪽이었다. 왜냐하면 K의 실제적인 경험은 재판소 책상 위에서는 결코 있을 수 없는 것으로, 직접 얻은 경험들이어서 대개는 옳았기 때문이다.

이 우정은 당연히 그 모임의 사람들 사이에 곧 널리 알려지게 되었고, 누가 K를 이 모임에 데려왔었는지는 거의 잊어버리고, 이젠 K를 옹호해주는 사람은 어쨌든 하스테러였다. K가 여기 앉아 있을 자격이 있는지가 의심스러워지면, 그는 당연히 하스테러를 증인으로 내세울 수 있었다. 그러나 K는 그 덕분에 특히 유리한 입장을 얻었다. 왜냐하면 하스테러는 명성도 높았지만 사람들이 두려워했기 때문이다. 그의 법률적인 사고의 힘이나 솜씨는 매우 경탄할 만했으나 그 점에서는 적어도 그와 동등한 사람이 많았다. 그러나 그가 자신의 견해를 주장하는 난폭성에 대해서는 그 누구도 필적할 수 없었다. K는 하스테러가 상대방을 설복시킬 수 없으면 적어도 상대방을 공포에 떨게 한다는 인상을 받았는데, 그가 집게손가락을 세우기만 해도 많은 사람들이 뒤로 물러났다. 그럴 때는 상대방은 자신이 좋은 친지와 동료들과 어울려 있다는 것, 지금 하는 이야기는 오직 이론적인 문제일 뿐이고 실제로는 결코 아무 일도 일어나지 않는다는 사실을 잊어버리는지 입을 다물고, 고개를 흔드는 것만도 이미 용기를 필요로

하는 상태가 되곤 했다. 상대방이 멀리 떨어져 앉아 있을 때, 이런 거리에서는 의견의 일치는 될 수 없다고 생각한 하스테러가 음식이 담긴 접시를 밀쳐버리고 천천히 일어서서 상대방에게 다가가는 모습은 무시무시했다. 가까이에 있는 사람들은 검사의 얼굴을 보려고 고개를 뒤로 젖혔다. 물론 그런 일은 비교적 드물게 일어나는 우연한 사건으로, 무엇보다도 그는 법률적인 문제에 대해서만 흥분하는데 주로 그 자신이 전에 담당했든가, 또는 현재 담당하고 있는 소송에 관한 문제들이었다. 이런 문제가 아닐 때는 그는 친절하고 침착하며 웃음소리는 다정하고, 먹고 마시는 일에만 열성이었다. 심지어 그는 일동의 대화에 전혀 귀 기울이지 않고 K에게 얼굴을 돌리고, K의 의자 등에 팔을 걸치고 작은 소리로 그에게 은행 일에 대해 묻고, 자기도 자기 일에 대해 말하기도 하고, 재판소 일만큼이나 바쁜 여자관계에 대해서도 이야기하곤 했다. 그 모임의 다른 누구와도 그가 그런 식으로 이야기하는 것을 볼 수 없었고, 사실 하스테러에게 부탁할 일이 있으면, 대개는 어느 동료와 화해를 해야 하는 문제로 사람들은 종종 먼저 K한테 와서 중개를 해달라고 부탁했고, K도 언제나 기꺼이 쉽게 들어주었다. 이런 점에서 K는 하스테러와의 관계를 이용하지 않고, 모든 사람에게 매우 예의바르고 겸손했으며, 겸손함이나 예의바른 태도보다 더 중요한 것은, 그 사람들의 지위의 차이를 올바로 구별하고 각각 그 지위에 따라 대우하는 법을 알고 있었다. 물론 그런 것은 하스테러가 계속 K에게 가르쳐주었다. 그것은 하스테러가 아무리 흥분해서 논쟁할 때에도 범하지 않는 유일한 규칙이었다. 그래서 그는 거의 지위를 갖고 있지 않은 말석의 젊은 사람들에게도 말을 걸었다. 그들이 개개인이 아니라 모두가 한 집단인 양 언제나 그저 그들 모두에게 던지는 말이었다. 그러나 바로 이 젊은이들이야말로 그에게 가장 깊은 존경심을 보였으며, 11시경 그가 귀가하려고 일어서면, 얼른 한 사람이 그가 두꺼운 외투를 입는 것을 돕고, 또 한 사람은 문을 열고 허리를 깊숙이 굽히고 문을 잡고 있었다. 물론 하스테러의 뒤를 따라 K가 방을 나갈 때까지.

처음 얼마 동안은 K가 하스테러의 집 방향으로 또는 검사가 K의 집 방향으로 어느 정도 동행했으나, 나중에는 이런 밤이면 언제나 하스테러가 K에게 자기 집으로 가서 잠시 함께 있어 달라고 청하게 됐다. 그렇게 되면 두 사람은 술을 마시고 담배를 피우며 한 시간쯤 더 같이 지냈다. 하스테러는 이런 시간을 아주 좋아해서, 언젠가 헬레네라는 여자가 그의 집에서 서너 주일 동안 산 적이 있는데, 그때도 밤에 K와 함께 지내는 시간을 포기하려 하지 않았다. 그녀는 노르스름한 피부에 살찌고 상당히 나이 든 여자로, 검은 머리카락을 이마 주위에 꼬불꼬불하게 늘어뜨리고 있었다. K는 처음에는 그녀가 늘 침대에 누워 있는 것만 보았다. 그녀는 대개 전혀 부끄러운 기색 없이 거기 누워서 여러 권으로 된 소설을 읽으며 검사와 K의 대화에는 신경 쓰지 않았다. 밤이 깊어지면 그때서야 그녀는 기지개를 펴고 하품을 하거나, 또 다른 방법으로 주의를 자신에게로 돌리지 못할 때에는 읽고 있던 소설책을 하스테러에게 던지기도 했다. 그러면 검사는 웃으며 일어나 K에게 작별을 고했다. 물론 나중에는 하스테러가 헬레네에게 싫증을 내기 시작하자, 그녀는 두 사람이 만나는 것을 신경질적으로 방해했다. 그렇게 되자 그녀는 항상 옷을 완전히 입고 두 사람을 기다렸다. 언제나 똑같은 옷이었는데, 그녀는 그 옷이 아주 멋지고 자기에게 어울리는 것으로 생각하는 모양이었으나 사실은 낡고 지나치게 화려한 무도복으로, 장식으로 달린 서너 줄의 기다란 술 때문에 특히 불쾌한 인상을 주었다. K는 사실 그 옷을 보지 않으려고 몇 시간 동안이나 눈을 내리깔고 앉아 있었으므로, 그 옷의 정확한 모양은 전혀 몰랐다. 그런데 그녀는 몸을 흔들며 방 안을 지나다니거나 K 옆에 앉기도 하고, 나중에는 그녀의 입장이 점점 위태로워지자 불안한 나머지, K의 사랑을 얻어 하스테러가 질투하게 만들려고까지 했다. 그녀가 둥그스름하고 살찐 등을 드러낸 채로 책상 위로 몸을 숙이고 얼굴을 K에게 바싹 대서 억지로 K가 눈을 들게 하려 한 것은 악의에서가 아니라 괴로운 나머지 하는 행동이었다. 그녀가 이런 짓을 해서 얻은 것이라곤 단지 K가 그 뒤로 하스테러의 집에 가는 것을 거절한 것뿐이고, 얼마 후에 다시 가보니 결국 헬레네는 쫓겨나고 없었다. K는 당연하다고 생각했다. 두 사람은 그날 밤 특히 오랫동안 같이 앉아서, 하스테러의 제의로 우정을 축하했다. 집으로 돌아오는데 K는 담배와 술 때문에 머릿속이 약간 멍청할 지경이었다. 바로 그다음 날 아침, 지점장이 업무상의 대화 도중에 어젯밤 K를 본 것 같다고 말했다. 자신의 착각이 아니라면 K가 하스테러 검사와 팔짱을 끼고 걸어가더라는 것이었다. 지점장은 이 일을 매우 이상하게 생각하는지, 물론 평소 그의 빈틈없는 성격에 어울리는 일이지만 어느 교회 이름을 대며 그 옆의 분수 근처에서 두 사람을 만났다고 말했다. 자신이 신기루를 본 것인지, 달리 표현할 수가 없다고 했다. 그래서 K는 지점장에게 검사는 자기 친구이며 사실 어젯밤 자기들 두 사람은 그 교회 옆을 지나갔다고 설명했다. 은행장은 놀란 듯이 웃으며 K에게 앉으라고 권했다. 어느 순간에 K가 지점장을 아주 좋아하게 되는 때가 있는데 지금이 바로 그런 순간이었다. 막중한 책임을 져야 하는 업무에 시달리는 이 허약하고 병들고 잔기침을 하는 사람이 K의 행복과 장래에 대해 걱정을 하고 있다는 사실을 알 수 있는 순간이었다. 지점장에게서 이와 비슷한 배려를 받아본 다른 은행원들은 그것이 그저 표면적이고 냉정한 배려라고 말하기도 하고, 2분 정도를 희생해서 유능한 은행원을 수년간 자기 옆에 붙잡아 두려는 허울 좋은 수단일 뿐이라고 하지만, 어찌 되었든 K는 이런 순간에는 지점장에게 감동했다. 어쩌면 지점장도 다른 사람들과 이야기할 때와는 조금 다르게 K와 대화하는 것 같았다. 그는 말하자면, 이런 식으로 K를 동등하게 대해서 윗사람의 지위를 잊은 적이 없었고, 오히려 일반적인 업무상의 교섭에서는 늘 그러지만 지금 경우에는 K의 지위를 완전히 잊어버리고 어린아이 대하듯이 K와 이야기하고, 혹은 이제 막 어떤 지위를 얻으려 애쓰는 아무것도 모르는 젊은이에게 어떤 이유에선가 호의를 느껴 대화하는 듯한 태도이기도 했다. 만일 지점장이 진실로 그렇게 걱정해주는 것이라고 생각되지 않는다면, 혹은 적어도 이런 순간에 내비치는 배려의 가능성에 완전히 매료되지 않는다면, 틀림없이 K는 지점장이든 누구든 이런 식으로 말하는 것을 참을 수 없었을 것이다. K는 자신의 약점을 알고 있었다. 어쩌면 이런 면에서 사실 그는 아직도 어린애 같은 데가 있어서 그렇게 생각하는지도 모른다. 아버지가 아주 젊어서 돌아가셨기 때문에 아버지의 배려를 경험한 적이 없고, 그 후 곧 집을 떠났으며, 2년 전쯤에 마지막으로 만나 뵌 어머니는 반쯤 장님이 되어 아직도 그 변화 없는 작은 마을에서 살고 계시지만, 어머니에게서는 애정을 바라기보다는 오히려 늘 뿌리쳐왔기 때문이다.

"그 우정에 대해 난 아무것도 모르고 있었군."

지점장이 말했다.

희미하게 띤 다정한 미소만이 그 말의 엄격한 어조를 부드럽게 해주고 있었다.

그 집

처음에는 특별한 의도를 품고 한 것은 아니지만, K는 기회 있을 때마다 그의 사건을 처음 고발한 관청의 소재지를 알아내려고 애썼다. 그는 어렵지 않게 그것을 알아냈다. 티토렐리도 볼파르트도, 처음 묻자마자 곧 그 집의 주소를 정확하게 말해주었다. 그 후에 티토렐리는 자신에게 검토해달라고 요구하지 않은 비밀 계획을 대하면 늘 그러듯이 웃으며, 이 관청은 아무 의미도 없고, 위임받은 것을 대변하는 것뿐으로, 대검찰청 직속의 말단 기관에 불과하며, 그 대검찰청이란 물론 소송관계자들은 접근할 수 없는 곳이라고 보충 설명을 했다. 그러므로 검찰청에 무엇인가를 바란다면 물론 소원이야 늘 많겠지만, 소원을 다 말하는 것이 반드시 현명하다고 할 수는 없다. 물론 지금 말한 하급 관청에 가야 하지만, 그렇게 한다고 자신이 직접 검찰청에 들어갈 수 있게 되는 것도 아니고, 결코 자신의 소원을 그곳까지 전달하게 되지도 않는다고 말하는 것이었다. K는 이미 화가의 본성을 잘 알고 있어서 반박하지 않고, 더는 묻지도 않고 고개만 끄덕이고 그 말

을 새겨두었다. 최근에 자주 그랬듯이 이번에도 번거로운 일에서는
티토렐리가 변호사를 충분히 대신할 것 같았다. 다른 점이 있다면, K
가 변호사에게 했던 것처럼 티토렐리에게 전적으로 맡기지 않는다
는 것, 하고 싶은 생각만 있으면 손쉽게 관계를 끊어버릴 수 있으리라
는 것, 티토렐리가 매우 솔직하고, 지금은 전보다 덜하지만 수다스럽
다는 것, 그리고 끝으로 K 쪽에서도 티토렐리를 아주 잘 괴롭힐 수 있
다는 것뿐이었다.

　그리고 이 문제에서도 K는 티토렐리를 괴롭혔는데, 그 집에 대해
이야기할 때에 자주, 너는 무엇인가 숨기고 있다, 자신은 그 관청과
여러 가지 교섭을 했다, 그러나 아직은 그다지 크게 진전되지 않았기
때문에 다른 사람에게 알려지면 위험하다는 투로 말했다. 그리고 티
토렐리가 좀 더 자세한 이야기를 듣고 싶어 하면 K는 갑자기 말머리
를 돌리고, 오랫동안 다시는 그 이야기를 하지 않았다. 그는 이와 같
은 작은 성공을 즐겼다. 그리고 이젠 재판소 주변의 이런 사람들에 대
해 전보다 훨씬 잘 알고 있으며, 이젠 벌써 이 사람들과 장난을 칠 수
도 있고, 자신도 거의 그들 속에 들어가 있어, 그들이 속해 있는 재판
소의 제1단계의 본질을 적어도 잠시 동안이나마 더 잘 파악하고 있
다고 믿었다. 그러나 그의 지위를 이런 말단들 사이에서 끝내 잃어야
한다면 어떻게 하나? 그렇게 되어도 아직 그곳에는 구원의 가능성이
있었다. 그는 이 사람들 사이로 들어가야 한다. 그들이 신분이 낮든
지 혹은 다른 이유에서 그의 소송을 도와줄 수 없다 할지라도, 자신을
맞아들여 숨겨줄 수 있고, 그가 모든 일을 충분히 생각해서 비밀리에
실행해 간다면 그들은 이런 식으로 그를 도와주는 것을 전혀 거절할
수 없을 것이다. 특히 티토렐리는, K가 이젠 그의 가까운 친지이며 후
원자가 되었으니 거절하지 않을 것이다.

K는 매일 이런 희망을 품고 사는 것은 아니고, 대개는 정확하게 구별을 짓고, 어떤 어려움을 간과하거나 뛰어넘지 않도록 주의하고 있었다. 그러나 이따금 대개 업무가 끝나고 저녁에 완전히 지친 상태일 때, 그날 일어난 일 중에서 가장 사소하고 가장 애매한 사건들을 떠올려 위안을 삼았다. 그런 때에 그는 늘 사무실의 긴 의자에 누워 (한 시간 정도 긴 의자에 누워 피로를 풀지 않으면 사무실을 떠날 수가 없었다) 머릿속으로 관찰한 것들을 이것저것 연결해보았다. 오로지 재판소에 관계 있는 사람들로만 국한하지는 않았고, 이 반수면 상태에서는 모두가 뒤섞여, 재판소의 전체적인 일은 잊어버리고 그 자신만이 유일한 피고이고 다른 사람들은 모두 관리나 법률가처럼 재판소 건물 복도를 돌아다니고 있으며, 가장 우둔한 사람까지도 턱을 가슴까지 숙이고 입술을 위로 젖히고 책임감 넘치는 생각에 잠겨 뚫어지게 쳐다보고 있는 것처럼 생각됐다. 그다음에는 늘 그루바흐 부인 집에서 하숙하는 사람들이 그들만의 무리를 지어 나타났다. 그들은 머리를 나란히 하고 서서 비난의 소리를 합창하듯이 입을 크게 벌리고 있었다. K는 이미 오래전부터 하숙집에 대해 전혀 신경을 쓰지 않고 있었기 때문에 그 속에는 모르는 사람들이 많이 있었다. 그러나 모르는 사람이 많기 때문에 그 무리와 좀 더 긴밀한 관계를 맺기는 불쾌했으나, 그 속에서 뷔르스트너 양을 찾아내려면 이따금 관계를 갖지 않을 수 없었다. 예를 들어 그가 그 무리 위로 날아가면 갑자기 완전히 낯선 두 눈이 반짝이며 다가와 그를 붙잡는다. 그러면 그는 뷔르스트너 양을 찾아내지 못하는데, 이젠 어떤 실수도 하지 않으려고 다시 한번 찾아보니 그녀는 바로 무리 한가운데에서 양옆에 서 있는 두 사나이와 팔짱을 끼고 서 있었다. 그러나 그것은 그에게 전혀 아무 인상도 주지 않았다. 그 광경은 새로운 것이 아니라, 언젠가 뷔르스트너 양의 방

에서 본, 해수욕장에서 찍은 사진이 기억에 남아 있는 것뿐이기 때문이었다. 그러나 아무튼 그 광경 때문에 K는 그 무리에서 떠났고 종종 그쪽으로 되돌아오게 되면 얼른 큰 걸음으로 재판소 건물을 종횡으로 돌아다녔다. 마치 오래전부터 그의 집이기라도 한 듯 언제나 모든 방을 훤히 알 수 있었고, 한 번도 보지 못했던 미로의 복도들이 친숙해 보였고, 세부적인 것들이 괴로울 정도로 분명하게 자꾸 그의 머릿속으로 밀려 들어왔다. 예를 들어, 한 외국인이 대기실을 거닐고 있는데, 투우사 같은 차림에 허리는 칼로 자른 듯이 잘록하고, 아주 짧고 꽉 끼는 상의는 굵은 황색실로 짠 레이스로 만든 것이었다. 그 사나이는 잠시도 걸음을 멈추지 않았고 K는 놀란 눈으로 계속 그를 쳐다보았다. K는 몸을 숙이고 그 사나이에게 몰래 다가가 긴장하여 눈을 크게 뜨고 그를 지켜보았다. 레이스의 온갖 무늬, 뜯어진 술, 상의의 곡선들을 모두 잘 알고 있었지만 싫증이 나지 않았다. 아니면 벌써 오래전에 싫증이 났거나, 혹은 좀 더 정확하게 말하자면 절대로 보고 싶지 않았지만 그렇게 되지 않았다.

'외국에서는 참 이상한 가장무도회를 하는군!'

그는 생각하면서 두 눈을 더욱 크게 떴다. 그리고 긴 의자 위에서 돌아누워 얼굴이 가죽에 부딪힐 때까지 그 사나이의 뒤를 쫓았다.

(이하는 지워져 있다.)

그렇게 K는 오랫동안 누워 정말로 푹 쉬었다. 아직도 어둠 속에서 아무 방해도 받지 않으며 곰곰이 생각하고 있었다. 티토렐리에 대해 생각하는 게 제일 좋았다. 티토렐리는 의자에 앉아 있고, K는 그 앞에 무릎을 꿇고 앉아 티토렐리의 두 팔을 쓰다듬기도 하며 여러 가지로 비위를 맞췄다. 티토렐리는 K가 무엇을 바라는지 잘 알고 있었지 만 모르는 체하며 K를 은근슬쩍 괴롭혔다. 그러나 K 쪽에서는 결국 은 모두 성취할 수 있다는 사실을 알고 있었다. 티토렐리는 경솔하고 강한 책임감이 없어 쉽게 손에 넣을 수 있는 인간이기 때문이었다. 재 판소가 이런 사람과 관계를 갖고 있는 것은 이해할 수 없었다. 만일 어딘가에 재판소로 뚫고 들어갈 수 있는 틈이 있다면 이곳이야말로 그 틈새라고 K는 간파했다. 그는 머리를 허공으로 쳐들고 있는 티토 렐리의 뻔뻔스러운 웃음에 현혹되지 않고 청원을 계속하고, 마침내 는 두 손으로 티토렐리의 뺨을 쓰다듬기에까지 이르렀다. 그러나 몹 시 애쓰는 것은 아니고 거의 될 대로 되라는 태도였으나, 장난하는 기 분으로 그런 짓을 계속하다 보니 성공을 확신하게 되었다. 재판소의 책략이란 참 단순하구나! 마치 자연의 법칙에 복종하듯 티토렐리는 마침내 K에게 몸을 숙이고, 다정하게 천천히 눈을 감아 K의 부탁을 들어줄 의향이 있다는 것을 보이더니, K에게 손을 내밀고 꼭 쥐었다. K는 일어섰다. 물론 그는 약간 장엄한 기분이 들었으나, 티토렐리는 이제 장엄한 것은 참을 수 없어 K를 끌어안고, 달음질치며 그를 끌고 갔다. 곧 재판소 건물에 이르러 그들은 계단을 급히 올라갔다. 그러 나 올라가기만 하는 것이 아니라, 물 위에 뜬 가벼운 보트처럼 하나도 힘들이지 않고 오르내리는 것이었다. 그리고 K가 자기 발을 내려다 보며 이 아름다운 동작은 이제까지 자신의 천한 생활과는 아무 관련 이 없다는 결론에 다다른 바로 그때, 아래로 숙인 그의 머리 위에 어 떤 변화가 일어났다. 이제까지 등 뒤에서 비쳐 오던 빛이 방향을 바꾸 어 갑자기 앞쪽에서 눈부시게 비쳐 왔다.

　K가 고개를 들자 티토렐리는 고개를 끄덕이며 K를 돌려세웠다. K 는 다시 재판소 건물 복도에 있었는데 모든 것이 전보다 더 조용하고

단순했다. 눈에 띄는 점은 없었다. K는 한눈에 모든 것을 파악하고, 티토렐리와 헤어져 자신의 길을 갔다. K는 오늘 길고 검은 새 옷을 입고 있었는데, 기분 좋게 따뜻하고 두터웠다.

　그는 자신이 어떻게 되었는지 알고 있었지만 그렇게 된 것이 행복했기 때문에 그것을 아직 시인하고 싶지 않았다. 복도 한쪽 벽에 커다란 창문이 열려 있고, 그 구석에 쌓인 무더기 위에 그의 낡은 옷이 놓여 있었다. 검은 웃옷, 선명하게 줄을 세운 바지, 그 위에는 셔츠가 펼쳐져 소매가 하늘거리고 있었다.

부지점장과 다툼

어느 날 아침 K는 평소보다 훨씬 더 상쾌하고 투지에 넘치는 기분이었다. 재판소에 대해서는 거의 생각하지 않았다. 재판소 생각이 떠올라도, 전모를 파악할 수 없는 이 거대한 조직이 그 어떤 (물론 숨겨져 있어 어둠 속에서나 겨우 잡을 수 있겠지만) 부분에서 쉽게 붙잡혀 찢어지고 부서질 수 있을 것으로 생각됐다. 평소와 다른 이런 상태에 힘입어 K는 벌써 오래전부터 필요했던 업무상의 문제를 함께 상의하려고 부지점장을 자기 사무실로 오라고까지 했다. 이런 경우에 부지점장은 언제나 K와의 관계가 최근 수개월 동안 조금도 변하지 않은 듯이 행동했다. 전에 K와 끊임없이 경쟁하던 시절처럼 침착하게 들어와서 K의 설명을 조용히 경청하고, 친밀하고 심지어 동료 같은 언급을 몇 마디 하며 관심을 나타내고, 결코 업무상의 주요 문제에서 벗어날 생각은 없고, 오로지 마음속 깊이 이 문제를 받아들이려는 태도만 보일 뿐, 다른 의도는 보이지 않아 K는 당황스러웠다. 의무감에 투철한 이 모범적인 인간 앞에서 K는 곧 갖가지 생각이 사방으로 분산되기 시작해서 거의 아무 저항 없이 문제 자체를 부지점장에게 내맡길 수밖에 없었다. 한 번은 결국 부지점장이 갑자기 일어나 말없이 자기 사무실로 돌아가는 것만 겨우 알아챘을 정도로 K의 상태는 혼란스러웠다. 그때 K는 무슨 일이 일어났는지 몰랐다. 논의가 제대로 끝맺어졌을 수도 있고, K가 자신도 모르게 부지점장의 기분을 상하게 했거나, 혹은 K가 실없는 말을 했거나, K가 듣고 있지 않거나 다른 생각을 하고 있는 게 분명해서 부지점장이 논의를 중단했을 수도 있었다.

심지어 K 자신이 형편없는 결정을 했거나, 혹은 K가 그러한 결정을 내리도록 부지점장이 유인하고는 K에게 해를 입히기 위해 그 일을 실행하려고 급히 나갔을 수도 있었다. 그런데 그 문제는 다시 논의되지 않았고 K도 그 일을 더는 회상하고 싶지 않았고 부지점장은 자기 방에 틀어박혀 있었다. 물론 한동안은, 그리고 그 후에도 눈에 띄는 어떤 결과가 생기지는 않았다. 그러나 어쨌든 K는 그 일로 놀라 물러나지는 않았다. 적당한 기회만 생기면, 그리고 용기만 조금 있으면, K는 부지점장의 방으로 들어가든지 그를 불러내든지 하려고 그의 방문 앞에 서곤 했다. 전처럼 부지점장을 피해 숨어 있을 때가 아니었다. 자신의 모든 걱정을 한꺼번에 씻어주고, 부지점장과의 예전의 관계를 저절로 회복시켜줄, 신속하고 결정적인 성과는 이미 기대하고 있지 않았다. K는 뒤로 물러나서는 안 된다고 생각했다. 여러 가지 사실로 보아 그래야 하는지도 모르지만, 만일 그가 뒤로 물러서면 다시는 승진하지 못하게 될 위험이 있었다. K는 처치되었다고 부지점장이 확신하도록 놔둬서는 안 된다. 그렇게 확신하며 사무실에 편안히 앉아 있게 해서는 안 된다. 부지점장이 불안을 느끼게 만들어야 한다. 그로 하여금 K가 살아 있고, 지금은 위험하지 않은 것같이 보일지 몰라도 살아 있는 다른 모든 사람과 마찬가지로 언젠가는 새로운 능력을 갖고 덤벼들 수 있다는 사실을 될 수 있는 대로 자주 깨닫게 해야 한다. 물론 K는 이따금 자신이 이러한 방법으로 다름 아닌 바로 자신의 명예를 위해 싸우고 있는 것이라고 스스로에게 말하곤 했다. 왜냐하면 자신이 약점을 지닌 채로 아무리 부지점장에게 대항을 해도 사실 자기한테는 아무 소용이 없고, 상대방의 권력욕만 강화하고, 관찰을 잘해서 그때그때의 정세에 따라 정확한 조치를 취할 기회만 주기 때문이었다. 그러나 K는 자신의 태도를 전혀 바꿀 수 없었다. 그는 자기기만에 빠져 때때로 지금이야말로 안심하고 부지점장과 싸워도 좋다고 확신했다.

아무리 불행한 경험을 해도 그는 현명해지지 않았다. 모든 정세가 언제나 한결같이 그에게 불리한 방향으로 되어가도, K는 열 번 시도해서 안 되는 일도 열한 번째에는 성공할 수 있다고 믿었다. 부지점장과 이런 논의 후에 완전히 지쳐 머리는 텅 비고 땀을 흘리며 혼자 남아 있으면, 자신을 부지점장에게 대항케 한 것이 희망이었는지 아니면 절망이었는지 알 수 없었지만, 다음번에 다시 부지점장의 방문 쪽으로 달려갈 때 그가 품고 있는 것은 분명 오직 희망뿐이었다.

(이하 '지시를 받으려고 노력할 필요가 있었다'까지 지워져 있다.)

이날 아침에는 이러한 희망을 특히 정당하게 생각했다. 부지점장은 천천히 방으로 들어와 이마에 손을 대고 머리가 아프다고 불평했다. K는 처음에는 이 말에 대답하려 했으나 가만히 생각해보고 부지점장의 두통에는 상관하지 않고 곧 업무 설명을 시작했다. 그러자 두통이 그다지 심하지 않았는지, 혹은 문제에 대한 관심이 통증을 잠시 쫓아버렸는지, 아무튼 부지점장은 이야기를 하는 동안 손을 이마에서 떼고 평소와 같이, 마치 문제에 대한 답을 다 알고 있는 모범생처럼 깊이 생각해보지도 않고 빈틈없이 대답했다. K는 이번에야말로 그에게 대항해서 몇 번이라도 반격할 수 있었는데, 부지점장의 두통에 대한 생각이, 마치 그것이 부지점장의 불리한 점이 아니라 이점이라도 되는 것처럼 자꾸 K를 방해했다. 부지점장이 이런 통증을 견디고 극복해내고 있는 것은 얼마나 경탄할 만한 일인가! 이따금 부지점장은 자기가 하는 말과는 상관없이 미소를 짓는 품이 머리가 아픈데도 그 때문에 사고력을 방해당하고 있지는 않다고 자랑하는 것 같았다. 전혀 다른 이야기를 하는 동안 동시에 무언의 대화가 행해지고 있었는데, 그 무언의 대화에서 부지점장은 자신의 두통이 심하다는 것을 부정하지는 않았지만 위험하지 않은 고통일 뿐이며, 따라서 K가 늘 괴로워하고 있는 고통과는 완전히 다른 것이라는 사실을 암시하기도 했다. 그리고 K가 아무리 부인해도, 부지점장이 자신의 고통을 처리하는 방법은 그에게 반박을 계속했다. 그러나 그것은 동시에 K에게 하나의 예(例)를 보여주고 있었다. 부지점장처럼 K도 자신의 직업과 관계없는 걱정은 모두 떨쳐버릴 수 있을 것이다. 은행에서 전보다 더 일에 전념하고 새로운 계획을 세우고 실행하기 위해 끊임없이 노력하며, 약간 소원해진 업계와의 관계는 방문이나 출장여행으로 확고히 굳히고, 지점장에게 좀 더 자주 보고를 하고 특별한 지시를 받으려고 노력할 필요가 있었다.

오늘도 또 그러했다. 부지점장은 곧 들어왔으나 문 옆에 서서, 새로 생긴 습관대로 코안경을 닦고 K를 한 번 쳐다보더니 너무 눈에 띄게 K에게 열중하고 있지 않다는 듯이 방 전체를 좀 더 자세히 둘러보는 것이었다. 자신의 시력을 시험하는 기회로 이용하는 듯한 태도였다. K는 그 시선에 대항해서 약간 웃음까지 짓고, 부지점장에게 앉으라고 권했다. K 자신은 안락의자에 주저앉아 의자를 될 수 있는 대로 부지점장에게 바싹 붙이고, 곧 필요한 서류를 책상에서 집어 들어 보고를 시작했다. 부지점장은 처음에는 거의 듣고 있지 않는 것 같았다. K의 책상 위에는 조각을 한 낮은 난간이 둘러쳐져 있었다. 책상 전체가 하나의 훌륭한 세공품이었으며, 난간도 목재에 튼튼히 박혀 있었다. 그런데 부지점장은 바로 지금 거기에서 느슨한 부분을 발견한 듯이 집게손가락으로 난간을 들어 올려 잘못된 곳을 바로잡으려 했다. 그 때문에 K는 보고를 중단하려 했으나, 부지점장은 다 잘 듣고 이해하고 있으니 그대로 계속하라고 말했다. 그러나 K가 잠시 부지점장에게서 본질적인 언급을 받아내지 못하는 사이에, 부지점장은 난간에 특별한 조처라도 필요한 듯 이젠 주머니칼을 꺼내서 K의 자를 지렛대로 이용하여 난간을 들어 올리려 했다. 아마 그렇게 하면 수월하게 난간을 더 깊이 밀어 넣을 수 있다고 생각하는 모양이었다. K는 보고 내용 속에 아주 새로운 제안을 마련해두었는데, 틀림없이 부지점장에게 특별한 효과가 있으리라고 생각했었다. 이제 바로 이 제안에 이르러 K는 자기 일에 너무 열중해 있었기 때문에, 그보다는 오히려 요즘은 이런 의식이 점점 없어지고 있지만, 자신이 이 은행에서 아직 어떤 의미를 갖고 있으며, 자신의 생각은 자신을 정당화시키는 힘을 갖고 있다는 의식에 너무 기뻐서 절대로 중단할 수가 없었다. 게다가 어쩌면 자신을 지키는 이 방법은 단지 은행에서뿐만 아니라 소송에서도 최선의 것이며, 자신이 이미 시도했거나 계획했던 그 어느 방어보다도 훨씬 더 좋은 것인지도 몰랐다. 자기가 하려는 이야기에 조급한 나머지 K는 부지점장을 난간 만지는 일에서 단호하게 끌어낼 여유가 전혀 없었다. 단지 서류를 읽으면서 다른 손으로 진정시키듯이 난간을 두세 번 쓰다듬었다. 그 자신은 확실하게 의식하지 않았지만,

그렇게 해서 난간에는 아무 이상이 없으며 설령 있다 하더라도 그걸 고치는 일보다 지금은 자기가 하는 말을 듣는 게 더 중요하고 더 합당한 일이라는 것을 부지점장에게 나타내기 위해서였다. 그러나 활발하고 정신적인 일만 하는 사람이 흔히 그러듯이 부지점장은 이 수공예 같은 작업에 열중해서 마침내 난간의 일부를 실제로 들어 올렸고, 이제 작은 기둥들을 다시 각각의 구멍에 끼워 넣기만 하면 되었다. 그것은 이제까지의 작업보다 더 어려웠다. 부지점장은 일어서서 두 손으로 난간을 책상 위로 눌렀다. 그러나 아무리 힘을 써도 잘 되지 않았다. K는 서류를 읽는 동안 (서류에는 적혀 있지 않은 이야기도 많이 섞였는데) 부지점장이 일어서는 것을 어렴풋이 알아챘다. 부지점장의 그 장난질에서 거의 한 번도 완전히 눈을 떼지는 않았지만, 부지점장의 동작이 자신의 설명과도 어떤 관계가 있다고 생각했기 때문에, K도 일어서서 어느 숫자 밑에 손가락을 대고 부지점장에게 서류를 내밀었다. 그러나 두 손의 힘으로는 불충분하다고 생각한 부지점장은 곧 결심하고 체중 전체를 난간에 실었다. 물론 이번에는 성공해서 기둥이 삐걱거리며 구멍으로 들어갔으나, 너무 서두른 나머지 기둥 하나가 부러지고 윗부분의 약한 가로대가 어디에선가 두 동강이 나고 말았다.

"나무가 형편없군."

화가 나서 부지점장이 말했다.

단편(斷片)

그들이 극장에서 나왔을 때 가랑비가 약간 내리고 있었다. 각본이나 형편없는 공연 때문에 K는 이미 피곤했지만, 숙부를 자신의 숙소에 묵도록 해야 한다는 생각에 완전히 지쳐버렸다. 마침 오늘 꼭 뷔르스트너 양과 이야기할 생각이었고, 어쩌면 그녀를 만날 기회가 생길 수도 있었다. 그런데 숙부를 대접해야 했기 때문에 완전히 불가능해져버렸다. 물론 아직은 숙부가 타고 갈 수 있는 밤 기차가 있기는 하지만, 숙부는 K의 소송에 몹시 마음을 쓰고 있기 때문에 오늘 밤 안으로 떠나겠다고 마음을 돌릴 가능성은 전혀 없을 것 같았다. 그래도 K는 별로 기대는 하지 않은 채 시험해보았다.

"숙부님, 아무래도 가까운 시일 내에 숙부님의 도움이 정말 필요할 것 같아요. 어떤 방면으로일지는 아직 확실히 모르지만, 아무튼 필요할 겁니다."

"날 믿어도 된다. 사실 난 어떻게 하면 너를 도울 수 있을까 하는 것만 계속 생각하고 있단다."

316

"숙부님은 여전히 다정하시군요. 다만 다음번에 숙부님께 다시 이곳으로 와주십사고 부탁드려야 할 때, 숙모님께서 내게 화를 내시지 않을까 걱정입니다."

"그런 불편함보다 네 일이 훨씬 더 중요하지."

"그 말씀에는 동의할 수 없어요. 그러나 그것은 어찌 되었든, 필요하지도 않은데 숙부님을 숙모님 곁에서 떠나 계시도록 하고 싶지는 않아요. 아마 가까운 시일 내에 또 오셔야 할 테니 우선 돌아가시지 않겠어요?"

"내일 말이냐?"

"네, 내일이라도. 아니면 지금 밤 기차로 가시든지. 그게 제일 편하실 겁니다."

존재의 근원을 향한 가공할 상상력

　카프카는 독자에게 책 읽기의 즐거움이 아닌 괴로움을 안겨준다. 그 이전의 소설들이 대개 비범한 인물의 독특한 생애를 묘사하고, 독자는 그들의 심리와 행동에 감동하거나 동의하지 않거나 하면 되었지만, 이제 소설은 감동이나 교훈을 주는 장르가 아니라 독자를 경악하게 하고 절망하게 하며 인간의 존재 조건을 숙고해볼 것을 요구하는 장르가 되었다.

　카프카는 문학에 가장 혁명적인 변화를 가져왔다. 카프카는 인간 존재의 부조리성을 주제로, 피할 수도 없고 변화시킬 수도 없는 상황에 빠진 무력한 인간의 암중모색을 그린 소설을 쓴 것이다. 이제부터 문학은 철학이나 사회학의 문제였던 소외와 부조리를 다루게 된다. 베케트의 부조리 연극도 카프카 이후에 가능하다. 마르케스는 '다르게 쓸 수 있음을 가르쳐준 사람이 바로 카프카'라고 했다. 인간 존재의 근원적 모습을 카프카만큼 과격하게 파헤쳐 보이는 작가가 또 있을까. 자본주의의 악마적인 비인간성, 관료주의의 전횡을 묘사하는 듯하면서도 그것을 역사적, 사회적으로 어떤 개별적인 상황이 아닌 인간 존재의 영원한 조건으로 인식하고 그 부조리성을 문학의 주제로 삼은 것, 이것이 카프카 문학의 위대한 특징이다. 또한 그의 서술 방식은 어떠한가. 그의 글에서는 도무지 있음 직하지 않은, 사실임 직하지 않은 상황이 지극히 당연하게 서술되고 정당화된다. 사실은 상상력을 통한 자유로운 형상과 몽상, 악몽, 다의적인 비사실이 되고, 비사실은 논리적이고 엄밀한 사실이 된다. 비현실적인 상황을 구체적으로 서술한 그의 형상세계가 다의적이고 불가해한 만큼 그에 대한 해석 또한 다각적이고 혼란스러울 수밖에 없다. 전 세계에서 한 작가에 대한 논문으로 카프카에 대한 논문이 가장 많이 출간되고 있다는 사실만으로도 카프카의 작품세계가 독자에게 얼마나 많은 문제점을 안겨주고 있는지, 또한 해석할 수 있는 관점이 얼마나 많은지 알 수 있다.

카프카의 유고를 처음 편집해 출판한 카프카의 지기 막스 브로트는 카프카의 삶의 궤적, 관심, 고뇌를 근거로 카프카의 주인공들이 갈구하는 것은 신의 은총이라는 종교적인 해석을 했다. 벤야민도 카프카의 작품이 유대의 전설과 신비주의 전통의 맥락에 서 있다고 해석하는 등, 초창기 비평가들은 카프카에 대해 종교적, 실존적인 관점의 분석을 내놓았다.

그러나 카프카는 마르크스주의자들에게 혹독한 비판을 받게 된다. 그들은 카프카의 주인공들이 자본주의 경쟁체제 속에서 낙오된 인간들로, 사회 비판 의식도 없을 뿐 아니라, 소시민적 수동성에서 벗어나 사회를 개혁해보려는 의지를 갖지 못한 나약함이 그들의 죄이며 파멸의 이유라고 하는 그들의 역사이론에 근거한 해석을 내렸다. 같은 맥락에서 루카치는 카프카가 시대와 사회에 대한 비판 의식이 없고, 그의 현실 묘사는 객관성이 결여되어 현실을 왜곡하고 독자에게 맹목적인 공포와 불안을 전달한다고 비판했다. 투쟁과 극복을 좋아했던 루카치로서는 무기력한 허무주의나 소심하고 무능한 카프카의 인물들을 답답하게 여겼을 것이다. 그러나 보이는 것만 사실은 아니며 보이지 않게 존재하는 것도 사무치는 현실이고, 카프카는 인간 존재의 절망, 불안, 혼돈을 무섭도록 사실적으로 묘사한 작가인 것이다.

정신분석학을 연구한 해석자들은 카프카의 아버지 콤플렉스를 근거로 그의 문학을 아버지라는 이름으로 지배하는 질서와 법, 힘, 그리고 제도화된 사회질서로의 언어체계, 즉 인간의 삶을 지배하는 온갖 체계에 대한 저항, 절망으로 단정지었다.

완전히 새로운 관점의 해석은 프랑스 비평가들에게서 나왔다. 앞선 해석들을 전적으로 부정한 들뢰즈와 가타리는 카프카의 글에는 어떤 알레고리, 비유, 상징성도 없으며 그의 문학은 과오, 저주, 죄의식 등 내면적 갈등의 결과가 아니라 욕망(이때의 욕망은 결핍으로서의 욕망이 아니라 충만, 실행, 기능으로서의 욕망을 뜻한다)의 정치화, 사회화, 역사화를 드러내 보여주는 것이며, 소수 집단에 속한 카프카는 정신과 육체를 영토화하는 온갖 악마적인 세력들을 분쇄할 수 없다면 적어도 문학으로 그 세력들을 앞질러가서(문학의 미래에 대한 예언 기능) 해체함으로써 더 강하게 드러내고 우리를 밀어붙이고 정신 들게 하고 있다고 설명한다.

카프카의 거대한 메타포를 관련 체계가 확실하게 파악되는 한 가지 구조로만 해석할 수는 없을 것이다. 따라서 이 모든 해석은 카프카의 글을 읽는 여러 가능성 가운데 하나일 뿐이다.《소송》 9장에서 신부는 "글은 불변적이고 갖가지 견해는 이 글에 대한 절망을 표현하는 것에 불과하다"라고 말한다. 그에 따라 데리다는《소송》9장의〈법 앞에서〉를 "불가능성에 관한 불가능한 이야기"로 보고, 법을 진리=문학 텍스트와 동일시하여 문학 텍스트는 어떤 확인 가능한 본래적인 내용도 제시하지 않는바, 알 수 없고 불가침한 것이라고 설파하고 있다. 이 점에서 소설을 순수하게 소설미학적 관점에서만 읽자는 일련의 의견은 타당하다.

그러므로 카프카의 고독한 삶, 내면의 갈등, 그의 신념 등은 논외로 하고 카프카의 소설 안에 무엇이 그려져 있는가를 살펴보자.

《소송》의 주인공 요제프 K는 어느 날 갑자기 기소당한다. 그러나 무슨 죄로 기소당했는지, 그를 단죄하는 사람은 누군지, 자신을 어떻게 변호해야 할지 알지 못한다. 그런데 그는 체포되었는데도 구금되지는 않고 일상적인 생활을 계속하는 것이 허용된다. 마치 그의 소송은 다른 사람들이나 그 자신의 의식 안에서만 진행되고 있는 듯하다. 심지어 인간은 태어남과 동시에 사형선고(소송의 가장 무서운 판결인)를 받았음에도 그런 불안은 늘 한쪽으로 제쳐두고 일상생활에 열중하지 않는가.

그러나 소송은 차츰 그의 삶 전체를 지배하고 빠져나갈 길은 없다. 만나는 모든 사람이 K가 피고임을 알고 있으며, 모든 사람이 재판소와 관련되어 있다. 모든 곳이 재판소로 통하는 문이고 복도다. 소송은 그의 의식을 거미줄처럼 휘감고 있다. 소송은 사람들이 그를 알아보는 표지이며 그의 존재 증명이기도 하다. 인간이란 죽음의 선고가 유예된 상태에 놓여 있는 존재임을 K의 경우가 극대화해 보여주는 듯한 또 하나의 단서이다.

K는 무슨 죄인지 알아야 무죄를 입증하든지 유죄를 인정할 수 있을 텐데 무엇인지 모르기 때문에 여러 방식으로 생각해보다가 자신

의 지나온 삶을 낱낱이 반성해보고, 과거의 행동들의 이유를 설명해서 재판소에 보내려고 한다. 일상적 존재가 죄의 본질이 되며 삶 전체가 단죄의 대상이 된 것이다. 이것은 한편으로 자신의 죄를 인정하고 기소를 타당한 것으로 만들어 자신을 고발한 사람(제도, 힘)을 정당화하고 자신의 죄를 심판하도록 도와주는 일이 된다. 빠져 달아나기 위한 한 방법은 스스로 갖다 바치는 것이다.

변호사는 K의 무죄를 변호해줄 생각은 전혀 없고, 사법제도의 힘이 얼마나 막강한지, 그 본질이 얼마나 불가해한지를 과장하며, 그것에 저항하려는, 또는 복종하려는 모든 노력이 얼마나 헛된 것인지만을 강조할 뿐이다.

K를 재판소와 연결해줄 수 있는 가능성을 가지고 있는 화가는 이 소송의 본질을 보다 명확하게 가르쳐준다. 그에 의하면 무슨 죄를 지어서 기소되는 것이 아니라 기소되었기 때문에 이제부터는 유죄가 된다. 그러므로 일단 기소되면 실제적인 무죄 판결이란 없고 가능한 것은 형식적인 무죄 판결과 소송을 한없이 지연시키는 방법밖에 없다고 한다. 그리고 유죄를 인정하는 것만이 최후의 심판을 피할 수 있는 방법이라고 한다. 그의 설명은 절망적이지만 적어도 상황이 어떤 것인지는 감지하게 한다. 석양을 배경으로 황량한 들판의 앙상한 나무만을 그린 화가의 절망적인 공간은 《고도를 기다리며》의 무대를 연상시킨다. 그보다는 역으로 말하는 것이 옳지만.《고도를 기다리며》가 무엇인가를 끝없이 기다리고 있는 사람들의 상황을 보여주고 있듯이 화가가 K에게 제시하는 해결 방법은 재판을 끝없이 지연시켜보자는 것뿐이다. 그에게 죄가 있는지 없는지는 중요하지 않고, 기소되었으니 면죄될 길은 없다. 인간이 세상에 태어나면 결백 여부는 관계없이 단 하나의 종국만이 기다리고 있다.

가능한 두 가지 방법이 모두 자신의 유죄를 인정하는 것이 되므로 K는 거부한다. 그리고 K는 신부(신과 인간을 연결하는 직업에 유의하자)에게 "인간이 어떻게 죄가 있을 수 있는가"라고 말한다. 그 말은 무죄의 근거가 될 수 없는 말이다. 그러나 K가 "인간이기 때문에 단죄되었음"의 단서이며, "인간은 죄가 없다"라는 허무한 반박이다. 레니는 피고들은 아름답다고 말한다. 괴로움, 절망, 덧없이 사라질 것(죽음)의 아름다움. 존재는 허무하며 공허한 무(無)는 결백하다.

결국 심판의 날이 다가왔다. K는 사형집행인들이 오리라는 통지를 받지 않았는데도 검은 예복을 입고 새 장갑까지 끼고 기다리고 있다. 광대 같은 사람들이 사형집행자다. K는 자신의 처형식에 진지함이 결여되어 있음을 불평한다. 두 사람은 양쪽에서 K를 꼭 붙들었지만 K가 이끄는 대로 K가 선택하는 방향으로 간다. 가는 도중에 멀리서 순경들이 서성이고 있다. 그들 가운데 하나가 뭔가 수상쩍어 보이는지 이쪽으로 접근한다. 이때 K는 그를 기다리고 있는 처형을 교란할 수도 있고 어쩌면 저지할 수 있을지도 모르는데 자신이 주도해 두 사람을 억지로 이끌면서 순경을 피해 사형집행인들과 함께 뛰기 시작한다. 이 부분을 쿤데라는 K가 기소되면서부터 자기도 모르게 죄의식을 갖게 되어 실제로 자신에게 죄가 있는 게 아닌가 의심하기 시작하고 스스로 유죄인 듯이 행동한다고 해석한다. 그러나 피할 수 없는 상황에서 할 수 있는 일은 피할 수 없는 그 운명을 자신의 자유의지로 선택하는 체하는 것밖에 없다. 스스로 순응을 택한다면 적어도 그것은 순응이 아니다.

부드러운 달빛이 흐르는 채석장 돌 위에 K의 머리를 짓누르고 그들은 K를 처형한다. K는 마지막 순간에 불빛을 등지고 손을 내밀고 있는 누군가를 본다.

'아직도 구원의 여지는 있을까? 살려는 인간에게 논리는 저항하지 못한다. 한 번도 보지 못한 재판관은 어디 있는가? 결코 가보지 못한 상급 재판소는 어디에 있는가?'

존재에 대한 온갖 의문만을 여전히 가득 품은 채 개처럼 죽어가고, 그가 존재했던 증거, 또는 흔적으로 남은 것은 치욕뿐이었다.

카프카는 무엇에 대한 이해나 해명이 아니라 존재의 참모습을 가장 자세하게, 그리고 무자비하게 드러내 보인다. 어느 날 잠에서 깨어나 자신이 비인간적인 관계와 자본주의 사회체제에 얽매인 벌레 같은 상태로 생각되었을 것이다. 법학을 공부하고 노동자 상해보험에서 오랫동안 일하면서 가난하고 무지한 사람이 사법체제에 농락당하는 것을 자주 보았을 것이다. 프라하 시내 어디에서나 눈을 들면 보이는 거대한 검은 성이 그의 의식을 내리눌렀을 것이다. 그의 가공할 상상력은 그것을 보편적이고 영원한 인간 조건으로 확대했다. 《소송》에서 신부는 이 모든 것을 진실이라고 생각해서는 안 되고 단지 필연적이라고 생각하라고 말한다. 이 세계는 어떤 모습이든 인간에게는 필연적인 운명이다. 그리고 인간은 절망과 고독 속에서 해답 없음만 확인할 뿐이다. 희망은 우리의 시간과 공간이 아닌 다른 곳, 다른 시간에 존재한다. 카프카는 그의 잠언에서 이렇게 적고 있다.

"천국은 하나의 목표일 뿐 그곳으로 가는 길은 열려 있지 않다. 목표만이 있을 뿐 길은 없다. 우리가 길이라고 하는 것은 머뭇거림이다."

이 막막함 한가운데서 무엇을 할 수 있을까? 희망으로 다가가려는 시도는 더욱 멀어지는 우회이며 모든 방향으로 내딛는 발걸음은 제자리에서의 끝없는 유랑일 뿐이다. "죽음의 도제 수업, 그것이 삶이다."

옮긴이

프란츠 카프카 연보

1883년   7월 3일, 오스트리아-헝가리 제국에 속한 보헤미아 왕국 (지금의 체코)의 수도 프라하에서 독일어를 쓰는 유대인 중 산층 가정의 장남으로 태어남.

1889~
1893년   독일계 소년학교(4년제 초등학교)에 다님. 누이동생 가브리 엘레, 발레리에, 오틸리에가 태어남. 카프카는 오틸리에와 특히 친하게 지냈고 훗날 세 여동생은 아우슈비츠 수용소 에서 사망함.

1893~
1901년   알트슈타트 독일계 국립 김나지움(인문 중고등학교)에 다님.

1901년   가을, 프라하에 있는 독일계 카를 페르디난트대학교에 입 학. 처음에는 화학을 공부하다가 독문학, 미술사학, 법학을 수학함.

1902년   가을, 뮌헨 여행에서 앞으로 독문학을 전공할 계획을 세웠 으나 가족의 기대에 부응하기 위해 프라하에서 법학 공부를 이어감. 그 무렵 평생의 벗이 될 막스 브로트를 만남.

1906년 알프레트 베버(정치경제학자 막스 베버의 동생)의 지도하에 법학 박사학위를 받음. 이후 프라하 법원에서 법률 시보로 1년간 수습 기간을 마침.

1907년 첫 직장인 이탈리아계 민간 보험회사에 취직해 약 9개월 근무함.

1908년 3월, 문예지《히페리온》에 8편의 산문을 발표. 7월, '보헤미아왕국 노동자재해보험공사'로 직장을 옮겨 1922년 퇴직하기까지 14년 동안 낮에는 법률가로 근무하고 밤에는 글쓰기에 몰두함.

1911년 첫 장편소설《실종자(*Der Verschollene*)》집필에 착수하지만 이듬해 원고를 파기함. 이 작품은 훗날 막스 브로트가 '아메리카(*Amerika*)'라는 제목으로 1927년 출간함.

1912년 9월, 단편 〈판결(Das Urteil)〉 집필, 펠리체 바우어를 만남. 다시《실종자》집필에 착수해 첫 장인 〈화부(Der Heizer)〉와 다섯 장을 완성함. 11~12월, 〈변신(Die Verwandlung)〉을 집필함.

1913년 5월,《실종자》의 첫 장인 〈화부〉가 별도로 출간됨. 막스 브로트가 발행하는 문학 연감《아르카디아》에 〈판결〉이 수록됨.

1914년 펠리체 바우어와 약혼하고 6주 후 파혼. 장편《소송(*Der Prozeß*)》과 단편 〈유형지에서(In der Strafkolonie)〉 집필. 제1차 세계대전 발발. 직장 필수 인력으로 징집에서 제외됨.

1915년 몇 작품의 집필을 계속 이어가는 가운데 펠리체 바우어와 재회. 〈변신〉 출간. 1913년 출간된 〈화부〉로 폰타네문학상

	을 수상함.
1916년	〈판결〉 출간. 단편집《시골 의사(*Ein Landarzt*)》를 집필함.
1917년	펠리체와 두 번째 약혼. 폐결핵 진단을 받고 펠리체와 파혼. 보헤미아 취라우에 사는 여동생 오틸리에의 집에서 지내며 일명《취라우 아포리즘》을 씀.
1918년	종전. 체코슬로바키아공화국 성립. 율리에 보리체크를 만남.
1919년	〈유형지에서〉 출간. 율리에 보리체크와 약혼하지만 결혼식 직전에 취소. 단편집《시골 의사》출간. 아버지와의 오랜 갈등을 계기로 '아버지에게 드리는 편지'를 씀.
1922년	장편《성(*Das Schloß*)》 집필 시작. 단편 〈단식 광대(Ein Hungerkünstler)〉 집필함.
1923년	여름, 도라 디아만트를 만나 교제를 시작하고 9월에 베를린으로 이주. 단편 〈작은 여자〉와 〈굴〉을 씀.
1924년	3월, 건강 상태가 악화해 막스 브로트가 카프카를 프라하로 데려옴. 마지막 작품 〈가수 요제피네 또는 쥐 종족〉을 집필. 여러 차례 요양소를 옮겨다니며 단편집《단식 광대》원고를 교정함. 6월 3일, 오스트리아 빈 근교 호프만 요양소에서 세상을 떠남. 6월 11일, 프라하 신유대인공동묘지에 안장됨. 카프카는 막스 브로트에게 모든 유고를 불태워달라는 유언을 남겼으나, 유언에서 제외된《단식 광대》는 8월, 단편집으로 출간됨.
1925~ 1927년	막스 브로트가 1925년에《소송》을 출간하고 이듬해에《성》을 출간함. 이어서 1927년에는《실종자》가 '아메리카'라는 제목으로 출간됨.

옮긴이 **김현성**

서강대학교 독문과를 졸업하고 독일의 본 대학교에서 수학했다. 역서로 릴케의
《젊은 시인에게 보내는 편지》, 페터 퓌츠의 《페터 한트케론》, 우르술라 하우케의
《아빠, 찰리가 그러는데요……》, 로자먼트 필처의 《비에 젖은 꽃들》, 빅터 오레일
리의 《교수형 집행인》, 알베르트 슈바이처의 《사랑으로 밝힌 생명의 등불》, E. T.
A. 호프만의 《모래 사나이》, 어슐러 구디너프의 《자연의 신성한 깊이》, 토마스 베
른하르트의 《모자》 등이 있다.

소송

1판 1쇄 발행   2007년 11월 30일
2판 1쇄 발행   2024년 9월 10일

지은이   프란츠 카프카 │ 옮긴이   김현성
펴낸곳   (주)문예출판사 │ 펴낸이   전준배
출판등록   2004. 02. 11. 제 2013-000357호 (1966. 12. 2. 제 1-134호)
주소   04001 서울시 마포구 월드컵북로 21
전화   393-5681 │ 팩스   393-5685
홈페이지   www.moonye.com │ 블로그   blog.naver.com/imoonye
페이스북   www.facebook.com/moonyepublishing │ 이메일   info@moonye.com

ISBN 978-89-310-2367-1 04800
ISBN 978-89-310-2365-7 (세트)

• 잘못 만든 책은 구입하신 서점에서 바꿔드립니다.

♣문예출판사® 상표등록 제 40-0833187호, 제 41-0200044호

(뒷면 계속)